Nicole Knoblauch

Homerun for Love

Roman

PIPER

Mehr über unsere Autoren und Bücher:
www.piper.de

Wenn Ihnen dieser Roman gefallen hat, schreiben Sie uns unter Nennung des Titels »Homerun for Love« an *empfehlungen@piper.de*, und wir empfehlen Ihnen gerne vergleichbare Bücher.

ISBN 978-3-492-50298-6

Litho: Lorenz & Zeller, Inning am Ammersee
Redaktion: Cornelia Franke
Covergestaltung: Traumstoff Buchdesign traumstoff.at
Covermotiv: Bilder unter Lizenzierung von Shutterstock.com genutzt
Printed in Germany

Dichter sind wie Baseballpitcher.
Beide haben ihre Momente.
Die Zeit dazwischen ist das Schwierige.

Robert Lee Frost
(1874–1963, Amerikanischer Dichter)

1. Dafür sind Freunde da

»Baseball? Du willst wirklich, dass ich mit zum Baseball komme? Ich?« Imogen Kelly strich sich durch das kurze blonde Haar und blickte ihre Freundin Lauren skeptisch an. »Du erinnerst dich aber, wie ich mich damals in der High-School beim Softball angestellt habe?«

»Du sollst ja nicht spielen, sondern zuschauen!« Aufgeregt wie ein kleines Kind an Weihnachten hüpfte Lauren auf und ab. Als sie das abweisende Gesicht ihrer Freundin sah, lenkte sie ein: »Klar erinnere ich mich. Ich habe dich schließlich immer verteidigt. Die Stelle, an der Millicent mir jedes Mal gegens Schienbein getreten hat, weil ich dich in die Mannschaft gewählt habe, ist praktisch immer noch blau.« Sie rieb sich theatralisch übers Bein. »Und genau deshalb gehst du jetzt mit mir zum Baseball! Das bist du mir schuldig. Wir schauen uns das Spiel an und danach versuchen wir, ihn irgendwie abzufangen.«

Imogen verdrehte die Augen. Womit hatte sie das verdient? Lauren und sie waren seit dem ersten Jahr an der High School befreundet. Seit sie im Softball nichts auf die Reihe bekommen und Lauren sie verteidigt hatte. Sie verstand bis heute nicht, was die hübsche Cheerleaderin an ihr gefunden hatte. Gut, sie teilten ein Interesse für Naturwissenschaften. Als die einzigen Mädchen in diesem Zweig ihrer High-School hatten sie immer dieselben Kurse belegt. Aber Lauren war die beliebte, quirlige Cheerleaderin gewesen und Imogen der Nerd. Ihr Leben war durch die Freundschaft einfacher geworden. Laurens unbequemer.

Die zweite Gemeinsamkeit war ihr Interesse für Jungs gewesen. Das hatte sich inzwischen geändert. Imogen hatte feststellen müssen, dass die große Liebe gar nicht mehr so groß war, wenn über tausend Kilometer zwischen den Partnern lagen. Deshalb konzentrierte sie sich zurzeit darauf, ihren Doktor zu machen.

Auch Lauren studierte. Meeresbiologie im letzten Semester. Aber sie wollte ihre Studentenzeit genießen und dabei so viel Spaß wie möglich haben. Sie fand, dass man mit dreiundzwanzig zu jung war, um sich bloß auf die Arbeit zu konzentrieren. Sie schwärmte jeden Monat für einen anderen Kerl, ohne je ihr Herz zu verlieren. Und deshalb musste Imogen immer wieder mit ihr auf Männerjagd gehen. Das war kein Problem, wenn man dabei im Café eines Einkaufszentrums sitzen oder wenigstens in einem Club tanzen konnte. Aber wegen eines Typen zu einem Baseballspiel gehen?

»Genny, das wird lustig! Desmond Holden ist *das* Pitcher Ace schlechthin. Gerade sechsundzwanzig und schon Stammspieler bei den *Seattle Mariners.* Außerdem sieht er gnadenlos gut aus. Und im Bett ist er der Knaller. Ich muss ihn einfach wiedersehen.«

Imogen sparte sich den Hinweis darauf, dass er ihr bei weiterem Interesse seine Nummer gegeben hätte. Sie wusste, dass das zwecklos war. Wenn Lauren in den Fangirl-Modus schaltete, war nichts zu machen. Also würde sie ihren Samstagabend im Baseballstadion verbringen und stundenlang Männern dabei zusehen, wie sie auf einen Ball eindroschen. Oder es zumindest versuchten. Aber was tat man nicht alles für die beste Freundin? »Okay. Wenn du schon Karten hast, dann schauen wir uns dieses Spiel eben an.«

»Oh, Genny, du bist die Beste! Was soll ich anziehen? Mein Mariners-Shirt und Jeans? Oder lieber einen kurzen Rock? Mit Cap oder ohne?« Mit einer dramatischen Geste öffnete Lauren ihren Kleiderschrank und zog wahllos Röcke und Hosen hervor, die sie sich vor den Körper hielt und dann auf den Boden fallen ließ.

Seufzend setzte sich Imogen im Schneidersitz auf das ungemachte Bett ihrer Freundin und zeigte mit dem Daumen nach oben oder unten. Körperbetont und sexy ›nein‹, leger und sportlich ›ja‹. Auch diese Prozedur kannte sie inzwischen. Laurens

Zimmer würde tagelang kaum begehbar sein. Imogen verstand nicht, wie ihre Freundin das aushielt. Sie selbst liebte es ordentlich und war froh, dass Laurens Chaos sich nicht über die ganze gemeinsame Wohnung ausbreitete. Was nicht Laurens Verdienst war. Jeden Morgen nahm sich Imogen eine halbe Stunde, um ihr eigenes Zimmer, Küche und Bad in einen Vor-Lauren-Zustand zu bringen. Aber obwohl ihre Freundin eine Neigung zur Unordnung und eine Vorliebe für die falschen Männer hatte, bereute es Imogen keinen Moment, mit ihr zusammengezogen zu sein. Sie stammten aus Idaho und studierten zusammen in Seattle.

Weil sie nicht in einem Studentenwohnheim hausen wollten, lebten sie in einer kleinen Wohnung in Campusnähe. Das bedeutete zwar zweihundertfünfzig Dollar Mehrausgaben im Monat, aber ihre Ruhe war ihnen das wert. Dafür arbeiteten sie am Wochenende oft Doppelschichten in dem Diner gegenüber. Allerdings nicht an diesem. Es war einer der Samstage alle sechs Wochen, an denen sie beide frei hatten. Ihre Schicht würde erst am Sonntagnachmittag beginnen.

Imogen wäre gerne zu Hause geblieben, denn sie musste dringend noch einige Paper durcharbeiten, die für ihre Doktorarbeit relevant waren. Dann würde sie die eben auf ihrem E-Reader mit ins Stadion nehmen. Glücklicherweise konnte sie ihre Umgebung immer und überall ausblenden, wenn sie sich konzentrieren musste.

Lauren hatte endlich das passende Outfit gefunden. Holdens Heimtrikot der Mariners in blau-weiß und dazu eine enge Jeans, die Imogen gerade so durchgehen ließ, weil das weite Männershirt Lauren fast bis zu den Knien reichte. Außerdem trug sie eine weiße Baseballkappe mit blauem Schirm und dem Logo der Mannschaft: eine Windrose in Blau und Türkis über einem Baseball. Die Farbkombination betonte Laurens rote Lockenmähne und ließ ihre türkisfarbenen Augen leuchten.

Na, wenn das diesen Holden nicht dahinschmelzen ließ, dann wusste Imogen auch nicht weiter. Ihrer Meinung nach war der Typ ein Arsch, bei dem es sich nicht lohnte, zweimal hinzuschauen.

Denn natürlich kannte sie Desmond Holden. Zum einen kam man kaum um sein Gesicht herum, wenn man in Seattle wohnte. Es schaute einem aus allen lokalen Zeitungen entgegen. Sei es im Sportteil, der seine Erfolge feierte, oder auf den Klatschseiten, die sich mit seinen Eskapaden beschäftigten: Eine durchzechte Nacht hier, wildes Rumknutschen mit einem Sternchen da und einmal sogar ein Fall, in dem er ein Hotelzimmer verwüstet hatte. Imogen fragte sich, seit wann sich Baseballspieler wie Rockstars benahmen und warum man ihm so ein Verhalten durchgehen ließ.

Zum anderen hörte sie seit einer Woche von ihrer Freundin nur noch: Holden hier, Holden da … Lauren hatte ihn vor ein paar Tagen in einem Club kennengelernt, als er sie von der Tanzfläche in die VIP-Area holen ließ. Glaubte man Laurens Worten, war es die ›geilste Nacht ihres Lebens‹ gewesen.

Imogen verstand nicht so ganz, wie Lauren zu diesem Urteil kam. Wenn sie an Sex auf der Club-Toilette dachte, dann hatte sie schmuddelige Böden und Wände, bakterienverseuchte Türgriffe und unangenehme Gerüche im Kopf. Aber ganz sicher nicht die ›geilste Nacht ihres Lebens‹.

Doch Lauren hatte sich Hals über Kopf in diesen Idioten verknallt und war davon überzeugt, ihn für sich gewinnen zu können. Schließlich hatte er sie schon einmal für unwiderstehlich gehalten. Also würde Imogen mit ihr zu diesem Spiel gehen und danach Laurens Tränen trocknen. Sie würden gemeinsam über Desmond Holden schimpfen und den Becher *Ben&Jerrys* aufessen, den sie für solche Gelegenheiten immer im Eisfach hatten. Glücklicherweise hielt diese schlechte Stimmung bei Lauren nie lange an. In einer Woche würde sie bereits dem nächsten Kerl nachjagen.

»Jetzt müssen wir dich ausstatten.« Und bevor Imogen sich wehren konnte, war Lauren auf dem Weg in ihr Zimmer. Um das schlimmste Chaos zu verhindern, folgte Imogen ihr schnell und hielt sie davon ab, den Schrank zu öffnen.

»Hast du nicht noch so ein Trikot für mich? Dann trage ich das mit Jeans, genau wie du!«

Laurens Augen strahlten. »Natürlich habe ich noch eins! Aber das ist nur ein einfaches Fanshirt.«

Damit würde Imogen gerade so leben können. Holdens Nummer war die 69. Imogen konnte sich denken, wie es dazu gekommen war, und legte keinen Wert darauf, mit dieser Nummer gesehen zu werden. Also sagte sie: »Kein Problem. Ich bin ja schließlich nicht in Holden verknallt.«

Laurens Wangen röteten sich leicht. »Jetzt lach mich nicht aus, aber ich habe das hier gebastelt. Moment.« Und schon flitzte sie aus dem Zimmer und kam Augenblicke später mit dem T-Shirt in der einen und einem großen Stück Pappe in der anderen Hand wieder zurück. Das Shirt schmiss sie auf Imogens Bett. Dann positionierte sie sich vor dem Schrank und hielt sich das Pappschild vor die Brust.

Imogen gelang es nicht, ein Kichern zu unterdrücken. »Das ist nicht dein Ernst! Wie alt bist du? Fünfzehn?«

»Ja, ich weiß. Aber ich muss doch irgendwie auf mich aufmerksam machen!« Mit großen Augen und immer noch geröteten Wangen, grinste Lauren ihre Freundin an.

»Mit dem vielen Glitzer und den Herzchen gelingt dir zumindest das.« Auf dem Plakat stand in großen, roten, handgemalten Lettern: *Desmond Holden, I love you!*. Rote Herzen mit Glitter ersetzten dabei die Os. Und auch der Rest des Plakates war mit Herzchen in allen möglichen Farben und Größen übersät. Immer noch lachend streifte Imogen das Mariners-Shirt über den dunklen Rollkragenpullover und blickte ihre Mitbewohnerin mit breitem Grinsen an. »Also dann, lass uns einen Baseballspieler erobern!«

2. Das hat mir keiner gesagt

Drei Stunden später war es den beiden endlich gelungen, Imogens alten Chevrolet im Parkhaus des *T-Mobile-Parks* – dem Baseballstadion der *Seattle Mariners* – abzustellen. Jetzt saßen sie im Stadion auf billigen Plätzen im obersten Rang. Aufgrund der großen Entfernung zum Spielfeld waren die Spieler von hier aus kaum zu erkennen. Das hieß natürlich auch, dass Desmond Holden weder Lauren noch ihr buntes Schild bemerken würde. Aber Imogen schwieg und bereitete sich innerlich auf eine tränenreiche Heimfahrt vor.

Gerade zog das Maskottchen der Mariners – ein Elch im Baseballdress – seine Show im Publikum ab. Imogen beachtete ihn nicht und vertiefte sich stattdessen in ihren Reader.

»Ernsthaft jetzt, Genny? Du liest hier eins von deinen langweiligen Papern?«

»Das ist nicht langweilig. Es geht um biobasierte Polymere als Laser …«

»Bio-Was?«

»Erdölfreie Polymere, mit denen man 3D-Druckexponate erstellen kann.«

»Du und deine 3-D-Drucker. Hast du das immer noch nicht aufgegeben? Ich dachte, du hast kein Geld für die Dissertation?«

»Aber erdölfreie Polymere sind zurzeit ein heißes Thema!« Imogen war schon allein durch ihre Familie ein großer Anhänger umweltfreundlicher Technologien und hätte gerne ihre Doktorarbeit darüber geschrieben. Die Unterstützung ihres Professors hatte sie. Nur leider niemanden, der ihr zwei weitere Jahre und die kostspielige Grundlagenforschung finanzierte. Mehr Schulden konnte sie sich nicht leisten. Schon jetzt würde sie jahrelang an den Raten für ihren Studienkredit knabbern, aber noch hatte sie die Hoffnung nicht aufgegeben. Irgendeine der zahllosen Firmen, denen sie ihr Projekt angeboten hatte, würde schon anbeißen. Schließlich wussten alle, dass Erdöl eine begrenzte Ressource war, die bald aufgebraucht sein würde.

»Leg das weg, es geht los! Kannst du mal halten? Ich will ein Foto von Holden machen! Er kommt aufs Feld!« Ohne auf eine Antwort zu warten, drückte Lauren ihrer Freundin das Plakat in die Hand, zückte das Handy und beugte sich nach vorne.

Imogen verdrehte die Augen. Auf dem Foto würde man nichts erkennen! Und dieses Riesenplakat war so unhandlich, dass ihr beinahe der Reader von den Knien rutschte. Sie wollte Lauren gerade darum bitten, das Ding wieder an sich zu nehmen, als ihr Block auf einmal klatschte und jubelte. Es dauerte nur wenige Sekunden, bis Imogen begriff, warum: Die riesige Anzeigetafel des Stadions zeigte ihr Gesicht. Ein Gesicht, das jetzt langsam rot anlief. Und was noch viel schlimmer war: Sie hielt das glitzernde Plakat.

Zu allem Überfluss kommentierte der Stadionsprecher: »Dieser jungen Dame scheint es unser Pitching Ace ja angetan zu haben! Schick ihr einen Gruß, Holden!« Und tatsächlich schickte der Pitcher einen Handkuss in Richtung Anzeigetafel.

Wo war ein Loch, um darin zu versinken, wenn man es brauchte? Alle Köpfe in der näheren Umgebung waren ihr zugewandt. Die Menge pfiff und johlte und Imogen versteckte ihr Gesicht hinter dem Plakat. Endlich zeigte die Anzeigetafel wieder Spielerstatistiken und sie wagte einen vorsichtigen Blick zu Lauren. Die saß mit offenem Mund da, das Handy immer noch erhoben und starrte Imogen an.

»Das tut mir total leid, ich …«, stammelte Imogen.

»Das war super!«, quietschte Lauren in dem Moment los. »Ich war voll im Bild, als er zur Anzeigetafel geschaut hat! Er hat mich bestimmt gesehen! Das heißt, der Kuss galt mir.« Es fehlte nicht viel und Lauren wäre auf ihrem Sitz auf und ab gehüpft.

»Ähm, juchhu?« Imogen war sich nicht sicher, wie sie reagieren sollte. Sie glaubte nicht, dass Holden ihre Freundin erkannt hatte. Aber wie schon so oft an diesem Tag schwieg sie, lächelte und drückte Lauren das Schild wieder in die Hand. »Lass mich einfach lesen, bis es vorbei ist, okay?«

Lauren nickte eifrig und drückte das Plakat an sich.

Drei Stunden später hatten die Mariners gewonnen und die beiden Frauen befanden sich auf dem Rückweg zum Auto. Imogen sehnte sich nach der Ruhe ihres Zimmers, aber Lauren grübelte immer noch, wie sie Holden kontaktieren könnte. Denn natürlich gab es für die Zuschauer keinen Zugang zu den Spielern.

»Meinst du, wir hätten direkt runter ans Feld gehen sollen? Also ich meine, nur so weit, dass wir in Rufweite …«

»Entschuldigen Sie bitte!«, sagte eine weibliche Stimme hinter ihnen. Die beiden drehten sich um und blickten in das Gesicht einer dunkelhaarigen Frau Mitte fünfzig im Businesskostüm. Sie wirkte unter all den sportlich gekleideten Fans völlig fehl am Platz. Jetzt streckte die Dame Imogen ihre Hand entgegen. »Mein Name ist Morgan White. Ich bin Desmond Holdens …«, sie zögerte einen Moment, »Beraterin und möchte Sie gerne zu einem persönlichen Gespräch einladen.«

»Mich.« Lauren deutete auf sich. »Sie wollen *mich* zu einem privaten Gespräch mit Holden einladen.«

Die Frau musterte Lauren von oben bis unten und schüttelte dann den Kopf. »Nein. Seine Worte waren: ›Die Blonde mit den kurzen Haaren.‹ Und das ist eindeutig sie.«

»Aber das muss ein Missverständnis …«

»Ich gehe mit, wenn sie mitdarf. Wir sind zusammen hier«, mischte sich Imogen ein. Sie zeigte Mrs White ein Lächeln und zog Lauren an sich.

»Also gut. Er hat nicht gesagt, dass sie allein kommen müssen.«

Sofort erschien wieder ein Strahlen auf Laurens Gesicht und sie murmelte ein »Danke« in Imogens Richtung. Im Geheimen bewunderte Imogen ihre Freundin für den fortwährenden Optimismus. Es gab nicht viel, was Lauren erschüttern konnte. Wenn dieser Kerl allerdings wirklich sie, Imogen, treffen wollte, würde das sogar Laurens Laune trüben.

Imogen konnte sich beim besten Willen nicht vorstellen, was Desmond Holden von ihr wollte. Gut, sie konnte sich das schon vorstellen. Männer! Aber der Typ glaubte doch nicht allen Ernstes, dass sie so leicht zu haben war, oder? Dann fiel ihr das Plakat wieder ein, das sie für die ganze Welt sichtbar in den Händen gehalten hatte. Okay, vielleicht konnte er das doch glauben. Peinlicher ging es wohl kaum. Dann würde sie ihm eben klarmachen, dass er in Wirklichkeit Lauren wollte und nicht sie.

Inzwischen waren sie in einem fensterlosen Raum mit einem Tisch und vier Stühlen angekommen. An den Wänden hingen Bilder von Spielern der Mariners, ansonsten war die Ausstattung schmucklos und kahl. Die Frau deutete auf einen der Stühle und dann auf Lauren. »Sie können hier warten, während ich ihre Freundin kurz entführe.«

Blitzschnell griff sie nach Imogens Arm und bevor diese protestieren konnte, hatten sie den Raum auch schon verlassen. So hatte Imogen sich das nicht vorgestellt. »Aber meine Freundin ...«

»Desmond hat Ihnen ein Angebot zu machen, das nur für Ihre Ohren bestimmt ist. Ah, da ist er ja schon!« Und tatsächlich trat in diesem Moment Desmond Holden aus einer Tür. Er trug Jeans, einen schwarzen Hoodie und schob sich eine Baseballkappe über das an den Seiten ausrasierte, noch feuchte Haar. Der kurze Bart ließ ihn ein wenig älter wirken. Aber das Auffälligste waren seine grauen Augen. Diese musterten Imogen jetzt abschätzend von oben bis unten. Dann nickte er. »Wie heißt du?«

Das warme Timbre seiner Stimme jagte einen Schauer durch Imogens Körper. *Wow!* Sie hatte ihn nie sprechen gehört. Diese Stimme ... Sie schüttelte den Kopf und antwortete: »Imogen Kelly.«

»Freut mich, dich kennenzulernen.« Er reichte ihr die Hand. Ein kurzer, fester Händedruck. Dann wandte er sich an die Frau.

»Die genügt deinen Ansprüchen, Mum, oder? Frag noch den Coach. Für mich geht das auf jeden Fall klar. Besprich alles mit ihr und sag mir dann Bescheid.«

Imogen schaffte es nur mit Mühe, einen Ausruf des Erstaunens zu unterdrücken. Mum? Coach? Ansprüche? Und was ging hier klar?

»Du willst das nicht selbst machen?«

»Es war eure Idee! Außerdem bist du die Anwältin.« Mit diesen Worten ging er seelenruhig den Gang entlang und verschwand aus Imogens Sichtfeld.

»Um was geht es hier?« So langsam verstand sie gar nichts mehr und hatte immer weniger Lust auf dieses Treffen.

»Kommen Sie mit.« Mrs White führte sie in einen Raum, ähnlich dem, in dem Lauren wartete und schloss sorgfältig die Tür. Dann wandte sie sich mit einem freundlichen Lächeln an Imogen. »Ich werde Ihnen ein Angebot machen, das Sie nicht ablehnen können.«

3. Kann man so ein Angebot ablehnen?

»Okay, noch mal zum Mitschreiben: Die Frau war Holdens Mutter? Und sie hat dir WAS angeboten?« Laurens Stimme überschlug sich fast und Imogen versuchte gar nicht erst, zu antworten. Das würde Lauren schon selbst übernehmen. Schließlich hatte sie ihr die ganze Story bereits drei Mal erzählt, seit sie das Stadion verlassen hatten. Inzwischen saßen sie auf Laurens Bett und aßen Eiscreme. Und tatsächlich begann Lauren wieder von vorne: »Du sollst für das nächste Jahr in der Öffentlichkeit seine Freundin spielen? Und er übernimmt dafür deinen Studienkredit und finanziert deine Doktorarbeit? Das muss ein Scherz sein!«

»Kein Scherz. Ich habe die Verträge gesehen. Und allein, dass ich dir das erzähle, verstößt schon gegen diverse Artikel darin.« Kopfschüttelnd steckte Imogen ihren Löffel in die Eiscreme.

»Warum hast du nicht sofort unterschrieben? Das ist der Jackpot!«

»Weil der Typ ein Arsch ist! ›Die genügt deinen Ansprüchen, Mum, oder?‹«, ahmte Imogen seinen trockenen Tonfall nach. »Was glaubt der eigentlich, wer er ist?«

Lachend genehmigte sich auch Lauren ein wenig Eis. »Ein Baseballstar, dem die Frauen zu Füßen liegen?«

Imogen warf ihrer Freundin einen vernichtenden Blick zu. Insgeheim bewunderte sie Lauren. Jede andere Frau wäre sauer oder eifersüchtig gewesen, weil nicht sie dieses Angebot bekommen hatte. Nicht so Lauren. Nachdem sie den ersten Schock verdaut hatte, freute sie sich für Imogen. Allein dafür musste man sie lieben.

»Und du bist echt nicht sauer auf mich?«

»Warum sollte ich? Es geht doch darum, dass du seine Freundin *spielst*. Das gibt mir Gelegenheit, ihm zu zeigen, dass ich die bin, die er wirklich will. Ein ganzes Jahr lang.« Ihre Miene verdunkelte sich kurz: »Das ist okay für dich, oder?«

»Völlig okay! Ich will den Kerl nicht geschenkt.«

»Perfekt!« Lauren klatschte in die Hände. »Wenn er deinen Freund spielt, werden wir sicher was zusammen unternehmen und dann kann ich ihm beweisen, dass ich mehr bin als nur ein heißes Mädchen in einem Club. Das ist klasse. Alles wird gut!«

Imogen bezweifelte das. Laurens natürliche Umgebung hieß Chaos, Chaos und noch mehr Chaos. Vielleicht stand Holden ja auf so was. Das kitschige Plakat schien schließlich irgendetwas in ihm angesprochen zu haben.

Lauren zupfte ungeduldig an Imogens Trikot. »Sagst du mir jetzt, warum sich ein Mann wie Holden eine Freundin kaufen muss?«

»Kannst du dir das nicht denken? Gute Presse?« Seufzend legte Imogen ihren Löffel zur Seite. »Ich habe schon viel zu viel gesagt. Kein Wort zu niemandem, das musst du mir versprechen. Alle Welt muss denken, dass Holden sich heute Abend in mich verliebt hat. Also, falls ich annehme. Und wenn nicht, dann erst recht kein Wort darüber.«

»Nicht ›falls‹ du annimmst. Du nimmst an, Genny. Erstens bist du mir das schuldig und zweitens ist damit deine Zukunft finanziert. Sein Geld sorgt dafür, dass du deine Forschung vorantreiben kannst. Ganz unabhängig von irgendwelchen Geldgebern. Du bist deine Geldsorgen los und darfst die Freundin eines heißen Typs spielen. Sei mal spontan. Da gibt es nichts zu überlegen.«

Das Geld war ein überzeugender Anreiz. Sie könnte das tun, was sie wirklich wollte, ohne sich an einen Konzern zu binden. Vielleicht war es besser, sich an Desmond Holden zu verkaufen als an die Industrie. Das war ihre Chance, ohne Kompromisse ihren Werkstoff zu entwickeln. Imogen musste zugeben, dass die Aussicht, Holdens Freundin zu spielen, von Minute zu Minute verlockender wurde. Dazu schien Lauren voll auf den Kerl zu stehen und hatte nur durch Imogen eine Chance, ihn besser kennenzulernen.

Seine Stimme zumindest war super sexy … Sie verbot sich diesen Gedanken sofort. *Fake-Freundin, Imogen! Und mehr als Fake willst du nicht.* Ganz sicher nicht mit so einem und erst recht nicht, wenn Lauren auf ihn abfuhr. Beste-Freundinnen-Kodex und so.

»Ohhhhh, wenn ich deinen Gesichtsausdruck richtig deute, dann machst du es? Bitte, bitte, bitte!« Laurens große Augen und die vor der Brust gefalteten Hände brachten Imogen zum Grinsen.

»Was soll's, ich mach's. Ich rufe gleich bei Mrs White an.«

»Warum heißt seine Mutter eigentlich White und nicht Holden?«

»Keine Ahnung! Ich habe sie nicht gefragt. Soll ich das machen?«

»Nein!« Lauren hob abwehrend die Hände. »Das werden wir schon rausfinden.«

Imogen rollte mit den Augen, griff nach ihrem Handy und stand auf. Sie brauchte gar nicht lange im Raum auf und ab zu laufen, denn Mrs White nahm nach dem ersten Klingeln ab. »Haben Sie sich entschieden?«

»Ich bin grundsätzlich einverstanden. Wir sollten uns morgen treffen und die Details klären. Vorher unterschreibe ich nichts.« Imogen hatte nicht vor, irgendetwas dem Zufall zu überlassen.

»Ich bin sicher, dass wir zu einer Einigung kommen. Die Adresse haben Sie ja. Wir sehen uns dann morgen um 10:00 Uhr. Was fahren Sie für einen Wagen?«

»Einen roten Chevi Aveo.«

»Kennzeichen?«

»1MoG3N.«

»Notiert. Wir haben am Tor eine Überwachungskamera und so wissen wir, dass Sie es sind. Dann sehen wir uns morgen.«

Imogen war sich nicht sicher, ob sie sich freuen oder Angst haben sollte. Was, wenn das alles ein riesengroßer Fehler war? Was, wenn die Verhandlungen nicht zu ihren Gunsten laufen würden? *Dann kannst du immer noch nein sagen, Dummerchen*, schalt sie sich selbst.

»Uhhhh, Genny, das wird so toll! Welche Details müssen denn noch geklärt werden?«

»Na ja, wenn ich seine Freundin spielen soll, hätte ich gerne vertraglich festgelegt, wie das mit dem Körperkontakt aussieht. Ob wir uns küssen, Händchenhalten …«

»Das willst du in einem Vertrag festhalten? Auch den Sex?« Es gelang Lauren nicht, ein Lachen zu unterdrücken.

»Es wird keinen Sex geben. Nur Dinge, die man in der Öffentlichkeit tut. Schon vergessen: Fake-Freundin!«

»Zählt Sex auf dem Klo zu ›in der Öffentlichkeit?‹« Jetzt lachte Lauren wirklich.

»Lauren, du bist unmöglich. Kein Sex!«

»Du verpasst was.« Immer noch grinsend, leckte Lauren den letzten Löffel Eis sauber.

Imogen schüttelte tadelnd den Kopf. »Ich dachte, *du* bist scharf auf ihn. Warum versuchst du jetzt, ihn mir aufzuschwatzen?«

»Weil du es mal wieder nötig hättest! Dein letzter Sex ist zwei Jahre her! Wie alt bist du? Fünfzig?«

Imogen lief rot an. »Nein. Aber Sex ist halt nicht so meins. Mit Brad war es immer so …« Sie hob hilflos die Arme.

»Brad hat es nicht gebracht. Das habe ich dir damals schon gesagt. Zwischen euch war einfach keine Chemie.«

»Wir haben uns gut verstanden.«

»Ja. Wenn es um den 3-D-Drucker-Club ging oder wissenschaftliche Projekte. Aber ihr wart nie leidenschaftlich ineinander verliebt.« Lauren deutete mit dem leeren Eis auf Imogen, stand auf und stellte die Packung achtlos auf den Schreibtisch.

»Ist es denn nicht viel wichtiger, dass man sich gut versteht?« Frustriert schlug Imogen mit der Faust in ihre Kissen. »Wir konnten immer miteinander reden, hatten die gleichen Hobbys und …«

»Offensichtlich grottenschlechten Sex. Deshalb hat er dich auch verlassen.«

»Er hat mich nicht verlassen. Ich habe ihn verlassen.« Auch Imogen stand jetzt auf, griff nach dem leeren Eis und warf es in den Mülleimer.

»Nachdem du rausbekommen hast, dass er dich seit Jahren betrügt. Also hat eigentlich er dich verlassen. Punkt.«

»Die Sache mit Brad hat mir gezeigt, dass man sich nicht mal auf Männer verlassen kann, mit denen man total auf einer Wellenlänge liegt. Ich will nur meinen Doktor machen und deshalb brauche ich das Geld von Holden. Wenn ich dafür mit diesem Arsch Händchenhalten und ein oder zwei Küsse tauschen muss, okay! Aber meinen Körper verkaufe ich nicht!« Sie hatte sich immer weiter in Rage geredet und Lauren legte ihr beruhigend eine Hand auf die Schulter.

»Das musst du nicht, Süße. Ich meine ja nur, dass du ab und zu auch ein wenig Spaß haben solltest. Mit irgendeinem, vorzugsweise scharfen, Typen.«

»Ich habe jede Menge Spaß! Dafür brauche ich keinen Mann. Und schon gar keinen, der nichts anbrennen lässt und sich dann nicht mal mehr meldet. Du bist diejenige, die sich nicht immer den falschen Typen an den Hals werfen sollte. Du bist mehr wert als das!«

»Vielleicht.« Laurens Blick schweifte in die Ferne. »Aber ich habe die Zeit meines Lebens. Mehr wert sein kann ich immer noch, wenn ich alt bin.«

Frustriert schüttelte Imogen den Kopf. So endeten ihre Diskussionen zu dem Thema jedes Mal. Es brachte nichts, sich weiter darüber zu streiten. »Okay, einigen wir uns darauf, dass wir beide auf unsere Art Spaß haben und glücklich sind.«

Lauren nickte. »Und jetzt legst du dich ins Bett. Du musst morgen umwerfend aussehen, wenn du Holden triffst. Hau ihn aus den Socken. Sorge dafür, dass er nur noch an dich denkt.«

»Ich dachte, er soll an dich denken.«

Lachend ging Lauren zur Tür. »Das kann er tun, sobald du den Vertrag hast. Der ist ja die Voraussetzung für alles, oder?«

»So, wie ich das verstanden habe, hat er mich ja bereits ausgesucht. Ich muss nur noch die Details klären und dann kann die Sache starten.« Imogen streckte sich. »Dann gehe ich mal ins Bad und danach ins Bett.«

»Tu das! Das wird das beste Jahr unseres Lebens!«

4. Der Vertrag

Holdens Anwesen lag im wunderschönen Stadtteil Madison Park, in der Nähe des japanischen Gartens. Imogen hielt an einer kleinen Säule vor dem gusseisernen Tor und betätigte den Klingelknopf. Kurz darauf öffnete es sich langsam.

Staunend durchfuhr sie den weitläufigen Vorgarten. Mit den hohen Kiefern und gepflegten Rasenflächen entsprach er genau ihrer Vorstellung einer Millionärsvilla. Auch das Gebäude, mit seinen hellbraunen Backsteinen und dem vielen dunklen Holz, erfüllte dieses Klischee.

Kaum hatte sie geparkt, öffnete sich die große Flügeltür und Mrs White trat heraus. Sie trug wieder ein Businesskostüm und lächelte Imogen unverbindlich an. Neben ihr stand ein Mann im Anzug. Er war etwa im gleichen Alter wie Mrs White und lächelte ebenfalls ein wenig unterkühlt.

Auch Imogen hatte sich für ein Kostüm entschieden, obwohl sie sich darin nicht wohlfühlte. Aber es erschien ihr angemessen. Ein geschäftlicher Anlass verlangte formelle Kleidung.

Mrs White schüttelte ihr die Hand, stellte den Mann als Desmonds Coach, Mr Miller, vor und führte sie in einen hellen Raum mit Blick auf den Pool. Imogen fragte sich, wofür man in Seattle einen Pool brauchte. Wenn man Glück hatte, konnte man den im Sommer für ein paar Wochen nutzen. In den anderen Monaten war es dafür nicht warm genug.

Der Raum selbst war offensichtlich eine Art Wohnküche. Auf einem großen, gläsernen Tisch standen Tassen und eine dampfende Kanne. Daneben lagen zwei dicke Ordner. Die ebenfalls durchsichtigen Plastikstühlen zierten Felle, die dem klaren Stil ein wenig die Kälte nahmen.

»Möchten Sie einen Kaffee?«, unterbrach Mrs White Imogens Gedanken. »Desmond wird gleich zu uns stoßen. Er hat gestern … Oh, da ist er ja schon.«

Imogen brauchte den Satz nicht zu Ende zu hören, um zu wissen, was Holden gestern angestellt hatte. Er sah aus, als hätte er wenig Schlaf abbekommen. Das Haar hing ihm feucht ins Gesicht, er trug Jogginghose und T-Shirt und gähnte herzhaft. Ihm folgten zwei Katzen, die in der Tür innehielten und die vielen Menschen musterten. Dann drehten sie sich um und verschwanden in den Tiefen des Hauses. Ohne Imogen eines Blickes zu würdigen, ließ sich Holden auf einen der Stühle fallen und schenkte sich Kaffee ein.

»Dann können wir ja anfangen.« Der Tonfall seiner Mutter machte klar, dass ihr sein Verhalten missfiel. »Setzen wir uns.« Sie wartete, bis alle Platz genommen hatten, und sprach dann weiter: »Zuerst sollte ich erklären, warum wir hier sind. Oder willst du das übernehmen, Des?«

Er schüttelte den Kopf und wedelte mit der Hand in Richtung seiner Mutter.

»Also, Imogen. Wie Sie sicher wissen, hat der Ruf meines Sohnes in den letzten Monaten ein wenig gelitten.«

Imogen nickte.

»Das war kein Problem, so lange er relativ unbekannt war, aber jetzt …«, sie zuckte mit den Schultern, »… ist es wichtig, dass er Verantwortung zeigt. Keine durchzechten Nächte, keine Partys, keine ständig wechselnden Damenbekanntschaften.« Sie sah zu Mr Miller.

»Dieses Verhalten wird langsam zum Problem.« Der Coach warf Desmond einen tadelnden Blick zu. »Deshalb haben wir zusammen mit Desmond beschlossen, dass er eine solide Beziehung mit einem bodenständigen Mädchen beginnt. Das wären dann Sie. Eure Verbindung wird dafür sorgen, dass man seine Eskapaden bald vergisst. Wir sehen uns als Verein für Familien, Werte und Traditionen.«

Holden schnaubte, hielt den Kopf aber weiterhin gesenkt und

vertiefte sich in den Anblick seines Kaffees. Der Coach warf ihm einen warnenden Blick zu, doch Desmond ignorierte ihn weiter.

»Ich verstehe«, antwortete Imogen schnell. Die aufgeladene Atmosphäre zwischen Desmond, seiner Mutter und dem Coach bereitete ihr Unbehagen. Bevor sich die Situation zuspitzte, wollte sie ihren Standpunkt deutlich machen. »Es gäbe da allerdings noch diverse Details zu klären.«

»Natürlich. Unsere Bedingungen.« Jetzt sprach wieder Mrs White. »Am besten nehmen Sie sich einen der Ordner, die enthalten den Vertag mit dem genauen Wortlaut. Wir gehen das Seite für Seite durch.« Sie wartete, bis Imogen einen der Ordner vor sich ausgebreitet hatte und sprach dann weiter: »Zuerst wäre da absolutes Stillschweigen über all das hier. Für die Öffentlichkeit muss es nach einer echten Liebesbeziehung aussehen. Das heißt, keiner von euch hat andere Affären oder dergleichen.« Ihr Blick wanderte zu Holden. Der sah jetzt doch auf, stellte den Kaffee ab und hob unschuldig die Hände. Dabei zuckte er leicht mit den Schultern, als wollte er sagen: Hey, sieh nicht mich so an.

Seine Mutter überging die Geste und sprach weiter: »Wir beginnen mit einem Abendessen heute Abend nach dem Spiel und ...«

»Äh, das geht nicht.« Imogen zeigte ein kurzes Lächeln. »Da arbeite ich.«

»Wenn du diesem Deal zustimmst, wirst du nicht mehr arbeiten.« Holdens dunkle Stimme ließ einen kleinen Schauer über Imogens Rücken laufen.

Trotzdem wollte sie sich nicht von ihm einschüchtern lassen. »Doch, das werde ich. Es soll doch echt wirken, oder?«

Er richtete sich in seinem Stuhl auf und blickte sie mit leicht gehobenen Brauen an. »Meine Freundin muss nicht arbeiten.«

Für einen kurzen Moment verschlug es Imogen die Sprache. »Ach, und wovon soll sie dann leben?«

»Ich finanziere ihr Leben.«

Imogen konnte nicht an sich halten und prustete: »Das ist ein Scherz, oder?« Ihr Blick huschte von Holden zu seiner Mutter, dann zum Trainer.

»Da muss ich Imogen zustimmen, Des«, stellte Mrs White fest. »Wenn sie auf einmal ihren Job kündigt und ihren Lebensstil ändert, glaubt niemand, dass ihr euch gerade erst verliebt habt. Vielleicht später, wenn …«

Nickend unterbrach er sie: »Dann wird sie in drei Monaten aufhören zu arbeiten.«

»Aber meinen Doktor darf ich machen?« Es gelang Imogen nicht, den Sarkasmus aus ihrer Stimme zu verbannen. »Wenn ich nämlich das Heimchen am Herd spielen soll, dann …«

»Darum geht es nicht.« Er schenkte sich neuen Kaffee ein und deutete mit der Tasse auf sie. »Es geht darum, dass meine Freundin sich Zeit für ihre Ausbildung nehmen kann. In was promovierst du?«

»Kunststofftechnik.«

»Also sind wir uns einig? Du gibst in drei Monaten deinen Job auf und konzentrierst dich voll auf deine Doktorarbeit.«

Alles in Imogen schrie nach Widerspruch. Aber er hatte Recht. Sie wünschte sich schon so lange, nicht mehr nebenher arbeiten zu müssen. Andererseits … »Ich kann meinen Job nicht aufgeben. Ich brauche das Geld zum Leben.«

»Wir zahlen die Studiengebühren und die Raten, oder?« Er lehnte sich lässig in seinem Stuhl zurück und kippte ihn auf die Hinterbeine.

»Von irgendetwas muss ich leben. Nicht jeder bekommt ein Sportstipendium, auf dem er sich ausruhen kann.«

Seine Brauen zuckten in die Höhe. »Wie viel verdienst du in deinem Job?«

»Um die tausend Dollar im Monat. Je nach Trinkgeld.«

»Die können wir drauflegen, sobald du nicht mehr arbeitest. Würde das reichen?«

Langsam, fast gegen ihren Willen nickte Imogen. Keine Doppelschichten mehr im Diner. Endlich freie Wochenenden. Das würde sie um Meilen voranbringen.

Mrs White klopfte mit dem Stift auf den Tisch. »Gut. Dann also Abendessen morgen Abend? Das passt sowieso besser, Des.

Da hast du spielfrei.« Sie sah zu Holden, der mit den Schultern zuckte und dann zu Imogen, die nickte. »Perfekt!«

»Was erwarten Sie von mir bei diesem Abendessen?« Imogen wandte sich direkt an Holdens Mutter. Sie schien diejenige zu sein, die das Sagen hatte.

»Es muss authentisch wirken«, antwortete Mrs White. »Sie sollten viel lächeln. Es soll aussehen, als hättet ihr Spaß miteinander. Vielleicht eine leichte Berührung hier und da. Was man eben bei einem ersten Date so macht.«

Es gelang Imogen, sich einen Kommentar zu verkneifen. Sie hatte keine Ahnung, was man bei einem ersten Date so machte. Ihr letztes Date war sechs Jahre her und hatte aus einem Besuch im Kino mit anschließendem Milchshakeschlürfen bestanden. Sie nahm an, das Holden und seine Mutter sich etwas anderes vorstellten.

»Was denkst du, Jason?«, wandte sich Holdens Mutter an den Coach. »Gibt es noch etwas zu beachten?«

Der Coach schüttelte den Kopf. »Das Ganze muss vor allem echt wirken. Es muss deutlich werden, dass Desmond sich ändert.«

»Muss ich ihn küssen?« Die Frage war Imogen herausgerutscht und sie spürte, wie ihre Ohren rot wurden.

»Müssen?« Das war Desmond. Wieder wanderten seine Augenbrauen nach oben. »Du musst gar nichts, was du nicht willst. Aber wenn wir eine Beziehung vortäuschen, wäre es hilfreich.«

»Nicht beim ersten Date!« Imogen wusste selbst nicht, warum ihr das so wichtig war. Wahrscheinlich war das ihre Art, einen letzten Rest Würde zu bewahren. Sie fing Holdens Blick ein und hielt ihn fest. Er sollte merken, dass sie in diesem Punkt nicht nachgeben würde.

Tatsächlich war er es, der zuerst wegschaute, wenn auch mit einem leichten Lächeln um die Lippen. »Kein Knutschen beim ersten Date. Versprochen.«

»Gut. Und keinen Sex!« Jetzt glühten nicht nur Imogens Ohren, sondern auch ihr Gesicht.

»Okay.«

Lachte er sie etwa aus?

»Kein Sex, kein Küssen. Vorerst.« Holden blickte ihr direkt in die Augen und seine Schultern zuckten verräterisch. Er lachte tatsächlich.

»Nie! Wenn jemals rauskommt, dass ich mich für das hier bezahlen lasse, bin ich nicht besser als eine Escort-Dame!« Imogens Stimme überschlug sich fast. »Also: keinen Sex. Sonst bin ich raus.« Sie stand auf und strich ihr Kostüm glatt.

»Bleiben Sie, bitte.« Mrs White, die dem Gespräch schweigend gefolgt war, streckte beruhigend die Hand in Imogens Richtung aus. »Mein Sohn zieht Sie nur auf. Sex ist nicht Gegenstand dieses Vertrages. Wir sprechen von angemessenen Zeichen der Zuneigung in der Öffentlichkeit. Außerdem sollten Sie bereit sein, sich mindestens drei Mal die Woche mit Desmond zu treffen. Abendessen, ein gemeinsamer Stadtbummel, Parkbesuch oder Ähnliches. Und natürlich kommen Sie zu so vielen Heimspielen wie möglich. Sie bekommen einen Platz bei den Spielerfrauen und den Familien. Das stimmt doch, Jason?«

Der Coach nickte stumm.

»Für mich und Lauren!« Imogen warf einen verstohlenen Blick zu Holden, aber der reagierte nicht auf den Namen.

»Ist das die Rothaarige, mit der Sie gestern beim Spiel waren?«, fragte Mrs White.

Ein weiterer Blick zu Holden, doch der zeigte immer noch keine Anzeichen des Erkennens. »Ja. Wenn ich allein erscheine, werden die anderen Spielerfrauen mich bestimmt über die Beziehung ausquetschen. Mit Lauren hätte ich einen Grund …«

»Lass sie ihre Freundin mitbringen, Mum. Kann nicht schaden.«

Entweder hatte er tatsächlich vergessen, wer Lauren war, oder er war ein begnadeter Schauspieler. Oder sorgte er absichtlich dafür, dass Lauren einen Platz bekam?

»Gut«, unterbrach Mrs White Imogens wirre Gedanken, »dann Plätze für Sie und Ihre Freundin. Sie sind nicht gezwungen, zu den Auswärtsspielen zu kommen.«

So ging es noch etwa eine halbe Stunde weiter. Imogen verpflichtete sich, Holden auf diverse Empfänge und die offizielle Weihnachtsfeier der Mariners zu begleiten. Auch vier Besuche in angesagten Clubs standen auf dem Programm.

Sie versuchte mehrmals, das Thema auf Desmonds ausschweifenden Lebensstil zu lenken. Schließlich wüsste sie gerne, worauf sie sich einließ. Aber jedes Mal blockte seine Mutter das Thema ab. Gut, das galt es also selbst herauszufinden.

Auch beim Gedanken an die offiziellen Auftritte war Imogen nicht ganz wohl, aber sie versuchte, an das viele Geld und ihre Forschung zu denken. Fast noch mehr Kopfzerbrechen bereiteten ihr die privaten Treffen. Einmal in der Woche sollten sie sich allein sehen, damit Holden und sie sich besser kennenlernen konnten. Das war ein Punkt, auf dem sowohl der Coach als auch Desmonds Mutter bestanden. Sie meinten, es sei unerlässlich, um ein glaubhaftes Paar abzugeben. Eigentlich stimmte Imogen ihnen zu. Aber der Gedanke löste widersprüchliche Gefühle in ihr aus. Zum einen wollte sie nicht mit diesem arroganten Womanizer allein sein, zum anderen wollte ein Teil von ihr genau das. Seine Stimme löste Gefühle in ihr aus, die sie nicht kannte. Wenn er sprach, hing sie an seinen Lippen. Zum Glück brachten seine Worte sie dermaßen auf die Palme, dass sie dieses Kribbeln im Bauch schnell wieder vergaß.

Als sie endlich in ihrem kleinem Chevy saß, hatte sie einen unterschriebenen Vertrag in der Tasche und war unsicher, ob sie sich auf das kommende Jahr freuen oder es fürchten sollte.

5. Abendessen mit Holden

»Oh, Genny, ich glaube, er ist da.« Lauren stand an Imogens Fenster und klatschte. »Er fährt einen schwarzen SUV und trägt einen Anzug.« Sie legte die Hände an die Wange und seufzte theatralisch. In diesem Moment klingelte es schon. »Los, geh! Ich wünsch dir viel Spaß.«

Imogen verdrehte die Augen und machte sich auf den Weg nach unten. »Danke«, rief sie über die Schulter zurück und stürmte die drei Stockwerke hinab. Als sie die Tür öffnete, rannte sie fast in Holden, der mit den Händen in den Hosentaschen auf sie wartete. »Immer langsam, ich laufe nicht weg.«

Röte breitete sich auf Imogens Wangen aus. Was hatte dieser Kerl nur an sich, dass sie ständig in seiner Gegenwart errötete? Außerdem war sie nur so schnell gerannt, weil ein Treffen zwischen Lauren und Holden zum jetzigen Zeitpunkt nicht gut wäre. Sie wollte Lauren beweisen, dass dieser Aufreißer nichts für sie war. Aber dafür musste sie ihn erst besser kennenlernen. Und dieser Abend sollte den Anfang machen. Also sagte sie mit einem Lächeln: »Ich wollte dich nicht zu lange warten lassen. Können wir?«

Seine Augen wanderten von ihrem Gesicht, bis hinab zu ihren Füßen, die in schwarzen Boots steckten. Als er den Blick wieder hob, zuckte ein Lächeln um seine Lippen. »Doc's zum kleinen Schwarzen?«

Diese verfluchte Hitze breitete sich schon wieder auf Imogens Gesicht aus. »Ich wusste nicht, was wir vorhaben und dachte, ich trage lieber bequeme Schuhe.« Tatsächlich hatte sie mit Lauren fast eine halbe Stunde darüber gestritten. Lauren war absolut dagegen gewesen. Sie meinte, ein solcher Stilbruch sei unverzeihlich und einem Mann wie Holden würde so etwas nicht gefallen. Das hatte Imogen nur darin bestärkt, genau diese Boots zu tragen. Außerdem hasste sie Pumps und ihr gefiel der Look mit den Stiefeln.

»Ich find's gut«, sagte Holden und legte Imogen eine Hand auf den Rücken, um sie zum Wagen zu dirigieren.

Seine Stimme, in Verbindung mit der Hand, ließ ihren Herzschlag kurz aussetzen. Im selben Moment wurde ihr bewusst, dass sie ihn anstarrte und sie blickte schnell zu Boden. Er sah gar nicht so übel aus, das musste sie zugeben. Heute war sein blondes Haar ordentlich zurückgekämmt, aber eine kleine Strähne hatte sich an der Seite gelöst und fiel ihm beinahe ins Gesicht. Imogen unterdrückte den Wunsch, sie zurückzustreichen. Unwillkürlich schüttelte sie den Kopf. Was war bloß mit ihr los? Sie hatte noch nie einem Mann das Haar zurückgestrichen. Überhaupt war sie nicht der Typ für Körperkontakt, nicht einmal bei ihrem Ex-Freund Brad. So war sie eben.

»Willst du nicht einsteigen? Ich beiße nicht.«

Der Klang seiner Stimme holte Imogen aus ihren Gedanken. Sie war so sehr darin versunken gewesen, dass sie nicht einmal gemerkt hatte, wie er die Hand von ihrem Rücken genommen hatte und zur Fahrerseite gelaufen war. Sie stand vor der offenen Autotür und starrte scheinbar ins Leere. Natürlich schoss ihr sofort wieder die Röte ins Gesicht und sie beeilte sich einzusteigen. »Entschuldige. Ich bin ein wenig nervös. Mein letztes Date ist einige Zeit her.«

»Meins auch.« Lächelnd startete er den Wagen.

Alle Gedanken an seine Berührung und die wunderschöne Stimme waren verschwunden. Er log sie dreist an! »Du bist doch ständig mit irgendwelchen Frauen unterwegs.«

Er fädelte sich in den Verkehr ein und warf ihr einen belustigten Blick zu. »Mit denen habe ich aber keine Dates. Und die lassen sich freiwillig von mir küssen.«

Imogen hielt sich die Hände an die brennenden Wangen. Was sollte sie denn darauf antworten?

»Sorry. Ich konnte es mir nicht verkneifen, dich ein wenig aufzuziehen. Du siehst echt süß aus, wenn du rot wirst.«

Er sagte das mit einer Seelenruhe, die Imogen nur noch mehr aufwühlte. Mit Komplimenten konnte sie nicht umgehen. Schon gar nicht, wenn sie von einem Mann kamen, der Dutzende von Frauen in Clubs aufriss. Vermutlich sagte er das nur zu ihr, weil sie eine Fake-Beziehung führten. Dieser Gedankenblitz half ihr, sich wieder halbwegs zu beruhigen. »Du musst mit den Komplimenten erst anfangen, wenn wir in der Öffentlichkeit sind.«

»Ich übe schon mal.«

Den Rest der Fahrt herrschte Schweigen. Imogen wagte es nicht, ihn anzuschauen, und überlegte fieberhaft, was sie sagen konnte. Ihr fiel nichts ein. Zum Glück hielt er bereits zehn Minuten später vor einem vornehm aussehenden Restaurant, stieg aus, ging um den Wagen herum und öffnete die Autotür. »Lächeln«, flüsterte er ihr ins Ohr und legte wieder seine warme Hand auf ihren Rücken. »Wir sind gerade dabei, uns zu verlieben.« Dann streiften seine Lippen ihren Nacken und Imogen erschauderte.

So hatte Brad sie auch oft geküsst. Aber dabei hatte sie nie diesen wohligen Schauer gespürt. Stattdessen war sie oft zusammengezuckt und hatte versucht, so unauffällig wie möglich wegzukommen. Bei dem Kuss gerade hätte sie sich Holden am liebsten entgegengestreckt, damit er länger dauerte. Doch er ging inzwischen neben ihr, öffnete die Tür und sprach jetzt mit der Platzanweiserin.

Man führte sie in einen Alkoven, in dem sie ein wenig abgeschirmt von den anderen Gästen saßen und sie sich so in Ruhe unterhalten konnten. Das viele dunkle Holz und die Marmorfliesen auf dem Boden schüchterten Imogen ein. Außerdem ruhten alle Blicke auf ihnen. Jeder in Seattle wusste, wer Desmond Holden war. Und jeder kannte seinen Ruf. Würde man sie für einen seiner One-Night-Stands halten? Ging er mit denen auch Essen? Wenn sie seinen Worten eben im Auto Glauben schenkte, tat er das nicht. Oder hatte er das nur gesagt, um sie aufzuziehen?

Inzwischen war ein Kellner an ihren Tisch getreten und hatte ihnen die Karte gereicht. Erst jetzt fiel Imogen auf, dass es ein italienisches Restaurant war. Eines, in das sie normalerweise nie gegangen wäre. Auf der Karte standen keine Preise. Das half nicht gerade, ihre Anspannung zu lösen. Sie sah zu Holden. Der saß lässig zurückgelehnt neben ihr und bedachte sie mit einem Blick, den sie nicht einordnen konnte. Sie sollte dringend etwas sagen. Also räusperte sie sich. »Dir haben viele der Gäste zugenickt. Kennst du die alle?«

»Nein.« Er schüttelte den Kopf und wieder löste sich die Haarsträhne. »Das ist der Preis des Ruhms. Auf einmal meint jeder, dich zu kennen.«

»Ist das so?«

Er faltete die Speisekarte zusammen und nickte. »Alle denken, weil sie diesen und jenen Artikel über dich gelesen oder dich auf dem Spielfeld gesehen haben, wissen sie, wer du bist.« Sein offener Blick traf ihren. »Du doch auch.«

»Ich? Ich habe keine Ahnung, wer du bist«, sagte sie mit einem leichten Kopfschütteln.

»Ah, okay. Und *Desmond, ich liebe dich*, stand auf dem Schild, weil …?«

Mist! Das Schild. Sie wollte nicht zugeben, dass es gar nicht ihres war. Schließlich hätte sie auch gleich mit der Wahrheit rausrücken können. Also sagte sie das Erstbeste, was ihr einfiel: »Weil du heiß bist!« Im selben Moment wünschte sich Imogen wieder mal ein Loch. Etwas Oberflächlicheres fiel ihr nicht ein?

»Oh, danke.« Er zwinkerte ihr zu und fügte dann in leicht sarkastischem Tonfall hinzu: »Das sagt ja wahnsinnig viel über meinen Charakter aus.«

»Nein, so meine ich das nicht«, ruderte sie zurück. »Du bist … ein guter Baseballspieler?«

»Du interessierst dich für Baseball?«

Eine Antwort blieb ihr erst einmal erspart, weil der Kellner kam und ihre Bestellung aufnahm. Es wunderte sie, dass Holden eine Cola bestellte. Aber sie folgte seinem Beispiel. Als der Kellner verschwunden war, musste sie dennoch fragen: »Kein Wein?«

»Ich trinke nicht, wenn ich fahre.«

Das hatte Imogen anders in Erinnerung. Wenn sie nicht völlig falsch lag, war er mehr als einmal betrunken am Steuer aufgegriffen worden. Aber vielleicht gehörte das ja zu der neuen Imagekampagne.

»Du sagtest, du magst Baseball? Ich hoffe, dass ich meinen ERA und OBA halten kann. Auch bei den WPs bin ich ganz gut dabei, aber …« Er unterbrach sich und musterte sie. »Du hast keine Ahnung, wovon ich rede, oder?«

Imogen schüttelte den Kopf. Die Röte in ihrem Gesicht ignorierte sie inzwischen einfach. »Keine Ahnung, was ERAs oder WPs sind, sorry.«

»Okay.« Jetzt verschränkte er die Arme vor der Brust. »Dann ist es auch nicht Baseball. Was liebst du dann an mir?«

Wieder rettete sie der Kellner. Er stellte ihre Getränke ab und fragte nach dem Essen. Holden bestellte Steak und Salat, Imogen Gnocchi in Gorgonzolasoße. Sobald der Kellner wieder verschwunden war, wechselte sie das Thema. »Hast du am College noch was anderes gemacht, außer Baseball?«

Er nickte. »Ich habe Architektur studiert.«

Mit etwas so Handfestem hatte Imogen nicht gerechnet. Das musste man ihr am Gesicht angesehen haben, denn er sagte: »Nicht jeder ruht sich auf seinem Sportstipendium aus.«

Autsch. Aber das hatte sie verdient. »Du bist Architekt?«

»Ich habe einen Master, ja. Überrascht?« Er hatte seine defensive Haltung nicht aufgegeben und saß immer noch mit verschränkten Armen neben ihr.

»Nützt das etwas, wenn du nicht in dem Beruf arbeitest?«

»Wer sagt denn, dass ich nicht als Architekt arbeite?«

Imogen lachte. »Ich kann mir nicht vorstellen, dass du bei deinem Pensum Zeit für so etwas hast.«

»Mein Pensum? Meinst du das Training?« Seine Stimme hatte inzwischen einen scharfen Ton angenommen.

»Training, Partys, Frauen.« Imogen zuckte mit den Schultern. »Was man so hört, bist du voll ausgelastet.«

Missbilligend schüttelte er den Kopf. »Wenn dir das alles so gegen den Strich geht, warum dann das Plakat?«

Er ließ einfach nicht locker. Imogen hatte keine Lust mehr, sich ständig dafür entschuldigen zu müssen. »Das war nicht meins, Herrgott! Ich habe es nur einen Moment lang für meine Freundin gehalten, okay?«

Er breitete die Arme aus und das Lächeln auf seinem Gesicht ließ Imogens Magen flattern. »Siehst du, die Wahrheit war doch gar nicht so schwer.«

»Was soll das denn heißen?«

Er zuckte mit den Schultern. »Mir ist schon gestern aufgefallen, dass du den Job nur wegen des Geldes machst.« Imogen wollte ihn unterbrechen, doch er hob die Hand. »Und das ist völlig in Ordnung. Viel besser, als wenn du in mich verknallt wärst.«

Wow! Damit hätte sie nicht gerechnet. »Ähm … okay. Ich dachte … also, ich dachte, du hättest mich deshalb ausgewählt.«

»Nein. Ich habe dich ausgewählt, weil du süß bist, wenn du rot wirst.« Zu Imogens Überraschung griff er nach ihrer Hand und hauchte einen Kuss darauf. Dann lächelte er von unten zu ihr hinauf. »So wie jetzt. Sei bitte nicht sauer, okay?«

»Warum sollte ich sauer sein?« In Imogens Magen schlug irgendetwas Purzelbäume und ihr ganzer Körper vibrierte. Sie hatte Mühe, Holdens Ausführungen zu folgen. Das Blut in ihren Ohren rauschte so laut und ihr Herz schlug so heftig, dass sie fürchtete, er würde es hören.

Sein Daumen strich sanft über ihren Handrücken. »Weil ich nicht anders kann. Ich bin absichtlich unverschämt, nur damit du errötest.«

Sie wusste, dass sie ihm die Hand entziehen sollte. Sie wusste auch, dass sie irgendetwas auf dieses Geständnis erwidern sollte. Am besten so etwas wie ›Das ist nicht nett‹ oder ›Lass das!‹. Aber sie konnte nicht. Sie konnte ihn nur anstarren und dabei spüren, wie die Röte ihren Hals und ihre Wangen hinaufkroch.

»Bezaubernd.« Er küsste noch einmal ihre Hand und ließ sie dann los, weil der Kellner mit ihrer Bestellung kam.

Wer hätte gedacht, dass jemand ihr ständiges Erröten als ›bezaubernd‹ bezeichnen würde. Sie selbst empfand es eher als lästig.

Holden war es, der das Gespräch wieder aufnahm. »Du willst deinen Doktor in Kunststofftechnik machen?«

»Ja.«

»Und was macht man da so? Ich meine, Plastik ist Plastik, oder?«

Imogen verschluckte sich fast an ihren Gnocchi. »Plastik ist …« Sie unterbrach sich, schloss für einen kurzen Moment die Augen und sammelte sich. Kein guter Zeitpunkt, um ihm die feinen Unterschiede zu erklären. »Genau das ist das Problem. Plastik wird aus Erdöl hergestellt. Ich möchte gerne einen Stoff entwickeln, der kein Erdöl braucht.«

»Okay.« Er spießte ein Stück Fleisch auf und verharrte mit der Gabel in der Luft. »Das hat noch keiner versucht?«

»Doch. Es gibt welche, aber nichts eignet sich für die Massenproduktion.«

»Und das möchtest du erfinden?«

»Nicht ganz. Ich möchte einen erdölfreien Rohstoff für 3-D-Drucker entwickeln. *Rapid Prototyping* ist …« Sie unterbrach sich erneut und griff nach ihrer Cola. »Erdöl ist ein schwindender Rohstoff. Wir brauchen Alternativen.«

»Da gebe ich dir recht. Da ist mein Geld bei dir gut angelegt. Ich drücke die Daumen. Aber …«, er trank einen Schluck, »… wofür soll das gut sein? Also ich meine, das mit dem Erdöl verstehe ich. Aber warum für 3-D-Drucker? Warum nicht für Plastikschüsseln, Zahnbürsten, Rasierapparate oder Kondome?«

Imogen rollte mit den Augen. »Weil du all das mit einem 3-D-Drucker herstellen kannst. Außer die Kondome, denke ich. Die sind meist aus Kautschuk.«

»Man lernt nie aus.«

»Ja. Und dabei sollte man doch denken, dass ein Mann wie du …«

Er unterbrach sie und deutete ein weiteres Mal mit der Gabel in ihre Richtung. »Definiere: Mann wie ich.«

Gut, wenn er es so genau wissen wollte: »Frauenheld? Womanizer? Herzensbrecher?«

Sein Lachen erfüllte den Raum und einige Köpfe wandten sich zu ihnen um.

»Was? Habe ich nicht recht?«

Holden winkte ab. »Du hast ja keine Ahnung.«

Vielleicht, aber nur vielleicht, war Holden doch netter, als sie gedacht hatte.

6. Ein Besuch im Park

Lauren hatte natürlich sofort alles ganz genau wissen wollen. Also hatten sie es sich ein weiteres Mal auf Imogens Bett bequem gemacht. Sie waren gerade bei Imogens Geständnis mit dem Schild angelangt, als ihr Handy piepte und den Eingang einer Nachricht anzeigte. Sie warf einen Blick darauf und erstarrte. Sie war von Desmond.

Natürlich erweckte das Laurens Aufmerksamkeit und sie sah ebenfalls aufs Display. »Ist die von ihm?«

Der gekränkte Tonfall traf Imogen bis ins Mark. Sie nickte verlegen. »Er hat mir seine Nummer gegeben, weil wir uns ja dreimal die Woche sehen müssen.«

»Und deshalb schreibt er keine halbe Stunde, nachdem er dich hier abgesetzt hat?«

Imogen zuckte bei Laurens gedemütigten Tonfall zusammen. *Okay.* Dieser Umstand traf Lauren wirklich. »Ich glaube, er ist nicht nach Hause gefahren. Er sagte, er habe eine wichtige Verabredung«, versuchte Imogen zu beschwichtigen.

»Willst du nicht nachsehen, was er schreibt?«

Laurens immer noch angespannter Tonfall tat Imogen in der Seele weh. »Doch, klar.« Sie warf einen Blick auf die Nachricht und sofort brannten ihre Wangen.

»Was schreibt er?« Lauren beugte sich erneut über Imogens Handy und las die Nachricht laut vor:

Schade, dass beim ersten Date keine Küsse erlaubt waren. Fiel mir echt schwer, mich daran zu halten.

Lauren biss sich auf die Lippe. »Du scheinst ihn beeindruckt zu haben.«

»Wir haben nur geredet, Lauren. Und ganz ehrlich, jeder weiß, dass Holden nichts anbrennen lässt. Der steckt seine Zunge …«

»Sprich. Jetzt. Nicht. Weiter.« Mit erhobenem Zeigefinger stand Lauren auf.

»Lauren, ich …«

»Ich weiß. Ist nicht deine Schuld.« Sie schloss für einen Moment die Augen. »Isst du mit mir Eis?« Tränen glitzerten in Laurens Augen, aber sie wischte sie schnell weg.

»Natürlich, Süße.« Imogen holte einen großen Becher Eis aus dem Gefrierschrank. »Möchtest du darüber reden? Oder auch nicht. Vielleicht bin ich diesmal nicht die Richtige.«

Lauren öffnete das Eis, schob sich einen Löffel in den Mund und nickte dabei mit dem Kopf. Sobald sie geschluckt hatte, sagte sie: »Doch, das bist du. Du kannst ja nichts dafür, dass er ein Weiberheld ist. Du hast es mir sogar gesagt. Mehr als einmal.« Sie schniefte. »Lass dich bloß nicht von ihm einwickeln, Genny. Er ist gut im Süßholzraspeln.«

»Ja, das ist er.« Vorsichtig tätschelte Imogen Laurens Arm.

»Aber du bist schlauer als ich. Kein Sex hast du gesagt. Halt dich dran.« Eine Träne rollte ihre Wange hinab.

Imogen biss sich auf die Lippe. Lauren hatte recht. Sie durfte sich von Holdens netten Worten und Gesten nicht beeinflussen lassen. Sie würde keine seiner Eroberungen werden. Das war sie sich und besonders Lauren schuldig.

Drei Stunden später waren Laurens Tränen getrocknet. Bevor sie Imogens Zimmer verließ, hatte sie bereits wieder gelacht. »Etwas Gutes hat die ganze Sache: Du bekommst deinen Doktortitel finanziert und ich hatte einen geilen One-Night-Stand. Außerdem haben wir die besten Plätze für die Spiele. Alles in allem doch eine gute Ausbeute.« Mit diesen Worten hatte sie Imogen eine gute Nacht gewünscht und war in ihr Zimmer verschwunden.

Inzwischen lag Imogen im Bett und war kurz davor einzuschlafen, als ihr Handy ein lautes *Pling* von sich gab. *Mist!* Sie hatte vergessen, es abzustellen. Im Dunkeln tastete sie danach und ihr Blick fiel auf eine weitere Nachricht von Holden.

Holden: *Na, noch wach?*

Imogen zögerte nur kurz, bevor sie antwortete:

Jetzt schon.

Holden: *Tut mir leid. Kann nicht schlafen.*

Imogen: *Und deshalb hältst du andere davon ab?*

H: *Ich könnte auch andere Dinge tun.*

I: *Aha.*

Was sollte das? Warum schrieb er ihr?

I: *War das Date nach mir nicht befriedigend?*

Schon in dem Moment, in dem sie die Nachricht abschickte, ärgerte sie sich über ihre Unüberlegtheit. Sie sollte eine objektive Einstellung ihm gegenüber haben. Aber gerade war sie einfach nur stinksauer, dass er Lauren zum Weinen gebracht hatte.

H: *Kein Date. Ich hab dir gesagt, ich date nicht. Und das Treffen war befriedigend.*

I: *Was willst du dann von mir?*

H: *Fragen, ob wir morgen zusammen in den Park gehen. Um 13:00 Uhr am Japanischen Garten?*

I: *Du weißt schon, dass ich nicht vertraglich verpflichtet bin, jede deiner Einladungen anzunehmen.*

H: *Weiß ich. Ich würde mich trotzdem freuen.*

I: *Von mir aus. Dann morgen um 13:00 Uhr*

H: *Vielleicht ist beim zweiten Date ja ein Kuss drin?*

Darauf erwiderte Imogen nichts mehr, aber die Schmetterlinge in ihrem Bauch tanzten und die inzwischen schon so vertraute Hitze kroch ihre Wangen hinauf. Sie schalt sich einen Dummkopf und schob es auf die späte Stunde. Nachts wurden Menschen gefühlsselig. Sie bildete da offensichtlich keine Ausnahme.

Um kurz vor Eins erreichte Imogen den Japanischen Garten. Holden war bereits da. Er trug Jeans, Hoodie und eine Baseballkappe. Um ihn herum hatte sich eine Menschentraube gebildet und er signierte lächelnd Shirts, Broschüren und Körperteile.

Imogen blieb einige Meter entfernt stehen und beobachtete ihn. Gerade streckten ihm zwei junge Frauen ihren Unterarm hin und kicherten albern. Er unterschrieb, lächelte unverbindlich und wandte sich dann einem kleinen Jungen zu, der ihm mit großen Augen seine Baseballkappe entgegenhielt. Holden ging in die Knie, nahm die Kappe entgegen und sagte etwas. Der Junge lachte und Holden stimmte ein. Er unterschrieb, wuschelte dem Kind durch die Haare und setzte ihm die Kappe wieder auf. Der Kleine rannte freudestrahlend zu einem Mann, der nur wenige Meter von Imogen entfernt stand.

»Daddy, schau mal! Holden hat auf meiner Kappe unterschrieben. Er sagt, wenn ich viel trainiere und nie den Spaß am Spiel verliere, kann ich auch mal ein guter Spieler werden.« Der Mann nickte Holden dankbar zu. Dieser antwortete ebenfalls mit einem Nicken. Sein Blick war dem Jungen gefolgt. Die beiden Frauen, die immer noch kichernd neben ihm standen, beachtete er gar nicht. Stattdessen entdeckte er Imogen und sein Lächeln wurde breiter. Er kam auf sie zu, legte einen Arm um ihre Hüfte und bevor sie wusste, wie ihr geschah, küsste er sie. Weich und warm. Mit sanftem Druck berührte er ihre Lippen, teilte sie, gab ein stummes Versprechen und zog sich dann zurück. Den Arm ließ er auf ihrer Hüfte liegen, sein Gesicht war ihrem ganz nah und er murmelte: »Das wollte ich schon gestern tun.«

Ein Kribbeln durchfuhr Imogen und sie starrte Desmond mit offenem Mund an. Einerseits wollte sie ihn ohrfeigen für das, was er eben getan hatte. Andererseits hatte sich ein Kuss nie so gut angefühlt. Zum ersten Mal im Leben wollte sie mehr. Unwillkürlich fuhr sie sich mit der Zunge über die Lippen.

Sein Blick ruhte auf ihrem Mund. »Wenn du das noch einmal tust, garantiere ich für nichts.«

»Ich? Du hast doch …«

Er ließ sie los und packte ihre Hand. »Lass uns reingehen. Ich denke, die Presse hat ihre Fotos.«

»*Was?*« Möglichst unauffällig blickte sie sich um und entdeckte mehrere Menschen, die ihr Handys auf sie gerichtet hatten. Wie ein Reporter sah keiner davon aus.

»Die Presse?« Sie hasste es, dass ihre Stimme schrill klang.

»Ich bin mir sicher, dass irgendjemand diese Bilder verkaufen wird. Sie wissen garantiert schon, wer du bist. Hast du das Video auf YouTube nicht gesehen?«

Jetzt war auch der letzte Rest Romantik verflogen und ein flaues Gefühl breitete sich in Imogens Magen aus. »Video?«

»Von uns beiden, gestern vorm Restaurant. Als ich deinen Nacken geküsst habe. Es wird spekuliert, ob da mehr sein könnte. Das hier«, er deutete auf die Menschen und den Park, »wird dieses Gerücht anfeuern.«

Arschloch! Wag es noch einmal, mich anzufassen. Mit einem Ruck befreite sie ihre Hand. »Ich hole Eintrittskarten.« *Nur weg von ihm.* Imogens Gedanken wirbelten so wild, dass sie keinen zu fassen bekam.

»Warte, ich habe schon Karten.«

Holden gab ihr keine Chance davonzurennen, sondern war gleich wieder an ihrer Seite. Da sie ihrer Stimme nicht traute, nickte sie nur und gemeinsam betraten sie den Park. Normalerweise liebte Imogen die Ruhe und das Ambiente. Besonders an einem schönen Frühsommertag wie diesem, an dem alle Bäume in voller Blüte standen. Doch heute hatte sie keinen Blick dafür. Heute wünschte sie sich weit fort von diesem Mann, zu dem ihr Körper sich unwiderstehlich hingezogen fühlte. Ganz gegen ihren Willen.

»Eigentlich kann ich wieder gehen, oder?« Zufrieden stellte sie fest, dass ihre Stimme weder beleidigt noch trotzig klang.

Verdutzt blieb er stehen. »Warum? Wir haben uns gar nicht unterhalten.«

Was war mit dem Kerl los? Verstand er wirklich gar nichts? »Die Presse oder YouTube oder wer auch immer haben ihre Fotos. Das ist es doch, was du wolltest.« Jetzt hörte sie sich beleidigt an. Aber zum Teufel, sie war beleidigt. Das sollte er ruhig merken.

»Nein, ich …« Er blieb stehen, nahm ihre Hände und sagte leicht zerknirscht: »Ich möchte, dass du bleibst.«

Sie befreite sich von ihm und trat einen Schritt zurück. »Nicht. Anfassen!«

»Das ist wirklich ein Problem für dich, oder?«

»Ich bin kein Freund von Körperkontakt. Schon gar nicht, wenn ich die Menschen kaum kenne oder alles nur gespielt ist.« Ihre Missbilligung schwang in jeder Silbe mit.

»Tut mir leid.« Er fuhr sich mit der Hand über den Nacken und murmelte: »Ich berühre dich gerne, nicht nur für die Kameras. Es ist wie ein Reflex.«

Ein weiteres Mal konnte sie diese verdammte Hitze ihren Hals hinaufsteigen fühlen. »Lass es einfach, okay.«

»Wenn wir ein Paar spielen, müssen wir uns berühren.« Jetzt sah er ihr in die Augen.

»Aber nicht ständig.«

Er hob die Hände und versenkte sie dann in den Hosentaschen. »Wie Sie wünschen, Ma'am. Kein Befummeln.« Dann setzte er sich wieder in Bewegung.

Gegen ihren Willen musste Imogen lachen und lief mit ein wenig Abstand neben ihm her. »Warum wolltest du dich mit mir treffen?«

»Ich bin ab morgen für drei Tage nicht in der Stadt. Wir spielen in Houston gegen die Astros«, begann er und klang auf einmal ganz geschäftlich. »Freitagabend habe ich keine Zeit. Also können wir uns erst Samstag sehen. Sonntag bis Dienstag sind die Rangers bei uns. Die Karten dafür gebe ich dir Samstag.«

Imogen musste mehrmals tief durchatmen, um ihn nicht unfreundlich anzufahren. Er hatte also einen vollen Terminplan und erwartete von ihr, dass sie sich danach richtete. Das konnte er sich abschminken. »Es tut mir ja leid, dich enttäuschen zu müssen, aber Samstag kann ich nicht.« Das war nicht einmal gelogen. Weil sie bereits gewusst hatte, dass sie Sonntag zum Spiel gehen würde, hatte sie sich für eine Doppelschicht eingetragen.

»Oh, was hast du vor?«

»Ich arbeite.«

»Den ganzen Tag?« Ehrliche Überraschung sprach aus seiner Stimme.

»Es geht dich eigentlich nichts an, aber ja, den ganzen Tag. Ich fange um neun an und bin abends um elf fertig. Danach will ich nichts mehr, außer schlafen. Den Sonntag brauche ich, um die Einreichung meiner Dissertation vorzubereiten und zu deinem Spiel zu gehen. Warum kannst du Freitagabend nicht?«

Sein Blick glitt zu Boden und er kickte einen Stein vor sich her. »Ein wichtiger Termin.«

»Den ganzen Tag?«, äffte sie seinen Tonfall nach.

»Okay, Botschaft angekommen. Du hast ein Leben, ich habe ein Leben.« Desmond hob beschwichtigend die Hände. »Wir müssen besser planen. Ich habe die Termine für die nächsten Wochen nicht im Kopf, also lass uns das heute Abend per Chat klären. Ist das für dich okay?«

Imogen nickte.

»Gut.« Er zog die Hände aus den Taschen und deutete mit den Zeigefingern auf sie. »Erzähl mir was über dich. Kindheit. Wo bist du aufgewachsen?«

»Ich komme aus Idaho. Idaho Falls. Und du?«

Er hob überrascht die Brauen. »Das weißt du nicht?«

»Wie gesagt, ich interessiere mich nicht für Baseball.«

»Eine Schande.« Er lachte. »Das werde ich ändern. Ich komme aus Indiana.« Er drehte sich zu ihr. »Baseball ist meine große Leidenschaft. Architektur die andere.«

Ein Lächeln schlich sich auf Imogens Lippen. »Baseball? Überraschend.« Sie sah zu ihm und erkannte, dass sich auch seine Mundwinkel hoben. Ihr Humor gefiel ihm offensichtlich. »Warum Architektur?«

»Hat mich schon immer interessiert. Wenn ich ein Gebäude sehe, dann will ich sofort wissen, wie es aufgebaut ist. Es ist diese Mischung aus Zweckmäßigkeit und Schönheit.« Er zuckte mit den Schultern. »Und deine Leidenschaft? Außer Plastik?«

»Klimaschutz und Umwelttechnik. Damit bin ich aufgewachsen. Meine Eltern arbeiten auf dem Gebiet. Sie sind beim INL: *Idaho National Laboratory*.«

»Nie von gehört.«

»Das war ursprünglich eine Anlage, die Reaktoren getestet hat. In den Sechzigern gab es einen Unfall mit radioaktivem Material. Meine Eltern erforschen die Kontamination und inzwischen auch erneuerbare Energien. Umweltschutz liegt mir im Blut.« Gespannt, wie er mit dieser Information umgehen würde, wartete sie seine Reaktion ab.

Er verzog keine Miene und sagte: »Ökos also?«

»Nein. Nur Menschen, denen bewusst ist, wie wichtig der Erhalt unserer Natur und unserer Ressourcen ist. Wir hatten zum Beispiel immer nur ein Auto, es gibt so gut wie kein Plastik im Haushalt und meine Mum kauft immer im Biosupermarkt. Wir sind nie irgendwo hingeflogen und haben auch keine Kreuzfahrten gemacht. So Sachen eben.«

»Ah. Das war bei uns anders. Meine Eltern sind Anwälte.« Er verzog das Gesicht und schüttelte sich kurz.

»Warum heißt deine Mutter White und du Holden?«

»Weil meine Eltern der Meinung waren, dass sich eine Anwaltskanzlei mit dem Namen Holden & White besser anhört, als Holden & Holden.« An dieser Stelle verdrehte er die Augen.

»Na, sie werden wissen, was sie tun.«

»Da bin ich mir nicht so sicher. Sie haben meinen Bruder Gabriel und mich oft allein gelassen, weil sie arbeiten mussten.«

Das erweckte in ihr fast so etwas wie Mitleid. »Tut mir leid. Ist dein Bruder älter oder jünger?«

»Ein Jahr jünger. Hast du Geschwister?«

Sie nickte. »Einen älteren Bruder. Die Pest, sag ich dir. Er arbeitet mit meinen Eltern zusammen beim INL. Ältere Brüder sind kein Spaß.«

»Das würde Gabe sicher bestätigen«, sagte Desmond augenzwinkernd. »Willst du auch irgendwann zum INL?«

»Nein. Dort könnte ich nicht machen, was mir vorschwebt. Ich müsste an vorgegebenen Projekten arbeiten. Aber mein Traum ist es, dass wir einen Kunststoff entwickeln, der einen neutralen CO_2-Abdruck hinterlässt.« Unsicher, ob sie ihn langweilte, schenkte sie ihm ein verlegenes Lächeln.

Er erwiderte es und sagte: »Ich bin im Moment hauptsächlich Profisportler. Vor vier Jahren habe ich meinen Abschluss an der Auburn University gemacht und den Vertrag bei den Mariners bekommen. Danach habe ich für verschiedene Minor League Teams der Mariners gespielt: *Clinton Lumber Kings*, *Travellers* und schließlich bei den *Tacoma Rainiers*. Seit letztem Sommer dann für die Mariners in der Major League.« Wenn er von Baseball sprach, begannen seine Augen zu leuchten. Imogen mochte diesen Ausdruck.

»Beeindruckend. Ich bereite mich im Moment nur auf meinen Doktor vor.« Sie konnte ein Grinsen nicht unterdrücken. Sie warfen sich die Informationen zu, wie einen Baseball beim Aufwärmen. Es war spannend, wie unterschiedlich ihre Leben und Familien funktionierten. Da sie bisher keine Nachforschungen über ihn angestellt hatte, saugte sie jede Information über ihn auf. Desmond Holden wurde immer interessanter.

»›Nur‹ ist nicht das richtige Wort, oder?«, holte er sie aus ihren

Gedanken. »Du rettest die Welt, ich spiele Baseball. Leichtes Ungleichgewicht, was den Nutzen für die Menschheit angeht.«

»Da dürften viele Amerikaner anderer Meinung sein.« Seine lockere Art gefiel ihr. Er brachte sie zum Lachen und das war etwas, was nicht jedem Mann gelang.

»Pah, die haben keine Ahnung«, winkte er ab. »Was gibt es sonst noch? Ach ja, ich gehöre zwei Katzen, Lord und Lady.«

»Die habe ich kurz gesehen. Süß. Bei meinen Eltern hatte ich auch Katzen. Jetzt nicht mehr. Unsere Wohnung hier ist einfach zu klein.« Imogen biss sich auf die Unterlippe. »Informativer als Google, würde ich sagen.«

»Du hast mich wirklich nicht gegoogelt?«

Sie schüttelte den Kopf. »Du mich?«

Er nickte: »Imogen Kelly, 23, Master in Kunststofftechnik über ein Thema, dessen Namen ich mir nicht merken kann. Abschluss an der Idaho Falls High, Mitglied im 3-D-Drucker-Club. Ich wusste gar nicht, dass es so was gibt. Bis vor zwei Jahren warst du mit einem Typ namens Brad Trower zusammen. Seitdem Single. Du stehst auf alte Beatles Songs und gehst nicht sonderlich oft auf Partys. Oder falls doch, postest du zumindest kaum Selfies.«

Das traf es ziemlich genau. »Und du liebst es offensichtlich, Leute zu stalken.«

»Nicht stalken. Aber ich will doch wissen, mit wem ich es zu tun habe. Bilder von dir, nackt und stockbetrunken auf einer Spring-Break-Party, wären kontraproduktiv.«

»Ah, die sind nur von dir in Ordnung?«

Er zwinkerte ihr zu und die Schmetterlinge in ihrem Bauch tanzten. »Ich glaube, Nacktbilder gibt es keine. Oder weißt du mehr als ich?«

Langsam schüttelte sie den Kopf. »Aber viele, auf denen du stockbetrunken bist.«

Dieser Umstand schien ihm nicht einmal peinlich zu sein, denn er antwortete zwinkernd: »Ich war jung?«

»Wenn ich mich recht erinnere, ist die letzte Anzeige wegen Trunkenheit am Steuer sechs Wochen her.«

»Aha! Du weißt doch mehr über mich, als du zugeben willst.«

Sie kniff die Augen zu Schlitzen zusammen. »Was man halt so mitbekommt, wenn man Zeitung liest.«

»Menschen ändern sich. Irgendwann merkt selbst der letzte Idiot, dass etwas schiefläuft. Und dann ändert man es.« Er seufzte und deutete auf einen Eiswagen, der wie immer neben dem Koi-Teich stand. »Willst du ein Eis? Hier gibt es das beste Kirsch-Eis der Stadt. In der Saison wird es sogar aus den Kirschen gemacht, die hier im Park wachsen.«

»Wirklich? Das wusste ich nicht. Ich nehme eins.«

Er ging zu dem Stand und schäkerte mit dem Verkäufer, als würden sie sich schon ewig kennen. Dann kam er mit zwei Eistüten zurück. »Wollen wir uns an den Koi-Teich setzen? Der Ausblick ist der Hammer. Besonders im Frühsommer, wenn alles in voller Blüte steht. Ich esse dort gerne mein Eis.« Er zeigte auf eine kleine Plattform, die ein wenig ins Wasser hineinragte. »Komm.«

Die Holzdielen schimmerten silbern in der Sonne. Sie sah zu Desmond. Aus seinen Worten wurde sie einfach nicht schlau. Sollte sie glauben, dass er einen Neuanfang plante? Vorsichtig setzte sie sich auf die niedrige Balustrade, leckte an ihrem Eis und fragte: »Du änderst also gerade dein Leben?«

»So der Plan. Cola beim Abendessen. Du erinnerst dich?« Er ließ sich neben ihr nieder, aber mit so viel Abstand, dass er sie nicht berührte.

Wenn Imogen ihn so dasitzen sah, glaubte sie ihm fast. Dieser Mann war vielschichtiger, als sie gedacht hatte.

Schweigend leckten sie ihr Eis. Nur ab und zu warfen sie sich einen Blick von der Seite zu. Kaum hatte er aufgegessen, sprang er wieder auf. »Was machen wir jetzt?«

Hatte er etwa vor, den Rest des Tages mit ihr zu verbringen? Imogen war sich nicht sicher, ob ihr die Vorstellung gefiel oder sie erschreckte. »Ich muss gleich noch für drei Stunden arbeiten.«

»Im Diner?«

»Genau.«

»Ist es das bei dir in der Straße?«

»Das *Blue Monkey*, ja.«

Er nickte. »Okay, dann lass uns gehen.«

Schweigend legten sie den Weg zum Eingang zurück. Dort angekommen verbeugte Holden sich ausladend. »War mir ein Vergnügen. Ich schreibe dir heute Abend, okay? Ab wann bist du wieder da?«

»Halb zehn.«

»Gut, dann um zehn.«

»Viel Glück beim Spiel.«

»Werde ich haben. Bis dann.« Die Hände wieder in den Hosentaschen wandte er sich ab und verschwand. Überrascht blickte sie ihm hinterher. Er hatte nicht noch einmal versucht, sie küssen. Akzeptierte er tatsächlich ihre Grenzen? Interessant.

7. Überraschungen

Um fünf Minuten nach Mitternacht piepte Imogens Handy. Müde tastete sie danach.

H: *Sorry, war beschäftigt und habe die Zeit vergessen.*

Sie überlegte noch, ob sie antworten sollte, als schon die nächste Nachricht kam.

H: *Tut mir wirklich leid.*

Und zehn Sekunden später.

H: *Wirklich, wirklich. Was muss ich tun, um es wiedergutzumachen?*

I: *Zunächst mal aufhören zu nerven!*

Stille. Sie wartete eine Minute, dann zwei, bevor sie weiterschrieb.

I: *Nenn mir deine Termine.*

H: *Diese Woche wird das wohl nichts mehr mit einem Treffen. Ich habe einfach keine Zeit. Zu kurzfristig. Geht erst Sonntag zum Spiel. Danach die Wochen müssen wir sehen. Aber am Siebten kann ich abends. Am Zehnten gibt es einen Empfang mit den Sponsoren. Da solltest du dabei sein. Sonntag weiß ich mehr. Ev. sollten wir alle 2 Wochen Essen gehen?*

I: *Klingt gut für mich.*

H: *Bist du noch sauer?*

I: *Schläfst du eigentlich nie?*

H: *Doch. Aber ich bin ein Nachtmensch.*

I: *Ich nicht.*

H: *Alles klar. Dann schlaf gut und träum was Süßes.*

I: *Gute Nacht.*

Sie hörte bis Samstag nichts mehr von Holden. Sie hatte die Spielergebnisse gegoogelt und zumindest so viel verstanden, dass Holdens Mannschaft gewonnen hatte, was zum großen Teil sein Verdienst war. Da bereits Bilder von ihr und Holden im Netz zu finden waren, hatte sie gedacht, es könne nicht schaden, wenn sie informiert wäre.

Bevor sie und Lauren am Morgen zu ihrer Doppelschicht aufgebrochen waren, hatte Lauren ihr ein paar Fotos gezeigt, die wohl Freitagnacht aufgenommen worden waren: Holden um fünf Uhr früh, beim Verlassen des *Intense*, eines beliebten Nachtclubs in Downtown. Die Bildunterschrift lautete: Holden feiert seinen Erfolg. Sonst nichts.

»Hatte er nicht gesagt, dass er Freitag keine Zeit hat? Aber in den Club kann er gehen?« Lauren kniff die Augen zusammen und wollte schon weiterreden, als Imogen einwarf: »Nicht mein Problem, wenn er seine Saubermann-Kampagne selbst torpediert. Lass uns gehen und nicht weiter darüber nachdenken.«

Obwohl Imogen diese Worte ernst meinte, ließen ihr die Fotos keine Ruhe. Er sah auf den Bildern nüchtern aus. Und er war allein. Hatte er nicht gesagt, dass er ein Nachtmensch sei? Aber warum ging er alleine in einen Club? Wäre es nicht sinnvoller gewesen, sie mitzunehmen? Nicht, dass sie das gewollt hätte, aber für sein Image wäre es sicher besser gewesen.

Solche und ähnliche Gedanken begleiteten sie den ganzen Vormittag und durch das Mittagsgeschäft. Gegen 16:00 Uhr stand sie mit dem Rücken zur Tür und kochte neuen Kaffee. Der Laden war leer, Lauren machte Pause und Imogen bereitete alles für das Abendgeschäft vor. Die Türglocke läutete und sie rief ein »Bin gleich bei Ihnen« über die Schulter.

»Lass dir ruhig Zeit. Ich nehm Kaffee und ein Omelett mit Paprika.«

Imogen erstarrte beim Klang dieser Stimme und drehte sich dann langsam um. »Holden?« Und tatsächlich: Da stand er, einen Laptop unter dem Arm und grinste sie an.

»Freie Platzwahl?«, fragte er mit seinem umwerfenden Lächeln auf den Lippen.

Imogen nickte nur, da sie ihrer Stimme nicht traute.

»Gut, dann nehme ich den.« Er setzte sich an einen kleinen Tisch mit nur zwei Stühlen nah an der Theke und schlug den Laptop auf.

Nachdem sie mehrmals tief durchgeatmet hatte, schickte sie die Bestellung an die Küche. Dann schnappte sie sich die Kaffeekanne sowie eine Tasse und ging zu ihm. Er sah müde aus. *Kein Wunder! Er hat die ganze Nacht mit Feiern verbracht.* »Anstrengende Nacht?«

»Lange Nacht. Wie gesagt, Nachteule.«

Er war nicht bereit, ihr zu sagen, was er getrieben hatte. Auch gut. Dann eben nicht. Sie knallte die Tasse ein wenig fester auf den Metalltisch, als es notwendig gewesen wäre und schenkte ein. »Milch und Zucker stehen da.«

Sein Blick streifte zuerst sie und dann die Tasse. »Hätte ich mich melden sollen?«

Dieser Kommentar brachte Imogen aus dem Konzept. »Was?«

»Hätte ich mich melden sollen? Ich meine, du hast gesagt, ich soll nicht nerven, also dachte ich …«

»Du verstehst es nicht, oder?«

»Was denn?«

Das konnte doch nicht wahr sein. Wie konnte ein einziger Mann so begriffsstutzig sein? »Also gut, Holden, dann einmal zum Mitschreiben: Ich lege keinen gesteigerten Wert auf deine Gesellschaft oder Aufmerksamkeit. Ich habe keine Ahnung, warum du hier bist, und es ist mir auch egal. Und wenn du deine Tage lieber verschläfst und die Nächte in Clubs verbringst, dann ist das auch nicht mein Problem. Aber …«

»Dann ist es wegen der Fotos?«

»Das geht mich nichts an. Hör zu, ich habe zu tun. Trink deinen Kaffee, iss dein Omelett und lass mich in Ruhe, okay?«

»Okay.« Ohne ein weiteres Wort wandte er sich von ihr ab und machte sich an seinem Computer zu schaffen.

Imogen sah ihn mit offenem Mund an. War das sein Ernst? Warum tauchte er hier auf? Warum machte er sich Gedanken darüber, ob er sich bei ihr hätte melden sollen? War er wirklich wegen ihr hier? Oder wollte er Lauren sehen? *Scheiße!* Sie musste Lauren unbedingt vorwarnen. Imogen wollte sich gar nicht ausmalen, was passieren würde, wenn sie unvorbereitet auf Holden traf.

Sie eilte hinter die Theke, schnappte sich ihr Handy und tippte:

Holden ist hier!!!

L: *WTF??????*

I: *Keine Ahnung. Er sitzt am Laptop, trinkt Kaffee und wartet auf ein Omelett.*

L: *Ich komme.*

Und schon konnte Imogen Laurens Schritte im Flur neben der Küche hören. Dann betrat sie den Laden und warf giftige Blicke in Holdens Richtung. Der hob kurz den Kopf, runzelte die Stirn und wandte sich wieder seinem Laptop zu. In dem Moment klingelte es an der Essensausgabe. Desmonds Omelett war fertig. Ein hinterhältiges Lächeln zog über Laurens Gesicht. »Lass mich das machen.«

Sie schnappte sich den Teller und ging mit schwingenden Hüften zu Holdens Tisch. »Bitteschön, deine Eier«, flötete sie.

Er musterte sie von oben bis unten. »Lauren, richtig?«

Imogen unterdrückte ein Keuchen. Erkannte er sie wirklich nicht? Ihre Freundin stellte den Teller ab, nickte dann und kringelte eine Strähne ihres Haares um die Fingerspitzen. »Genau die.«

»Schön, dich zu sehen. Wer ich bin, weißt du ja.« Er lächelte in Imogens Richtung. »Ist sie eigentlich immer so kratzbürstig?«

Laurens Hand sank nach unten. »Bist du eigentlich immer so ein Arsch?«

»Was habe ich denn getan? Ich bin hier, weil ich Zeit mit ihr verbringen will. Ich will sie kennenlernen. Was ist denn daran falsch?« Er hob fragend die Hände.

»Daran ist nichts falsch. Aber eins lass dir gesagt sein: Wenn du ihr das Herz brichst, bekommst du es mit mir zu tun. Dann wirst du dir wünschen, nie geboren worden zu sein! Ich kann viel wegstecken, aber Genny ist da empfindlicher.«

»Das Plakat war von dir, oder? Das ...«

»Schwamm drüber. Ich hatte meinen Spaß. Aber ich beobachte dich, Holden.« Sie deutete mit zwei Fingern von ihren Augen auf seine und wieder zurück.

»Okay?«, sagte er vorsichtig, schüttelte den Kopf und begann seelenruhig, sein Omelett zu essen.

Sobald Lauren hinter der Theke auftauchte, zog Imogen sie ein Stück nach hinten und redete auf sie ein. »Was sollte das denn? Du drohst ihm? Und hat er echt so getan, als wüsste er nicht, wer du bist?«

»Oh, ich glaube, er weiß sehr genau, wer ich bin. Und er weiß auch, dass mit mir nicht gut Kirschenessen ist.« Dann runzelte sie die Stirn. »Er ist allerdings anders als damals.«

»Weil er nüchtern ist?«

»Das ist es nicht.« Sie überlegte einen Moment. »Es ist seine ganze Art. Er wirkt weniger wild.«

»Drogen verändern Menschen, Lauren.«

»Ach, und das weißt du aus deinem reichhaltigen Erfahrungsschatz? Sei mir nicht böse, Genny, aber du hast keine Ahnung. Der Holden, den ich kennengelernt habe, sprühte vor Energie. Man hatte ständig das Gefühl, er könne jeden Moment explodieren. Sicher waren da Alkohol und Drogen im Spiel, aber irgendetwas sagt mir, dass mehr dahintersteckt. Ich kann das schwer in Worte fassen. Er wirkt jetzt ausgeglichener.«

»Du sagst das, als sei es etwas Schlechtes.«

»Nicht schlecht. Aber weniger reizvoll.« Sie lächelte. »Was auch immer. Soll ich ihn weiterbedienen, oder willst du?«

»Ich mach das schon.« In diesem Moment öffnete sich die Tür und eine Gruppe Jugendlicher kam kichernd herein. Sie quetschten sich auf eine der Sitzgruppen und unterhielten sich aufgeregt. Immer wieder huschten ihre Blicke zu Holden. Lauren ging zu ihnen und nahm die Bestellung auf. Der Tisch war außer Hörweite, aber es war eindeutig, dass die Jugendlichen nach Holden fragten.

Lauren kam zurück und gab die Bestellung an die Küche weiter. »Zumindest ist er gut fürs Geschäft. Die Kids haben ihn reingehen sehen und sind hinterhergekommen.« Sie deutete mit dem Kopf in Richtung der Jugendlichen. »Sie texten schon all ihren Freunden. Ich fürchte, in weniger als einer Stunde wird der Laden voll mit Teenagern sein, die einen Blick auf deinen Baseballstar werfen wollen.«

»Er ist nicht *mein Baseballstar*. Und wenn er klug ist, verschwindet er schnell wieder. Ich kann mir nicht vorstellen, dass er seinen freien Nachmittag damit verbringt, in einem abgehalfterten Diner Autogramme an hormongesteuerte Teenager zu verteilen.«

Aber genau das schien Holdens Plan zu sein. Fünf Stunden später saß er immer noch am gleichen Platz, redete mit Fans, trank Kaffee und arbeitete dazwischen konzentriert am Laptop. Nichts konnte ihn aus der Ruhe bringen. Weder die giggelnden Horden Mädchen – eine hatte ihn auf ihrem Schlüsselbein unterschreiben lassen – noch die supercoolen Jungs, die ihm ihre Baseballkappen entgegenhielten und scheinbar lässig schwiegen.

Gegen ihren Willen wuchs so etwas wie Bewunderung in Imogen. Sie wusste nicht, ob sie bei all der Aufmerksamkeit so ruhig geblieben wäre. Wenn sie ehrlich war, nervte sie der ganze Rummel jetzt schon. Aber für ihn war das Alltag. Überall, wo er hinkam, erregte er Aufmerksamkeit. War das der Grund, warum er seine Nächte in Clubs verbrachte? Eine Art Flucht?

»Mach den Mund zu, Genny. Sonst merkt er noch, wie scharf du auf ihn bist.« Lauren knuffte ihre Freundin in die Seite.

»Aber ich bin doch gar nicht …« Holden wählte genau den Moment, um ihr ein weiteres seiner umwerfenden Lächeln zu schenken, und sofort glühten ihre Wangen. Sie senkte den Blick und Lauren schmunzelte.

»Genau. Du bist nicht scharf auf ihn und er nicht auf dich. Schon klar.« Lauren füllte mehrere Gläser mit Cola. »Das, meine Liebe«, sie deutete in das voll besetzte Restaurant, »macht er nur für dich. Mir hat er erzählt, wie sehr er Autogramme geben hasst.« Sie runzelte die Stirn. »Allerdings sieht er ziemlich entspannt aus, oder? Vielleicht solltest du zu ihm gehen? Es wird langsam leerer und ich komm einem Moment allein klar.«

»Aber ich kann doch nicht …«

»Klar kannst du. Ich habe dir schon ein Sandwich bestellt, nimm dir 'ne Cola und mach Pause.«

»Wenn du meinst.«

»Ja, meine ich. Und sei nett zu ihm.« Sie drückte Imogen den Teller mit dem Sandwich in die Hand und schob sie in Holdens Richtung.

Vorsichtig näherte sie sich seinem Tisch und fragte: »Ich habe Pause, darf ich mich zu dir setzen?«

Sofort klappte er den Laptop zu und lächelte. »Gern.« Er deutete auf den Platz gegenüber und beäugte ihr Sandwich. »Sieht gut aus. Kann ich auch so eins haben?«

»Klar.« Automatisch erhob sich Imogen, doch Holden kam ihr zuvor. »Du hast Pause.« Mit diesen Worten stand er auf, drückte sie sanft auf den Sitz zurück und ging zur Theke. Er wechselte ein paar Sätze mit Lauren und setzte sich dann wieder. »Deine Freundin passt gut auf dich auf. Sie hat mir sogar gedroht.« Ein Augenzwinkern begleitete diesen Satz. »Sag ihr, dass ich nur die besten Absichten habe.«

»Sag ihr das doch selbst.«

»Habe ich. Aber ich fürchte, sie glaubt mir nicht.«

»Woran das nur liegen könnte.«

Er zuckte mit den Schultern. »Ist hier immer so viel los?«

»Nur, wenn Baseballstars hier gastieren. Seitdem du da bist, haben wir mehr Umsatz gemacht als sonst den ganzen Samstag.« Sie lehnte sich zurück und dehnte den Nacken nach links und rechts. »Du bist heiß begehrt.«

»Ach ja?« Das schiefe Lächeln und der Blick aus seinen grauen Augen machten ihr bewusst, was sie gesagt hatte. Schon wieder glühten ihre Wangen und sie schlug die Hände vors Gesicht.

»Nicht.« Sie spürte seine Nähe, bevor seine Hand sie berührte.

Ein Hauch seines Aftershaves ließ sie an Wald und Harz denken.

Vorsichtig löste er ihre Finger vom Gesicht und sie sah, dass er neben ihr stand. »Nicht verstecken.« Er hielt immer noch ihre Hände und sein Daumen streichelte sie dabei sanft. Imogens Herz setzte einen Schlag aus, nur, um dann umso schneller weiter zu galoppieren. Gerade so, als wollte es den verpassten Schlag aufholen.

»Ich weiß, ich soll dich nicht anfassen, aber ich …« Er sah ihr in die Augen und küsste ihre Fingerspitzen. Jede einzelne. So sanft, dass die Berührungen mehr einem Hauch als einem Kuss glichen.

Die Härchen auf Imogens Armen stellten sich auf, ihr wurde heiß und kalt zugleich und die Schmetterlinge wanderten von ihrem Bauch zu ihrem Herzen.

»Hast du das? Das wird der Knaller! Meinst du, das ist seine neuste Bitch? Kann der nicht was Besseres haben als eine Kellnerin in diesem Drecksloch?« Begleitet wurden die Worte von höhnischem Gelächter. Imogen erstarrte. Genau wie Holden. Sein

Blick wanderte über Imogens Schulter hinweg und gefror. Behutsam ließ er ihre Hand los und ging zu den beiden Männern hinter Imogen. Sie waren etwa in ihrem Alter und blickten so konzentriert auf ein Handy, dass sie ihn gar nicht kommen sahen.

Holden sagte nichts, sondern griff sich das Telefon, entfernte die Hülle, warf es auf den Boden und trat mehrmals kräftig darauf, bis es splitterte. »Ich hoffe für euch«, sagte er mit ruhiger Stimme, »dass ihr nichts davon hochgeladen habt.« Sein Blick glitt von einem zum anderen und dann zu Imogen. »Und jetzt entschuldigt ihr euch bei meiner Freundin.«

»Die Alte ist wirklich deine ...«

»Ich habe es mir anders überlegt.« Holden schob die Ärmel seines Hoodies hoch. »Vielleicht braucht meine Hand ein wenig Schlagtraining.« Er ballte die Fäuste und die Muskeln an seinem Unterarm traten deutlich hervor.

Imogen war ebenfalls aufgestanden und verfolgte das Geschehen mit klopfendem Herzen. Trat er gerade wirklich für sie ein? Sie war sich nicht sicher, wie sie reagieren sollte, wenn er sich tatsächlich mit den beiden prügeln würde. Einerseits verabscheute sie Gewalt. Auf der anderen Seite sprach sein Auftritt etwas in ihr an, was sie nie für möglich gehalten hätte. Die Schmetterlinge wanderten von ihrem Herzen zurück, immer tiefer, bis sie zwischen ihren Beinen wirbelten und pochten. Sie konnte es nicht fassen: Sein Verhalten erregte sie.

»Nein, nein, Mann!«, wehrte einer der Typen ab. »Komm, Max, wir verpissen uns.«

Max ballte ebenfalls die Fäuste und schien zu überlegen, ob er es auf einen Kampf ankommen lassen sollte. Doch ein Blick in Holdens Augen hielt ihn davon ab. Stattdessen spuckte er einmal auf den Boden, drehte sich um und steuerte auf den Ausgang zu. Sein Kumpel sammelte hastig das zerstörte Handy auf und stolperte hinterher.

»Und fürs Protokoll: Diese wundervolle, hart arbeitende Frau *ist* meine Freundin!« Holdens Worte hallten in der angespannten Stille nach, die das Restaurant ergriffen hatte. Verhaltenes Klatschen brach den Bann. Immer mehr Menschen fielen ein und schließlich applaudierte das ganze Diner. Lauren kam mit einer Schaufel und kehrte die Splitter auf. Dabei blickte sie immer wieder verstohlen zu Holden und Imogen.

Er bedankte sich mit einem kurzen Nicken bei seinem Publikum und trat dann wieder zu ihr. Sie sah mit großen Augen zu ihm auf. »Das hättest du nicht tun müssen.«

»So redet niemand von meiner Freundin!«

Sie wich seinem Blick aus und biss sich auf die Lippen. »Aber ich dachte, wir …«

»Ganz oder gar nicht, Imogen.«

Ein Schauer lief ihr über den Rücken, als sie ihn zum ersten Mal ihren Namen sagen hörte. »Ja, dann … also … danke.«

»Keine Ursache.«

Einem Impuls folgend überbrückte sie den Abstand zwischen ihnen und küsste ihn auf den Mund. Es sollte ein kurzer Dankeskuss werden, doch er legte einen Arm um ihre Hüfte, drückte sie fester an sich und verwandelte ihr schüchternes Dankeschön in etwas gänzlich anderes. Wie schon vor dem Japanischen Garten teilte er mit sanftem Druck ihre Lippen, aber diesmal zog er sich nicht zurück. Seine Zunge eroberte ihren Mund und schaltete ihr Denken aus. Sie zitterte und rückte ein wenig näher an ihn heran. Er vertiefte den Kuss und seine Hand strich fest über ihren Rücken. Kleine Blitze zuckten durch Imogens Körper und trafen sich zwischen ihren Beinen. Sie hörte sich selbst stöhnen und seine dunkle Antwort darauf. Im nächsten Moment löste er sich, legte seine Stirn an ihre und blickte ihr fest in die Augen. Ein Gefühl der Ruhe und Geborgenheit überkam Imogen. So etwas hatte sie noch nie gespürt.

»Das war … Wow.«

Nur langsam drangen seine Worte zu ihr durch. Genau wie das Klatschen, das erneut eingesetzt hatte. Diesmal war es kein leichtes Brennen auf ihren Wangen, sondern ein Feuer im ganzen Gesicht. Er beugte sich noch einmal zu ihr, drückte einen schnellen Kuss auf ihren Mund und sagte: »Fortsetzung folgt …«, bevor er sie losließ und wieder Platz nahm.

Auch Imogen setzte sich und griff nach ihrer Cola. Kurz bevor sie ansetzte, hielt sie inne, leckte sich über die Lippen und schmeckte *Desmond*. Unauffällig schielte sie zu ihm hinüber und sah, dass er sie ebenfalls beobachtete. Ein wissendes Lächeln auf dem Gesicht. Schnell stürzte sie die Cola hinunter und versuchte, ihn aus ihrem System zu spülen. Mit mäßigem Erfolg. Ihr Herz raste immer noch, als sie zwanzig Minuten später aufstand und ihre Arbeit wieder aufnahm. Sie hatten kein Wort mehr gewechselt, aber sie spürte, dass sich etwas zwischen ihnen geändert hatte.

Langsam leerte sich das Diner, bis Imogen mit Desmond und Lauren alleine war. Wortlos half er, die Stühle auf die Tische zu räumen und wartete, während Imogen mit Lauren in den Personalräumen verschwand, um sich umzuziehen.

8. Bier und Chips

»Dass ich das noch erleben darf.« Lauren ließ sich auf einen der Stühle im Pausenraum fallen und grinste über das ganze Gesicht. »Meine Genny ist verknallt!«

»So ein Blödsinn.«

Lauren richtete sich auf und deutete auf Imogen. »So hast du Brad nie geküsst. Und mit dem warst du vier Jahre zusammen.«

»Nicht ich habe ihn geküsst, sondern er mich.«

»Klar doch. Wir haben alle gesehen, wie du diese Qual ertragen hast.« Lauren seufzte.

»Und du bist wirklich nicht sauer, dass er und ich …«

»Ach Quatsch! Der Sex war zwar gigantisch, aber er ist mir ein wenig zu anhänglich und überfürsorglich. Hätte ich nicht gedacht, als ich ihn das erste Mal getroffen habe.« Sie streckte sich. »Für dich ist er genau der Richtige, aber mir wäre das zu viel. Ich muss mein eigenes Ding machen. Und deshalb gehe ich jetzt duschen und dann tanzen.« Sie stand auf und sammelte ihre Alltagskleidung und ihre Kulturtasche ein.

»Wo nimmst du nur die Energie her? Ich bin völlig kaputt.«

»Aber Holden wartet auf dich.« Lauren wackelte mit den Brauen.

Imogen zog sich die verschwitzte Arbeitskleidung aus und schlüpfte in das bequeme Hängerkleid, das sie am Morgen übergeworfen hatte. »Ich weiß. Meinst du, ich kann ihn mit zu uns nehmen?«

»Wenn du dich dazu bereit fühlst, Süße.«

»Das, was er vorhin für mich getan hat … wie er für mich eingetreten ist. Das hätte er nicht tun müssen. Brad hätte geschwiegen und mir gesagt, dass wir nichts auf die Meinung solcher Idioten geben sollten. Aber Desmond …« Sie ließ den Namen auf der Zunge zergehen. Jeder nannte ihn ›Holden‹. Seit der Episode mit den beiden jungen Männern war er für sie allerdings ›Desmond‹.

Lauren zog sich ihre Kellnerinnenuniform über den Kopf und ließ sie – ganz wie zuhause – einfach auf den Boden fallen. »Wer hätte gedacht, dass dir ein Mann binnen einer Woche so den Kopf verdrehen kann.«

»Wir werden sehen. Vielleicht war ja auch alles Show für die Presse und er ist längst weg.« Sie beugte sich zu Lauren und umarmte sie kurz. »Hab einen schönen Abend.«

»Ja, sicher, der wartet hier sieben Stunden und geht dann einfach ohne dich. Also manchmal frage ich mich, was in deinem Kopf so vor sich geht, Genny. Schnapp ihn dir.« Mit diesen Worten verschwand Lauren unter der Personaldusche und Imogen lief den kurzen Flur zurück ins Diner. Als sie eintrat, stand Desmond am Fenster und sprach wütend in sein Handy. »Du schiebst deinen Arsch jetzt direkt nach Hause, sonst …« Er musste sie gehört haben, denn er senkte die Stimme, sagte noch etwas und legte dann auf. »Sorry«, kopfschüttelnd deutete er auf sein Handy. »Familie.« Sein Tonfall machte deutlich, dass er nicht weiter darauf eingehen wollte. »Was machen wir jetzt? Wollen wir irgendwo was trinken?«

»Sorry, ich bin fertig und stinke nach Frittierfett.«

»Ich sicher auch.« Er zwinkerte ihr zu. »Dann gehen wir einfach in ein Diner, das noch offen hat, da fällt das gar nicht auf.«

»Oder wir gehen zu mir, trinken dort was und schauen einen Film? Ich habe Bier und Chips.« Sie legte den Kopf leicht schief und lächelte schüchtern.

»Wer kann dazu schon nein sagen?«

Ein wenig verlegen biss sie sich auf die Unterlippe. »Dann los. Lauren geht direkt in den Club, wir müssen also nicht auf sie warten.«

»Sie ist ein richtiges Energiebündel, oder?« Er hielt die Tür auf und ging dann neben ihr her.

Für einen Moment betrachtete Imogen ihn, studierte ganz genau seine Mimik. Warum tat er so, als kenne er Lauren nicht? Um sie zu schützen? Sie schüttelte den Kopf und schob ihre Fragen zur Seite. Er wartete auf eine Antwort, also sagte sie: »Schon immer gewesen. Ich bin die Ruhige in der Beziehung.«

»Beziehung, aha. Habe ich da was verpasst? Darf ich mir jetzt schmutzige Gedanken über euch beide machen?«

»Deine Gedanken gehören dir. Denk, was immer du willst.« Dabei warf sie ihm einen Blick von der Seite zu. Hatte sie diese Worte wirklich laut ausgesprochen?

»Flirten Sie etwa mit mir, Miss Kelly?«

»Möglich.«

»Ganz entzückend!« Mit einer Hand strich er sanft über ihre erhitzte Wange. Sie zuckte nicht zurück.

An der Haustür angekommen, stoppte sie kurz: »Mit deiner Villa kann unsere Wohnung nicht mithalten.«

»Hast du Angst, dass es mir nicht gefällt?«

»Es ist klein und eng.« Sie verzog das Gesicht und blickte dann zu Boden.

Desmond schnaubte belustigt. »Ich bin in einer Drei-Zimmer-Wohnung aufgewachsen. Mein Bruder und ich haben uns ein Zimmer geteilt, bis ich aufs College gegangen bin. Ich weiß, was beengte Verhältnisse sind.«

»Aber du hast doch gesagt, dass deine Eltern Anwälte sind.« Imogen öffnete die Tür und stieg die Stufen hinauf. »Haben Anwälte nicht immer Geld wie Heu?«

Sein Lachen hallte durch das Treppenhaus. »Wenn man Geld für seine Arbeit nimmt, schon. Meine Eltern sind wohl das, was man Idealisten nennt. Sie nehmen jeden Fall an, der es ihnen Wert erscheint. Oft pro bono. Es reichte für Essen und Klamotten, aber selten für mehr.«

Diese Information wollte nicht ganz zu der teuer gekleideten Frau passen, mit der Imogen den Vertrag ausgehandelt hatte. »Aber deine Mutter wirkte so …« Sie suchte nach den richtigen Worten.

»Meine Mutter weiß, wie man sich in Szene setzt. Sie ist sehr gut in ihrem Job. In deinem Fall ging es darum, dir das Gefühl zu geben, dass alles professionell abläuft. Normalerweise trägt sie Jeans, T-Shirt und Turnschuhe.« Er zwinkerte Imogen zu.

»Das hätte ich nicht gedacht.«

»Ich sag ja, sie beherrscht ihren Job.«

Inzwischen hatten sie Imogens Wohnungstür erreicht und sie schloss auf. Desmond trat hinter ihr ein und blickte sich im schmalen Flur um. Er war bis auf einen Schlüsselkasten, einen Spiegel und ein paar Haken an den Wänden leer. Jeweils links und rechts gingen zwei Türen ab. Imogen deutete auf die rechte Seite. »Erste Tür Küche, zweite Tür Bad.« Dann zeigte sie auf die andere Seite. »Das ist mein Zimmer, das hintere gehört Lauren. Geh schon rein, ich hole das Bier und die Chips.« Mit klopfendem Herzen beobachtete sie, wie er ihr Zimmer betrat. Würde es ihm gefallen?

Sie holte zwei Flaschen aus dem Kühlschrank und eine Tüte Chips aus dem Vorratsschrank. Durfte er die überhaupt essen? Mussten Sportler nicht einen strengen Ernährungsplan einhalten? Andererseits trank er Bier. Da sollten ein paar Chips harmlos sein.

Imogen brauchte drei Versuche, um die Tüte aufzureißen, und hätte fast den Inhalt auf der kleinen Theke verteilt, anstatt sie in die Schüssel zu schütten. Für einen kurzen Moment schloss sie die Augen und atmete mehrmals tief durch. Kein Grund, nervös zu sein. Desmond Holden war nur ein Mann, der mit ihr einen Film schauen wollte. Unwillkürlich musste sie kichern. *Wem machst du eigentlich was vor, Genny?* Klar, der Kuss hatte ihr gefallen, aber das hieß noch nicht, dass es mit Sex ebenso sein würde. Sie warf einen Blick auf das Bier. Brad hatte immer gesagt, ein wenig Alkohol würde helfen, sich zu entspannen. Er hatte recht gehabt. Ihr Sex nach einem Glas Wein war ganz angenehm gewesen. Aber auch nicht mehr. Er hatte sie nie zum Orgasmus gebracht. Noch während sie dieses Wort dachte, spürte sie die Feuchtigkeit zwischen ihren Beinen. Wenn man Lauren glauben durfte, würde Desmond sich besser anstellen. *Aber nicht heute Abend.*

»Alles okay bei dir? Brauchst du Hilfe?«

Desmonds Stimme riss sie aus ihren Gedanken. Sie schüttelte energisch den Kopf und antwortete dann: »Komme schon.«

Sie trat aus der Küche und sah ihn in der Tür stehen. Man konnte von ihm halten, was man wollte, aber der Mann sah einfach zum Anbeißen aus. Und jetzt beobachteten diese grauen Augen jede ihrer Bewegungen.

Langsam kam er auf sie zu und nahm ihr die Schüssel mit den Chips ab. »Ich nehm das.« Sie folgte ihm in ihr Zimmer und schloss die Tür. Zum ersten Mal fielen ihr all die Unzulänglichkeiten auf. Die einzige Sitzgelegenheit war ein alter Schreibtischstuhl aus Holz vom Flohmarkt. Überhaupt sah man allen Möbelstücken an, dass sie ihre besten Jahre hinter sich hatten. Was sie nicht vom Sperrmüll gerettet oder gebraucht gekauft hatte, stammte noch aus ihrem alten Kinderzimmer. Über dem Bett hatte sie weißen Stoff so drapiert, dass er wie ein Himmel über ihr schwebte. Eine LED-Lichterkette lag auf dem Stoff verteilt und gab ihr nachts das Gefühl, unter einem Sternenhimmel zu schlafen. Die restliche Einrichtung bestand aus einem Schreibtisch, einem Kleiderschrank und dem Regal mit ihren Fachbüchern. Ansonsten waren die Wände leer. Der Fernseher hing in einer Ecke schräg über dem Bett und war per Kabel mit ihrem Computer verbunden.

Desmond bemerkte ihr Zögern und lächelte. »Mir gefällt es.«

»Wirklich? Ich meine, es ist … klein, oder?«

»Es ist perfekt und gemütlich.«

»Wir werden auf dem Bett sitzen müssen.«

»Zusammen? Jetzt, wo du's sagst, ist das natürlich eine schlimme Zumutung.« Sein freches Grinsen nahm ihr ein wenig die Angst.

Sie stellte die Flaschen auf den Schreibtisch und brachte ein schwaches Lächeln zustande. »Eigentlich würde ich gerne duschen, wenn du nichts dagegen hast. So ein Tag im Diner ist …«

»Ich weiß, was du meinst. Tut mir leid, dass ich nicht duschen kann. Würde nicht viel bringen, schätze ich. Meine Klamotten würden weiterstinken.«

»Ich glaube, da kann ich helfen. Moment.« Imogen rannte in Laurens Zimmer, riss die Schranktür auf und durchsuchte die Fächer. Sobald sie gefunden hatte, was sie suchte, stürmte sie wieder zurück. Desmond stand immer noch in ihrem Zimmer, die Schüssel Chips in den Händen, und betrachtete sie amüsiert.

»Diese Jogginghose«, sagte sie ein wenig atemlos, »hat irgendein Kerl mal bei Lauren vergessen und das hier«, jetzt hielt sie ihm ein Shirt entgegen, »ist das Baseballshirt mit deiner Nummer, das Lauren so gerne trägt.«

»Sollte ich mir Sorgen machen, weil sie ein Shirt mit meiner Nummer trägt?«, hakte er nach. »Mir kam es vor, als ob sie mich nicht sonderlich mag.«

»Und das wundert dich?«

Desmond rieb sich nachdenklich das Kinn. »Du hast recht. Sollte es wohl nicht, wenn man alles bedenkt.« Er zuckte mit den Schultern. »Nicht zu ändern. Dann also duschen. Wer fängt an? Du oder ich?«

»Oh, bitte ich.«

»Ladies first.« Er stellte die Schüssel auf den Schreibtisch, setzte sich auf den Stuhl und zückte sein Handy. Aus den Augenwinkeln verfolgte er, wie Imogen etwas aus ihrem Schrank holte und dann das Zimmer verließ.

Sobald die Tür sich geschlossen hatte, drückte er eine Taste an seinem Handy und seufzte erleichtert, als an der anderen Seite jemand antwortete.

»Na, jetzt doch Zeit zum Reden?«, drang die gelangweilte Stimme aus dem Handy.

»Nicht wirklich. Bist du zu Hause?« Mit angehaltenem Atem erwartete er die Antwort.

»Ja. Und wenn du nett fragst, bleibe ich es auch.«

Desmond schnaubte. »Ich melde mich bei dir.« Dann legte er auf, steckte das Handy in die Hosentasche und ließ sich in den Sitz zurückfallen. Was machte er hier? Er wusste nicht genau, was ihn veranlasst hatte, am Nachmittag das Diner aufzusuchen, in dem Imogen arbeitete. Eigentlich hatte er nur nach dem Training einen Kaffee trinken wollen und dann wieder verschwinden. Aber er war geblieben und hatte sie beobachtet. Jede ihrer Bewegungen in sich aufgenommen. Er konnte sich einfach nicht an ihr sattsehen. Von dem Moment an, als ihr Gesicht über die Großleinwand geflimmert war, hatte er sich zu ihr hingezogen gefühlt. Ihr blondes Haar in Verbindung mit diesen großen blauen Augen weckte etwas in ihm. Er wollte sie beschützen. So wie vorhin im Diner.

Schon nach ihrem ersten Gespräch war ihm klar geworden, dass sie mehr sein könnte. Sie war schön, klug, selbstbewusst, aber auf eine Art scheu, die sein Herz berührte. Und das war lange nicht mehr beteiligt gewesen. Außer, wenn er Baseball spielte. Aber Imogen schien einen direkten Zugang dazu zu haben. Seine Hand ging zur Hosentasche und er fuhr kurz über das Handy. Er konnte nur hoffen, dass seine Vorkehrungen griffen und er Imogen nicht durch eine Dummheit verscheuchte.

Schritte erklangen auf dem Flur und dann betrat sie wieder das Zimmer. Sie trug ein langes Kleid, das sich eng um ihre Brüste schmiegte und weit bis zu den Knöcheln fiel. Er mochte es, wenn eine Frau Kurven hatte. Und bei ihr saß alles an der richtigen Stelle. Sie sah unglaublich heiß aus. Am liebsten hätte er ihr das gesagt. Aber das ging natürlich nicht. Das hätte sie nur verschreckt. Also stand er einfach auf, schnappte sich die Klamotten, die sie aufs Bett gelegt hatte, und ging wortlos Richtung Tür.

»Handtücher liegen auf dem Waschbecken.«

Irrte er sich oder klang ihre Stimme ein wenig heiser? Was sie wohl unter der Dusche getrieben hatte? Bei dem Gedanken an Imogen, die sich unter der Dusche selbst befriedigte, wurde er auf der Stelle hart. Verdammt. Jetzt würde er kalt duschen müssen. Oder selbst Hand anlegen. Denn eines hatte er sich geschworen: Er würde Imogens Wunsch akzeptieren und sie nicht anfassen, wenn sie es nicht wollte. Das würde diesen Abend zu einer bittersüßen Qual machen, denn er wünschte sich nichts sehnlicher, als sie überall berühren zu dürfen. Der Laut, der aus seiner Kehle kam, sobald er das Badezimmer betrat, war eine Mischung aus Seufzen und Knurren. Dieser Abend würde Himmel und Hölle zugleich werden.

Imogen wollte sich nicht aufs Bett legen. Das würde zu sehr nach einer Einladung aussehen. Oder würde er sie für frigide halten, wenn sie immer noch unschlüssig im Zimmer verharrte, wenn er zurückkam? Schnell setzte sie sich auf die Bettkante und blickte Richtung Tür. Sollte sie sich schon ein Bier nehmen? Oder war das unhöflich?

In diesem Moment betrat er das Zimmer. Seine Klamotten trug er zusammengeknüllt unter dem Arm. Die Jogginghose saß ihm tief auf den Hüften und das Shirt war offensichtlich eine Nummer zu klein. Es schmiegte sich wie eine zweite Haut um seinen Oberkörper. Imogen schluckte schwer. Er sah verboten gut darin aus.

Ihre Blicke trafen sich und Desmond deutete lächelnd auf das Shirt: »Ist nicht ganz meine Größe, was?«

»Sieht so aus.« Imogen räusperte sich und trat an den Tisch mit dem Bier. »Ich habe gar nicht gefragt, ob du das essen darfst.« Sie schaffte es nicht, die Flasche zu öffnen. »Ich meine, du bist schließlich Leistungssportler mitten in der Saison, vielleicht darfst du so ungesundes Zeug ja gar nicht ... oh!«

Seine Hände streiften erst ihren einen, dann ihren anderen Arm. Und plötzlich drückte sich sein Brustkorb gegen ihre Schulterblätter. Sein warmer Atem kitzelte ihren Nacken und er sagte ganz nah an ihrem Ohr. »Lass dir helfen.«

Fast gegen ihren Willen ließ Imogen von der Flasche ab und lehnte sich ein klein wenig nach hinten. Dabei drehte sie den Kopf so, dass ihre Wange an seiner Brust lag und sie seinen Duft einatmen konnte. Er roch nach ihrem Shampoo, aber da war auch etwas anderes. Er roch immer noch nach Harz, genau wie schon vorher am Tag. Das schien sein eigener Geruch zu sein. Imogen schloss die Augen und atmete tief ein.

»Und? Besser?«, hörte sie seine dunkle Stimme.

»Was?«, murmelte sie, die Augen nach wie vor geschlossen.

»Bist du immer noch nervös?«

»Ein wenig. Woher ...«

»Weil ich es bin. Es ist lange her, dass ich bei einer Frau zu Hause war. Eigentlich seit der High-School nicht mehr.«

Warum glaube ich ihm das? Auf diese Frage wusste sie keine Antwort.

Er trat zurück, öffnete eine der Flaschen und reichte sie Imogen. Dann nahm er die andere. »Ich darf essen und trinken, was ich will. So lange ich es nicht übertreibe.«

Imogen stieß einen undefinierbaren Laut durch die Nase aus und hob ihre Flasche. »Auf diesen Abend und darauf, dass wir es nicht übertreiben.«

Den Blick, mit dem er sie musterte, konnte sie nicht deuten. Sie stießen an, er schloss genüsslich die Augen, legte den Kopf etwas zurück und sein Adamsapfel hüpfte bei jedem Schluck auf und ab. Warum sah er sogar gut aus, wenn er trank? Unwillkürlich fuhr sich Imogen mit der Zunge über die Lippen. Desmond wählte genau diesen Moment, um die Augen wieder zu öffnen. Langsam senkte er die Flasche, den Blick auf ihren Mund geheftet. Er imitierte ihre unbewusste Geste und Imogen konnte nicht wegsehen. Wie in Zeitlupe hob sie die freie Hand.

Ein lautes Brummen aus seiner Hosentasche ließ ihn zusammenzucken. Er kramte das Handy hervor, sah auf das Display und fluchte. »Sorry, ich muss da ran.« Dann wandte er sich ab und verließ das Zimmer.

Für einen kurzen Moment verharrte Imogen wie erstarrt. Sie hörte seine laute Stimme aus dem Flur. Zwar verstand sie nicht, was er sagte, aber er war offensichtlich ungehalten. Ohne darüber nachzudenken, trat sie näher an die Tür und lauschte.

»Ich habe gesagt, dass es heute schlecht ist.« Pause. »Fang jetzt nicht damit an.« Pause. »Ja, verdammt, ich bin bei einer Frau.« Pause. »Fuck! Du hast gesagt, du bist zu Hause!« Pause. »Red keinen Scheiß. Wir sind nicht verheiratet!«

Imogens Herz machte einen Sprung. Sie trat von der Tür zurück. Sprach er da etwa mit seiner Freundin? Seiner echten Freundin? Hatte er die heute versetzt? Aber warum dieser Ton? Imogen ließ sich aufs Bett sinken. Verhielt sich so der wahre Desmond? Der wilde, unberechenbare Mann, von dem Lauren erzählt hatte? Wahrscheinlich. Er war gut darin, sich für die Presse in Szene zu setzen. Und seiner Mutter war es schließlich auch gelungen, ihr ein falsches Bild zu zeigen. Zumindest, wenn man Desmond glaubte.

Ihr blieb keine Zeit für weitere Gedanken, denn er betrat wieder den Raum. Seine zusammengepressten Lippen machten deutlich, dass der Abend beendet war, bevor er begonnen hatte.

»Imogen, ich …« Er fuhr sich mit der Hand durchs Haar und deutete auf sein Handy. »Ich muss gehen.«

»Klar.« Sie wandte sich ab und stellte ihre Flasche auf den Schreibtisch. »Wie du willst.«

»Ich will hierbleiben.« Wieder spürte sie seinen Atem an ihrem Ohr. Diesmal legte er allerdings eine Hand um ihre Taille und drehte sie so, dass sie ihn anschauen musste. »Ich würde gerne mit dir auf dem Bett sitzen, Bier trinken und alles über dich erfahren.« Er seufzte und strich ihr sanft über die Wange. »Aber es ist wichtig.«

Sie löste sich aus seiner Umarmung. »Ich sehe dich ja morgen, oder?« Imogen hasste es, dass ihre Stimme so hoffnungsvoll klang. Fast, als würde sie betteln.

»Gut, dass du mich daran erinnerst.« Er ging zum Bett, durchsuchte die Taschen seiner Jeans und holte zwei Tickets heraus. »Bitte.« Ein Lächeln erschien auf seinem Gesicht. »Ihr sitzt direkt neben Daves Familie. Dave Stone.«

Sogar Imogen kannte Dave Stone. Er war seit über zehn Jahren Catcher bei den Mariners und so etwas wie eine Legende. Er war bekannt dafür, ein Familienmensch zu sein. Wenn Imogen sich richtig erinnerte, hatten er und seine Frau inzwischen fünf Kinder und galten als das Vorzeigepaar der Mariners.

»Oh, schön«, sagte sie. Allerdings nur, um die Stille zu durchbrechen.

»Ja.« Desmond schien großen Gefallen am Fußboden zu finden. Von jetzt auf gleich füllte eine merkwürdige Anspannung den Raum. »Ich geh mich dann mal wieder umziehen.«

»Du kannst die Sachen anbehalten.«

»Auch Laurens Shirt? Meinst du nicht, sie will es wiederhaben?«

»In den letzten Tagen hat ihre Begeisterung für dich deutlich nachgelassen.« Imogen konnte nicht anders, als ihm zuzuzwinkern.

»Dann solltest du es morgen tragen.« Bevor Imogen protestieren konnte, hatte er das Shirt über den Kopf gezogen und auf ihr Bett geworfen.

»Ich …« Imogen schluckte. »Vielleicht.« Es gelang ihr nicht, den Blick von seiner nackten Brust abzuwenden. Nichts und niemand hatte sie auf den Anblick seiner Muskeln vorbereitet. Hatte ihr Desmond im engen Shirt schon gefallen, so verschlug es ihr jetzt die Sprache. Sie wollte ihn berühren, jeden einzelnen Muskel mit der Fingerspitze entlangfahren und seine Reaktion darauf beobachten.

»Wenn du mich weiter so anschaust, vergesse ich, dass ich gehen muss.« Er griff nach seinem Hoodie und zog ihn über. Spontan beugte er sich zu Imogen hinab und küsste sie sanft auf dem Mund. »Trag das Shirt morgen. Die Hose schicke ich dir zurück.« Dann schnappte er sich seine Sachen und verließ das Zimmer.

Imogens Hand fuhr an ihre Lippen und sie starrte ihm nach. Was sollte sie nur mit diesem Mann anfangen?

9. Suspendiert

»Lauren, wir müssen in zehn Minuten los!« Imogen schlüpfte in ihre Schuhe und warf einen letzten Blick in den Spiegel. Sie sah müde aus und nicht besonders attraktiv in dem ausgewaschenen T-Shirt und den bequemen Jeans. Egal, es musste reichen. Nach dem abrupten Ende des gestrigen Abends verspürte sie sowieso nicht die geringste Lust, Desmond zu sehen. Sie trug auch nicht sein Trikot. Nachdem er gegangen war, hatte sie es eine halbe Stunde in der Hand gehalten und immer wieder daran gerochen. Schließlich war ihr Frust so groß gewesen, dass sie es gewaschen und in Laurens Schrank zurückgelegt hatte.

Zum Spiel ging sie nur, weil sie vertraglich dazu verpflichtet war. Desmonds Verhalten im Diner hatte ihr zwar geschmeichelt, aber seine Anwesenheit hatte auch zu jeder Menge Problemen geführt. Sie hatte es bewusst vermieden, im Netz danach zu suchen. Die Kommentare dazu wollte sie nicht lesen. Sie wollte gar nichts über ihn lesen. Gestern war sie über ihren Schatten gesprungen, hatte ihn in ihre kleine Welt eintreten lassen, doch er war lieber gegangen. Auch gut. Dann wusste sie wenigstens, woran sie war.

Beim nächsten Treffen würde sie klarmachen, dass sie an nichts weiter als der geschäftlichen Beziehung interessiert war. Wenn er eine Aktion für die Presse plante, sollte er sie vorher darüber informieren und sie würde entsprechend handeln. Nicht mehr und auch nicht weniger.

Leider schwirrte sein Lächeln schon den ganzen Tag durch ihre Gedanken. Und nicht nur das. Auch das Augenzwinkern, wenn er sie neckte, das Spiel seiner Muskeln, als er dem Typen Schläge angedroht hatte, seine nackte Brust, so nah, dass sie nur die Finger ausstrecken musste, um sie zu berühren. Frustriert schlug sie mit der flachen Hand gegen den Spiegel. *Das muss aufhören. Raus aus meinem Kopf!*

»Verdammt, Lauren, jetzt mach schon!« Auch ihre Freundin war heute keine große Hilfe. Sie war gegen fünf Uhr morgens in die Wohnung getorkelt und bis jetzt noch nicht aufgetaucht.

Eigentlich hatte Imogen schon keine Lust mehr auf den Abend, als ihr Handy vibrierte. Ein kurzer Blick zeigte, dass es Desmond war. Sollte er sich nicht warm machen oder so was? Rasch las sie die Nachricht und stutzte:

Desmond: *Bist du schon im Stadion?*

Imogen: *Nein.*

D: *Komm nicht.*

I: *???*

D: *Bin in einer Stunde bei dir.*

D: *Kann jetzt nicht reden. Bis gleich.*

Imogen ließ das Handy sinken und zog die Stirn in Falten. Das Spiel sollte in nicht mal zwei Stunden beginnen. Den Blick immer noch auf das Handy gerichtet, bekam sie nicht mit, wie sich Laurens Tür öffnete.

»Muss nur noch schnell duschen, dann bin ich fit.«

Imogen zuckte beim Klang ihrer Stimme zusammen.

»Wir fahren nicht.«

»Was? Warum?«

»Keine Ahnung?« Imogen fuhr sich mit der Hand durchs Haar und hielt Lauren das Handy hin. »Er hat gerade geschrieben, dass ich nicht zum Spiel kommen soll. Er ist in einer Stunde hier.«

Mit einem Stöhnen schlurfte Lauren Richtung Bad. »Mach mir

einen Kaffee, ich geh schnell duschen und dann finden wir raus, was los ist, okay?« Ohne auf Imogens Antwort zu warten, verschwand sie.

Um sich abzulenken, setzte Imogen Kaffee auf und schmierte zwei Toasts mit Erdnussbutter für Lauren. Die hielt Wort und stand in Rekordzeit in der Küche. Dort schnappte sie sich einen Toast, biss genüsslich hinein und trank einen Schluck Kaffee. »So, jetzt erzähl, was heute Nacht passiert ist.«

In knappen Sätzen fasste Imogen das Wichtigste zusammen. »Ich weiß nicht, mit wem er telefoniert hat, aber es klang nach einer eifersüchtigen Freundin.«

»Du meinst, er hat eine andere?«

»Keine Ahnung. Aber irgendetwas stimmt nicht. Ich werde ihm sagen, dass er mich in Ruhe lassen soll. Ich mache, wofür er mich bezahlt und das war's. Kein Anfassen, kein Beschützen, keine Gefühle. Ganz einfach.«

»Gute Entscheidung.« Lauren trank ihren letzten Schluck Kaffee. »Und warum spielt er jetzt nicht?«

»Keine Ahnung. Wird er gleich erklären, denke ich.«

»Das sollte doch rauszufinden sein!« Noch während sie sprach, zückte Lauren ihr Handy und begann zu tippen. »Ah, da ist es.« Das Lächeln auf ihrem Gesicht gefror. »Oh, das ist nicht gut.«

Imogen versteckte ihr Gesicht in den Händen. »Steht da was über mich?«

»Nein, er wurde für zwei Wochen suspendiert, weil er letzte Nacht zwei Anzeigen erhalten hat. Eine wegen Sachbeschädigung und eine wegen Trunkenheit am Steuer.«

»Er war nicht betrunken, als er hier weg ist.«

»Da steht nicht, wann es passiert ist.«

»Dieser Riesenarsch!« Imogen sprang auf und lief in der Küche auf und ab. »Muss angeblich wegen einer wichtigen Sache weg und betrinkt sich stattdessen?«

»Ist das nicht typisch für Alkoholiker?«

»Das ist doch Blödsinn, Lauren. Er …« Weiter kam sie nicht, weil es in diesem Moment an der Haustür klingelte.

»Frag ihn. Frag ihn, ob er ein Alkoholproblem hat. Oder ein Drogenproblem. Wenn er es nicht bestreitet, sei vorsichtig. Wenn er es bestreitet, sei noch vorsichtiger. Und sei froh, wenn es nur Alkohol ist. An dem Abend, an dem ich ihn getroffen habe, war es sicher auch Koks.«

»Lauren, was …« Die Türklingel schrillte erneut.

»Wir reden später. Mach auf und frag ihn.« Lauren schob Imogen mit sanfter Gewalt Richtung Tür und verschwand dann in ihrem Zimmer.

Imogen atmete noch einmal tief durch und ging dann zur Sprechanlage. »Ja?«

»Desmond.« Der Klang seiner elektronisch verzerrten Stimme ließ ihr einen Schauer über den Rücken laufen. Mit zittrigen Fingern drückte sie den Türsummer und atmete noch einige Male bewusst tief durch.

Das war auch bitter nötig. Denn sein Anblick ließ wie immer die Schmetterlinge in ihrem Bauch flattern. Er trug Jeans und einen dunklen Hoodie, genau wie gestern. Und er sah müde aus.

Kein Wunder, rief Imogen sich zur Ordnung. *So sieht man aus, wenn man die Nacht vorher gesoffen hat.* Sie hoffte, dass er sie nicht umarmen würde. Als er allerdings vor ihr stehen blieb und die Hände in den Hosentaschen vergrub, zog sich ihr Herz für einen kurzen Moment vor Enttäuschung zusammen.

»Hi.« Selbst seine Stimme klang müde. »Kann ich reinkommen?«

Imogen trat einen Schritt zur Seite und zeigte auf die Küche. Sie wollte ihn nicht in ihrem Zimmer haben. Wenn ihm der Umstand nicht gefiel, verbarg er es gut. Wortlos setzte er sich auf einen der Barhocker. »Hast du vielleicht einen Kaffee für mich?« Er vermied es, Imogen anzuschauen, und ließ seinen Blick wandern.

»Klar. Ist in der Thermoskanne. Der ist noch frisch. Lauren hatte eine ähnlich harte Nacht.« Sie knallte eine Tasse hin und stellte sich ihm gegenüber an die kleine Küchentheke.

Seufzend rieb er sich über die Stirn und schenkte ein. »Okay, du weißt also, was passiert ist.«

»Ist ja überall in der Presse, oder?«

Vorsichtig nippte er an seinem Kaffee. »Jepp.«

»Was genau bedeutet bei euch ›suspendiert‹?«

»Das heißt, dass ich eine Woche von Training und Spielen ausgeschlossen bin. Eine zweite dann nur von den Spielen.«

»Und wenn es noch mal vorkommt?«

»Bye bye, Major League.«

Er sagte das mit einer Ruhe, die Imogen aufhorchen ließ. Wollte er rausgeschmissen werden? »Ist es das, was du willst? War diese Imagekampagne mit mir nur ein schlechter Witz?«

»Nein! Baseball ist mein Leben.« Er setzte die Tasse so fest auf, dass Kaffee über den Rand spritzte. »Sorry.« Müde rieb er sich über die Augen. »Ich habe nicht geschlafen. Ich komme gerade aus Bellingham.«

»Bellingham? Das sind fast zwei Stunden Fahrt. Was wolltest du da?«

Er schüttelte den Kopf. »Ich habe den Tag in der Klinik verbracht.«

»Was für eine Klinik?«

»Eine Entzugsklinik.« Wieder schüttelte er den Kopf. »Ich will nicht darüber reden.« Er nahm die Kaffeetasse wieder in die Hand und lächelte traurig. »Fakt ist, dass ich jetzt eine Woche frei habe und die gerne nutzen würde, um dich besser kennenzulernen.«

»Mich?« Imogen wusste nicht, was sie sagen sollte. Ihr Gehirn war immer noch damit beschäftigt, die eben erhaltenen Informationen zu verarbeiten. Er hatte den Tag in einer Entzugsklinik in Bellingham verbracht? Dann gab er also zu, ein Alkohol- oder Drogenproblem zu haben? Zumindest suchte er sich Hilfe. Das war ein erster Schritt.

Er schenkte ihr ein schwaches Lächeln. »Du bist mein Rettungsanker. Meine letzte Chance. Heute in der Klinik ist mir klar geworden, dass ich die freie Zeit mit dir verbringen will. Ich will dich kennenlernen und sehen, wohin das führt.«

Rettungsanker? Sie war sich nicht sicher, ob sie das sein wollte.

»Das ist dir an einem Tag klar geworden? Was haben die da mit dir gemacht?«

»Nichts.« Langsam strich er sich eine Haarsträhne aus dem Gesicht. »Sie haben gesagt, ich soll die Zeit nutzen, um meine Angelegenheiten zu klären. So was in der Art hat auch der Coach gesagt.« Jetzt hob er den Kopf und blickte Imogen zum ersten Mal in die Augen. »Gibst du mir eine Chance?«

»Was schwebt dir vor?«

»Ich will raus aus Seattle. Irgendwohin, wo mich keiner kennt.« Er kramte in der Tasche seines Hoodies und holte einen Umschlag heraus.

Unwillkürlich entfuhr Imogen ein überraschtes Keuchen. »Das sind Flugtickets!«

»Ja. Seattle – Detroit, morgen früh um sechs.«

»Detroit?« Es gelang Imogen nicht, ihre Überraschung zu verbergen. »Wie kommst du darauf, dass man dich da nicht kennt?«

»Wir bleiben nicht in Detroit. Von da fahren wir nach Kanada. Ich habe ein kleines Hotel in Niagara Falls gebucht. Dort war ich ein paar Mal mit meinen Eltern und meinem Bruder. Rückflug ist am Freitag.«

»Und du gehst einfach davon aus, dass ich mitkomme?« Imogen wusste nicht, ob sie lachen oder sauer sein sollte.

»Tue ich nicht. Ich fliege auf jeden Fall. Ich dachte nur, es könnte dir gefallen. Ist auch nichts Großes. Die Flüge sind Touristenklasse und das Hotel ist mehr ein Motel. Aber …«

»Okay.« *Was rede ich denn da?* Imogens Hand fuhr zu ihrem Mund. »Es … ich meine … ich habe die Woche keine wichtigen Termine an der Uni und meine nächste Schicht im Diner ist am Samstagvormittag, also …« Ein schüchternes Lächeln zuckte über ihr Gesicht.

Er fing es auf und lächelte zurück. »Ich wusste, du bist für spontane Ideen zu haben.«

»Eigentlich gar nicht. Aber du scheinst diese Wirkung auf mich zu haben. Eine Frage hätte ich allerdings noch.«

»Angst vor der eigenen Courage?«

Sie errötete. »Nicht ganz. Teilen wir uns ein Zimmer?«

»Ja.« Sie wollte etwas einwenden, doch er kam ihr zuvor. »Aber ich habe ein Twinzimmer gebucht. Getrennte Betten.«

Sie biss sich auf die Unterlippe und nickte. »Und wir lernen uns nur kennen?«

»Ganz genau. Nur eine Chance, uns besser kennenzulernen.«

Imogen glaubte ihm. Er hatte bereits bewiesen, dass er ihre Bedürfnisse ernst nahm. Auch gestern hatte er erst angefangen, sie zu berühren, nachdem sie eindeutige Signale ausgesandt hatte. »Okay. Und du sagst mir, wenn du etwas für die Presse planst?«

»Keine Presse. Ich kann natürlich nicht garantieren, dass ich unerkannt bleibe, aber je weiter wir von Seattle weg sind, umso größer ist die Chance. Du kannst sicher sein, dass nichts, was ich nächste Woche tue, für die Presse sein wird.«

»Gut. Ich mag es nämlich nicht, wenn man mich vorführt.«

»Die nächsten Tage bekommst du null PR und einhundert Prozent mich. Versprochen.« Er legte den Kopf leicht schief und grinste sie schelmisch an. »Du wirst sehen, in Wahrheit bin ich ziemlich langweilig und schüchtern.«

»Du bist mit Sicherheit vieles, aber weder langweilig noch schüchtern.«

Er trank einen letzten Schluck Kaffee und erhob sich dann. »Wir werden sehen.« Umsichtig stellte er den Barhocker wieder unter die Theke und rollte mit den Schultern. Dann gähnte er herzhaft. »Ich denke, ich werde heute früh ins Bett gehen. Soll ich dich gegen drei abholen?«

»Schaffst du es überhaupt, so früh aufzustehen?« Es gelang Imogen nicht ganz, ihre Belustigung aus der Stimme zu vertreiben.

»Da ich letzte Nacht gar nicht geschlafen habe, werde ich wohl einschlafen, sobald ich zu Hause bin und gepackt habe. Dann bin ich um drei wieder fit.«

»Ich kann nicht fassen, dass ich zugestimmt habe.«

Imogen sprach mehr zu sich selbst, doch er hatte sie gehört. Denn plötzlich spürte sie seinen warmen Atem an ihrem Ohr. »Du wirst es nicht bereuen. Bis morgen.« Dann drehte er sich seelenruhig um und verließ die Wohnung, ohne sich noch einmal umzuschauen.

Kaum war die Tür ins Schloss gefallen, streckte Lauren den Kopf aus ihrem Zimmer. »Und?«

Imogen konnte nicht anders. Sie begann unkontrolliert zu kichern. »Ich fliege morgen mit ihm nach Niagara Falls.«

»Was?« Langsam schlurfte Lauren aus ihrem Zimmer.

»Er hat mich eingeladen und ich habe ja gesagt. Wir fliegen nach Detroit und fahren dann nach Kanada in ein kleines Motel. Freitag kommen wir zurück.«

»Wow.« Lauren lehnte sich mit dem Rücken gegen die Wand im Flur. »Das ist aber ein großer Schritt von: ›Riesenarsch mit Alkohol- und Drogenproblemen‹ zu ›Ich fahre mit ihm zu den Niagaras‹.«

»Ich weiß.« Seufzend ließ sich Imogen an der Flurwand hinabgleiten und umarmte die Knie mit den Händen. »Es erschien irgendwie richtig. Er war den Tag über in einer Entzugsklinik. Er will sich über einige Dinge klar werden, sein Leben regeln … und er will mich dabei haben.« Sie biss sich auf die Lippen. »Weißt du, warum ich zugestimmt habe?«

»Du wirst es mir sicher gleich verraten.« Auch Lauren saß jetzt auf dem Boden.

»Weil er nur Economy Flüge gebucht hat. Und ein Motel, in dem er früher mit seiner Familie war. Alles ganz schlicht. Ich denke, er möchte wirklich zu seinen Wurzeln zurück.«

»Also, wenn du mich fragst, dann habe ich recht: Genny ist verliebt. Endlich.« Lauren legte eine Hand auf Imogens Oberschenkel und tätschelte ihn. »Auch wenn ich mir einen Besseren für dich vorstellen könnte. Pass einfach auf dich auf, ja?«

»Mach ich.« Umständlich drückte sich Imogen an der Wand hoch. »Ich geh dann mal packen, denke ich.«

»Meine beste Freundin fährt zu den Niagarafällen! Und das mit einem heißen Typen. Einem etwas merkwürdigen, heißen Typen mit Drogenproblemen, aber immerhin.«

»Wenn ich dich daran erinnern darf, bist du schuld, dass ich ihn überhaupt kenne.« Der amüsierte Unterton nahm ihren Worten die Spitze.

»Ich bin ja auch bekannt dafür, dass ich mich mit merkwürdigen Typen umgebe. Du kennst nur Langweiler. Sei froh, dass du mich hast.«

»Das bin ich, Süße.« In einem seltenen Anfall von Sentimentalität zog Imogen ihre Freundin an sich. »Ich wüsste nicht, was ich ohne dich machen sollte.«

»Einsam sterben, wie es aussieht.« Lauren küsste Imogen auf die Wange und deutete dann auf ihr Zimmer. »Ich helfe dir packen. Wir wollen doch nicht, dass du nur langweiliges Zeugs mitnimmst.«

Mit einem glücklichen Lächeln auf den Lippen ergab sich Imogen ihrem Schicksal. Es störte sie nicht einmal, dass ihr Zimmer danach aussehen würde, als wäre eine Bombe eingeschlagen.

10. Thriftlodge at the Falls

Imogen kam sich vor wie ein kleines Mädchen am Weihnachtsmorgen. So aufgeregt war sie schon lange nicht mehr gewesen. Desmond hatte sie, wie vereinbart, am frühen Morgen abgeholt und sie waren zum Flughafen gefahren. Inzwischen war es fast Mittag, sie saßen in einem gemieteten Kleinwagen und näherten sich der kanadischen Grenze.

Lächelnd blickte Desmond zu ihr hinüber. »Es ist schön, dich so vergnügt zu sehen.«

»Es ist spannend. Ich war noch nie in Kanada.«

»Warst du schon mal bei den Wasserfällen?«

»Nein. Aber ich kenne natürlich die Shoshone-Wasserfälle. Die sind nicht weit von Idaho Falls weg. Ich bin gespannt, ob die Niagaras da mithalten können.«

Desmond konzentrierte sich auf den Verkehr, hielt aber mühelos ihr lockeres Gespräch am Laufen. »Da war ich nie. Aber die sind auch groß, oder?«

»Tatsächlich sind sie vierzehn Meter höher als die Niagaras, aber wer vergleicht schon.«

Augenzwinkernd antwortete Desmond: »Bei der Größe vergleicht man nicht, denke ich.«

Sie konnte ein Grinsen nicht unterdrücken. »Wenn du das sagst.« Dann wurde sie wieder ernst. »Du bist ein merkwürdiger Mann, Desmond Holden. Ich mache sonst nie etwas Spontanes.«

»Das hast du gestern schon gesagt. Aber du hast dich ziemlich spontan dazu bereit erklärt, meine Freundin zu spielen.«

»Dafür bezahlst du mich.« Sofort bereute sie den Satz und ruderte zurück. »Aber ich bin nicht hier, weil du mich bezahlst.

Also … ich meine, du kannst gerne diese Woche abziehen.« Sie blickte auf ihre im Schoß gefalteten Hände und murmelte: »Ich sage besser nichts mehr.«

»Ich weiß, dass du nicht hier bist, weil ich dich bezahle«, antwortete er mit fester Stimme. »Das gehört nicht zu deinen Pflichten. Einigen wir uns darauf, dass wir beide hier sind, weil wir es wollen. Okay?«

»Okay.«

»Da vorne ist die Grenze. In wenigen Minuten bist du in Kanada.«

Imogen beobachtete ihn mit gesenktem Blick. Er redete lässig mit dem Grenzbeamten, zeigte ihre Pässe und fuhr dann weiter. »Willkommen in Kanada.«

Sein Lächeln ging Imogen unter die Haut. Ihr Herz schlug zu schnell und die Schmetterlinge in ihrem Bauch führten wieder ihren Tanz auf. Das konnte so nicht weitergehen. Sie räusperte sich und fragte leise: »Erzählst du mir, was Samstagnacht passiert ist? Mit wem hast du telefoniert?«

Das Lächeln verschwand aus seinem Gesicht und er zog mehrmals die Unterlippe zwischen die Zähne. »Das ist … ein unangenehmer Teil meines Lebens.« Er fuhr sich mit der Hand durchs Haar. »Ich habe Mist gebaut und bin gerade dabei, das wieder in Ordnung zu bringen. So lange ich das nicht geschafft habe, will ich nicht darüber reden. Kannst du das verstehen?«

»Ich begreife einfach nicht, warum du mir erzählst, dass du nicht trinkst, wenn du fährst, und dann …« Imogen zuckte mit den Schultern.

Wieder wanderte seine Unterlippe zwischen die Zähne. »Ich werde es dir erklären, wenn ich so weit bin, okay? Können wir uns für die nächsten Tage auf zwei Dinge einigen?« Er warf ihr einen kurzen Blick zu und sprach weiter, sobald sie genickt hatte: »Erstens: Ich halte Abstand zu dir und berühre dich nicht ohne deine Zustimmung.« Er sah zu ihr hinüber und wartete, bis sie kurz den Kopf gesenkt hatte. »Zweitens: Du fragst mich nichts über diesen speziellen Teil meines Lebens. Deal?«

»Aber ich muss doch wissen, ob ich dich davon abhalten muss, ein Glas Wein zum Abendessen zu trinken. Ich habe dir gestern Bier angeboten und jetzt fürchte ich, dass ich dich dadurch in eine unangenehme La...«

»Ich entscheide selbst, was ich wann trinke oder auch nicht, okay?«, antwortete er heftiger, als Imogen erwartet hätte. »Ich kann dir versprechen, dass es in dieser Woche zu keiner Situation kommen wird, in der du dir Gedanken in diese Richtung machen musst. Ich weiß, was ich tun kann und was nicht.«

Seine Worte überzeugten Imogen nicht. »Und was ist mit anderen Drogen? Ich meine, ich kenne mich da nicht aus und habe keine Ahnung ...«

»Ich sage das nur einmal und dann reden wir nie wieder darüber: Ich nehme keine Drogen.«

Schon wieder eine Lüge. Zumindest, wenn man Lauren glauben durfte. Aber sie saß hier mit ihm im Auto und hatte diesem Trip zugestimmt. Also würde sie damit leben müssen. »Danke, dass du auch auf mich Rücksicht nimmst.«

»Kein Problem. Du hast mehrfach gesagt, dass du nicht gerne berührt wirst. Ich habe das ignoriert und deine Grenzen mehr als einmal übertreten.« Unruhig trommelte er mit den Fingern auf dem Lenkrad. »Es ist nur fair, wenn wir beide uns zurückhalten.«

»Eigentlich mag ich es, wenn du mich berührst.« Imogen verbarg das Gesicht in den Händen, weil sie schon wieder spürte, wie sie rot anlief. Sie hätte das nicht sagen sollen.

»Tatsächlich?« Das Trommelgeräusch stoppte und Imogen schielte zwischen ihren Fingern hindurch zu ihm hinüber. Keine Anspannung mehr, dafür hoben sich seine Mundwinkel langsam. »Das ist gut.« Er streckte die freie Hand nach ihr aus, so, als wollte er sie dazu bewegen, ihre Deckung fallen zu lassen, hielt allerdings rechtzeitig inne. »Versteck dich nicht. Du bist wunderschön.«

Das veranlasste sie, die Hände herunterzunehmen und sich wieder aufrecht hinzusetzen.

»Hast du dir schon überlegt, was du unbedingt sehen willst?«, wechselte Desmond das Thema. Seine Hand ruhte wieder auf dem

Lenkrad. »Ich war schon ein paarmal da und kann dir zeigen, was auch immer du willst.«

Dankbar nahm Imogen den Themenwechsel an. »Ich möchte mit dem SkyWheel fahren, ins Wachsfigurenmuseum und natürlich die Wasserfälle sehen.«

»Klingt gut. Alle Wachsfigurenmuseen? Ich glaube, es gibt zwei.«

»Alle. Sind sie gruselig?«

Er nickte und schüttelte gleich darauf den Kopf. »Als Junge fand ich das. Keine Ahnung, wie ich das heute sehe. Bist du schreckhaft?«

»Nicht wirklich. Mich bringt so schnell nichts aus der Ruhe.«

»Gut.« Er blickte zu ihr hinüber. »Was ist mit einem Casinobesuch?«

»So was habe ich noch nie gemacht.«

»Du warst noch nie in einem Casino? Das müssen wir nachholen.«

Im Stillen dankte Imogen Lauren dafür, dass sie sie gezwungen hatte, auch schicke Kleidung mitzunehmen. Mit Jeans und T-Shirt durfte man bestimmt nicht ins Casino. Aber erst wollte sie noch ein wenig mehr über ihn erfahren. Also fragte sie: »Verrätst du mir jetzt, wo du aufgewachsen bist?«

»Du hast mich immer noch nicht gegoogelt? Ich bin schockiert!« In einer gespielten Geste des Erstaunens legte er sich die Hand aufs Herz. »Du fährst mit einem Mann weg, von dem du nicht mal weißt, wo er aufgewachsen ist?«

»Indiana hast du gesagt. Und jedes Mal, wenn ich deinen Namen bei Google eingebe, sind da neue Berichte und Fotos, die ich nicht sehen will.« Sie musterte ihn mit ernstem Blick. »Und die gar nicht zu dem passen, was ich bisher mit dir erlebt habe. Also habe ich es gelassen und beschlossen, dich selbst zu fragen.« Sein warmes Lächeln zeigte ihr, dass sie die richtige Entscheidung getroffen hatte.

»Ich weiß das sehr zu schätzen. Ich bin in Elkhart aufgewachsen. Ziemlich nah an der Grenze zu Michigan.«

»Ah, deshalb wart ihr so oft bei den Niagaras?«

»Genau. Knapp vier Stunden Fahrt und erschwinglich.«

»War es schwer? Ich meine, du hast gesagt, ihr wärt ziemlich beengt aufgewachsen.«

»Wir hatten nie Geldsorgen oder so. Aber ich gehörte auch nicht zu den reichen Kids.«

»Aber sicher zu den coolen, oder?« Sie bemerkte die Traurigkeit in ihrer Stimme und versuchte, sie mit einem Lächeln abzumildern.

»Wie kommst du denn darauf?«

»Du musst schon an der High School ein guter Pitcher gewesen sein, sonst hättest du kein Stipendium bekommen. Und Sportler sind beliebt.« Jetzt klang sie nicht nur traurig, sondern verbittert. Na toll.

»Ja, ich war beliebt. Du nicht?« Er sah sie kurz an und richtete den Blick dann wieder auf die Straße.

»3-D-Drucker-Club, du erinnerst dich? Und ich habe mich für Naturwissenschaften interessiert, nicht für Sport. Ich war im Sportunterricht immer die, die keiner im Team haben wollte.«

»Ich hätte dich in mein Team gewählt.«

»Hättest du nicht.« Jetzt lachte sie. »Außerdem weißt du genau, dass Jungs und Mädchen getrennt Sport haben.«

»Dann hätte ich allen gesagt, dass sie dieses kluge, wunderschöne Mädchen in ihr Team nehmen sollen. Auf mich hätten sie gehört.«

»Sie hatten recht damit, mich nicht zu wollen.« Sie drehte sich im Sitz so, dass sie ihn besser ansehen konnte. »Einmal habe ich es beim Softball geschafft, den Ball aus Versehen hinter mich zu schmeißen. Lauren hat mich trotzdem immer in ihre Mannschaft gewählt.«

»Ihr seid eng befreundet, oder?«

»Ja, sehr eng.« Und weil sie nicht weiter über Lauren sprechen wollte, stellte sie Fragen über Niagara Falls. Desmond erzählte von den Ausflügen mit seiner Familie zu den Wasserfällen. Seine Eltern hatten dort ihre Flitterwochen verbracht und waren immer wieder mit ihren Söhnen an diesen Ort zurückgekehrt. Es klang, als ob er eine schöne Zeit dort verbracht hatte.

Schließlich kamen sie am Hotel an und Imogen gefiel, was sie sah. Es hatte Ähnlichkeit mit typischen Motels an der Landstraße. Allerdings viel gepflegter, als die meisten Motels, die sie kannte. u-förmig umschloss es den großen Parkplatz und erstreckte sich über zwei Stockwerke. Die Holzwände waren abwechselnd grau und rot gestrichen und immer wieder unterbrochen durch Türen und große Fenster. Überall standen Container mit Blumenarrangements. Das *Thriftlodge at the Falls* traf genau Imogens Geschmack.

Ihre Freude über seine Hotelwahl musste sich auf ihrem Gesicht widergespiegelt haben, denn er sagte: »Da scheine ich ja was richtig gemacht zu haben.«

»Ja! Es ist wunderschön.«

»Freut mich zu hören. Lass uns die Schlüssel holen.«

Weil Imogen sich ein wenig umschauen wollte, suchte Desmond alleine die Rezeption auf. Es dauerte nicht lange, bis er wieder ins Freie trat. In der Hand hielt er zwei klobige Schlüssel, von denen er einen Imogen zuwarf. Sie griff daneben und der Schlüssel landete vor ihren Füßen auf dem Boden. Mit gerunzelter Stirn sah sie zu Desmond. »Das war aber ein schlechter Wurf.« Noch während sie sprach, bückte sie sich und hob den Schlüssel auf. »Aber gut, kann ja nicht jeder ein Pitcher Ace sein, wie dieser Holden, von dem ganz Seattle redet.«

Mit einem Zwinkern trat er zu ihr. »Keine Ahnung, wen du meinst. Aber wenn ich was nicht kann, dann ist das Werfen. Jeder hat eine Schwäche.«

Gemeinsam betraten sie ihr Zimmer. Im Inneren wirkte es nicht ganz so neu wie außen, aber das störte Imogen nicht. Desmond hatte Wort gehalten und ein Zimmer mit zwei separaten Betten gebucht. Die standen an entgegengesetzten Enden des Raumes und waren mit ziemlich hässlichen braunen Tagesdecken bedeckt. Den blauen Teppich zierte ein wildes, gelbes Zackenmuster und eine riesige, knallrote Couch bildete das Zentrum des

Raumes. Ihr gegenüber befand sich ein gemauerter Kamin, vor dem zwei blaue Ohrensessel standen. Über dem Kamin hing das einzige Bild: ein kitschiges Ölgemälde der Niagarafälle.

Desmond drehte sich mehrmals im Kreis. »Wow, das ist … bunt.«

Lachend rannte Imogen zum hinteren Bett und hievte ihren Koffer darauf. »Darf ich das haben?«

»Was auch immer du willst.«

Neugierig öffnete sie die Tür neben ihrem Bett und blickte in ein kleines Badezimmer. Toilette, Waschbecken und Dusche auf engstem Raum. Aber es reichte.

»Ha, ich habe das bessere Bett!« Grinsend warf sich Desmond darauf und deutete auf einen großen, hellbraunen Schrank mit Flügeltüren im oberen Teil, der schräg in der Ecke neben der Badtür stand. Hinter den offenen Türen des Schrankes stand ein Monstrum von Fernseher. »Von hier aus kann ich den Fernseher besser sehen. Du musst dir den Hals verrenken.«

Imogen kam wieder aus dem Bad und warf einen Blick auf den Fernseher. »Ich dachte, wir wollten Spaß haben.«

»Ist Fernsehen kein Spaß? Wenn ich schon kein Baseball spielen kann, will ich es wenigstens sehen. Und ich schulde dir noch einen Filmabend, oder?«

»Richtig. Also, für einen Abend fernsehen vormerken. Aber Baseball schaue ich mir nicht an.«

»Ich werde dir die Feinheiten des Spiels schon noch zeigen.« Er grinste.

Imogen beachtete ihn nicht weiter, sondern ging zu ihrem Bett und öffnete den Koffer.

»Du räumst deine Sachen aus?«

Überrascht blickte sie zu Desmond. »Du nicht?«

Er verschränkte die Hände hinter dem Kopf und lehnte sich gegen das Kopfende des Bettes. »Nein. Ich nehm einfach raus, was ich brauche. Weißt du, ich bin so oft in Hotels, da habe ich mir das angewöhnt.«

»Ich lege meine Sachen lieber in den Schrank.«

»Jeder, wie er mag.«

Imogen spürte seine Blicke auf sich, während sie das Meiste in den Schubladen des Fernsehschranks verstaute. Nur das Cocktailkleid, zu dem Lauren sie überredet hatte, trug sie zu den Haken am Eingang.

Er schwang die Beine vom Bett und stand auf. »Lass uns was essen gehen. Ich habe einen Bärenhunger.«

»Und du weißt natürlich, wo man hier was bekommt?«

»Mein letzter Besuch ist einige Jahre her. Aber es gab da diesen Burgerladen ein paar Straßen weiter. Gabe und ich hätten da jeden Tag essen können.«

»Gabe ist dein jüngerer Bruder?«

»Gabriel, ja. Eine echte Nervensäge. Aber wir hatten unsere Momente. Und jetzt Burger.«

Mit einem letzten Handgriff schob Imogen ihren leeren Koffer unters Bett. »Dann mal los!«

11. Ein Morgen in Niagara Falls

Imogen erwachte durch ein merkwürdiges Geräusch und wusste im ersten Moment nicht, wo sie sich befand. Ihr Blick fiel auf einen hässlichen Fernsehschrank und schlagartig wusste sie wieder, warum sie in einem fremden Bett lag. Und damit war auch klar, was das für ein Geräusch war: der ruhige Atemzug des schlafenden Desmond.

Nach dem Abendessen waren sie noch ein wenig durch die Stadt gestreift. Allerdings hatte die lange Anreise sie geschlaucht. Aus diesem Grund waren sie sich einig gewesen, keine der vielen Attraktionen auszuprobieren, die Niagara Falls bot. Tatsächlich hatte sich Imogen nach ihrer Rückkehr ins Hotel direkt hingelegt und war sofort eingeschlafen.

Fieberhaft überlegte sie, was sie tun sollte. Sie musste ins Bad, wollte aber Desmond nicht wecken. *Willst du jetzt hier still liegenbleiben, bis er aufwacht? Wenn man ihm glauben darf, kann das ewig dauern.* Mit einem kleinen Seufzer schob sie die Decke zur Seite, holte Klamotten aus dem Schrank und huschte ins Badezimmer.

Als sie zwanzig Minuten später wieder herauskam, stand Desmond in Jogginghose und T-Shirt an seinem Nachttisch. Er konnte Imogen nicht sehen, sie war sich aber sicher, dass er die Badtür gehört hatte. Doch er schwieg, drehte sich nicht einmal um.

Imogen räusperte sich laut: »Guten Morgen! So früh wach?« Es war nicht einmal neun. Behauptete Desmond nicht von sich selbst, eine Nachteule zu sein?

Langsam drehte er sich um und sie sah, dass er einen Becher

Kaffee in den Händen hielt. Auf seinem Nachttisch stand eine kleine Kaffeemaschine, die Imogen vorher nicht aufgefallen war.

»Morgen.« Er deutete auf die Tasse in seiner Hand. »Kaffee, dann joggen. Duschen, danach mehr Kaffee. Dann bin ich ansprechbar.« Er leerte die Tasse mit einem Zug und verschwand im Bad. Kurz darauf kam er wieder heraus, schob sich Kopfhörer in die Ohren und verließ das Zimmer.

Imogen stand noch immer mitten im Raum und starrte ihm hinterher. *Okay.* Er hatte erwähnt, dass er kein Morgenmensch war. Wenn er sich wirklich jeden Morgen so aufführte, verstand sie jetzt auch seinen Auftritt bei den Vertragsverhandlungen. Schließlich hatte er gesprochen, nachdem er genug Kaffee im System gehabt hatte.

Sie beäugte die Kaffeemaschine genauer. Ein Rest war noch übrig, doch der würde kalt sein, bis Desmond zurückkehrte. Also nahm sich Imogen seine Tasse, füllte sie wieder und bereitete alles vor, um neuen Kaffee zu kochen, sobald er zurück war. Dabei fiel ihr Blick auf eine schwarze Ledermappe, die neben seinem Bett lag.

Sie überlegte nicht lange, griff danach, setzte sich auf das Bett und schlug die Mappe auf. Was sie sah, überraschte sie. Es waren Entwürfe von Häusern. Alle fast identisch. Zweckmäßig und ohne jeden Schnörkel. Bungalows mit sechs Zimmern, Küche und Bad. Die Zeichnungen enthielten keine weiteren Notizen, also legte Imogen sie wieder dorthin, wo sie sie gefunden hatte.

Desmond hatte angedeutet, dass er als Architekt arbeitete. Imogen war davon ausgegangen, dass er künstlerische Entwürfe für egozentrische Sportstars machte. Diese Zeichnungen wirkten wie Familienhäuser, ein bisschen groß mit ihren sechs Zimmern, allerdings sehr zweckmäßig designt. Vielleicht ergab sich in dieser Woche die Gelegenheit, ihn nach seiner Arbeit zu fragen.

Imogen beschloss, noch ein wenig zu lesen, und setzte sich dafür in einen der Ohrensessel. Fünfzehn Minuten später betrat Desmond das Zimmer und verschwand direkt unter der Dusche. Immerhin hatte er ihr ein kleines Lächeln geschenkt.

Wie geplant stellte Imogen die Kaffeemaschine an und gerade als die Kanne durchgelaufen war, schlenderte Desmond wieder aus dem Bad. »Nimmst du Milch oder Zu…« Mit der Tasse in der Hand drehte sie sich um und ihr klappte der Mund auf. Er trug nichts als ein Handtuch um die Hüften und rubbelte sich die Haare trocken.

Heilige Scheiße! Sie konnte den Blick nicht von seinem nackten Oberkörper abwenden. Ein warmes Prickeln durchfuhr sie, während sie immer noch auf seine breite Brust starrte. Beim letzten Mal waren ihr die blonden Härchen gar nicht aufgefallen, die sich nach unten hin verjüngten und im Ansatz des Handtuches verschwanden.

Seelenruhig griff er neben Imogen in seine Tasche und holte Klamotten heraus. Dabei klaffte das Handtuch auf und gab seinen Oberschenkel frei. Auch dort sah Imogen die blonden Härchen. Der Anblick verursachte ihr Gänsehaut im Nacken, die sich langsam nach unten zog.

»Äh, Milch oder Zucker im Kaffee?« Ihre Stimme klang mehr wie ein Krächzen und Imogen merkte, wie sie rot anlief. *Nicht schon wieder!*

»Schwarz.« Er richtete sich auf und nahm ihr die Tasse aus der Hand.

Er stand jetzt so dicht hinter ihr, dass die Hitze seines Körpers auf sie übersprang. Oder warum war es auf einmal so warm im Zimmer? Seine Hand berührte leicht ihre und diesmal wanderte die Gänsehaut von ihren Fingerspitzen direkt bis zu ihrem Herzen, das prompt einen Schlag aussetzte. Sie müsste sich nur ein klein wenig vorlehnen, dann würde er sie küssen. Aber sie tat es nicht. Sie blieb stehen, das hochrote Gesicht dem Boden zugewandt. Bemüht, nicht zu heftig zu atmen oder ihm irgendwie anders ihre Reaktion zu verraten.

Immer noch die Ruhe selbst, drehte er sich um und hielt ihr eine Cremetube hin.

»Könntest du mir vielleicht die Schulter einreiben? Die linke.«

»Äh …« Imogen schüttelte den Kopf und ließ mit einem

Zischen den Atem entweichen. Es war ihr gar nicht aufgefallen, dass sie ihn angehalten hatte. Erklärte aber das leicht schummrige Gefühl. »Ja, sicher. Was ist passiert?« Sie nahm die Tube entgegen und verteilte das durchsichtige Gel vorsichtig auf seiner Schulter.

»Bis zum Schulterblatt, bitte. Ich mache Ausgleichstraining für den linken Arm und habe mir eine kleine Zerrung zugezogen.«

Vorsichtig verteilte sie das farblose Gel auf seinem Rücken. »Beim Ausgleichstraining? Irgendwie beruhigend, wenn so was nicht nur mir passiert.«

Sein Lachen schickte kleine Schauer durch ihren Körper. »Vor kleinen Sportverletzungen ist niemand gefeit. Ich bin nur froh, dass es der linke Arm ist. Rechts wäre ein echtes Problem. Trotz der Zwangspause.«

Sie senkte die Hände und er ließ die Schultern kreisen. *Atmen, Imogen.* Sie zwang Luft in ihre Lungen und ignorierte bewusst seine fehlende Kleidung. Er lächelte ihr noch einmal zu und verschwand erneut im Bad.

Mit wackligen Knien setze sich Imogen und atmete mehrmals tief durch. Ihr blieb kaum Zeit, sich zu beruhigen, da erschien Desmond in heller Jeans und mit einem verwaschenen dunklen Shirt, das ziemlich eng am Körper lag. *Nicht hilfreich!* Er ließ sich ihr gegenüber in den Sessel fallen, die Tasse in der einen Hand und deutete mit der anderen auf sie: »Wie es aussieht, gehen wir im Partnerlook.«

Imogen blickte an sich herab. Er hatte recht. Sie trug ebenfalls eine helle Jeans und ein dunkles Shirt, das nicht mehr ganz neu war, in dem sie sich aber wohlfühlte. Außerdem fand sie, dass es ihren Busen betonte. Sie blickte wieder zu ihm, wollte etwas sagen, bekam aber nicht mehr als ein Nicken zustande.

»Danke für den Kaffee. Genau die richtige Stärke.«

Endlich erwachte Imogen aus ihrer Erstarrung. »Ich dachte, du magst ihn bestimmt stärker.«

»So stark wie möglich. Tut mir leid, dass ich morgens zu nichts zu gebrauchen bin.« Er trank einen Schluck und lächelte sie an.

»Schon gut, kein Problem. Respekt, dass du trotzdem joggen gehst.«

»Damit habe ich irgendwann in der High School angefangen, um wach zu werden. Training begann um kurz nach sechs. Der Coach hat mich erst zwanzig Minuten laufen lassen, mir dann Kaffee gegeben und danach konnte ich trainieren.«

»Jetzt bin ich irgendwie froh, dass ich nur im Drucker-Club war. Wir haben uns immer nachmittags getroffen.«

Er leerte seinen Kaffeebecher und stand auf. »Sportler arbeiten auch hart.« Mit einem Zwinkern ging er zu seinem Bett und griff nach den Turnschuhen. »Wir hatten Training von kurz nach sechs bis halb neun und dann wieder von fünfzehn bis siebzehn Uhr.« Schulterzuckend deutete er zur Tür. »Frühstück?«

»Gerne. Gibt es denn hier im Hotel welches?«

»Keine Ahnung. Wir holen uns einen Kaffee und ein paar Donuts die Straße runter. Das liegt auf dem Weg zu den Wasserfällen. Wenn wir gleich jetzt gehen, ist es noch nicht so voll.«

»Klingt nach einem Plan. Ist es weit?«

»Anderthalb Meilen vielleicht. Bist du gut zu Fuß?«

»Klar. So lange ich nicht joggen muss.«

»Keine Angst«, sagte er lachend. »Keine sportlichen Betätigungen, die du nicht ausdrücklich wünschst.«

Und da waren sie wieder. Die Schmetterlinge im Bauch, die Imogen leicht schwindlig werden ließen. Sie atmete tief durch und antwortete, bevor sie es sich anders überlegen konnte: »Keine Sorge, ich sage Bescheid, falls mich die Lust überkommt.«

Das Grinsen auf seinem Gesicht zeigte ihr, dass ihr Flirtversuch angekommen war.

»Das will ich hoffen.«

Klang seine Stimme eine Spur dunkler als normal? Sie beschloss, nicht weiter darüber nachzudenken, sondern ihr Vorhaben vom Tag zuvor in die Tat umzusetzen: Alles auf sich zukommen lassen und im Augenblick leben. Dieser Ort war wie dafür geschaffen. Ebenfalls mit einem Grinsen auf dem Gesicht ging sie zur Tür und nahm ihre Jacke vom Haken. »Dann mal los. Ich will jetzt endlich diese Wasserfälle sehen, von denen alle immer so schwärmen.«

»Euer Wunsch ist mir Befehl, meine Dame.« Er verbeugte sich kurz, schnappte sich ebenfalls eine Jacke und folgte ihr aus dem Zimmer.

Draußen erwartete sie ein kühler, aber sonniger Morgen.

»Vielleicht hätten wir später im Jahr kommen sollen. Dann wäre es wärmer.« Imogen schlang die Arme um den Oberkörper und versuchte sich aufzuwärmen.

»Aber auch voller. Und du hättest alleine fahren müssen, denn ich habe erst wieder im Herbst Zeit.«

»Ich hatte vergessen, dass die Baseballsaison so lang geht. Ziemlich stressig, oder?«

»Nicht, wenn man weiß, wie man entspannt.«

Imogen biss sich auf die Zunge. Wie er entspannte, wusste sie zu gut aus den Medien. Aber das wollte sie hier nicht zum Thema machen. Also antwortete sie: »Mit Donuts?«

Seine Mundwinkel hoben sich. »Mit Vanillecreme gefüllte Donuts. Aber ich fürchte, ab morgen werden es wieder Eier mit Gemüse sein. Oder wenigstens Porridge.« Er schlug sich auf den Bauch. »Ich will kein Fett ansetzen.«

Imogen bezweifelte, dass er in dieser einen Woche ›Fett ansetzen‹ würde. »Super. Mehr Donuts für mich. Mit Omelett kannst du mich jagen.«

»Ist aber gesund und macht satt.«

»Mag sein. Ich bleibe bei Donuts. Vorteil der Wissenschaftlerin.« Sie biss sich auf die Lippen, ehe sie grinste. »Ich darf Fett ansetzen.«

Er musterte sie von oben bis unten. »Bei Frauen lagert sich das auch an genau den richtigen Stellen ab. Männer bekommen einfach nur einen Bauch.«

Auch Imogen sah jetzt an sich hinunter. »An den richtigen Stellen, ja?« Er setzte zu einer Antwort an, doch sie winkte ab. »Lass gut sein. Ich bin, wie ich bin und ich mag mich so. Ich brauche keine Komplimente, um mich wohl in meiner Haut zu fühlen.«

»Du hast keinen Grund, dich unwohl zu fühlen«, erwiderte Desmond dennoch. »Mir gefällt jede einzelne deiner Rundungen. Alles genau so, wie es sein sollte.«

Lachend schüttelte Imogen den Kopf. Denn auch wenn sie gesagt hatte, sie wolle keine Komplimente, hinterließen seine Worte ein warmes Gefühl in ihr.

Desmond stoppte und deutete auf eine kleine Bäckerei. »Wir sind da. Kaffee und Donuts.«

»Wenn ich noch mehr Kaffee trinke, komme ich heute gar nicht mehr ins Bett.«

Desmond betrat den kleinen Laden und sagte: »Perfekt. Wir haben viel vor.«

»Haben wir?«

Er kam nicht zum Antworten, weil sie direkt an der Reihe waren. Desmond bestellte eine Auswahl verschiedener Donuts und einen doppelten Espresso, den er noch im Laden hinunterkippte. Zurück auf der Straße hielt er ihr die Schachtel hin. »Die mit Vanillecreme sind die besten.« Er nahm sich selbst einen, biss hinein und schloss verzückt die Augen. »Das habe ich vermisst.«

»Wieso? Kriegst du sonst keine Donuts? Du hast doch gesagt, du darfst alles, sogar Chips.«

Desmond schluckte langsam, bevor er zu einer Antwort ansetzte. »Das ist keine Frage des Dürfens. Es verbietet mir keiner. Aber ich weiß, dass es schwer ist, wieder damit aufzuhören.«

»Dann habe ich also einen schlechten Einfluss auf dich?« Sie meinte die Worte nur halb im Scherz. Es wäre nicht gut, wenn er sich ihretwegen gehen ließ.

»Das hat nichts mit dir zu tun. Wie schon gesagt: Ich weiß, was ich essen und trinken kann und was nicht. Und jetzt lass mich meine Donuts genießen!« Er hatte die Stimme nicht erhoben, aber sein Tonfall machte deutlich, dass er nicht mehr über das Thema reden wollte.

Imogen tat ihm den Gefallen und aß langsam ihren eigenen Donut. Er hatte recht: Die waren lecker. Sie nahm sich einen zweiten und fragte: »Du hast gesagt, wir haben viel vor?«

»Genau. Wir laufen zu den Wasserfällen. Von hier aus kannst du das ganze Hufeisen sehen. Nicht zu vergleichen mit der amerikanischen Seite. Danach machen wir eine Fahrt mit der *Maid of the Mist.* Wird ein wenig feucht, aber so kommen wir ganz nah ran an die Fälle.« Er griff nach einem weiteren Donut und biss davon ab. »Anschließend gehen wir essen. Du darfst dir was aussuchen. Und dann fahren wir mit dem SkyWheel und besuchen die Zombies.«

»Alles durchgeplant, was?« Es gelang Imogen nicht, ein Grinsen zu unterdrücken.

»Du warst so schnell eingeschlafen gestern. Ich hatte nichts zu tun.« Er zwinkerte ihr zu und deutete nach vorne. Inzwischen waren sie am Stadtrand angekommen. »Ab hier beginnen die großen Hotelanlagen. Jetzt nur noch geradeaus und sobald wir da vorne um die Ecke sind, kannst du sie sehen.« Seine Hand legte sich kurz auf ihren Unterarm, damit Imogen beim Laufen stoppte. »Aber du kannst sie schon hören.«

Imogen lauschte. Tatsächlich. Unter den Straßenlärm und die üblichen Stadtgeräusche mischte sich ein Rauschen, das sie vorher nicht wahrgenommen hatte. »Sie sind ziemlich laut, oder? Die Shoshone Falls sind es.«

»Ja.« Er deutete auf die großen Hotels. »Von denen hat man zwar einen spektakulären Blick über die Wasserfälle, aber man will kein Fenster aufmachen. Zumindest mich stört das Rauschen.«

»Dann warst du schon mal in einem der großen Hotels?«

»In meinem ersten Collegejahr. Gabe und ich sind zusammen hergefahren. Wir wollten uns ein wenig Luxus gönnen. Ihm hat es gefallen. Mir nicht.«

»Du und dein Bruder habt viel zusammen gemacht, oder?«

»Er ist nur ein Jahr jünger. Wir waren echte Kumpels.« Ein dunkler Schleier legte sich über Desmonds Züge.

»Waren?«, hakte Imogen vorsichtig nach.

Desmond strich sich die Haare zurück. »Sind. Wir würden immer noch alles füreinander tun.« Er zuckte mit den Schultern. »Aber in letzter Zeit ist es schwierig. Verschiedene Leben und so.«

Wieder einmal zeigte sein Tonfall, dass er dieses Thema nicht zur Sprache bringen wollte. Aber Imogen fragte trotzdem: »Was macht er?«

»Er studiert Literaturwissenschaft und ...« Desmond seufzte. »Ich möchte nicht über Gabe reden okay? Wir haben gerade ein paar Differenzen und das hier soll Spaß machen.«

»Alles klar. Ich wollte nicht ...«

»Hast du nicht. Ich habe selbst damit angefangen.« Er warf einen Blick in die Donutschachtel. »Einer ist noch da. Willst du?«

In Gedanken noch mit Desmonds Worten über seinen Bruder beschäftigt, schüttelte sie geistesabwesend den Kopf. Hatte Desmond im Diner mit Gabriel telefoniert? Familie hatte er gesagt. Und später im Flur? Das würde seinen Ton erklären. So sprach man nur mit Menschen, mit denen man eine enge Beziehung hatte. Ob dieser Streit der Grund gewesen war, warum Desmond sich betrunken hatte? Fragen über Fragen, auf die sie wohl erst einmal keine Antwort erhalten würde.

»Lass uns gehen.« Desmond lächelte jetzt wieder und warf die zerknüllte Donutpackung mit einem gekonnten Wurf in den nächsten Mülleimer.

Imogen nickte anerkennend. »Vielleicht kannst du das mit dem Werfen ja doch ein bisschen.«

»Ich habe meine Momente.« Lächelnd setzte er sich in Bewegung.

Beim Laufen betrachtete Imogen Desmonds breiten Rücken und fragte sich zum ersten Mal, was das zwischen ihnen war. Natürlich die Sache mit dem Vertrag. Aber dieser Ausflug bedeutete etwas anderes. Er schien sie wirklich zu mögen. Aber warum durfte sie dann über so viele Themen nicht reden? *Weil er dich nicht kennt, Imogen. Er ist in Seattle berühmt. Wenn er dir all seine Geheimnisse anvertrauen würde, ohne dich richtig zu kennen, wäre das ziemlich dämlich von ihm.* An seiner Stelle wäre sie auch vorsichtig, wem sie was erzählte. Und was seinen Umgang mit Alkohol und Drogen anging, hatte sie bisher nichts Auffälliges feststellen können. Daher wollte sie ihn erst einmal besser kennenlernen. Wenn da wirklich mehr zwischen ihnen war, würde er sich ihr irgendwann anvertrauen.

Sie ging ein wenig schneller und schloss wieder zu ihm auf. »Bist du schon mal mit dem SkyWheel gefahren?«

»Ein paar Mal.« Er lächelte. »Wunderschöne Aussicht.« Sie waren jetzt am Ende der Straße angekommen und Desmond hielt wieder an. »Bereit? Sobald wir um das Besucherzentrum herum sind, kannst du sie sehen.«

»Bereit.« Tatsächlich machte sich ein Flattern in Imogens Körper breit, wie sie es seit ihrer Kindheit nicht mehr gespürt hatte. Diese Mischung aus Vorfreude und Aufregung hatte etwas Magisches.

»Ich glaube, so aufgeregt gefällst du mir fast noch besser, als wenn du rot wirst.« Er griff nach ihrer Hand und zog sie sanft in Richtung des Besucherzentrums.

Imogens Herzschlag beschleunigte sich noch einmal. Aber sie ließ ihn gewähren, diese Berührung fühlte sich einfach richtig an. Hand in Hand traten sie um die Ecke und Imogen blieb mit offenem Mund stehen.

Die Sonne brach sich in der tosenden Gischt der Wasserfälle und ein großer Regenbogen erstreckte sich von einer Seite zur anderen. Desmond führte sie weiter bis zur Aussichtsplattform. Das Rauschen hatte deutlich an Lautstärke zugenommen, aber es störte sie nicht.

»Sie sind wunderschön, oder?«

Wie aus der Ferne drangen Desmonds Worte zu ihr durch. Sie drehte ihm den Kopf zu und wusste, dass ihr Gesicht strahlte. Selten war ihr die eigene Existenz so bewusst gewesen. Das Leben war ein einmaliges Geschenk. Zur Antwort nickte sie nur und drückte seine Hand.

Lächelnd deutete er die Straße hinunter. »Lass uns zum Bootsanleger gehen. Die *Maid of the Mist* legt gerade wieder an. Vielleicht schaffen wir noch die nächste Fahrt.«

»Ich glaube, ich habe noch nie etwas so Schönes gesehen«, sagte

Imogen ehrfürchtig. »Diese Kraft. Und die Farbe des Wassers. Ich wusste nicht, dass es azurblau ist.«

»Ist es auch nicht immer. Wir haben heute extremes Glück mit dem Wetter. Wir müssen unbedingt abends herkommen. Dann sind sie beleuchtet. Das hat seinen ganz eigenen Charme.« Seine Mundwinkel hoben sich. »Wie wäre es mit einem Foto? Du, ich, die Wasserfälle?« Sein Blick suchte ihren und hielt ihn fest.

»So wie bei verliebten Pärchen?« Imogen erschrak über ihre Worte. Jetzt konnte sie verstehen, warum so viele Menschen ihre Hochzeitsreise hierher machten. Die Umgebung war wie geschaffen für starke Gefühle.

Desmond schien es ähnlich zu gehen, denn er antwortete: »Ganz genau so.« Dann ließ er ihre Hand los und ging auf ein Paar in der Nähe zu. Imogen konnte nicht verstehen, was er sagte, aber der Mann nahm Desmonds Handy und ging ein paar Schritte zurück. Dann war Desmond wieder neben ihr, legte einen Arm um ihre Hüfte und zog sie an sich. Ohne darüber nachzudenken, lehnte sie sich näher an ihn, spürte seine Wärme und für einen Moment waren alle Zweifel wie weggeblasen. Für diesen Augenblick waren sie nur zwei Menschen, zwischen denen eine unerklärliche Anziehungskraft bestand. Ermutigt durch dieses Gefühl ließ sie eine Hand in seine Gesäßtasche gleiten. Von ihrer eigenen Kühnheit überrascht, erfasste sie ein leichter Schwindel. Es war eine Geste, die sie oft bei anderen gesehen hatte. Für sie war das immer ein Ausdruck höchster Intimität und Vertrautheit gewesen und noch nie hatte sie das Bedürfnis danach verspürt. Aber bei Desmond fühlte es sich richtig an. Zugegeben, er hatte seine Fehler und Probleme, aber gerade im Moment war er hier bei ihr und alles andere verlor an Bedeutung.

»Einen Penny für deine Gedanken.«

Sie konnte seinen Atem an ihrem Ohr spüren und antwortete, ohne nachzudenken: »Ich habe gedacht, dass dieser Moment perfekt ist.« Sie blickte in seine grauen Augen. Ihre eigenen spiegelten sich darin. Aber so hatte sie sich noch nie gesehen. Voller Liebe. Wie von selbst hob sie die freie Hand und fuhr die Konturen seines Gesichts nach. Dabei blieben ihre Blicke verbunden. Sie spürte seinen weichen Bart unter den Fingerspitzen und hielt in der Bewegung inne. Vorsichtig streifte sie mit dem Daumen seine Unterlippe. Er öffnete sie leicht.

»Ähm, Ihr Handy?«

Desmond und Imogen schreckten auseinander. Sie beobachtete, wie er das Telefon wieder in Empfang nahm. Es war ihr völlig entfallen, dass da jemand Fotos von ihnen machte.

»Immer wieder schön, ein frisch verliebtes Paar zu sehen. Ich wünsche eine schöne Zeit.«

Imogens Blick folgte dem Mann und sie wusste, dass ihre Wangen schon wieder glühten.

»Willst du die Fotos sehen?« Desmond war wieder neben sie getreten und hielt ihr das Handy hin.

Was Imogen sah, zauberte ihr ein Lächeln ins Gesicht. Der Mann hatte wirklich gute Arbeit geleistet. Desmond und sie standen mittig im Bild. Hinter ihnen erstreckten sich die Wasserfälle in ihrer ganzen Pracht. Sogar der Regenbogen war zu erkennen. Doch was sie wirklich überraschte, war die Intensität. Als gäbe es nur sie beide auf der Welt. Kein Wunder, dass der Fotograf sie für ein Paar gehalten hatte. Hätte sie es nicht besser gewusst …

»Warte, ich schick sie dir.« Desmond machte sich am Handy zu schaffen.

Das gab Imogen Zeit, sich ein wenig zu sammeln. Ihr gefiel die Richtung gar nicht, in die ihre Gedanken eben gegangen waren. Alles ging viel zu schnell. Sie war niemand, der sich direkt auf einen anderen Menschen einließ. Noch vor zwei Tagen hatte sie ihm sagen wollen, dass er sich von ihr fernhalten sollte. Keine zwei Stunden später hatte sie dieser Reise zugestimmt. Und jetzt war sie auf dem besten Weg, sich in ihn zu verlieben. Denn natürlich wusste sie genau, was das Herzklopfen und die Schmetterlinge im Bauch bedeuteten. So hatte es auch bei Brad angefangen. Allerdings nie so intensiv. Das hier überstieg ihre damaligen Gefühle um ein Hundertfaches.

Imogen schob den Gedanken beiseite und zog ihr vibrierendes

Handy aus der Hosentasche. Da waren sie. Die Fotos, die deutlich zeigten, dass es für alle Rückzieher schon zu spät war.

Desmond schien nicht zu ahnen, in welche Richtung ihre Gedanken gingen, denn er nahm ihre Hand und sagte: »Lass uns Karten kaufen. Ich kann gar nicht erwarten, dich in einem dieser blauen Regencapes zu sehen.«

»Blaue Regencapes?« Imogen bemühte sich, die Wärme seiner Finger zu ignorieren.

»Ja. Die bekommt jeder Passagier. Und die sind auch bitter nötig. Wir werden ziemlich nass werden.«

Am Tickethäuschen war nicht mehr viel los und der Verkäufer winkte sie herbei. »Kommen Sie schnell, dann können Sie noch mit.« Er reichte ihnen die Tickets und die Regencapes. Im Laufschritt machten sie sich auf den Weg. Kaum hatten sie das Schiff betreten, wurde die Gangway getrennt und es ging los.

Imogen zog sich das blaue Plastikcape über und musste lachen, als sie Desmond sah. Nur gut, dass alle auf dem Schiff so ein hässliches Ding trugen. Aber selbst mit diesem albernen Cape sorgte sein Anblick dafür, dass ihr Herz höherschlug.

»Wir gehen hoch. Da ist es zwar nasser, aber die Aussicht ist spektakulär.« Er nahm ein weiteres Mal ihre Hand und sie betraten das obere Deck. Tatsächlich war es deutlich voller als unten, aber sie ergatterten einen Platz an der Reling. Desmond stand so nah hinter Imogen, dass seine Brust ihren Rücken berührte. Es störte sie nicht. Diese neue Art der Vertrautheit gefiel ihr. Zur Hölle mit ihren Ängsten und ihren Vorsätzen. Vielleicht hatte Lauren recht und ein wenig mehr Spaß in ihrem Leben konnte nicht schaden. Andererseits wusste sie nicht genau, was seine Beweggründe waren. Er konnte jede Frau haben. Warum wollte er ausgerechnet sie?

»Hör auf zu grübeln und genieße die Fahrt.« Seine Stimme drang durch das Plastik gedämpft an ihr Ohr, dennoch jagte sie ihr einen angenehmen Schauer über den Rücken.

Imogen folgte seinem Ratschlag und lehnte sich zurück. Was hatte sie schon zu verlieren?

Auf dem Weg zurück in die Stadt hielt Desmond erneut ihre Hand und erzählte von seinen Eltern. Sie lebten nach wie vor in Elkhart und arbeiteten als Strafverteidiger.

»Also verteidigen sie echte Verbrecher?«

»Eher hoffnungslose Fälle. Meist als Pflichtverteidiger. Auch wenn meine Mutter jetzt, da sie auch meine Managerin ist, weniger Zeit für ihre wohltätige Arbeit hat. Der jährliche Urlaub hier gehörte zu den seltenen Gelegenheiten, bei denen wir Zeit als Familie verbrachten. Sie hatten ihre Arbeit, ich hatte Baseball und Gabe …« Er unterbrach sich und schüttelte den Kopf. »Sie sind keine schlechten Eltern. Aber eindeutig mit Helferkomplex.« Er minderte den Ernst seiner Aussage durch ein Zwinkern.

»Aber sie haben deine Karriere unterstützt.«

»Sagen wir, sie haben sie nicht behindert. Ich kann an einer Hand abzählen, wie oft sie bei meinen Spielen waren.« Er winkte ab. »Das klingt alles viel schlimmer, als es war. Hat mich nie gestört. Dadurch hatte ich Freiheiten, die andere nicht hatten.«

»Zum Beispiel?«

»Ich konnte auf Partys gehen. Mich mit Mädchen treffen. Zocken, wann immer ich wollte.«

»Videospiele? Das habe ich nicht mehr gemacht, seit ich mich von Brad getrennt habe.«

»Brad.« Er runzelte die Stirn. »Zu früh, um von ihm zu erzählen?«

Imogen war sich nicht sicher, was sie darauf antworten sollte. Einerseits war Brad Vergangenheit. Andererseits war er die einzige ernsthafte Beziehung, die sie je gehabt hatte. Also gab sie sich einen Ruck. »Brad und ich waren seit der Elften zusammen. Dann kam das College. Ich ging nach Seattle und er nach Miami.«

»Oh, warum bist du nicht nach Alaska? Das wäre noch weiter weg von Miami.«

Lachend gab Imogen zu: »Brad wollte unbedingt weg aus dem Norden. Ich wollte unbedingt bleiben.«

»Eure Beziehung muss stark gewesen sein, wenn ihr euch erst vor zwei Jahren getrennt habt. Das war dann in deinem dritten Collegejahr?«

»Ja, gleich zu Beginn. Oder kurz davor. Er verließ das College nach zwei Jahren und hatte eigentlich vor, hierher zu ziehen. Wir wollten eine Familie gründen.«

»Was ging schief?« Desmonds Stimme klang ruhig und interessiert, aber Imogen merkte, wie seine Hand ein wenig fester zupackte.

»Das Übliche. Ich dachte, wir wären uns treu, er legte es ein wenig, sagen wir, *liberaler* aus.«

»Er hat dich betrogen? Bastard.«

»Ich hätte es wissen müssen. Von mir hat er nie … also …« Sie zuckte mit den Schultern und ignorierte ihre brennenden Wangen. »Ich werde nicht gerne berührt. Er musste ›Dampf ablassen‹, wie er es nannte. Kurz und gut, ich habe ihn verlassen und bin seitdem Single aus Überzeugung.«

»Mmmh. Überzeugung, ja?«

»Ja. Ich brauche keinen Mann, um mich gut zu fühlen.«

»Das glaube ich dir gerne. Aber manchmal kann ein Mann ganz nützlich sein.« Jetzt spiegelte sich Schalk in seinen Augen. »Wir können Einmachgläser öffnen oder Dinge aus den oberen Regalen holen.«

»Wenn ich ein Glas nicht aufbekomme, mache ich ein Loch rein. Und für hohe Regale gibt es Leitern.«

»Ah, ja, da hast du recht. Aber wilden, ungezügelten Sex bekommst du nicht von einem Vibrator.«

Imogen blieb stehen und starrte ihn verdattert an. Was hatte er da eben gesagt? Hitze stieg ihren Hals hinauf, aber sie sah nicht weg. Sein Blick ruhte intensiv auf ihr. Sie musste ihm eine Antwort geben. Also sagte sie das Erste, was ihr einfiel. Die Wahrheit. »Das würde bedeuten, Sex zu haben. Dafür bin ich nicht gemacht.«

»Du bist nicht für Sex gemacht?« Lächelnd legte er den Kopf leicht schief und fuhr mit dem Zeigefinger über ihre Wange. »Das wage ich zu bezweifeln.« Er ließ die Hand wieder sinken. »Vielleicht war dieser Brad nur nicht der Richtige für dich. Hast du es je mit einem anderen Mann versucht?«

»Bisher hatte ich nicht das Verlangen danach.« Ihre Stimme zitterte, genau wie ihr Körper.

»Dann sollten wir das ändern.« Sein intensiver Blick schickte kleine Blitze durch ihren Körper, die sich allesamt in ihrer Mitte trafen. Sie spielte mit dem Feuer, aber sie konnte nicht anders. Seine Worte hatten sie eine Sache erkennen lassen: Sie wollte Sex. Herausfinden, ob es mit ihm anders wäre. Nicht sofort, aber sicher noch während ihrer Zeit in Niagara Falls.

12. SkyWheel

Beruhige dich, Des. Geh es langsam an. Frustriert strich sich Desmond die Haare zurück. Der Rest des Tages hatte einer bittersüßen Qual geglichen. Sie waren zusammen in eines der großen Hotels essen gegangen, danach noch ein wenig an den Fällen entlanggeschlendert und jetzt auf dem Weg zurück zur Vergnügungsmeile. Dabei hatten sie sich immer wieder berührt und sein Körper reagierte entschieden zu heftig auf Imogens Nähe.

Okay. Ablenkung. »Gehen wir jetzt Zombies erschießen?«, schlug er in einem hoffentlich unverfänglichen Tonfall vor. Das würde ihn vielleicht wieder abkühlen und die Zeit bis zu seiner abendlichen Überraschung überbrücken.

Sie antwortete nicht, also versuchte er es noch einmal: »Zombies töten? Das macht Spaß.« Zur Verdeutlichung machte er Schießbewegungen mit den Fingern. »*Pew, Pew.*« Dann pustete er den imaginären Rauch von seinen Fingerspitzen.

Es wirkte, Imogen schenkte ihm ein Lachen. »Okay. Zombies töten klingt gut.«

Desmond ballte die Faust in einer Geste des Sieges und setzte sich in Bewegung. Er wollte es langsam angehen, aber ihre Hand nahm er trotzdem. Imogen gab sie ihm bereitwillig und fuhr sanft mit dem Daumen über seine Finger. *Scheiße*, das reichte schon, um ihn wieder hart werden zu lassen. Hoffentlich würde dieses Spiel ihn abkühlen.

Es half. Zumindest kurzzeitig. Lachend traten sie auf die von bunten Neonschildern erleuchtete Straße. Desmond hatte einen

Arm um Imogens Schulter gelegt, die übers ganze Gesicht strahlte. »Das war ja mal cool!«

»Klar fandest du es cool. Du hattest mehr Punkte als ich.«

Sie löste sich von ihm und stemmte die Hände in die Hüften. »Du hast mich nicht gewinnen lassen, oder?«

»Wie denn? Ich konnte deinen Punktestand ja gar nicht sehen. Und außerdem«, er deutete mit dem Finger auf sie, »lasse ich aus Prinzip niemanden gewinnen. Es ist mein verdammter Beruf, Spiele zu gewinnen. Ich kann gar nicht anders, als es zu versuchen.«

»Deshalb Baseball? Um zu gewinnen?« In ihrer Stimme klang echtes Interesse mit.

»Auch.« Er lachte. »Okay, hauptsächlich. Also natürlich will ich, dass meine Mannschaft gewinnt, aber es ist mehr. Das tatsächliche Duell findet zwischen dem Pitcher«, er deutete auf sich, »und dem Batter statt. Jeder Wurf ist ein Zweikampf. Ich muss überlegen, was ich mache, ich muss wissen, was der Batter kann, ob er weiß, wie ich werfe und so weiter.«

»Du entscheidest also je nach Batter, wie du wirfst?«

Er nickte. »Und nach Spielsituation. Zusammen mit meinem Catcher. Der richtige Wurf kann entscheidend sein.«

»Du machst das wirklich gerne, oder?«

»Es ist mein Leben. Ich habe dir erzählt, dass unsere Eltern nie viel Zeit für uns hatten. Aber jeden Abend hat mein Vater mindestens eine halbe Stunde mit uns Werfen geübt. Ich war ziemlich schnell sehr gut. Gabe war nie der Baseballtyp. Football ist mehr sein Ding. Aber ich …« Er zuckte mit den Schultern. »Ich wollte nie etwas anderes machen.«

»Und Architektur? Ich meine, du hast deinen Master gemacht. Du hättest die Uni auch nach zwei Jahren verlassen können, um Baseball zu spielen.«

»Hatte ich überlegt. Aber die Tigers wollten mich gerne behalten und mein Stipendium ging über vier Jahre. Also habe ich weiter Collegebaseball gespielt.«

»Tigers?«, Imogen hob fragend die Brauen. »Wo hast du denn studiert?«

»In Auburn, Alabama.«

»Ziemlich weit weg von Elkhart.«

»Es war okay. Gabe kam ein Jahr später. Da waren wir fast wieder eine Familie.« Er zwinkerte ihr zu.

»Ich dachte, dein Bruder studiert in Seattle. Und er müsste jetzt fünfundzwanzig sein, oder?«

Desmond verzog das Gesicht. »Sagen wir, Gabe hat sich zwischendurch immer mal wieder eine Auszeit genommen. In Auburn hat er nur ein Jahr durchgehalten. Danach hat er hauptsächlich gearbeitet. In Seattle hat er erst vor anderthalb Jahren angefangen, als ich in die Gegend gezogen bin.« Warum kamen sie immer wieder auf Gabe zu sprechen? Er war der letzte, an den er denken wollte. »Lassen wir die Vergangenheit ruhen, okay?«

Sie nickte und fragte: »Was machen wir als Nächstes?«

»SkyWheel.« Er deutete die Straße hinunter. Jetzt hieß es, den Rest des Abends unvergesslich zu machen. Die nächtliche Fahrt mit dem SkyWheel sollte etwas ganz Besonderes werden. Desmond hatte alles in die Wege geleitet, musste nur noch prüfen, ob es geklappt hatte. Es dauerte nur wenige Minuten, bis sie ankamen. »Warte hier, ich gehe die Tickets besorgen.« Als er ihren verdatterten Blick sah, fügte er hinzu: »Ist eine Überraschung. Nicht weggehen.«

Fünf Minuten später führte er sie zum Eingang und sie bestiegen eine Gondel. Obwohl diese für sechs Personen ausgelegt waren und eine lange Schlange anstand, stieg niemand zu ihnen.

Die Türen schlossen sich und Imogen fragte: »Wir haben eine Gondel nur für uns?«

»Das ist die Überraschung. Ich dachte, wir sollten diesen Moment ganz für uns haben.«

Das Lächeln auf ihrem Gesicht wärmte sein Herz. Sie rückte ein wenig näher zu ihm und lehnte sich an seine Schulter. »Danke.«

Und dann war sie es, die ihn auf die Wange küsste. Die Berührung ihrer Lippen jagte ihm kleine Schauer durch den Körper. Ihre Hand streichelte sanft seinen Oberschenkel, während sie die Wasserfälle bestaunte.

Wenn sie so weitermachte, würde er Probleme haben aufzustehen. Weder sein Shirt noch die Jacke waren lang genug, um seine Erektion zu verdecken. Er könnte das Regencape überziehen, das er noch in der Tasche hatte. Dieser Gedanke entlockte ihm ein Schmunzeln.

»Warum lachst du?« Sie wandte den Blick nicht von den Wasserfällen ab.

»Nicht wichtig.« Er rückte sich ein wenig zurecht und fuhr mit dem Daumen an ihrem Schenkel auf und ab. »Männergedanken.«

»Männergedanken?«

Kicherte sie etwa? »Lachst du mich jetzt aus?«

»Ein wenig.« Wieder ernster deutete sie nach draußen auf die beleuchteten Wasserfälle, die in allen Regenbogenfarben schimmerten. »Du hattest recht. Das hätte ich nicht verpassen wollen.«

Er küsste sie auf den Scheitel.

»SkyWheel«, flüsterte sie. »Weißt du, dass ich immer Sky heißen wollte?«

»Magst du deinen Namen nicht?«

»Er ist nicht schlecht. Aber alle nennen mich Genny. Und dann muss ich jedes Mal erklären, dass ich nicht Jennifer heiße.« Er konnte ihr Lachen spüren, so nah war sie ihm. »Ich dachte immer, dass Sky ein schöner Name wäre. Der Himmel ist so weit, unendlich. Da oben verfliegen alle Sorgen und man konzentriert sich auf das Wesentliche. So wäre ich gerne.«

»Sky.« Er flüsterte den Namen ganz nah an ihrem Ohr. »Darf ich dich so nennen?«

»Würdest du das tun?« Sie drehte den Kopf und blickte ihm in die Augen. Ihr Gesicht war seinem so nah, dass er ihren Atem auf seinen Lippen spüren konnte.

Er antwortete nicht, sondern nickte nur leicht und lehnte sich ein klein wenig weiter vor. Auf keinen Fall würde er sie küssen. Das wäre ein Fehler, er wusste das, aber der Drang war übermächtig.

Imogen erlöste ihn, indem sie den Abstand zwischen ihnen

überwand und ihn küsste. Sanft, weich und vorsichtig. Fast nur ein Hauch.

Desmonds Atem zitterte, aber er bewegte sich nicht, wartete, ob sie sich wieder zurückzog. Aber sie tat es nicht. Der Druck nahm zu und ihre Zunge stieß sanft gegen seinen Mund. *Scheiß auf Zurückhaltung.* So wollte er sie schon seit dem letzten Mal im Diner küssen. Er vergrub eine Hand in ihrem Haar und zog sie fester an sich. Er wollte sanft sein, doch als seine Lippen ihre berührten, konnte er es nicht mehr. Er wollte ihr seine Gefühle zeigen. Die Sehnsucht, die er spürte, seit er sich zum ersten Mal mit ihr unterhalten hatte.

Irgendwo in seinem benebelten Gehirn regte sich eine Stimme, die ihn warnte. Die ihm sagte, dass es zu früh sei. Sie hatte Angst vor körperlicher Nähe und er wollte sich ihr auf keinen Fall aufdrängen. Doch dieser Gedanke verblasste unter ihren Händen, die jetzt seinen Nacken streichelten. Ihren Brüsten, die sich gegen seinen Oberkörper drückten und ihren Lippen, die Versprechen gaben, nach denen er sich sehnte.

Das Rucken der Kabine brachte ihn in die Wirklichkeit zurück und auch Imogen stieß einen erschrockenen Seufzer aus. Sie waren wieder unten angekommen. Hier war nicht der richtige Ort für mehr. Aber sie hatte sich ihm endlich geöffnet und er würde dafür sorgen, dass sie es nicht bereute.

13. Ausklang eines perfekten Tages

Hin- und hergerissen von ihren Gefühlen stieg Imogen aus der Gondel. Sie hätte Desmond ewig weiterküssen können. Aber genau das machte ihr Angst. So etwas hatte sie noch nie gefühlt.

Wenn es Lauren beim Küssen immer so ging, verstand Imogen jetzt die vielen Männergeschichten. War das mit jedem Mann so? Mit Brad ganz sicher nicht. Ob es stimmte, dass sie Brad nie geliebt hatte? Oder lag es daran, dass sie inzwischen älter war? Oder daran, dass sie seit zwei Jahren kein Mann mehr berührt hatte? Oder war Desmond einfach etwas Besonderes?

Sie schüttelte sich, um die Gedanken zur Seite zu schieben. Es führte zu nichts. Sie hatte sich vorgenommen, spontan zu sein und dazu gehörte auch, nicht alles bis ins kleinste Detail zu analysieren.

Desmond merkte man nicht an, dass er sie eben noch leidenschaftlich geküsst hatte. Scheinbar völlig ruhig fragte er: »Was machen wir jetzt?«

Um einen ebenso leichten Tonfall bemüht, antwortete Imogen: »Keine Ahnung.« Auf gar keinen Fall sollte Desmond sehen, wie sehr sie seine Berührung vermisste.

Ein Grinsen breitete sich auf seinem Gesicht aus. »Ich werde dir ein Stofftier gewinnen. Okay. Das ist …«, er drehte sich im Kreis und zeigte dann die Straße runter, »… in diese Richtung.« Mit schnellen Schritten ging er los.

Imogen folgte und fragte sich, wovor er wegrannte. Vor ihr? Hatte sie sich getäuscht? Waren nur ihre Gefühle bei dem Kuss durchgedreht? Hatte sie sich am Ende dämlich dabei angestellt? Anders konnte sie sich sein Verhalten nicht erklären.

Er hielt vor einer kleinen Spielhalle an und spähte hinein. »Ah, da ist es. Siehst du den Automaten? Ich zieh dir ein Stofftier.«

»Ein Stofftier aus einem Automaten? Das ist zum Glück kein bisschen kitschig.«

»Was spricht denn gegen Kitsch?« Er zwinkerte und steuerte sein Ziel an. »Lass mal sehen. Ah, den Teddy da mit dem Herz in der Hand. Wenn schon, dann mache ich es richtig.«

Imogen sah ihm zu und konnte sich nach dem dritten misslungenen Versuch ein Kichern nicht mehr verkneifen.

»Du weißt ja, was man sagt. Pech im Spiel …«, er trat einen Schritt näher an sie heran und legte beide Arme um ihre Hüfte, »… Glück in der Liebe.«

Er sah auf sie herab und sein Gesicht nahm einen träumerischen Ausdruck an. Sofort regten sich die Schmetterlinge in Imogens Magengegend und flatterten wild durcheinander. Desmonds Blick schickte Schauer durch ihren Körper und ganz gegen ihren Willen bewegte sie die Hüfte ein wenig in seine Richtung. Sein Griff wurde fester, er drehte sich und schob sanft ein Bein zwischen ihre Schenkel. Dabei ließ er ihren Blick nicht los.

Feuchtigkeit sammelte sich in ihrer Mitte und sie dankte dem Universum, dass sie kein Mann war. Nicht auszudenken, wenn er sehen könnte, wie sehr seine Berührung sie erregte. Andererseits … Sie löste den Blickkontakt und schielte auf die Ausbuchtung in seiner Hose. Das war überhaupt nicht peinlich, sondern schön. Wie gerne hätte sie ihn angefasst und darübergestrichen. *Was denkst du denn da? Jetzt nicht nur sein Haar, sondern sein Penis?* Dieser Gedanke brachte sie erneut zum Kichern.

Sofort zogen sich seine Brauen zusammen. »Warum lachst du?«

»Weil ich dich berühren will«, antwortete sie, bevor sie den Mut verlor. »Ich wollte noch nie einen Mann berühren. Doch dir wollte ich schon bei unserem ersten Abendessen durchs Haar streichen. Das war verwirrend. Jetzt würde ich …« Sie senkte kurz den Blick auf seine Hose und sagte dann verlegen: »Ich schätze, Lachen ist meine Art mit ungewohnten Situationen umzugehen.«

Seine Züge glätteten sich. »Wenn das so ist, verzeihe ich dir.« Er beugte sich vor und gab ihr einen schnellen Kuss auf den Mund. »Also dann. Lass mich noch einmal die Mission ›Teddy für meine Freundin‹ starten.«

Meine Freundin. Diese Worte hinterließen ein warmes Gefühl in Imogen.

Diesmal klappte es gleich beim ersten Versuch und er drückte ihr breit grinsend den Teddy in die Hand. Der Bär war nicht groß, aber weich und Imogen drückte ihn gegen ihre Wange.

»Moment, ich mach ein Foto.« Er holte sein Handy aus der Tasche und knipste. »Und jetzt wir beide und der Bär.« Er trat zu ihr, zog sie in den Arm und schoss mehrere Selfies. »Ich schau sie mir nachher an und schicke dir das Schönste.«

Zu Imogens Enttäuschung ließ Desmond sie wieder los und steuerte auf den Ausgang zu. Draußen angekommen warf er einen Blick auf sein Handy. »Was machen wir jetzt?«

»Können wir ins Hotel? Ich bin hundemüde.«

Er nickte versonnen. »Hättest du etwas dagegen, wenn ich Baseball schauen gehe? Die Mariners fangen gerade an zu spielen. Ich werde die Tage wenig Gelegenheit haben und …«

»Ein anderer ficht deine Duelle aus?« Das verstand sie.

»Genau.«

»Du kannst auch im Zimmer schauen, wenn du willst.« Für einen kurzen Moment hatte sie Bedenken, ihn alleine in eine Bar gehen zu lassen.

»Ich will dich nicht stören. Und es gibt hier eine Sportsbar, in der ich früher oft mit meiner Familie war. Ich würde gerne kurz *Hallo* sagen.«

Sein Vorschlag machte Sinn. Sie hatte keine Lust, Baseball zu schauen und seine Abwesenheit wäre eine gute Gelegenheit, um mit Lauren zu telefonieren. Sie hatte Redebedarf. Also sagte sie: »Klar, mach das. Wie gesagt, ich bin sowieso müde.« Und weil sie nicht besitzergreifend wirken wollte, drückte sie ihm einen schnellen Kuss auf die Wange. »Bis dann.« Bevor sie es sich anders überlegen konnte, drehte sie sich um und ging Richtung Hotel davon.

Bereits nach wenigen Metern hielt eine Hand auf ihrer Schulter sie auf. Ihr Herz machte einen Purzelbaum und sie drehte sich lächelnd zu ihm um.

»Hey, ich muss nicht gehen, wenn du nicht willst.«

Diese Worte verbreiterten ihr Lächeln. »Alles gut, Des. Ich bin wirklich müde.« Sie drückte den Teddy fester an sich, damit sie nicht der Versuchung erlag und Desmond durchs Haar fuhr. Denn wenn sie das tat, würde sie ihn an sich ziehen und küssen wollen. Und wer weiß, was sonst noch alles. Aber sie war nicht sicher, ob sie schon so weit war. Tatsächlich war es keine so schlechte Idee, dass er den Rest des Abends in der Bar verbrachte.

In dem Moment griff er nach ihrer Hand und deutete in Richtung Hotel. »Ich bring dich noch ins Zimmer.«

»Ist das kein Umweg?«

»Keine Diskussion. Ich lasse mein Mädchen nicht alleine gehen.«

Imogen schluckte. *Mein Mädchen.* Das gefiel ihr fast so gut, wie *meine Freundin.* »Wenn du darauf bestehst.«

»Das tue ich.« Seine Hand immer noch fest mit ihrer verschränkt, gingen sie schweigend zum Hotel. Diesmal war die Stille geladen, wie kurz vor einem Gewitter. Man spürte den reinigenden Regen schon in der Luft, aber er kam nicht. Ja, sie hätte den Rest des Abends gerne mit ihm verbracht. Denn jede Facette, jedes Puzzlestück, das sie entdeckte, machte ihn noch anziehender. Aber sie war sich nicht sicher, ob sie mit dem zurechtkommen würde, was unweigerlich folgte, wenn sie ihn jetzt bat zu bleiben.

Sie hatten den Innenhof des Motels erreicht. Desmonds Blick brannte sich in ihren. Sie las die unausgesprochene Frage darin, wollte antworten, doch sie brachte keinen Ton heraus und der Moment verstrich. Desmond küsste sie auf die Wange und murmelte: »Bis später, Sky.« Dann verschwand er.

Verwirrt trat Imogen ins Zimmer. Was war da eben passiert?

Lauren, schoss es ihr durch den Kopf, *ich sollte wirklich Lauren anrufen.*

Unruhig lief Imogen in dem kleinen Zimmer auf und ab. Sie hatte einen Videoanruf gestartet und wartete, dass Lauren auf der anderen Seite abnahm.

»Genny, hey! Was ist los? Hast du eine schöne Zeit? Ist Desmond so gut, wie ich gesagt habe? Erzähl!«

Unwillkürlich musste Imogen lachen. Das war Lauren, wie sie leibte und lebte. Sie saß in ihrem Zimmer auf dem Bett und kam wie immer direkt zum Punkt. »Deshalb rufe ich an.«

»Dann habt ihr …?« Laurens grüne Augen wurden groß und sie nickte leicht mit dem Kopf.

»Nein! Aber wir haben uns geküsst und es war … Lauren, ist das normal? Bei Brad musste ich mich jedes Mal überwinden. Aber bei Desmond …« Imogen ließ sich ebenfalls auf ihr Bett fallen, so war es fast so wie zuhause, wenn sie zusammensaßen und den Tag Revue passieren ließen.

Laurens helles Lachen klang ihr entgegen. »Süße, Desmond ist definitiv was Besonderes! Aber, ja. Eigentlich sollte küssen Spaß machen, sonst stimmt da was gewaltig nicht. Aber Brad haben wir vor zwei Jahren gestrichen. Reden wir über Desmond. Küsse also?«

»Ja. Im SkyWheel. Er hat eine ganze Kabine nur für uns gemietet, die Wasserfälle waren beleuchtet und dann …« Imogen biss sich auf die Lippen und grinste.

»Ich habe dir gesagt, dass der Mann der Hammer ist!«

Diese Worte ließen das schlechte Gewissen wieder in Imogen hochsteigen. »Lauren, es tut mir leid.«

»Ach was! Muss es nicht. Das hatten wir doch schon geklärt. Der Desmond, den ich kennengelernt habe, der wäre was für mich gewesen. Der Mann, den du da jetzt hast, ist dein Kaliber.« Sie spitzte die Lippen. »Du hast jetzt Spaß, meine Liebe. Und wenn wir schon dabei sind: Lass dich von Alkohol und Drogen nicht abschrecken. Du kennst seinen Ruf und bist vorbereitet. Also hab Spaß.«

»Kein Alkohol, keine Drogen. Er hat mir versichert, dass er damit umgehen kann. Er trinkt gar nicht, Lauren. Und auch sonst nimmt er nichts. Ich glaube nicht, dass er wirklich ein Drogenproblem hat.«

»Einfach so? Ich weiß ja nicht. Aber wenn er sein Leben wirklich ändern will, bin ich die Erste, die das unterstützt. Für dich heißt die Devise: Lebe! Wenn er diese Gefühle nur durch Küssen auslöst, dann warte erst mal, was passiert, wenn ihr im Bett seid.«

Imogen spürte, wie sie rot wurde. »Wir werden sehen.«

»Das will ich doch hoffen. Wo ist er jetzt?«

»In einer Sports Bar. Die Mariners spielen. Ich war müde und da hat er mich ins Hotel gebracht.«

»Eine Bar? Ohne dich? Du sollst Spaß mit ihm haben. Nicht er ohne dich!«

»Blödsinn. Wenn er Baseball schauen will, ist das in Ordnung. Ich bin sicher, dass er in dieser Bar nur das tut, was er sagt. Er will sich wirklich ändern, Lauren.«

»Okay. Aber du nimmst dir endlich mal das, was dir guttut, und genießt es. Ohne schlechtes Gewissen. Und mit dem Wissen im Hinterkopf, wer er ist.«

»Mach ich.« Imogen warf einen Blick auf die Uhr und gähnte demonstrativ. »Ich denke, ich sollte jetzt schlafen.«

»Mach das, Süße. Und denk an den Spaß!«

»Mach ich.«

»Alles klar. Dann noch schöne Tage und tu nichts, was ich nicht auch tun würde!«

Lachend legte Imogen auf und atmete tief durch. Denn auch wenn sie es Lauren nicht gesagt hatte, es beschäftigte sie, was Desmond in der Sports Bar treiben könnte. Heute würde sich zeigen, ob er sich nur ihr zuliebe zurückhielt, oder auch in Gesellschaft anderer. Der Holden aus der Presse würde bis in die Morgenstunden feiern und betrunken zurückkommen. Der Desmond, den sie kannte, würde direkt nach dem Spiel zu ihr kommen. Nüchtern.

Auch wenn sie wusste, dass es nichts brachte, weiter darüber nachzugrübeln, war es dennoch ihr letzter Gedanke, bevor sie einschlief.

Imogen erwachte von Geräuschen im Bad und warf einen Blick auf die Uhr. Kurz vor zwei. Desmond musste zurück sein. Im selben Moment ging die Badtür auf und er kam ins Zimmer. Imogen wollte ihm nicht zeigen, dass er sie geweckt hatte, und stellte sich schlafend.

Schritte näherten sich ihrem Bett und sie spürte deutlich seine Nähe. Er roch nach dem ihm eigenen Harzgeruch, nach Zahnpasta und Frittierfett. Kein Alkohol. Bei anderen Drogen konnte sie natürlich nicht sicher sein.

Er war ihr inzwischen so nah, dass sie seine Wärme über ihrem Gesicht spüren konnte. Hauchzart trafen seine Lippen ihre Wangen und er flüsterte: »Schlaf gut, meine Sky.« Dann entfernte er sich und sie hörte, wie er sich hinlegte. Lange lauschte sie seinem Atem und genoss das Gefühl von Zufriedenheit, das diese kleine Geste in ihr ausgelöst hatte.

14. Filme und mehr

An diesem Morgen fiel Desmond seine tägliche Joggingeinheit deutlich leichter als sonst. Die Aussicht auf einen Tag mit Imogen beflügelte ihn.

Nach dem Kuss gestern Abend hatte er sich selbst nicht vertraut und war in die Bar geflüchtet. Er wollte Imogen und wusste, dass er sich nicht zurückgehalten hätte. Aber sie brauchte Zeit. Also hatte er sich zurückgezogen und den Abend mit Baseball verbracht.

Als er das Hotelzimmer wieder betreten hatte, dachte er nicht mehr die ganze Zeit daran, wie es wäre, mit ihr zu schlafen. Dafür war er schlicht und ergreifend zu müde gewesen. Desmond schmunzelte über sich selbst. Jetzt war er dazu definitiv nicht zu müde. Aber sie sollte so viel Zeit bekommen, wie sie brauchte.

Er schloss die Tür und fand Imogen lesend in einem der Lehnsessel. Das Licht verfing sich in ihrem Haar und ließ es golden glänzen. Die kurzen Fransen hingen ihr ins Gesicht und sie versuchte, sie immer wieder in die richtige Lage zu pusten. Desmond schloss für einen Moment die Augen. Gestern hatte sie gesagt, sie hätte gerne sein Haar zurückgestrichen. Der Gedanke daran ließ ihn ein wenig zu laut ausatmen und sie hob den Blick.

Ihr Lächeln bewies ihm, dass seine Entscheidung letzte Nacht richtig gewesen war. Kurz hatte er Angst gehabt, sie könnte sauer sein, weil er sie alleine gelassen hatte. Aber dieses Lächeln ließ alle Zweifel verschwinden. Er schnappte sich ihre Tasse, trank einen Schluck und drückte ihr einen schnellen Kuss auf die Lippen, bevor er wortlos unter der Dusche verschwand.

Mit Imogen schien alles so einfach. Er konnte seine Sorgen und

Probleme vergessen, das Leben genießen. Natürlich war ihm klar, dass die Realität ihn wieder einholen würde, sobald sie zurück in Seattle waren. Aber darüber wollte er sich erst am Freitag Gedanken machen. Für den Moment konnte er noch zwei Tage die Gesellschaft der Frau genießen, die gerade in Rekordzeit sein Herz eroberte. Denn eins wusste er ganz genau: So schnell würde er Imogen nicht wieder gehen lassen. Sie war das, was ihm in seinem Leben gefehlt hatte. Jemand, mit dem er Spaß haben und er selbst sein konnte. Sie füllte die Lücke, die Gabriel hinterlassen hatte. Und noch viel mehr.

Sobald er zurück in Seattle war, würde er noch einige Dinge klären müssen und wäre dann bereit, sein altes Leben endgültig hinter sich zu lassen. Lächelnd trat er aus dem Bad und hielt ihr die Tube mit dem Sportgel hin. »Wärst du noch mal so nett?«

Zu seiner großen Freude errötete sie wieder, nahm aber wortlos die Creme. Absichtlich langsam schob er sein T-Shirt nach oben und genoss ihre Berührungen. War das Wunschdenken oder strichen ihre Finger heute ein wenig zärtlicher über seinen Rücken?

»Fertig.« Sie legte die Tube auf den Tisch und verschwand im Bad, um sich die Hände zu waschen.

Desmond holte sich eine Tasse Kaffee und gemeinsam setzten sie sich in die Sessel. Imogen vertiefte sich wieder in ihr Buch.

Nach ein paar Schlucken fragte er: »Was liest du?«

Ihre Hand hob sich und sie bedeutete ihm zu warten. Dann sah sie kurz hoch: »Ein Paper für meine Doktorarbeit«, und las weiter.

Er nickte, wartete einen Moment und fragte: »Was möchtest du heute machen?«

Es dauerte einen kleinen Moment, bis sie den Reader ausschaltete, und sagte: »Minigolf?«

»Zauberer oder Saurier?«

»Saurier natürlich.«

»Deshalb mag ich dich«, sagte er grinsend. »Also Frühstück, Saurier-Mini-Golf, Mittagessen, Geister abschießen und dann Netflix? Schon eine Idee, was du sehen willst?«

»Ich habe *World War Z* noch nicht gesehen.«

Desmond breitete beide Arme aus, wie um sie zu umarmen. »Perfekt. Krasse, schnelle Zombies. Du wirst ihn lieben.« Er lehnte sich wieder in seinen Sessel zurück und fragte: »Was willst du zum Frühstück? Ich fürchte, ich muss zu Omelett und Salat übergehen.«

»Pancakes? Waffeln?«

»Dein Plan ist es, mich foltern, oder?« Dass genau das ihre Absicht war, erkannte er an der Art, wie ihre Lippen zuckten. Sie verkniff sich ein Lachen.

»Vielleicht ein wenig. Ich bin im Urlaub und da will ich mir was gönnen.«

»Alles klar. Ich kann stark sein. Du bekommst Waffeln und ich ein gesundes Sportlerfrühstück.«

Lachend betraten sie am Abend wieder das Hotelzimmer. Imogen warf sich in ihren Sessel und ließ Arme und Beine kraftlos herabhängen. »Erinnere mich daran, niemals wieder einem ›kleinen Spaziergang‹ mit dir zuzustimmen.«

»Warum? Das waren gerade mal acht Meilen.«

»Acht zu viel, wenn du mich fragst. Ich dachte, wir machen einen Schaufensterbummel.« Stöhnend setzte sie sich wieder auf und rollte zur Entspannung die Schultern. »Es hat einen Grund, warum ich keine Sportlerin bin.«

»Faulheit?« Sein Grinsen nahm den Worten die Spitze. »Mir fehlt mein Training. Ich habe das Gefühl, ich bewege mich kaum.«

»Dann geh noch eine Runde joggen und lass mich in Ruhe.« Sie wedelte mit der Hand in Richtung Tür und schloss die Augen.

»Ich habe eine bessere Idee.« Er deutete auf ihr Bett. »Leg dich hin, ich massiere dich ein wenig.«

Sofort flogen ihre Augen wieder auf. »Massieren?«

»Ja. Hilft, schmerzende Muskeln zu lockern.«

»Bin dabei!« Sie sprang auf und legte sich bäuchlings aufs Bett.

Er seufzte innerlich. Tatsächlich hatte er die leise Hoffnung gehegt, dass sie wenigstens ihr Shirt ausziehen würde. Aber gut, er nahm, was er kriegen konnte.

Sie drehte den Kopf und lächelte ihm auffordernd zu. »Lass deine Magie wirken.«

Und das tat er. Er setzte sich neben sie und begann mit starkem Griff, ihren Nacken und ihre Schultern zu bearbeiten. Die wohligen Laute, die ihr immer wieder über die Lippen kamen, spornten ihn an und ließen ihn etwas anderes probieren. Er nahm den Druck weg und fuhr sanft mit den Fingerspitzen über ihren Rücken. An ihren Armen stellten sich die Härchen auf und sie seufzte. Es gefiel ihr also. Mutiger ließ er die Finger zu ihrer Taille gleiten. Ihr Shirt hatte sich ein wenig verschoben und er streifte für einen Sekundenbruchteil nackte Haut. Auch dort zeigte sich Gänsehaut und ein Schauer ging durch ihren Körper.

Zu seiner Überraschung drehte sie sich auf den Rücken und sah ihn aus großen Augen an. Das Blau so aufgewühlt, wie das Meer nach einem Sturm. »Das war schön.« Sie streckte ihm die Arme entgegen, griff nach seinem Hoodie und zog ihn zu sich hinab. Er hatte keine Chance, sich zu wehren. Doch das wollte er auch gar nicht. Genau das hatte er mit seiner Massage erreichen wollen.

Im Laufe des Tages hatte Imogen sich immer wieder zurückgezogen. Sie hatten Händchen gehalten, sich zweimal geküsst, aber immer war sie es gewesen, die sich von ihm gelöst und dann erst einmal ein wenig Abstand gewahrt hatte. Jetzt war es anders. Kein züchtiger Kuss in der Öffentlichkeit. Sie waren alleine und Imogens Kuss zeigte deutlich, was sie wollte: ihn.

Das Blut in seinen Adern pulsierte, der Druck gegen die Knöpfe seiner Jeans wurde immer stärker und es kostete ihn schier unglaubliche Mühe, die Hände links und rechts neben ihrem Körper ruhen zu lassen.

»Berühr mich, Desmond.«

Im selben Moment glitt ihre Hand unter seinen Hoodie und er hatte das Gefühl zu brennen. Der warme Funke breitete sich von der Stelle an seinem Nabel aus, an dem ihre Fingerspitzen sanft entlang strichen. Sie griff nach seinem rechten Unterarm und zog daran. Mit einer fließenden Bewegung legte er sich aufs Bett und drückte sie dabei fester an sich.

Wieder war sie schneller als er und schob auch die andere Hand unter seinen Pullover. Als er kurz zuckte, hielt sie inne. Sofort vertiefte er den Kuss, ließ seine Zunge zwischen ihre Lippen gleiten und schob ein Knie zwischen ihre Beine.

Ihre Finger wanderten weiter und streiften jetzt den Bund seiner Jeans. Davon hatte er geträumt. Nur, dass es noch besser war. Sie schmeckte noch süßer und reagierte auf jede seiner Bewegungen, wie er es sich wünschte. Die Welt um ihn herum verlor an Bedeutung. Wichtig war nur noch Imogen, Sky. Denn das war sie für ihn. Sie bedeutete Freiheit. Endlose Möglichkeiten und Gefühle, an die er schon fast nicht mehr geglaubt hatte.

»Des?«

»Ja?« Er erkannte seine eigene Stimme kaum. Atemlos, tief und rau.

»Kannst du … können wir die Shirts ausziehen? Aber nicht mehr, ich …« Sie versteifte sich, entspannte aber sofort wieder, als sie sein Lächeln sah.

»Alles, was du willst. Alles.« Er half ihr mit dem T-Shirt und sie streifte ihm den Hoodie über den Kopf. Ihr Blick glitt über seinen Oberkörper und sie leckte sich die Lippen.

Diese Geste würde ihn noch umbringen. »Ich habe dir schon mal gesagt, dass ich mich kaum beherrschen kann, wenn du das tust.« Seine Stimme klang gepresst und er zwang sich, ruhig zu atmen.

»Du bist so schön.« Sie ließ eine Hand durch sein Haar gleiten.

Die Bewunderung in ihrer Stimme war fast zu viel für ihn und er schüttelte mühsam den Kopf. »Du bist es, die wunderschön ist.« Vorsichtig hob er eine Hand und fuhr damit sanft die Konturen ihrer Brüste entlang. »Perfekt.«

Ein unsicheres Lächeln erschien auf ihrem Gesicht. »Vielleicht sollte ich doch dein Sportprogramm mitmachen. Bei mir ist alles so weich …« Sie fasste an ihren Bauch. »Und bei dir …« Ihre Hand strich über sein Schlüsselbein und hinunter bis zu seinen Hüften. »Bei dir ist alles hart.«

Mit einem Stöhnen ballte er die Fäuste. Er hätte ihr zu gerne gezeigt, was an seinem Körper alles hart war. Stattdessen fuhr er die Spitze ihres BHs entlang. »Wie gesagt, bei dir ist weich etwas Gutes.« Und dann beugte er sich vor und erstickte ihre Erwiderung mit einem Kuss. Er wollte ihre Haut an seiner spüren, so nah, dass für nichts anderes mehr Raum blieb. Er küsste ihre Wange, den Hals hinunter, verweilte dort und verlor sich in ihrem Duft.

Ihre Finger strichen fest durch sein Haar, seinen Rücken hinab, waren überall, verbrannten seine Haut. Er löste sich von ihrem Hals und glitt tiefer, bis er den Ansatz ihrer Brüste erreichte. Gerne hätte er ihr den BH ausgezogen, doch er wollte sein Glück nicht herausfordern. Stattdessen löste er sich ein wenig von ihr und sagte: »Du bist wunderschön.«

»Wirklich?«

Diese wundervolle Röte zeigte sich an ihrem Halsansatz und er küsste sie aufs Schlüsselbein. »Ich habe dich an dem Abend auf der Leinwand gesehen und wollte dich kennenlernen. Deshalb habe ich meine Mutter geschickt. Eigentlich wollte ich diese ganze Vertragssache und dieses Tamtam um meinen Ruf nicht. Ich hatte schon entschieden, dass ich da nicht mitmache.« Er küsste sich an ihrem Kinn und Hals entlang. »Doch du hast mir gefallen. So sehr, dass ich einem Treffen zugestimmt habe.«

»Aber du hast mich kaum beachtet. Ich dachte …« Sie zuckte mit den Schultern.

»Es wäre merkwürdig gewesen, wenn ich zu viel Begeisterung gezeigt hätte, oder? Schließlich ging es darum, mir meine Freiheit wegzunehmen.«

»Ich glaube nicht, dass jemand das könnte.« Sie hob eine Hand und fuhr seine Wange entlang.

Er lächelte gequält. »Du musst zugeben, dass es genau diesen Eindruck auf dich gemacht hat. Der Bad Boy, dem Ketten angelegt werden. Ich habe versucht, der Rolle gerecht zu werden.«

»Du warst absichtlich gemein zu mir?«

»War ich das? Ich wollte gleichgültig wirken. Aber das konnte ich nicht mehr, nachdem wir uns unterhalten haben. Du gefällst mir, Sky. Äußerlich und innerlich.« Er blickte ihr in die Augen und hoffte, dass sie seine Gefühle sehen konnte. Hoffte, dass sie sehen konnte, wie viel sie ihm bedeutete, wie sehr sie ihm gefiel und wie gerne er mit ihr zusammen war.

Etwas in ihrem Blick veränderte sich. Es war, als ob eine Barriere fiel und was dahinter zum Vorschein kam, nahm ihm den Atem. Jedes seiner Gefühle spiegelte sich in ihrem Blick wider. Erst jetzt verstand er, dass vorher in all ihren Worten und Taten etwas gelegen hatte, was sie ausgebremst hatte. Eine Vorsicht, die gleichermaßen ein Schutz gewesen war. Jetzt gab es nur noch sie. Die wahre Imogen mit all ihren Gefühlen. Sie schenkte ihm ihr Vertrauen und er nahm es gerne entgegen. Er wusste, wie viel das bedeutete. Aber genau aus diesem Grund musste er den Abend jetzt in eine andere Richtung lenken.

Zärtlich ließ er seine Hand von ihrem Gesicht zu ihrer Hüfte gleiten und drehte sich ein wenig. Mit sanftem Druck brachte er sie dazu, sich neben ihm aufs Bett zu setzen. »Lass uns den Film sehen. Ich würde dich dabei gerne im Arm halten, wenn ich darf.«

Sie nickte und schmiegte sich ein wenig enger an ihn.

»Okay«, sagte er mit einem Augenzwinkern, »dann lass uns auf mein Bett wechseln. Du erinnerst dich: bessere Sicht auf den Fernseher.« Sein Blick glitt an ihrem Oberkörper hinab. »Aber genau so bleiben. Ich schalte nur schnell alles an.« Mit diesen Worten stand er auf, öffnete den Schrank und machte sich an den Tasten zu schaffen.

»Gibt es hier überhaupt Netflix?«, hörte er ihre Stimme hinter sich. Sehr gut. Sie wechselte das Bett.

»Jepp. Ich habe bereits Montagnacht alles eingerichtet.« Ihr Lachen verursachte ihm Gänsehaut am ganzen Körper. Er war sich nicht sicher, ob ihm so etwas schon einmal passiert war. Sie hatte ihn im Sturm erobert. *Jetzt versau es bloß nicht, Desmond.*

15. Warum Architektur?

Imogen erwachte, weil irgendetwas ihren Bauch kitzelte. Sie hörte ein Fluchen und schlug die Augen auf. Das war kein Kitzeln. Das war ein Handy. Desmonds Handy, das in seiner Hosentasche vibrierte.

Er reagierte im selben Moment, zog es heraus und murmelte verschlafen: »Ja?«

Imogen konnte nicht hören, worum es ging, aber Desmonds Körper versteifte sich und er richtete sich auf. »Du bist wo?« Er warf ihr einen entschuldigenden Blick zu, stand auf und verschwand ins Bad.

Verwirrt blickte sie ihm nach. Er hatte die ganze Woche kein Problem damit gehabt, in ihrer Gegenwart zu telefonieren. Die meisten Anrufer hatte er mit einem kurzen »Ich melde mich nächste Woche« abgespeist. Was war jetzt auf einmal los?

Ihr Blick glitt zu ihrem Bett und dem Schrank mit den Klamotten. Sollte sie hinübergehen und sie holen? Wenn sie dabei zufällig ein paar Gesprächsfetzen auffangen sollte, umso besser. Bevor sie es sich anders überlegen konnte, trat sie an den Schrank und lauschte. Nichts. *Was hast du erwartet, Imogen?*

»Ich bin nicht in Seattle«, hörte sie ihn in diesem Moment sagen. Stille. Dann etwas lauter: »Das geht dich gar nichts an. Ich brauche Abstand, verdammt!« Und kurz darauf. »Ja, allein, was dagegen?«

Imogen zog sich langsam zurück, konnte aber die nächsten Worte noch gut verstehen: »Ich bin morgen Abend wieder da, okay? Dann reden wir.«

Hastig entfernte sie sich weiter vom Bad. Warum sagte er, dass er alleine unterwegs sei? Wer auch immer da am Telefon war, sollte weder von ihr noch von Niagara Falls wissen. Warum? Schließlich hatte er einen erheblichen Aufwand betrieben, ihre Beziehung in der Presse bekannt zu machen. Und jetzt verleugnete er sie? Das machte überhaupt keinen Sinn.

Sie versuchte, sich abzulenken, indem sie Kaffee kochte. Doch immer wieder zuckte ihr Blick Richtung Bad. Mehrmals war sie schon auf halben Weg dorthin wieder umgedreht. Sie wollte nicht lauschen. Sie hatte gestern das Gefühl gehabt, dass etwas Besonderes zwischen ihnen passiert war. Das konnte sie sich nicht eingebildet haben, oder doch?

Der Kaffee war durchgelaufen und sie schenkte sich gerade eine Tasse ein, als hinter ihr die Badtür aufging. Also machte sie auch ihm eine Tasse fertig und trat mit einem zittrigen Lächeln an ihn heran. »Für dich.«

Er nahm die Tasse, trank einen Schluck und zog sie dann in seine Arme. »Guten Morgen, Sky.« Sein Kuss ließ sie zusammenzucken und er legte den Kopf schief. »Was ist los?«

»Das Telefon … Wer war das?« Schon als sie die Frage stellte, wusste Imogen, dass es keine gute Idee war. »Tut mir leid. Das geht mich nichts an.« Sie wollte sich aus seiner Umarmung befreien, doch er ließ es nicht zu.

»Das war nichts, was mit dir zu tun hat.« Er sah ihr tief in die Augen.

»Ja, klar«, murmelte sie und wich seinem Blick aus.

»Bitte, Sky. Mach das nicht.«

»Was denn?«

»Bau die Mauern nicht wieder auf. Vertraust du mir?«

Sie konnte seinen Blick nicht erwidern. Nichts, was er sagte, würde das Gespräch ungeschehen machen. Damals, mit Brad, hatte es genauso angefangen. Er hatte ständig telefoniert und so getan, als wären diese Anrufe bedeutungslos. Dabei waren es seine diversen Liebschaften gewesen. Diesen Fehler wollte sie nicht noch einmal machen.

»Sky?« Desmonds Stimme zeigte deutlich, dass er auf eine Antwort wartete.

»Es ist … Du weißt, dass Brad mich betrogen hat. Das hat genauso angefangen. Telefonate, die ich nicht mithören durfte und …« Seufzend zuckte sie mit den Schultern. »Du hast gefragt, ob meine Beziehung zu Brad stark war. Ja, das war sie. Sexuell lief es nie gut zwischen uns, aber wir waren Freunde. Gute Freunde. Ich dachte, ich könnte ihm vertrauen.« Mit jedem Wort fiel es Imogen leichter, über Brad zu sprechen. »Wir kannten uns in- und auswendig.«

»Aber das hat ihm nicht gereicht?« Sanft strich Desmond eine Strähne ihres Haares zurück.

»Nein. Wie gesagt: Wir waren ein tolles Team. Aber sobald er mich anfassen wollte …« Sie schüttelte sich. »Das Problem ist, dass ich mein Leben darauf aufgebaut habe, mit ihm irgendwann eine Familie zu gründen. So war es abgemacht und ich habe ihm vertraut. Und dann ging er nach Miami und diese Anrufe begannen …« Schließlich erwiderte sie doch Desmonds Blick. »Ich weiß nicht, ob ich dir vertrauen kann. Dafür kenne ich dich nicht gut genug.«

Sie sah ihm direkt ins Gesicht und ihr Herz zog sich zu einem Klumpen zusammen: Desmond rang mit sich.

»Imogen, ich …« Seine Schultern sackten nach vorne und er ließ sie los.

Das war ihr Antwort genug. »Du bist mir keine Rechenschaft schuldig. Ich hätte nicht fragen sollen.« Sie straffte sich. »Geh laufen. Ich mach mich fertig und dann gehen wir frühstücken.«

Er nickte kurz und sie verschwand im Bad. Drinnen lehnte sie sich gegen die Tür und sank in die Knie. Tränen liefen ihr übers Gesicht. Er wollte ihr nicht sagen, was los war, verlangte aber gleichzeitig Vertrauen von ihr. Vor dem Anruf hätte sie es ihm womöglich geschenkt. Aber jetzt … energisch wischte sie sich die Tränen aus den Augen. Wie ein Schwächling zu heulen, brachte auch nichts. Er log. Na und? Sie wusste, dass er etwas vor ihr verheimlichte. Es war ihr ja von Anfang an klar gewesen, dass er ein unzuverlässiger Bastard war. Aber sie hatte es so satt, immer das Richtige zu tun. Zum ersten Mal in ihrem Leben weckte ein

Mann diese wunderbaren Gefühle in ihr, von denen alle sprachen. Sie hatte ein verdammtes Recht darauf, das zu fühlen. Auch wenn es zwangsläufig schlecht enden musste.

Diese Entscheidung gab ihr die Kraft sich wiederaufzurichten. Unter der Dusche ließ sie ihre Gedanken schweifen. Sie würde sich nicht mehr gegen das Offensichtliche wehren. Ihr Körper reagierte auf ihn. Und seiner auf ihren. Das hatte der gestrige Abend mehr als deutlich gezeigt. Und er schien ihre Gefühle und Wünsche zu respektieren. Sonst hätte er bereits mehr versucht. Aber er hatte sie entscheiden lassen. Das musste doch irgendetwas bedeuten. Sie konnte ihm nicht egal sein.

Heute war ihr letzter Tag in Niagara Falls. Den wollte sie genießen. Ein letzter Tag voll Spontanität. Sie würde die Dinge einfach auf sich zukommen lassen.

Als sie zehn Minuten später das Zimmer wieder betrat, erwartete sie eigentlich, allein zu sein. Sie hatte nur ein Handtuch umgewickelt und sah Desmond am Fenster stehen. In der Hand eine Tasse Kaffee, war er tief in Gedanken versunken. Er hatte sich noch nicht angezogen und sie konnte deutlich die angespannten Muskelstränge an seinem Rücken erkennen.

Spontanität, Imogen! Sie trat hinter ihn und strich mit den Fingerspitzen von seinem Nacken zu den Schulterblättern. Er zuckte kurz, aber wich nicht aus. Imogen legte jetzt auch die andere Hand an seine Wirbelsäule und zeichnete zarte Muster. Sie fuhr bis zu seiner Taille und eine Gänsehaut breitete sich auf seinem Körper aus.

Er bewegte sich immer noch nicht. Aber sie hörte ihn sagen: »Es tut mir leid.«

Sie stoppte die Erkundungstour seines Rückens und trat stattdessen neben ihn. »Was denn?«

Fahrig strich er sich die Haare aus dem Gesicht. »Ich habe die letzten Jahre einige Fehler gemacht und muss das selbst wieder geradebiegen.«

Die Anruferin war also ein Fehler? Oder der Anrufer. »Muss ich mir Sorgen machen?«

»Nein.« Er drehte sich zu ihr. »Das hat überhaupt nichts mit dir zu tun. Ist ganz allein meine Sache. Ich bringe das in Ordnung.«

Sollte sie Hilfe anbieten? Sie entschied sich dagegen. Es war offensichtlich, dass er sie nicht mit einbeziehen wollte. Also antworte sie nur mit einem schlichten »Okay. Kein Joggen heute?«

Zärtlich hauchte er einen Kuss auf ihre Nasenspitze. »Nein. Das wird unser letztes Frühstück hier. Lass uns in eins der großen Hotels gehen und dort das Buffet genießen.«

»Ich dachte, du brauchst ein gesundes Sportlerfrühstück?«

»Scheiß auf gesund. Heute ist unser letzter Tag. Wir wollen ins Casino. Da kann es nicht schaden, den Tag mit Dekadenz zu beginnen, oder?« Er zog sie an sich, senkte den Kopf, küsste sie aber nicht.

»Dekadenz?« Sie hob fragend die Brauen, schmunzelte jedoch.

»Oh ja. Wir werden so tun, als gehörten wir zu den reichen Kids. Zu denen, die im Hilton frühstücken und ihr Taschengeld im Casino verzocken.« Seine Hand wanderte über ihren Rücken hinab zu ihrem Hintern und verharrte dort.

Wie sollte sie auf diese Zärtlichkeiten reagieren? Ein Teil von ihr wollte sich an ihn schmiegen und all die Dinge tun, die seine Gesten und sein Blick versprachen. Aber ein anderer Teil hatte genau davor Angst. Es wäre ein Leichtes für ihn, ihr einfach das Handtuch vom Körper zu ziehen. Aber er tat es nicht. Er schob auch seine Hand nicht darunter. Verdammt, er küsste sie nicht mal. Wenigstens das wollte sie von ihm. Also machte sie den letzten Schritt und legte ihre Lippen auf seine. Nur ein kurzer Kuss, doch sie hoffte, dass er verstand.

Er erwiderte den Kuss, schob sie aber mit sanfter Gewalt von sich. »Zieh dich an, Sky, sonst weiß ich nicht, was hier gleich passiert.«

»Soll ich deine Schulter heute nicht eincremen?« Sie wanderte auf einem schmalen Grat, konnte sich aber nicht zurückhalten.

Er schüttelte langsam den Kopf. »Du machst mich fertig, Sky. Nein, ich mach das heute selbst. Ich geh schnell ins Bad und dann haben wir den Spaß unseres Lebens.«

»Dir ist aber schon klar, dass du wirklich zu den reichen Kids gehörst, oder?«, fragte sie grinsend.

»Ich bin nicht reich. Wohlhabend vielleicht. Und das auch nur so lange, wie ich es nicht versaue oder mich verletze.«

»Deshalb die Häuser?« Sie deutete auf das Skizzenbuch, das nach wie vor neben seinem Bett lag.

Desmond blieb auf halbem Weg zum Bad stehen. »Du hast sie dir angeschaut?«

Die Röte stieg in Imogens Wangen, aber sie trat selbstbewusst zu ihm. »Ich weiß, das hätte ich nicht tun sollen.«

»Kein Problem.« Sanft streichelte er ihr erhitztes Gesicht. »Ich erklär dir beim Frühstück, was es damit auf sich hat.«

Kurz darauf saßen sie in einem Restaurant mit Blick auf die Niagarafälle und genossen ein üppiges Buffet. Imogen hatte sich frische Waffeln gebacken, von denen ihr Desmond eine klaute und jetzt genüsslich verspeiste.

Grinsend sagte er: »Besser als Rührei.« Das letzte Stück Waffel verschwand in seinem Mund und er griff nach einem Brötchen. »Du hast dir also meinen Skizzenblock angesehen.«

»Ja. Er lag da, während ich Kaffee gekocht habe.«

»Wie gesagt, kein Problem. Wie gefallen sie dir?«

»Sie sind nicht das, was ich erwartet habe.«

»Inwiefern?«

»Sie sind sehr zweckmäßig. Fast einfach. Ich dachte immer, Architektenhäuser sind verspielt, mit unmöglichen Wänden, überall Glas und kaum Stellfläche.«

Desmond prustete in seinen Kaffee. »Zum Glück kein Klischeedenken.« Kopfschüttelnd schmierte er Marmelade auf sein Brötchen. »Diese Häuser sind für das SOS-Kinderdorf in Chicago.«

»Echt?« Es verschlug Imogen die Sprache.

»Klar. Ich stelle ihnen meine Dienste zur Verfügung. Da hat jeder was davon. Ich kann nachweisen, dass ich als Architekt gearbeitet habe, und das Kinderdorf bekommt neue Häuser.«

»Du machst das also ehrenamtlich?«

»Ja. Einmal im Monat reise ich nach Chicago, um alles zu besprechen. Die Bauarbeiten beginnen im Spätsommer. Da sollte ich wieder mehr Zeit haben und kann häufiger vor Ort sein.«

Imogen aß ein Stück Waffel, ehe sie fragte: »Warum liest man davon nichts in der Presse?«

»Weil es langweilig ist und nicht zu meinem Image passt?«

Sie hörte die Frustration in seiner Stimme. »Die Presse sieht also nur, was sie sehen will?«

»Genau wie die Leser. Niemand fragt genauer nach. Jeder glaubt einfach, was er liest.«

Sollte sie näher darauf eingehen? Das war ein heikles Thema und er hatte sie oft genug abgewiesen. Aber Schweigen war auch keine Option. »Die Bilder und Polizeiberichte sprechen eine deutliche Sprache, oder?« Seine Miene verfinsterte sich und sie bereute die Worte bereits. »Ich meinte das nicht so, wie es geklungen hat.«

»Doch. Und du hast ja recht.« Sein Lächeln wirkte gequält. »Deshalb erzähle ich das mit dem Kinderdorf nicht. Alle würden denken, ich mache das nur, um meinen Ruf aufzubessern. Jetzt lass uns über was anderes reden. Hast du schon einen Doktorvater?«

Imogen hätte gerne weiter nachgefragt. Aber vielleicht würde er sich irgendwann öffnen und ihr alles erklären. Also schob sie die Presse und alles, was mit dem Profi-Baseballspieler zusammenhing zur Seite und konzentrierte sich auf den Desmond, den sie in den letzten Tagen kennengelernt hatte. Ein charmanter, rücksichtsvoller Mann, der die Schmetterlinge in ihrem Bauch zum Tanzen und ihr Herz zum Überlaufen brachte.

Sie erzählte von ihrer Forschung und davon, wie gerne sie sich einen eigenen 3-D-Drucker zulegen würde.

»Sind die Dinger nicht riesig? Passt der überhaupt in dein Zimmer?«

»Ich finde schon ein Eckchen.«

»Darf ich dann mal sehen, wie das funktioniert?«

Sie lachte. »Klar. Ich sag Bescheid, wenn ich ihn habe.« Nach einem letzten Schluck Kaffee lehnte sie sich zufrieden zurück. »Wenn ich jetzt noch etwas esse, platze ich.«

»Ich auch. Keine Ahnung, wann ich zum letzten Mal so zügellos war.«

Diese Worte lösten einen kleinen Stich in Imogen aus. Laut Lauren war er mit ihr ziemlich zügellos gewesen. Der Stich, den ihr dieser Gedanke versetzte, überraschte sie ein wenig. War sie tatsächlich eifersüchtig auf ihre beste Freundin? Hatte sie überhaupt ein Recht dazu? Schließlich hatte sie zu dem Zeitpunkt nicht das geringste Interesse an Desmond Holden gehabt. Geschweige denn … Sie schüttelte den Kopf und verbannte den Gedanken ganz weit nach hinten. So langsam wurde es voll dort.

»Also dann«, er rieb sich die Hände. »Wachsfigurenkabinett. Stars und Gruselkabinett, falls du willst.«

»Klar will ich.«

»Perfekt. Danach umziehen, ins Casino und Abendessen. Zum Casino gehört auch ein Club. Da gehen wir später tanzen.«

»Wie die reichen Kids.« Tatsächlich freute sich Imogen auf all diese Dinge. »Zwei Premieren an einem Tag. Mein erstes Wachsfigurenkabinett und mein erstes Casino.«

»Wenn ich mich nicht täusche, gibt es in diesem Urlaub viele Premieren für dich.«

»Mehr als du ahnst.« Voller Erwartung stand sie auf. »Dann lass uns gehen.«

»Zu Befehl.«

16. Wasserfälle bei Nacht

Der Tag war wider Erwarten doch sehr harmonisch verlaufen. Nach dem Telefonat am Morgen hatte Desmond seine Zweifel gehabt. Nicht nur, weil Imogen ziemlich gereizt reagiert hatte. Ihm gefiel die Entwicklung gar nicht, die sich am Horizont abzeichnete. Aber er hatte sich vorgenommen, seine Probleme noch einen Tag zu ignorieren und sich vollständig auf das Hier und Jetzt zu konzentrieren.

Und auch Imogen hatte sich im Laufe des Tages immer mehr entspannt. Sie hatten am Vormittag viele alberne Fotos mit den Wachsfiguren gemacht und jetzt war sie im Bad, um sich für das Casino umzuziehen. Er trug bereits seinen Anzug und überlegte gerade, ob er auf die Krawatte verzichten konnte, als sie wieder ins Zimmer trat.

Für einen Moment stockte ihm der Atem. Sie trug ein schwarzes Kleid, ganz ähnlich dem bei ihrem ersten Abendessen. Aber dieses war weitaus raffinierter. Irgendwie lag es eng an, umspielte aber dennoch wundervoll ihre Figur. Sie war atemberaubend schön. In der Hand hielt sie ihre Boots.

»Meinst du, die lassen mich damit ins Casino?«

»Wohl eher nicht. Aber in den Club. Pack sie in eine Tasche und gibt sie an der Garderobe ab.«

Seufzend ließ sie sich auf ihr Bett fallen und schlüpfte in die klobigen Schuhe. »Ich laufe nicht in Pumps bis zu diesem Casino. Ich bin doch nicht lebensmüde.«

Das entlockte Desmond ein Lachen. Er hielt ihr zwei Krawatten hin und fragte: »Welche?«

»Musst du so ein Ding tragen?«

»Wahrscheinlich schon. Zumindest im Casino. Also, schwarz oder blau?«

»Dein Hemd ist schon blau. Nimm schwarz.«

Er warf die überflüssige Krawatte zurück in die Tasche und stellte sich vor den Spiegel. Mit geübten Handgriffen band er den Knoten.

»Lernt man das beim Baseball?«

»Nein. Mein Vater ist Anwalt, schon vergessen? Mit Vierzehn hat er das so lange mit mir geübt, bis ich es im Schlaf konnte. Eigentlich trage ich die Dinger nie, außer man zwingt mich.«

Sie stemmte die Hände in die Hüfte und schüttelte den Kopf. »Warum gehen wir noch mal ins Casino? Ich muss Schuhe tragen, die ich nicht leiden kann, du musst dir diesen Strick um den Hals binden. Ist es das wert?«

»Lass es uns ausprobieren. Vielleicht gefällt es dir.«

»Dir macht es Spaß?«

»Das Leben wäre zu langweilig ohne Spiele. Aber ich spiele nur selten um Geld. Wir gehen da heute hin, weil du so etwas noch nie gemacht hast.« Er war zu ihr getreten und hauchte einen Kuss auf ihre Wange. »Ein, zwei Stunden. Dann gehen wir tanzen. Los geht's!«

Sie betraten das Gebäude und Imogens Stimmung verschlechterte sich mit jedem Schritt. Ihre Blicke huschten hin und her, ihr Händedruck wurde stärker und an der Garderobe zögerte sie, ihre Boots auszuziehen. Weil er keine Ahnung hatte, was genau ihr Problem war, sagte er: »Wir können das auch sein lassen.« Er meinte, was er sagte. Das Casino war ihm nicht wichtig.

»Aber du spielst gerne.«

»Das war bevor …« Er schnalzte mit der Zunge. »Vor uns.«

Röte überzog sofort ihr Gesicht und Desmond musste sich zurückhalten, sie nicht direkt in die Arme zu schließen. Sie war so unglaublich schön.

»Es gibt ein ›Uns‹?«, hörte er sie leise fragen.

Im nächsten Moment lag seine Hand um ihre Hüfte und er zog

sie näher an sich. Er musste sie einfach küssen. »Natürlich.« Wie konnte sie immer noch daran zweifeln? Andererseits mehr als verständlich, wenn man an seine vermeintlichen Eskapaden dachte. Es wurde Zeit, ihr alles zu erzählen. Aber das konnte er nicht. Noch nicht. Dazu musste er sich erst ihrer Liebe sicher sein. Imogen faszinierte ihn, sie machte ihn scharf, sie berührte sein Herz wie lange keine Frau mehr. Aber ihre aufkeimende Beziehung war fragil. Die Wahrheit würde alles kaputt machen.

Seine Lippen berührten ihre und er wollte mehr von dieser Frau. Bevor sein Verstand völlig aussetzte, löste er sich von ihr und zog sie weg von der Garderobe. Er nahm die Krawatte ab und deutete auf Imogens Schuhe. »Lass sie an. Wir gehen zu den Wasserfällen.«

Er reichte ihr den Arm und sie verließen das Casino.

Wie so oft in den letzten Tagen wusste er, dass er die richtige Entscheidung getroffen hatte, sobald er ihr Lächeln sah.

Mit jedem Meter, den sie sich von dem großen Casinokomplex entfernten, fiel die Anspannung von Imogen ab. Sie wusste nicht genau, warum sie sich dort so unwohl gefühlt hatte. Aber sie ahnte, dass es etwas mit Desmonds Suchtproblem zu tun hatte. Die Vorstellung, dass er beim Spielen oder im Nachtclub die Kontrolle verlor, behagte ihr nicht.

Für ihren Geschmack gab es in diesem Casino zu viele Risikofaktoren für einen Menschen mit Suchtproblemen. Ihr war klar, dass sie sich irgendwann damit auseinandersetzen musste. Aber nicht heute. Heute wollte sie Desmonds ungeteilte Aufmerksamkeit.

Er lächelte sie an und legte einen Arm um ihre Schulter. Genau so sollte es sein.

»Ich hätte wissen müssen, dass das kein Ort für dich ist.«

»Ach ja? Wie das?«

»Du gehst nur kalkulierte Risiken ein.«

Der letzte Satz brachte Imogen zum Lachen. »Kalkulierte Risiken? Ich bin hier – mit dir.«

»Ja, das war vielleicht nicht ganz durchdacht, nicht wahr?« Er küsste sie aufs Haar. »Ich hätte mich total danebenbenehmen können. Rücksichtslos, egoistisch ...«

»Ich hatte einen Plan, weißt du? Wärst du ...«, sie suchte nach den richtigen Worten, »... hättest du dich verhalten wie ein Arschloch, wäre ich wieder nach Hause geflogen.«

Seine Augenbrauen wanderten nach oben. »Wirklich?«

»Wirklich. Aber wenn ich davon ausgegangen wäre, dass es ätzend wird, wäre ich nicht mitgekommen. Wie erwartet ist es ja doch ganz nett.«

Er blieb so abrupt stehen, dass Imogen fast gestolpert wäre. »Nett?« Jetzt legte er auch den anderen Arm um ihre Schulter und blickte auf sie hinab.

Ihr Herzschlag vibrierte und trotz der kühlen Abendluft, wurde ihr warm. Dieses Gefühl ließ sie übermütig werden. Mit einem spitzbübischen Lächeln fragte sie: »Ist es das nicht?«

»Das hier ist ›nett‹.« Er küsste sie noch einmal aufs Haar. Dann legte er eine Hand unter ihr Kinn. »Und jetzt zeige ich dir, was wir sind.« Seine Lippen senkten sich auf ihre und brachten sie fast um den Verstand. Er küsste sie ohne Zurückhaltung. Heiß, stürmisch, innig, lebendig. Er beendete den Kuss und streichelte ihre Wange.

»Okay, das war mehr als ›nett‹.« Klang ihre Stimme wirklich so rau?

»Das will ich doch hoffen.« Als wäre dieser Kuss eben nichts Besonderes gewesen, legte er wieder den Arm um ihre Schulter und ging seelenruhig weiter. Doch der Puls an seiner Halsschlagader verriet ihn. Er war bei Weitem nicht so gefasst, wie er tat. Sie ließ den Kopf gegen seine Schulter sinken und sie liefen schweigend nebeneinander, bis die Wasserfälle in Sicht kamen.

»Es ist voller als am Tag.« Das überraschte Imogen. Sie hätte gedacht, dass es bei den frischen Temperaturen weniger Menschen hierherziehen würde.

»Das ist es abends immer. Wenn du die Wasserfälle für dich haben willst, musst du zwischen drei und fünf Uhr morgens hier sein.«

»Hast du das schon einmal gemacht?«

»Bei meinem letzten Besuch mit Gabe.« Er biss sich auf die Lippen. »Aber daran will ich jetzt nicht denken. Jetzt bin ich hier, um bessere Erinnerungen zu schaffen.« Er zog sie wieder an sich, vergrub seinen Kopf in ihrem Haar und ließ seine Hände über ihren Rücken wandern. Dann hauchte er sanfte Küsse auf ihre Stirn, ihre Nase, ihre Wangen, ihr Ohr und schließlich ihren Nacken. Als seine Lippen dann ihre suchten, wusste sie es. Sie wusste, dass sie die Nacht mit ihm verbringen würde.

Warum noch warten? Warum kostbare Momente verschwenden, wo sie doch gemeinsam so viel mehr tun konnten. Also beendete sie den Kuss und sah ihm tief in die Augen. »Des?«

»Ja?« Er wandte den Blick nicht ab.

»Ich möchte zurück ins Hotel.« Sie hatte nicht den Mut, es auszusprechen, hoffte aber, dass ihre Gesten eindeutig genug waren.

»Was machen wir dann noch hier?« Er nahm ihre Hand und führte sie mit schnellen Schritten von der Promenade. Sobald sie die ersten Häuser erreicht hatten, überraschte er sie damit, dass er sie gegen die Wand presste. Groß und breit ragte er vor ihr auf. Ohne ein weiteres Wort legte er eine Hand in ihren Nacken und zog sie an sich. Imogen spürte es sofort. Diesmal küsste er sie stürmisch und herausfordernd. Das machte sie an. Sie ließ ihre Hüften kreisen, schloss die Augen und stöhnte leise. Sie erkannte sich nicht wieder. Aber es fühlte sich zum ersten Mal in ihrem Leben gut und richtig an.

Er löste sich abrupt. »Lass uns schnell zurück ins Hotel.« Ein sinnliches Grinsen erschien auf seinem Gesicht. »Sonst …« Er trat einen Schritt zurück. Dann deutete er in die Richtung, in die sie mussten. »Hotel?«

Imogen unterdrückte ein Kichern. »Komm.« Sie nahm seine Hand. Noch zweimal unterbrach er ihren Weg mit einem Kuss. Jedes Mal fiel es Imogen schwerer, sich wieder von ihm zu lösen. Sobald die Tür ins Schloss fiel, zog er sie an sich. Da war nichts mehr zwischen ihnen, keine Distanz, keine Zurückhaltung. Er wollte sie genauso wie sie ihn. Seine Hand vergrub sich in ihrem

Haar, die andere rutschte tiefer, umfasste fest ihren Hintern, wanderte weiter nach unten. Er hob ihren Schenkel, schuf noch mehr Nähe und befreite die Schmetterlinge in ihrem Bauch. Wie ein Feuer breiteten sie sich in Imogens Körper aus. Sein Kuss machte sie schwindlig. Nichts war mehr wichtig, außer Desmond. Desmond, dessen Finger ihren Schenkel und ihren Nacken liebkosten. In dessen Kuss so viel Verlangen steckte. Ein Fieber, für das sie keinen Namen kannte. Sein harter Penis drückte durch den Stoff seiner Hose gegen sie und sie wollte mehr. Doch ihre fahrigen Finger schafften es nicht, den obersten Knopf zu öffnen.

Ohne seine Lippen von ihren zu lösen, half er ihr und streifte Schuhe und Hose ab. Im nächsten Moment folgte sein Hemd. Desmond schob die Hüfte vor, drückte sie hart gegen ihren Bauch und Imogen hörte sich wimmern. War das ihr Kleid, das an ihr herunter glitt? Ihr BH? Dieser Gedanke ließ sie kurz zucken. Brad hatte ihre Brüste nicht gemocht. Doch als sich Desmonds Lippen jetzt um ihre pochenden Brustwarzen schlossen, verschwand Brad. Desmond saugte und leckte und jede Bewegung sandte Wellen durch ihren Körper, die sich verstärkten und zwischen ihren Beinen vereinten. Ihre Hände glitten zu seinen Boxershorts. Da war immer noch zu viel Stoff. Sie schob eine Hand hinein und konnte ihn endlich fühlen.

Imogens Kopf fiel nach hinten. Sie bot ihm alles. Ihren Hals, ihre Brust, ihr ganzes Sein. Und er berührte jeden Zentimeter. Seine Hitze umfing sie. Sie wusste nicht mehr, wo sie aufhörte und er anfing. Wie hatte sie je denken können, Sex sei nichts für sie? Wie hatte sie je denken können, die Berührung eines Mannes sei abstoßend? Bei Desmond war es pure Magie.

Mit einer schnellen Bewegung entledigte er sich seiner Shorts, liebkoste dabei weiter ihre Brust und saugte daran. Dann fuhr er sanft Imogens Bauch entlang, streichelte das kleine Dreieck darunter und hielt inne. Er hob den Kopf und sah ihr in die Augen. Sein Blick stellte eine stumme Frage und sie hörte sich »Ja« keuchen.

Seine Finger glitten tiefer. Sie stöhnte, drückte sich ihm entgegen, wollte mehr. Da stieß er in sie: ein Finger, zwei. Sie bewegten sich in stetigem Rhythmus und Imogen vergaß zu atmen. Sie hatte nicht gewusst, dass es so sein konnte, sich so anfühlte. Und das waren nur seine Finger. Wie würde es sich erst anfühlen, wenn …

»Zum Bett«, hörte sie seine raue Stimme und ließ sich von ihm führen. Sanft legte er sie ab und begann hektisch in seiner Tasche zu wühlen. Sie stützte sich auf die Ellbogen und beobachtete ihn. Das Spiel seiner Muskeln, während er suchte, faszinierte sie. Brad war auch nicht schlecht gebaut gewesen, aber nichts im Vergleich zu Desmond. Das waren wohl die Vorzüge eines Profisportlers.

In diesem Moment hob er den Kopf und hielt ein Päckchen Kondome in der Hand. »Ich wusste, ich habe sie mitgenommen.« Dann lächelte er verlegen. »Nur für den Fall.«

»Nur für den Fall.« Sie lächelte zurück und ließ sich wieder aufs Bett fallen. Mehr Einladung brauchte er nicht. Sekunden später war er über ihr, seine Berührungen überall. Seine Küsse, seine Hände, seine Erektion hart an ihrem Bauch. Und dann seine Finger in ihr. Sie bäumte sich ihm entgegen. »Des, bitte!«

Sein Gewicht verschwand und sie öffnete überrascht die Augen. Was sie sah, zauberte erneut ein Lächeln auf ihr Gesicht. Mit der Linken hielt er seinen Penis, während er mit der Rechten ein Kondom überstreifte. Das Ziehen zwischen ihren Beinen verstärkte sich und sie konnte die Feuchtigkeit fühlen. Alle Muskeln spannten sich in freudiger Erwartung. Das war immer der Moment gewesen, in dem sie am liebsten davongelaufen wäre. Doch bei Desmond wollte sie bleiben. Sehnte sich nach dem, was jetzt kommen würde. Sie streckte ihm die Arme entgegen, zog ihn in einen Kuss und drückte ihr Becken nach oben.

Er glitt mit einem einzigen harten Stoß in sie. Kein Schmerz, kein Verkrampfen. Das war die Erfüllung all ihrer Träume. Dann begann er sich zu bewegen und Imogen verlor sich. Mit jedem Stoß baute sich das unglaubliche Gefühl weiter auf. Sie schlang die Beine um ihn, streckte ihm ihren Hals entgegen, spürte seine Küsse, fuhr ihm durchs Haar, über den Rücken, wollte mehr, immer mehr und explodierte schließlich in einer Wolke von Glückseligkeit.

Noch während sie ermattet zurücksank, stieß auch er einen heiseren Schrei aus und brach über ihr zusammen.

Es dauerte einen kleinen Moment, bis sie ihn murmeln hörte: »Ich bin runter, sobald ich mich bewegen kann.«

Sie fuhr ihm mit der Hand durchs Haar. »Bleib liegen, so lange du willst.«

»Ich bin schwer.«

»Nein.« Sie küsste seine Wange, liebkoste seine Arme, seinen Rücken.

Keuchend ließ er sich neben sie aufs Bett fallen. Gleichzeitig suchte seine Hand ihr Haar und spielte mit der Strähne, die ihr immer in die Augen fiel.

»Sky?« Seine Stimme ließ alle Härchen ihres Körpers vibrieren. Diese Stimme hatte es ihr von Anfang an angetan.

»Ja?«

»Ich weiß, dass du all diese Berichte über mich und irgendwelche Frauen gelesen hast. Diese Fotos gesehen. Aber sie bedeuten nichts. Das hier bedeutet etwas. Du bedeutest etwas.« Bei den letzten Worten fuhr er ihr sanft über die Wange und blickte ihr fest in die Augen.

Sie lächelte, denn sie glaubte ihm. Was auch immer zwischen ihm und Lauren passiert sein mochte, es war mit Sicherheit anders als das, was sie eben geteilt hatten. »Ich weiß.« Für einen kurzen Moment schloss sie die Augen und nahm all ihren Mut zusammen. »Ich wollte mein Herz festhalten, um es nicht zu verlieren. Aber du hast es heimlich und leise gestohlen.«

Er küsste sie. »Ich habe nicht vor, es so schnell wieder herzugeben.« Langsam erhob er sich, streifte das Kondom ab und verknotete es. »Ich habe noch mehr davon …« Bei diesen Worten glitt sein Blick hungrig über ihren Körper. »Sky. Du bist all das, was dein Name verkörpert. Schönheit, Zufriedenheit, Freiheit, Sorglosigkeit.«

Und dann versank Imogen in dem Wirbelwind der Gefühle, die seine Worte und Berührungen in ihr auslösten.

17. Der Tag danach

Der wundervollen Nacht war ein traumhafter Morgen gefolgt. Sie hatten gelacht, gekuschelt und sich geküsst. Auch die Fahrt über. Auf dem Flug hatte sich Desmond jedoch zurückgezogen, aus dem Fenster gestarrt und erst auf mehrmalige Ansprache reagiert.

Jetzt saß er am Steuer, konzentrierte sich auf den Verkehr und Imogen überlegte, was sie von all dem halten sollte. Was beschäftigte ihn? Waren es die Dinge, die er hier in Seattle regeln musste? Am Telefon hatte es sich so angehört, als würde er sich heute mit dem Anrufer treffen wollen – oder der Anruferin. Aber dann könnte er den Abend nicht mit ihr verbringen. Wollte er das überhaupt? Schließlich hatten sie eine Woche praktisch zusammengelebt. Brauchte er Abstand?

Der Wagen bog bereits in ihre Straße ein. In weniger als einer Minute wäre sie zu Hause. Ob er mit ihr nach oben kommen würde?

Da hielt er auch schon – in zweiter Reihe. Das beantwortete die Frage. Er stieg aus und holte ihren Koffer aus dem Kofferraum. Auch sie trat auf die Straße. Sie wusste nicht, wo sie hinschauen sollte, weil sie Angst vor seiner Reaktion hatte. Viel zu dicht vor ihr blieb er stehen. Sie atmete seinen inzwischen so vertrauten Duft ein und hätte ihn gerne geküsst. Doch etwas in seiner Haltung hielt sie zurück.

»Ich muss mich um einige Dinge kümmern, Sky.«

Warum klang er so distanziert? Sie nickte.

»Das heißt, wir können uns erst Sonntag zum Spiel sehen.«

»Ich dachte, du spielst nicht.«

»Ich spiele auch nicht. Aber ab Sonntag darf ich wieder trainieren. Und werde natürlich beim Spiel sein. Und du als meine Freundin …« Er fuhr sich durchs Haar. »Es würde merkwürdig aussehen, wenn du nicht da wärst. Wir sind am Flughafen fotografiert worden. Man weiß also, dass wir die letzte Woche gemeinsam verbracht haben.«

Wieder ganz geschäftsmäßig also. Gut, das konnte er haben. »Okay. Bei dir klingt das, als ob es schlimm wäre.«

»Nicht schlimm. Ich wollte dich nur darauf vorbereiten, dass das spätestens in einer Stunde im Netz stehen wird.«

Imogen konnte nicht anders, sie musste fragen: »Willst du denn, dass ich Sonntag beim Spiel bin?«

Er ließ ihren Koffer los, nahm sie in den Arm und blickte ihr fest in die Augen: »Ich will dich immer um mich haben, Sky.« Der Ernst in seine Stimme überraschte sie. »Ich will der ganzen Welt zeigen, wer du bist und dass du zu mir gehörst. Aber ich brauche etwas Zeit. Okay?«

Seine Worte lösten einen Großteil der Anspannung, die sich seit dem Flug in ihr aufgebaut hatte. »Okay. Dann also Sonntag beim Spiel.«

»Und danach.«

Diese Worte ließen Imogen lächeln. »Und danach.« Sie stellte sich auf die Zehenspitzen und hauchte einen Kuss auf seine Lippen. »Du fährst wohl besser. Die da«, sie deutete auf die Schlange, die sich hinter seinem SUV gebildet hatte, »scheinen sich über deine Parkplatzwahl ziemlich aufzuregen.«

»Sollen sie.« Er trat noch ein wenig näher an sie heran, als hätte es die Distanz zwischen ihnen nie gegeben. »Ich werde fast 48 Stunden ohne dich auskommen müssen. Das überlebe ich nicht ohne einen richtigen Abschiedskuss.« Seine Lippen verschmolzen mit ihren und Imogen vergaß alle Ängste. Doch der Kuss endete viel zu schnell. »Ich lasse dir Karten am Eingang hinterlegen.« Ein letztes Mal streiften seine Lippen ihre. »Jetzt muss ich aber wirklich los.« Er drückte noch einmal kurz ihren Arm und sprintete zurück zum Auto.

Seufzend machte Imogen sich auf den Weg nach oben, wo

zweifellos eine aufgeregte Lauren auf sie wartete. Sie liebte ihre Freundin, aber den heutigen Abend hätte sie lieber mit Desmond verbracht. Andererseits konnte Laurens Optimismus manchmal ganz hilfreich sein.

Sie hatte die Wohnungstür noch nicht ganz geöffnet, als Lauren auf sie zugestürmt kam. »Genny!« Im nächsten Moment schlang sie ihre Arme um Imogen. »Ist er auch da?«

»Nein. Er hat einen wichtigen Termin.«

»Umso besser! Dann habe ich dich ganz für mich alleine. Komm erst mal rein und dann will ich alles wissen. Habt ihr …?«

Imogen spürte die inzwischen so vertraute Röte im Gesicht und lächelte. »Ja, haben wir.«

»Uhhh, Genny«, quietschte Lauren. »Und, wie war er? Warte, sag nichts. Weltverändernd? Großartig? Einmalig?«

»All das und mehr. Er … wir …« Sie biss sich auf die Unterlippe. »Vielleicht habe ich mich ein klein wenig verknallt?«

»Ein klein wenig, ja?« Inzwischen waren sie in Imogens Zimmer angekommen und Lauren zog ihre Freundin aufs Bett. »Ich will jede Kleinigkeit hören. Von dem Moment, als er dich abgeholt hat, bis gerade eben.«

Lachend stimmte Imogen zu und erzählte. Es war weit nach Mitternacht, als sie endlich bei der Landung in Seattle angekommen war. »Dann hat er mich hergefahren, gesagt, dass er mich vermissen wird und ist gefahren. Wir sehen uns erst am Sonntag wieder.«

»Und du weißt nicht warum?«

Schulterzuckend stand Imogen vom Bett auf. »Ich kann nur spekulieren. Er wird den Abend mit der Anruferin verbringen.« Sie hasste es, dass ihre Stimme zitterte.

»Oder dem Anrufer. Es ist nicht sicher, dass es eine Frau war.« Lauren unterstützte ihre Aussage, indem sie mit erhobenem Zeigefinger hin- und her wackelte.

»Warum sollte er dann lügen, was mich betrifft? Warum sollte er einem Mann sagen, dass er alleine unterwegs ist?« Dieser Gedanke ließ sie seit dem Anruf nicht los. Jedes Mal, wenn sie sich gesagt hatte, dass der Anrufer auch ein Mann sein konnte, kam ihr dieser Punkt dazwischen.

»Keine Ahnung. Aber …« In dem Moment meldete sich Imogens Handy mit mehreren kurzen Pieptönen. »Schau nach, Genny. Das ist bestimmt er.«

Imogens Finger zitterten, als sie das Display entsperrte und auf die Nachrichten sah.

D: *Hi Sky.*

D: *Nicht böse sein.*

D: *Bitte.*

Ratlos blickte Imogen zu Lauren. »Was soll das?«

»Woher soll ich das denn wissen? Frag ihn.«

I: *Habe ich denn Grund, böse zu sein?*

D: *Möglich.*

I: *Was hast du getan?*

D: *Ist egal. Aber wenn du Fotos siehst, denk daran, bitte.*

I: *Was hast du gemacht?*

D: *Ich bin*

D: *Jetzt bin ich zu Hause und es geht mir gut.*

I: *Des!*

Es dauerte einen Moment, bis er antwortete. Imogen konnte nicht weiter still sitzen und lief unruhig im Zimmer auf und ab. Fünf Schritte zur Tür, fünf zurück zum Bett. Sie suchte Laurens Blick. Die hatte während des Gesprächs ebenfalls ihr Handy gezückt. Jetzt hielt sie Imogen eine Reihe Fotos unter die Nase, die alle Desmond zeigten.

Das erste war auf dem Flughafen aufgenommen worden. Er beugte sich gerade zu Imogen hinunter und gab ihr einen Kuss. Die Bildunterschrift lautete: *Holden mit neuer Flamme wieder in Seattle. Hat sie ihn an die Leine gelegt?*

Das Bild entlockte ihr ein Lächeln.

Auf dem nächsten stand er mit Baseballkappe und Sonnenbrille in einem Schnapsladen und kaufte ein. Danach sah man ihn mit einer großen Papiertüte zu seinem Auto gehen. Im Wagen war durch die Frontscheibe verschwommen eine andere Person zu sehen. Ebenfalls mit Cap und Sonnenbrille. Imogen konnte nicht erkennen, ob es sich dabei um einen Mann oder eine Frau handelte.

Der Text war wenig schmeichelhaft: *Alte Gewohnheiten bricht man nicht. Holden feiert seine Rückkehr. Wer wohl die Dame in seinem Auto ist?*

Lauren schnaubte: »Das ist keine Frau. Für mich sieht das nach einem Mann aus.«

»Ach ja?«, fragte Imogen spitz. »Ich seh nur eine verschwommene Gestalt.«

Imogens Handy piepte erneut.

D: *Es ist alles gut. Ich wollte nur nicht, dass du dich aufregst.*

I: *Hast du getrunken?*

D: *Vielleicht. Aber nicht viel. Ging nicht anders.*

War das zu fassen? Warum tat er das? Sie hatte in der letzten Woche wirklich geglaubt, dass er das hinter sich gelassen hatte.

D: *Bist du noch da, Sky?*

I: *Ja. Geh ins Bett. Wir sehen uns am Sonntag.*

D: *Ich vermisse dich. Es ist so einsam hier.*

I: *Du hast doch deine Katzen.*

D: *Aber die sind nicht du. Ich hätte dich gerne neben mir.*

Sie zögerte einen Moment, bevor sie die nächsten Zeilen tippte, und zeigte sie erst Lauren, bevor sie auf Senden drückte. Die nickte eifrig. »Genau so sieht es aus! Gib's ihm Imogen.«

Bevor sie es sich anders überlegen konnte, drückte sie auf Senden.

I: *Dann hättest du mich mitnehmen sollen oder hierbleiben.*

D: *Ging nicht. Wirklich nicht. Wann hast du morgen Schluss?*

I: *Ich dachte, du kannst morgen nicht.*

D: *Ich kriege das hin. Ich muss dich sehen.*

I: *Um neun.*

D: *Ich hol dich ab.*

I: *Okay.*

D: *Es ist nicht so, wie es auf den Fotos aussieht. Vergiss das nicht. Ich vermisse dich. 1000 Küsse*

Daraufhin blieb das Handy still.

Lauren sprach als erste wieder: »Du glaubst ihm, oder?«

»Ich weiß nicht. Er ist kein Lügner.« Sie biss sich auf die Lippen. Er hatte oft gesagt, dass die Presse willkürlich irgendwelche Dinge annahm. Aber auf dem Bild war zweifelsfrei er dabei zu sehen, wie er Alkohol kaufte. Große Mengen. Und er gab zu, dass er getrunken hatte. Unsicher blickte Imogen zu ihrer Freundin.

»Er wird es dir erklären und dann ist alles wieder wunderbar. Wie gesagt, das auf dem Foto ist ein Kerl. Also keine Konkurrenz. Da wird in ein Treffen mit einem Kumpel zu viel hineininterpretiert. Du weißt doch, wie das ist.«

»Meinst du?«

»Ja. Mir kam er auch nicht wie ein Lügner vor. Und offensichtlich ist der Mann verrückt nach dir. Also vertrauen wir ihm.«

Froh, Lauren und ihren Zuspruch wieder um sich zu haben, nickte Imogen. »Du hast recht. Ich sollte mich freuen, dass er morgen vorbeikommt. Es wird sich schon alles klären.«

18. Wird doch noch alles gut?

Schlecht gelaunt betrat Desmond sein Haus. Er wollte nicht hier sein. Liebend gerne hätte er den Abend mit Imogen verbracht. Aber das ging nicht, denn die Realität war leider anders.

Kaum hatte er die Tür hinter sich geschlossen, hörte er auch schon Gabriels Stimme: »Da kehrt der verlorene Bruder heim.« Wenigstens klang er nüchtern.

Desmond stellte seine Tasche ab und ging ins Wohnzimmer, wo er seinen Bruder vermutete. Tatsächlich saß er auf der Couch und zockte. Er wirkte weder betrunken noch verkatert. Sollte sich der kurze Aufenthalt in der Suchtklinik tatsächlich gelohnt haben?

»Hi! Du siehst gut aus.«

Gabriel grinste: »Klar, ich seh ja auch aus wie du.«

»Das meine ich nicht, du …«

»Ich weiß, was du meinst, will aber nicht darüber reden, okay? In knapp zwei Stunden darf ich was trinken. Dann erzähle ich dir alles.« Er deutete auf den Sessel neben sich. »Nimm dir einen Controller. Gegen mein nüchternes Ich hast du keine Chance.«

Desmond kam der Aufforderung gerne nach. Das würde ihn zumindest von Imogen ablenken.

Etwa eine Stunde später legten sie die Controller zur Seite. »Ist was zu essen da, Gabe?«

»Äh, nein. Und bevor du motzt: Ich habe gestern eingekauft, aber nur so viel, wie ich brauchte. Ich dachte, wir holen gleich was zusammen?« Er schnalzte mit der Zunge. »Ich habe auch kaum Alkohol gekauft. Nur das, was ich gestern trinken durfte.«

Seufzend stand Desmond auf. »Okay, dann lass uns einkaufen gehen. Ich hatte zum Mittag nur den Flugzeugfraß und der war …« Er machte ein Würgegeräusch und Gabriel stimmte in sein Lachen ein.

»Dann mal los, großer Bruder. Auf der Fahrt kannst du mir ja erzählen, warum du mir verschwiegen hast, dass du mit einer Frau weg warst.«

Desmond zuckte mit den Schultern. »Das kannst du dir nicht denken? Sie weiß nichts von dir und deinem … Problem. Und ich möchte, dass das auch so bleibt.«

»Oho! Du schämst dich für mich?« Desmond war nicht sicher, ob sein Bruder gekränkt klang. Aber falls dem so war, hatte Gabe sich das selbst zuzuschreiben.

»Imogen hat genug eigene Probleme. Sie braucht nicht auch noch deine. Aber wenn das hier klappt und du öfters nüchtern bist als blau«, er machte eine vage Handbewegung, »dann stelle ich sie dir vor.«

»Darauf freue ich mich. Ist lange her, dass du ein Mädchen hattest, oder?«

»Kann sein. Ich geh dann mal einkaufen.«

»Ich komm mit.« Gabriel sprang voller Energie auf.

Genervt rollte Desmond mit den Augen. »Du weißt, dass das eine bescheuerte Idee ist. Wenn die Presse herausbekommt, dass es zwei von uns gibt, kannst du dich nicht mehr als ich ausgeben und dann …«

»Und dann passieren viele schlimme Dinge. Anklage, Knast, ich weiß. Aber wenn ich mein Leben endlich im Griff habe, können wir wieder zusammen als Brüder die Welt unsicher machen.« Gabriel klopfte Desmond auf die Schulter. »Lass mich mitkommen, Des. Jetzt, wo du wieder da bist, wird das für die nächsten Tage meine letzte Chance, das Haus zu verlassen. Gönn mir ein wenig Freigang.«

»Ach, scheiß drauf. Na gut. Nimm die Kappe und die Sonnenbrille. Ich will nicht, dass man dich erkennt.«

Eine halbe Stunde später hatten sie sich mit Tiefkühlpizzas versorgt und Desmond hielt vor einem Schnapsladen. Er kaufte Whisky, Gabriels bevorzugte Marke. Unweigerlich schweiften seine Gedanken zurück in seine Jugend, als Gabriel und er sich zum allerersten Mal so richtig abgeschossen hatten. Hätte er damals gewusst, was er heute wusste, hätte er Gabriels falschen Ausweis zerrissen und keinen Schnaps damit gekauft. Aber daran konnte er nichts mehr ändern. Er hatte es getan und so waren sie zwei Jahre lang die Jungs gewesen, die jeder zu seiner Party einlud, weil sie das harte Zeug mitbrachten. Er hatte nicht bemerkt, dass Gabriel nur richtig aufblühte, wenn er getrunken hatte. Wie auch? Er war ja selbst nie nüchtern von diesen Partys nach Hause gekommen. Das hatte sich erst am College geändert. Dort war ihm ziemlich schnell klar geworden, dass er entweder Baseball spielen oder Partys feiern konnte. Baseball hatte gewonnen.

Diese Wahl hatte Gabriel nie gehabt.

»Das macht dann zusammen neunundachtzig siebenundneunzig«, sagte der grauhaarige Alte hinter der Theke und holte Desmond aus seinen Gedanken.

Seufzend reichte Desmond ihm die Kreditkarte und im selben Moment sah er das Blitzen einer Kamera. *Na toll.* Das würde wieder für wilde Spekulationen sorgen. Und wenn Imogen die Bilder im Netz fand … *Fuck!* Er würde ihr später schreiben und die Sache erklären müssen. Aber jetzt sollte er erst einmal so schnell wie möglich verschwinden, bevor noch jemand auf die Idee kam, sein Auto genauer unter die Lupe zu nehmen. Bisher war es ihm gelungen, Gabriels Anwesenheit in Seattle geheim zu halten. Alles würde zusammenbrechen, wenn irgendjemand davon erfuhr. Wie hatte er so unvorsichtig sein können? Wenigstens hatte er die Geistesgegenwart besessen und ihn die ganze Zeit im Auto sitzen lassen.

So schnell er konnte, ohne dass es zu auffällig war, lief er zu seinem Auto und startete den Motor. »Haben sie dich fotografiert?«

»Ein oder zweimal. Aber ich hatte die Sonnenbrille und die Kappe auf und mir die Hand vors Gesicht gehalten. Die Scheiben sind getönt und es ist dunkel. Ich denke nicht, dass man mich auf den Bildern erkennt.«

»Wollen wir's hoffen.«

»Es ist nichts passiert, Des! Wir beide machen uns jetzt einen schönen Abend.«

Desmond murmelte etwas Unverständliches und trat aufs Gas. Erst als sich die Tore seines Anwesens hinter ihnen schlossen, beruhigte er sich ein wenig. Wahrscheinlich hatte Gabriel recht. Er machte sich zu viele Sorgen.

Wieder im Haus schob er die Pizza in den Ofen und ging seufzend zurück ins Wohnzimmer. Dort hatte Gabriel ihnen bereits zwei Gläser eingeschenkt und hielt ihm eins entgegen. »Ich dachte, dass du auf den Schreck bestimmt auch einen willst.«

Seufzend griff Desmond nach dem Whisky. Jetzt war es auch egal. Pizza zum Abendessen, da schadete auch ein Drink nicht. Ab morgen würde er wieder diszipliniert leben.

Er stieß mit Gabriel an und leerte das Glas in einem Zug. Gabriel tat es ihm nach und füllte die Gläser wieder. Diesmal ließ Desmond sich Zeit und schwenkte die goldene Flüssigkeit hin und her. »Erklärst du mir jetzt, wie die Sache mit dem *kontrollierten Trinken* funktioniert?«

»Klar.« Gabriel nippte an seinem Drink. »Es geht darum, die Kontrolle zu bewahren. Ich darf jeden Tag vier Gläser trinken. Wie und wann ich will. Aber mit Genuss und überlegt.«

»Und das funktioniert?« Desmond hasste sich für die Skepsis in seiner Stimme. Er sollte Gabriel unterstützen, so wie er es immer getan hatte.

»Ja, das funktioniert sehr gut.« Ein Lächeln huschte über Gabriels Miene. »Mir geht es fantastisch. Ich habe sogar angefangen, wieder etwas für die Uni zu tun und mich fürs nächste Trimester eingetragen.«

»Cool.«

Der Ofen piepte, Gabriel stellte sein Glas ab und sagte: »Bleib sitzen, ich hol sie.«

Desmond lehnte sich entspannt zurück und leerte seinen Drink. Das waren positive Entwicklungen. Vielleicht würde doch noch alles gut werden.

Gabriel kam mit der Pizza zurück und Desmond drehte den

Kopf in seine Richtung. Das löste einen leichten Schwindel aus. Scheiße, er vertrug echt nichts mehr. Aber die Pizza sollte dem entgegenwirken.

Tatsächlich half das Essen. Er stimmte sogar zu, dass Gabriel ihm noch einmal nachschenkte. Die Entspannung, die der Alkohol brachte, tat seinen Nerven gut.

»Erzählst du mir jetzt von deinem Mädchen?«

Träge zuckte Desmond mit den Schultern. »Da gibt es nicht viel zu erzählen. Sie heißt Imogen und macht mich glücklich.«

»Das klingt gut. Auf die Frauen!« Gabriel stieß sein Glas gegen das von Desmond und sie tranken. »Wo wart ihr?«

»Niagara Falls.«

»Warum dort?«

»Weil ich den Ort mag.«

Gabriel nickte und wollte noch einmal einschenken, aber Desmond hielt seine Hand über das Glas. »Ich habe genug, danke. Das Zeug macht mich schläfrig. Sonntag beginnt für mich das Training und ich …«

»Du und dein Training. Ich meine, ich mache ja schon einiges zum Ausgleich, aber so verrückt wie du war ich nie.« Ein melancholischer Ausdruck trat in Gabriels Gesicht. »Aber ich war ja auch nie so gut wie du. Immer hast du das ganze Lob abbekommen. Du warst immer der Beliebtere von uns.«

»Und du hast immer davon profitiert.« Desmond schloss für einen kurzen Moment die Augen. »Ich denke, mein Talent hat uns beiden Vorteile verschafft.«

»Meinst du? Immer hieß es nur: Schaut mal, das ist der kleine Bruder von Desmond.«

»Ich habe auf diese Unterhaltung keine Lust, Gabe. Trink dein Glas leer und lass uns ins Bett gehen.«

»Und wenn ich noch nicht schlafen will?«

Wäre ja auch zu schön gewesen.

»Du hast mir nichts zu befehlen.«

Manchmal kam es vor, dass Gabriel aggressiv wurde, wenn er getrunken hatte. Daher sollte Desmond sich jetzt besser zurückziehen und keinen Streit vom Zaun brechen. Also stand er auf und griff nach der Whiskyflasche. »Ich geh ins Bett und die nehme ich mit. Dein Pensum für heute ist voll.« Drei Gläser hatte sein Bruder auf jeden Fall getrunken oder waren es schon vier? Er war zu müde, um sich genau zu erinnern.

»Ach, du vertraust mir nicht?«

Desmond überging den provozierenden Tonfall und schüttelte den Kopf. »Schlaf gut, Gabe.« Ohne weiter auf ihn zu achten, ging er nach oben in sein Schlafzimmer. Dort legte er sich aufs Bett und zog sein Handy heraus. Keine Nachricht von Imogen. Also hatte sie die Fotos noch nicht gesehen. Oder es gab keine. Hoffnungsvoll öffnete er den Browser und gab seinen Namen ein … alle gängigen Sportklatschseiten verbreiteten bereits den Mist.

Kurz überlegte Desmond, das zu ignorieren, aber er wollte Imogen erklären, dass die Fotos einen falschen Eindruck erweckten. Also begann er zu tippen.

19. Wahrheit oder Lüge?

Imogens Nervosität stieg am Samstag mit jeder Stunde. Wie würde es sein, Desmond wiederzusehen? Das Kribbeln, wenn sie an ihn dachte, und die Hitze in ihrem Inneren gaben einen sehr vielversprechenden Vorgeschmack. Hätte ihr vor vier Wochen jemand gesagt, dass sie sich einmal nach der Berührung eines Mannes verzehren würde, hätte sie ihn ausgelacht. So etwas passierte vielleicht Lauren, aber doch nicht ihr!

Und jetzt war genau das geschehen. Sie wusste, dass sie ihm alles glauben würde, sobald er sie berührte. Und das machte ihr ein wenig Angst. Sie hatte immer versucht, Lauren zu erklären, dass man Gefühle nie über den Verstand stellen sollte. Aber nun war sie bereit, es selbst zu tun. Ihr Kopf sagte, dass in Desmonds Leben etwas ganz und gar schieflief und sie vorsichtig sein sollte. Aber ihr Herz … ihr Herz wollte nur bei ihm sein.

Dennoch gab es zu viele offene Fragen. Sie nahm sich fest vor, ihm heute Abend alle zu stellen.

Es war zehn vor neun und Imogen saß über ihrer Abrechnung, als die Tür aufging und er eintrat. Sie begegnete seinem Blick und die Schmetterlinge meldeten sich mit voller Wucht zurück, während er zielstrebig auf sie zukam. Sie stand auf und ein Lächeln stahl sich auf ihr Gesicht. Bevor sie ein Wort sagen konnte, nahm er sie in den Arm und küsste sie sehnsüchtig. Er eroberte sie im Sturm und ließ auch die letzten Zweifel verschwinden. Zumindest für den Moment. Als er sich wieder von ihr löste, klopfte ihr Herz wie wild und sie konnte nichts anderes tun, als sein schönes Gesicht zu bewundern. Glücklicherweise hielt er sie immer noch fest. Sie war sich nicht sicher, ob ihre Beine sie getragen hätten.

»Ich habe dich vermisst.« Er küsste sie noch einmal, diesmal sanfter, und ließ sie dann los.

Geistesgegenwärtig suchte sie Halt an der Tischkante. »Ich dich auch.«

Zwinkernd sagte er: »Das will ich doch hoffen. Bist du gleich fertig?«

»Ja, noch fünf Minuten.« Sie setzte sich wieder.

»Okay.« Er sah sich im Diner um. Viel war um diese Uhrzeit nicht mehr los, nur eine Handvoll Gäste saßen noch an den Tischen. »Ist Lauren auch da?«

Imogens Blick zuckte von ihrer Abrechnung hoch. Warum fragte er nach Lauren? Ihre Überraschung musste an ihrem Gesicht abzulesen gewesen sein, denn er sagte: »Wenn ich ehrlich bin, macht sie mir ein wenig Angst.«

»Lauren?«

»Sie hat gesagt, sie beobachtet mich. Bestimmt glaubt sie mir nicht, dass meine Absichten ehrlich sind.«

Imogen zuckte mit den Schultern. »Sie will mich und mein Herz beschützen.«

»Klappt es denn?«

»Was?«

»Dein Herz zu beschützen.« Die Worte klangen leicht dahingesagt, aber sein Blick ruhte intensiv auf Imogen.

Sie konnte nicht anders, als wahrheitsgemäß antworten. »Nicht sehr gut.«

Sein Grinsen ging ihr durch und durch. Bevor sie noch irgendetwas Dummes oder Überstürztes sagen konnte, packte sie ihre Sachen zusammen und ging Richtung Mitarbeiterraum davon. »Bin gleich zurück.«

Ihre Gedanken wirbelten wild durcheinander, während sie duschte. Ein Teil von ihr wollte mit Desmond einen schönen Abend verbringen. Aber der vernünftige Teil verlangte Erklärungen. Denn diese Fragen würden sie weiter quälen. Also duschte sie schnell, zog Jeans und T-Shirt über und betrat wieder das Diner. Desmond lehnte an der Theke und unterhielt sich mit Alex, dem

Koch. Der hatte ihr den ganzen Tag in den Ohren gelegen, ob sie ihm ein Autogramm von Holden besorgen könne. Schließlich hatte sie ihm gesagt, er solle Desmond später selbst fragen. Das hatte er wohl gerade getan.

»Ich bin fertig.«

Desmond streckte die Hand nach ihr aus. Es sollte verboten werden, dass ein Mann in Jeans und Hoodie dermaßen sexy aussah. »Dann lass uns gehen. Bis dann, Alex!« Er winkte dem Koch zu und zog Imogen noch ein wenig näher an sich. Arm in Arm verließen sie das Diner. Draußen fragte er: »Hast du heute Abend schon etwas vor?«

»Nein, du?«

»Ich würde gerne zu dir gehen.« Er küsste ihren Nacken. »Mich aufs Bett legen und den ganzen Abend kuscheln.«

»Kuscheln, ja?« Imogen spürte erneut den Übermut in sich aufsteigen, den seine Gegenwart bei ihr auslöste.

»Ich könnte mich auch zu anderen Dingen überreden lassen.« Seine dunkle Stimme und die federleichten Küsse, die er auf ihrem Nacken platzierte, zeigten Imogen deutlich, was er meinte.

»Wer war das gestern im Auto?«, rutschte es ihr heraus. Sie hatte die Frage nicht stellen wollen und fürchtete sich vor der Antwort, aber mit jedem Kuss wurde deutlicher, dass sie wissen musste, was passiert war.

»Wäre auch zu schön gewesen«, seufzte er.

Imogen löste sich von ihm und trat einen Schritt zurück. »Was meinst du damit?«

»Nichts.« Er fuhr sich mit der Hand durchs Haar. »Also, lass uns über gestern Abend reden.«

»Okay. Der Mann im Auto?«

»Das war Gabriel.«

Diese Antwort ließ Imogen innehalten. »Dein Bruder? Du warst mit deinem Bruder Schnaps kaufen?«

»Ja. Ich hatte dir erzählt, dass ich ihn unterstütze? Er wollte zu einer Party und ...« Desmond zuckte mit den Schultern.

»Okay. Du hast also Schnaps für deinen Bruder gekauft, der auf eine Party wollte.« Das war mehr als dürftig.

Wieder zuckte Desmond mit den Schultern. »Ja.«

»Und das konntest du mir gestern nicht einfach sagen?«

Inzwischen waren sie an Imogens Wohnhaus angelangt und gingen die Stufen nach oben.

»Eigentlich dämlich, oder?«

Imogen nickte, während sie die Wohnung aufschloss. »Ein wenig. Und dann warst du mit ihm auf der Party?«

»Nein, wieso sollte ich?«

»Weil du geschrieben hast, dass du getrunken hast. Da dachte ich …«

»Nein. Das war, bevor er weg ist. Zu Hause. Wir haben so lange nichts mehr gemeinsam unternommen und als er vorschlug, wir könnten was trinken und uns unterhalten, habe ich zugestimmt. Wir haben den Abend zusammen verbracht und er ist dann noch weg.« Er folgte Imogen in ihr Zimmer und zog sie in die Arme. »Ich hätte nicht so einen Wind um die Sache machen sollen, aber ich hatte Angst, du würdest die Fotos missverstehen und habe dich so unheimlich vermisst.«

Imogen spürte ihren Widerstand bröckeln. In seinen Augen sah sie, dass er an das glaubte, was er sagte. Und sollte ihr das nicht reichen? Natürlich war die Geschichte dürftig, aber so war die Wahrheit oft. Uninteressant und langweilig. Sie beschloss, ihm zu glauben, weil sie ihm vertrauen wollte.

»Okay. Sorry, und danke, dass du es mir erzählt hast. Ich hätte nicht fragen sollen.«

»Du kannst mich alles fragen, Sky.« Er küsste sie und es nahm ihr den Atem. Diesmal konnte sie sich fallen lassen.

»Ich muss wirklich los, sonst komme ich zu spät zum Training.« Desmond gab Imogen einen letzten Kuss und schwang die Beine aus dem Bett.

»Kein Joggen heute?« Gähnend schlug sie die Decke zur Seite und setzte sich ebenfalls auf.

»Keine Zeit. Irgendwer hat mich abgelenkt. Aber Frühsport ist Frühsport, oder?« Sein warmes Lächeln ging Imogen durch und durch.

Aus einer Laune heraus rekelte sie sich verführerisch und sagte: »Wenn das so ist …« Sie fuhr sich mit der Zunge über die Lippen und sah ihn mit großen Augen an.

Schnell beugte er sich zu ihr hinunter. »Du bist noch mein Untergang, Imogen Kelly.« Er löste sich viel zu schnell. »Aber es hilft alles nichts. Job ist Job.« Sanft strichen seine Finger ihre Wange entlang. »Komm doch mit. Wir machen nur ein leichtes Training und sonntags ist Daves Frau Lydia immer da, weil ihre Eltern die Kinder haben.«

Die Idee gefiel Imogen. »Ab eins muss ich aber arbeiten.«

»Weiß ich doch. Aber zum Spiel schaffst du es, oder?«

»Klar.«

Er gab ihr einen Kuss auf die Nase. »Dann machen wir es so.« Er griff nach seinen Klamotten und zog sich an. »Wenn wir uns beeilen, schaffen wir vorher noch einen Kaffee.«

Dreißig Minuten später saß Imogen am Spielfeldrand. Desmond war noch in der Kabine und ihr Blick streifte über das Spielfeld. Hieß das überhaupt Spielfeld? Jetzt, wo sie und Desmond ein echtes Paar waren, sollte sie sich vielleicht ein wenig für den Sport begeistern.

»Hi! Du bist neu hier. Zu wem gehörst du?«

Imogen blickte zu der Frau, der die Stimme gehörte. Mitte Dreißig, mit dem Gesicht eines Engels, strahlte sie eine Ruhe und Gelassenheit aus, die Imogen sofort in ihren Bann zog.

»Desmond und ich …«

»Ah, du warst mit Des im Urlaub, oder? Großartig!« Sie streckte Imogen die Hand entgegen. »Ich bin Lydia Stone.«

»Imogen Kelly.«

»Schön dich kennenzulernen.« Sie deutete auf die Stelle, an der Imogen saß. »Hier würde ich nicht bleiben. Hier ist die Gefahr am größten, einen Ball abzubekommen. Komm mit. Ich sitze immer dort.« Sie deutete etwa zwanzig Meter weiter nach links. »Hinter der Catcher's Box ist es am sichersten.«

Imogen folgte ihr. Das war also die Frau der Mariners Legende Dave Stone. *Wenn alle Spielerfrauen so aussehen, bin ich hier fehl am Platz.* Groß, schlank und anmutig, würde man Lydia eher für ein Model halten als für eine Mutter von fünf Kindern.

»Setz dich und erzähl mir alles über dich und Des.« Doch sie ließ Imogen gar nicht zu Wort kommen. »Ich bin so froh, dass er jemanden gefunden hat. Weißt du, Dave und ich nehmen seit Jahren die neuen Spieler unter unsere Fittiche. Normalerweise geht das auch richtig gut, aber Desmond ist ein schwieriger Fall. Er ist ziemlich verschlossen und hält sich immer ein wenig abseits von den anderen.« Sie blieb stehen und holte eine Picknickdecke aus einem Korb, der bereits auf sie gewartet hatte. »Wir müssen es ja nicht unbequem haben. Setz dich.«

Völlig überrumpelt tat Imogen, was Lydia sagte.

»Also, wie habt ihr euch kennengelernt?«

»Äh, ja …«, fieberhaft überlegte Imogen, was sie sagen sollte, und entschied sich schließlich für die Wahrheit. Zumindest soweit sie konnte. »Wir haben uns vor zwei Wochen nach dem Spiel kennengelernt. Ich war die mit dem *Desmond Holden, I love you*-Schild.«

»Ich erinnere mich. Das warst du? Und jetzt seid ihr ein Paar?«

Imogen nickte.

»Dann hoffe ich das Beste. Desmond ist ein echt netter Kerl. Wenn er nicht gerade einen seiner Aussetzer hat.« Lydia runzelte die Stirn. »Aber das wird sich durch dich hoffentlich ändern.«

Wieder nickte Imogen, weil sie nicht wusste, was sie sagen sollte.

»Und du interessierst dich für Baseball?«

»Nein. Ich habe ehrlich gesagt keine Ahnung von dem Spiel.«

»Ach, und warum dann das Schild?«

»Das war nicht meins. Ich habe es nur kurz für eine Freundin gehalten.« Inzwischen konnte Imogen die Geschichte erzählen, ohne dass es ihr peinlich war. Lydias helles Lachen wirkte ansteckend und Imogen fiel ein. »Bei unserem ersten Abendessen hat Des mich mit Baseballbegriffen bombardiert und ich habe kein Wort verstanden.«

»Da kann ich helfen. Frag mich, was du willst. Ich bin ein wandelndes Baseballlexikon.«

In diesem Moment betraten die Spieler das Feld. Desmond warf ihr eine Kusshand zu, was zu allgemeinem Gelächter unter seinen Teamkollegen führte.

Den Coach schien das weniger zu amüsieren. »Seid ihr Profisportler oder eine Horde kichernder Teenies? Los, bewegt eure Ärsche!«

Die Spieler rannten los und die beiden Frauen grinsten.

»Okay, was willst du wissen?«

»Alles«, antwortete Imogen immer noch lächelnd. »Ehrlich, ich habe kein Wort von dem verstanden, was Desmond gesagt hat. Er hat mit Abkürzungen um sich geschmissen und gesagt, dass er hofft, die halten zu können.«

»Ah. Die Statistiken. Ja, die sind wichtig für die Spieler. Lass mal sehen, Des ist Pitcher also hat er bestimmt von Wins, Losts und Saves gesprochen.« Sie zählte die Worte an ihren Fingern ab.

»Das sind ja richtige Wörter, unter denen ich mir sogar was vorstellen kann«, sagte Imogen kopfschüttelnd. »Er hat so komische Abkürzungen benutzt.«

»Ah, dann dachte er, du interessierst dich für den Sport?«

»Das Schild hat ihn wohl auch in die Irre geführt.«

»Verständlich.« Nachdenklich fuhr sich Lydia über das Kinn. »Also Statistiken. Für Pitcher gäbe es da zum Beispiel die ERA, *Earned Run Average.* Grob geht es darum, wie viele Runs das gegnerische Team gegen den Pitcher schafft. Die Feinheiten erspare ich dir. Desmond liegt unter drei und das ist spitze. Was gibt es noch? Die OBA, *Opponents Batting Average.* Der ERA nicht unähnlich, wird hier gezählt, wie oft der gegnerische Batter es schafft, zu schlagen und die erste Base zu erreichen. Dann gibt es noch die WPs. Das ist ein wenig komplizierter.«

»Ich finde das alles kompliziert.« Verzweifelt schlug Imogen die Hände vors Gesicht. »Von Baseball verstehe ich nicht mehr, als dass einer einen Ball wirft, den ein anderer schlagen muss. Wenn er trifft, rennen alle wie wild durch die Gegend, bis irgendwer den Ball gefangen hat. Dann werfen sie ihn sich kreuz und quer zu und am Ende sind alle sauer auf mich, weil ich den Ball nicht schnell genug oder zum Falschen geworfen habe.«

Mit einem Seufzen legte Lydia eine Hand auf Imogens Arm. »Ich seh schon, wir müssen ganz am Anfang anfangen.«

»Ich konnte ja nicht ahnen, dass ich mal mit einem Baseballspieler zusammen sein würde.« Imogen zuckte mit den Schultern. »Also muss ich das wohl jetzt lernen. Geht es bei diesen Statistiken immer darum, wie gut Desmond wirft?«

»Im Prinzip ja. Seine Aufgabe ist es, den Ball so zu werfen, dass keiner der Gegner eine Base vorrücken kann. Wenn Pitcher und Catcher ihre Arbeit gut machen, haben die anderen nichts zu tun. Im Idealfall natürlich. In der Realität kommt das nicht so oft vor.«

Imogen nickte. Vielleicht sollte sie mal das Internet bemühen und sich ein wenig schlaumachen. Das würde Desmond sicher gefallen und ihre Besuche bei den Spielen ein wenig interessanter gestalten.

Die Männer hatten sich inzwischen aufgewärmt und mit einem leichten Schlagtraining begonnen. Selbst Imogen sah, dass Desmond und seine Kollegen die Bälle nur locker warfen. Das Ganze hatte mehr die Atmosphäre eines Vater-Sohn-Wurftrainings im Garten. Sie wollte gerade Lydia darauf ansprechen, als ein Baseball direkt vor ihren Füßen landete. Überrascht sah sie sich um und überlegte, was sie damit machen sollte. Im nächsten Moment stand Desmond neben ihr.

»Ups, der ging wohl daneben. Aber wenn ich schon mal hier bin …« Er gab ihr einen schnellen Kuss, hob den Ball auf und rannte wieder zurück.

»Na, den hat es aber schwer erwischt.« Lydia zwinkerte Imogen zu. »Freut mich für euch. Aber jetzt weiter im Text. WP. Das heißt: *Wild Pitch*. Die Superkurzform: Der Pitcher muss den Ball theoretisch so werfen, dass der Batter ihn schlagen kann. Und eben auch so, dass der Catcher ihn fangen kann. Hinter dem Catcher gibt es so eine Art imaginäres Quadrat, dass der Pitcher treffen muss. Wenn er daran vorbeischmeißt, egal ob zu hoch, zu tief oder seitlich und der Catcher den Ball nicht fängt, dann gilt das als Wild Pitch und wird dem Pitcher angelastet.«

»Aber soll nicht der Batter den Ball schlagen? Ich dachte, dass passiert meistens.« Diese ganze Sache verwirrte Imogen zusehends.

»Oft. Aber wie gesagt, wenn der Pitcher gut wirft, trifft der Batter den Ball nicht und der Catcher fängt ihn. Dann bekommt der Batter ein Out, keiner rückt vor und der Pitcher wirft wieder.«

»Okay.« Imogen kratzte sich am Kopf. »Und wenn man dreimal nicht trifft, ist man als Batter raus?«

»Genau.«

»Aber ein Pitcher scheidet nicht aus?«

»Nein. Pitcher werden nur zwischen zwei Innings ausgewechselt. Manchmal spielt er aber auch durch. Er ist auch der einzige, der nur in dieser einen Position spielt. Alle anderen wechseln. Je nachdem, ob die Mannschaft gerade in der Offense oder der Defense ist.«

Skeptisch hob Imogen die Brauen. »Das war aber in der Schule nicht so. Da haben alle gewechselt.«

»Stimmt. Das ist nur in der Profiliga so.«

Imogen nickte und biss sich auf die Lippen. »Kannst du mir heute Abend beim Spiel ein wenig erklären, was auf dem Feld passiert?«

»Gerne. Wie gesagt, wandelndes Lexikon. Weißt du schon, wo du sitzt?«

»Des sagt, direkt neben dir.«

»Wunderbar!«, freute sich Lydia. »Dann bist du in guten Händen. Ah, schau, jetzt machen sie ein Trainings-Inning.« Lydia deutete auf den Platz und Imogen sah Desmond auf dem kleinen Hügel stehen, der den Pitchern vorbehalten war.

»Der Pitcher steht auf dem Mound. Immer«, erklärte Lydia. »Häufig benutzen sie Wurfmaschinen zum Training. Aber da Des heute nicht spielt, wirft er.«

Imogen schirmte die Augen gegen die Sonne ab und beobachtete das Spiel. So langsam begannen die Aktionen auf dem Feld

Sinn zu ergeben. Vielleicht war dieses Spiel doch nicht so langweilig, wenn man verstand, was vor sich ging.

Lydia kommentierte weiter das Geschehen und Imogen war fast traurig, als sie eine Dreiviertelstunde später zur Arbeit aufbrechen musste. Sie verabschiedete sich herzlich von Lydia. »Wir sehen uns bei den Spielen?«

»Natürlich!« Lydia nahm sie in den Arm. »Ich versuche so oft, wie möglich dabei zu sein. Nicht immer leicht mit den Kindern, aber meistens schaffe ich es. Kommst du nächstes Wochenende mit zur Sponsorengala?«

»Ja. Des meint, das sei eine gute Gelegenheit, alle kennenzulernen.«

»Das ist es. Alle feiern, sind gut drauf. Stell dich auf einen feucht-fröhlichen Abend ein.«

Bei diesen Worten lief ein kalter Schauer über Imogens Rücken. Würde Desmond dort trinken? Konnte das ein Problem werden? Doch genauso schnell, wie der Gedanke gekommen war, schob sie ihn wieder zur Seite.

Lächelnd winkte sie Desmond zum Abschied zu. Der ließ es sich nicht nehmen, noch einmal zu ihr zu kommen und ihr einen Abschiedskuss zu geben. »Wir sehen uns nach dem Spiel.« Dann war er auch schon wieder verschwunden und ließ einen Tobsuchtsanfall seines Coaches über sich ergehen. Für Imogen hatte sich der Besuch in jedem Fall gelohnt. Endlich verstand sie ein wenig von dem Spiel, das Desmonds Leben bestimmte. Und wenn alle Frauen so nett waren wie Lydia, würde auch das kein Problem werden. Es versprach in jedem Fall, ein interessanter Abend zu werden.

20. Ein schmaler Grat

Schwer atmend betrat Desmond das Clubhouse. Der Coach hatte ihm sechs Extrarunden aufgedonnert. Zwei, weil er Imogen während des Wurftrainings geküsst hatte und vier weitere, weil er es noch einmal getan hatte, als sie gehen musste. Aber das war es wert. Die letzten Tage mit ihr waren mit Abstand die schönsten gewesen, die er seit Jahren erlebt hatte. Still und leise hatte sie ihn erobert. Als vor zwei Wochen ihr errötendes Gesicht auf der Leinwand erschienen war, hatte er sie süß gefunden. Aber das war, bevor er sich in ihren Augen verloren hatte, in ihren Küssen und in den Unterhaltungen mit ihr. Allein wenn er daran dachte, was er noch vor wenigen Stunden mit ihr gemacht hatte, musste er breit grinsen. Müde, aber glücklich zog er sich das Trikot über den Kopf und ließ sich auf die Bank fallen.

»So glücklich, wieder trainieren zu dürfen, Holden?« Dave Stone setzte sich neben ihn. Er war bereits fertig geduscht und boxte ihn spielerisch an die Schulter. »Oder hängt das mit deiner neusten Flamme zusammen?« Er hatte so laut gesprochen, dass auch die anderen im Clubhouse die Köpfe zu ihnen drehten.

»Du wirst mit Sicherheit alle Einzelheiten von deiner Frau erfahren«, ärgerte Desmond Dave zurück.

»Das will ich doch hoffen.« Dave lachte. »Lydia ist gut in so was.« Vertraulich lehnte er sich ein wenig näher zu Desmond und sprach wesentlich leiser weiter: »Es scheint also endlich was Ernstes zu sein, wenn du sie zum Training mitbringst.«

»Ja. Sky ist …« Lächelnd hob Desmond die Hände. »Sie ist mein Himmel.«

»Sky? Heißt sie so?«

»Ihr richtiger Name ist Imogen.« Und an alle im Raum gewandt fügte er hinzu. »Hat keiner sie erkannt?«

Alle schüttelten den Kopf und vierundzwanzig Augenpaare richteten sich auf ihn. »Die Blonde mit dem *Desmond Holden, I love you*-Schild von neulich?«

Trevor, einer von Desmonds Pitcher Kollegen, lachte laut auf. »Die ist deine Freundin? Warum hast du nichts gesagt? Wir hätten dich nicht so damit aufgezogen, wenn wir das gewusst hätten.«

»Da war sie ja noch nicht meine Freundin.« Er zwinkerte in die Runde. »Aber jetzt ist sie es.«

Dave schlug ihm freundschaftlich auf die Schultern. »Wir freuen uns darauf, sie kennenzulernen. Kommt sie am Samstag zur Gala?«

»Jepp. Und wie gesagt, später zum Spiel wird sie auch hier sein. Ihr könnt sie also alle ausgiebig bewundern und mich beneiden.«

Allgemeines Gelächter folgte, bevor sich jeder wieder seinen eigenen Dingen zuwandte. Bis auf Dave. »Ich hoffe, dass sie dir hilft, in der Spur zu bleiben, Des.«

»Das tut sie, Dave.«

Eine Stunde später fuhr Desmond auf sein Anwesen und stellte wie so oft fest, dass er es nicht leiden konnte. Würden die Dinge anders liegen, hätte er ein Apartment in der Nähe des Stadions gemietet und nicht so eine protzige Villa mit hohen Mauern. Aber vielleicht würden die Dinge sich bald ändern. Das Gespräch mit Gabriel hatte die Hoffnung in ihm geweckt, dass sich bald alles zum Besseren wenden würde.

Er runzelte die Stirn, als er das Auto seiner Mutter in der Einfahrt parken sah. Ihm war nicht bewusst gewesen, dass sie heute vor dem Spiel vorbeikommen wollte. Besorgt stellte er den Wagen ab und eilte zum Eingang. »Mum?«, rief er, kaum dass er die Tür geöffnet hatte. Keine Antwort. Schnell warf er einen Blick in alle Räume im Erdgeschoss, konnte sie aber nicht finden. Zwei Stufen auf einmal nehmend, stürmte er die Treppe nach oben. »Mum?«

»Ich bin hier.« Das kam aus Gabriels Zimmer. So ruhig, wie es ihm möglich war, öffnete er die Tür und fand seine Mutter neben Gabriels Bett sitzend. Im Raum roch es trotz der offenen Fenster stark nach Whisky und Erbrochenem. Desmonds Blick glitt zu den Flaschen am Boden. *Shit.* Sie waren alle leer. Sogar die, die er versteckt hatte. Er richtete den Blick auf Gabriel, der zwar blass auf dem Bett lag, aber ruhig atmete. »Geht es ihm gut?«

Seine Mutter schnaubte. »Sieht es aus, als ob es ihm gut geht? Wo warst du?«

»Beim Training?« Das konnte doch nicht ihr Ernst sein.

»Und davor? Wenn ich deinen Bruder richtig verstanden habe, hast du ihn die Nacht über alleine gelassen.«

Ihr vorwurfsvoller Blick ruhte auf Desmond und Zorn durchflutete seine Adern wie heiße Lava. Zorn auf seinen Bruder, der sein Versprechen gebrochen hatte. Zorn auf seine Mutter, die ihm für alles die Schuld gab. Er ballte die Hände zu Fäusten, bis er die Nägel im Fleisch spürte. Nur gut, dass er heute nicht spielen musste. Er wusste, auch ohne hinzusehen, dass er sich halbmondförmige Risse in die Handflächen gedrückt hatte. Der Schmerz vertrieb die Wut so weit, dass er eine Antwort zustande brachte. »Als ich gegangen bin, hat er mir versprochen, dass Schluss für den Tag ist.«

»Und da hast du ihn allein gelassen? Du weißt doch, wie er ist. Er hat mich um kurz nach Mitternacht angerufen. Zum Glück war ich schon in Seattle. Nicht auszudenken …« Sie schluckte und Tränen traten ihr in die Augen. »Desmond, er hätte an seinem Erbrochenen ersticken können. Oder das Haus verlassen und irgendeinen Unsinn anstellen. Du weißt, dass er es sich nicht leisten kann, noch ein weiteres Mal …«

Desmond explodierte. »Er kann es sich nicht leisten? Er?« Desmond registrierte zwar, dass seine Stimme zu laut und sein Tonfall respektlos war, aber das interessierte ihn in diesem Moment nicht. Anklagend deutete er auf seinen Bruder. »Er hatte einen Therapieplatz. Er hatte mir versprochen, das durchzuziehen. Er hat gesagt, er versteht, dass es so nicht weitergehen kann. Und weißt du, was dann passiert ist?« Er ließ seiner Mutter keine Zeit zu antworten.

»Nach nur fünf Tagen ruft er mich an und sagt, er sei geheilt.« Desmonds hielt seine gespreizte Hand vor die Augen seiner Mutter. »Fünf beschissene Tage! Das hat gerade mal gereicht, um den Restalkohol aus ihm rauszubekommen. Aber nein, mein Herr Bruder hält sich für geheilt. Er hat gesagt, dass man ihm das kontrollierte Trinken beigebracht habe. Jeden Tag nur eine bestimmte Menge. Danach ist Schluss, hat er gesagt. Ich habe ihm geglaubt.« Angewidert deutete Desmond auf den schlafenden Gabriel. »Scheiße, da siehst du, was davon zu halten ist.«

»Aber er hat sich Mühe gegeben, Des. Das gestern Nacht war nur ein Ausrutscher, weil er alleine war. Wenn wir uns nur ein wenig mehr anstrengen …« Sie streichelte liebevoll Gabriels Haar. Der Blick, der Desmond galt, war jedoch kalt und hart. »Du hättest wissen müssen, dass er weitermacht, wenn er unbeaufsichtigt ist und Alkohol im Haus ist.«

»Ja, natürlich. ›Ich hätte es wissen müssen …‹ Hörst du dir überhaupt zu, Mum?« Langsam verrauchte die Wut und machte einer bleiernen Leere Platz.

»Wir können nicht von Gabriel verlangen, dass er das alleine durchhält. Nicht so lange er noch nicht wieder gefestigt ist.«

»Dann hätte er in der scheiß Klinik bleiben sollen, verdammt!«, begehrte er ein letztes Mal auf.

»Die haben ihn dort wahnsinnig gemacht. Er sagt, er hatte keine unbeaufsichtigte Minute. Du weißt, wie sehr er es hasst, kontrolliert zu werden.«

Das wusste Desmond nur zu gut. Verstärkte Kontrolle hatte schon immer dazu geführt, dass Gabriel erst recht über die Stränge schlug.

Tatsächlich hatte die bisher schlimmste Phase seiner Sucht in den zwei Jahren gelegen, die er wieder zu Hause in Elkhart verbracht hatte. Zwei Jahre, in denen Desmond langsam, aber stetig auf seinen Traum, ein Stammplatz im Hauptteam der Mariners, hingearbeitet hatte.

Irgendwann hatte Gabriel mit gepackten Koffern bei ihm vor der Tür gestanden. Ihr Vater hatte ihn rausgeschmissen und ihm drohte eine Gefängnisstrafe, wenn er noch einmal bei einer Straftat erwischt werden sollte. Desmond hatte ihn also wieder bei sich aufgenommen und ihm immer häufiger erlaubt, seine Identität zu benutzen. Schließlich wollte er seinen kleinen Bruder in Schutz nehmen.

Müde blickte Desmond zu seiner Mutter. Er hatte nicht mehr die Kraft, sich mit ihr zu streiten. Das Training hatte ihn geschlaucht und der fehlende Schlaf der letzten Nacht machte sich bemerkbar. »Ich muss ins Bett, damit ich nachher beim Spiel nicht einschlafe. Falls du es vergessen hast: Nicht nur sein Leben geht den Bach runter, sondern auch meins. Ich bin nur noch so ein Stück davon entfernt, aus der Mannschaft zu fliegen.« Er deutete eine winzige Lücke zwischen Daumen und Zeigefinger an.

Aber seine Mutter legte sofort nach. »Und wo warst du dann letzte Nacht? Gerade wenn dir deine Karriere wichtig ist, solltest du dich um deinen Bruder …«

»Es geht dich zwar nichts an«, unterbrach er sie schroff, »aber ich war bei Imogen.«

»Bei dem Mädchen, das du bezahlst?« Sie lachte schrill. »Übertreibst du es nicht ein bisschen mit der Show?«

»Das ist keine Show. Ich mag sie wirklich und sie mich auch.«

»Ach, Desmond. Du bezahlst die Frau. Natürlich tut sie so, als würde sie dich mögen.« Ihr mitleidiger Ton ließ die Lava in Desmond wieder aufsteigen. Doch er hatte die Nase voll. Er wollte nur noch seine Ruhe.

»Glaub doch, was du willst, Mum. Ich geh schlafen.« Mit diesen Worten drehte er sich um und verließ das Zimmer.

Auch zwei Stunden später wollte sich der Schlaf nicht einstellen. Desmonds Körper schrie nach Ruhe, aber seine Gedanken wirbelten unbarmherzig umher.

Zum ersten Mal seit sechs Jahren hatte er das getan, wozu er Lust hatte. Ohne auf die Bedürfnisse seines Bruders zu achten. Und was war das Resultat? Seine Mutter keifte ihn an, sein Bruder hatte sich sinnlos besoffen und er belog seine Freundin.

Zum wiederholten Mal fragte er sich, warum er ihr nicht einfach die Wahrheit sagte. Doch allein der Gedanke verursachte Herzrasen und schnürte ihm die Luft ab. Kalter Schweiß sammelte sich auf seiner Stirn, das Atmen fiel ihm schwer und sein Magen zog sich zusammen, als müsse er sich gleich übergeben.

Die Panik kam jedes Mal, wenn er daran dachte, Imogen alles zu erzählen. Oder sonst irgendjemandem. Aber im Grunde wusste er genau, woran das lag: Er schämte sich. Er war für seinen Bruder verantwortlich und hatte auf ganzer Linie versagt. Und das nicht nur einmal. Es gelang ihm einfach nicht, Gabriel in der Spur zu halten.

Seit sechs Jahren bestand sein Leben daraus, die Fassade aufrecht zu erhalten. Nichts als Halbwahrheiten, Schmerz und Lügen. Erst hatte er seinen Bruder mit auf Partys genommen und ihm damit ermöglicht, zu feiern und zu trinken, obwohl Gabriel erst fünfzehn gewesen war. Damals hatte er es gut gemeint. Sein kleiner Bruder war nie so beliebt gewesen wie er. Also hatte er nichts dagegen unternommen, als Gabriel einen falschen Ausweis besorgte, und mit ihm zusammen die Nächte durchgemacht.

Später hatte er ihm erlaubt, seinen Ausweis zu benutzen, seine Identität. Auch damit hatte er nur helfen wollen. Warum sollte sein Bruder nicht ein klein wenig von seinem Ruhm profitieren? Es schadete ja niemandem und Gabriel entging einer Strafe, falls er über die Stränge schlug. Einem Star wurde eben mehr verziehen. Ohne dass er es bemerkte, hatte sich die Ausnahme zur Regel entwickelt.

Heute brachte ihm das mehr Probleme ein, als er bewältigen konnte. Er steckte fest. Bis er Imogen kennengelernt hatte. Die wenigen Tage mit ihr in Niagara Falls hatten ihm gezeigt, wie schön es sein könnte. Frei von seinem Bruder.

Wieder packte ihn die Scham. So etwas sollte er nicht denken. Aber Imogen war seit langer Zeit das erste Ereignis außer Baseball, das nichts mit Gabriel und seiner Sucht zu tun hatte. Wenn er Imogen mit hineinzog, würde Gabriels Alkoholismus sie verschlingen und zerstören, so wie alles andere in seinem Leben. Das konnte er nicht zulassen. Er würde sie raushalten.

Beruhige dich Desmond. Sky muss das nie erfahren. Als er sich die Sätze zum dritten Mal vorsagte, zeigten sie langsam Wirkung und er bekam wieder Luft. Nein, sie sollte diese Schuldgefühle nicht mit ihm teilen müssen. Denn sie würde ihm helfen wollen und sich in dem Gespinst aus Vorwürfen und Lügen verstricken. Er selbst ertrug es kaum, wie konnte er da von einem anderen Menschen verlangen, sich damit auseinanderzusetzen? Deshalb durfte er ihr nicht die Wahrheit sagen. Er musste sie beschützen.

Frustriert schlug Desmond die Decke zur Seite und setzte sich auf den Bettrand. An Schlaf war nicht zu denken. Normalerweise würde er jetzt bis zum Umfallen Sport treiben, aber dafür war sein Körper zu erschöpft. Er blickte auf seine Handfläche und fluchte. Er hatte sich tatsächlich kleine Wunden zugefügt.

Ein Klopfen an der Tür ließ ihn aufblicken. Vorsichtig trat seine Mutter ein. »Können wir reden?«

Er nickte und bedeutete ihr mit einer Handbewegung, sich neben ihn zu setzen. Sie tat es und strich ihm überraschend sanft über das Haar. »Du weißt, dass er hätte sterben können, oder?«

Desmond nickte. Überrascht darüber, wie emotionslos er diesen Gedanken aufnahm. Als hätte die Panik eben seine letzten Gefühlsreserven aufgebraucht.

»Ist sie das wert?«

Verdammt, ja!, wollte er schreien und erschrak gleichzeitig so sehr über den Gedanken, dass ihm davon übel wurde. Langsam schüttelte er den Kopf. »Er hatte es versprochen, Mum.« Tränen der Ohnmacht stiegen in Desmond auf.

»Ich weiß, mein Lieber. Aber dein Bruder ist im Moment nicht er selbst.« Sie seufzte. »Kannst du dieses Mädchen nicht einfach nur zu den ausgemachten Zeiten treffen? Du weißt, dass es tagsüber kein Problem ist. Aber nachts musst du hier sein.«

»Ich weiß, Mum. Aber Imogen ist so … Sie ist etwas Besonderes, egal, was du sagst.«

»Was ich eben gesagt habe, tut mir leid.« Sie strich ihm ein weiteres Mal übers Haar. »Mit Sicherheit mag sie dich, weil du großartig bist.«

»Sie hält mich für einen Säufer und Frauenheld und mag mich trotzdem. Das ist es doch, was du sagen willst.« Warum fühlte er nichts, wenn er diese Worte aussprach?

»Das ist doch schon mal was, oder? Du hast ihr nichts erzählt?«

Das war also der wahre Grund für ihr Auftauchen. Sie wollte wissen, ob er das Familiengeheimnis ausgeplaudert hatte. Für einen kurzen Moment hatte er tatsächlich angenommen, sie würde sich ausnahmsweise für seine Gefühle interessieren. »Gabriel ist sicher, Mum.«

»Darum geht es doch gar nicht, Desmond. Es geht darum, dass wir den Schein wahren müssen. Wenn dein Bruder ins Gefängnis muss …« Sie schüttelte den Kopf. »Das würde er nicht überleben.«

»Ich weiß, Mum.«

»Und es wäre ja nicht nur das. Wie würde es denn aussehen, wenn herauskommt, was du alles für ihn getan hast? Du hast ihn deine Identität annehmen lassen. Weitergabe von Alkohol an einen Minderjährigen, Strafvereitelung, Lügen. Deine Karriere wäre zu Ende.«

»Verdammt, ich weiß, Mum.« Er stand auf und wunderte sich, woher er die Kraft nahm. Obwohl seine Beine sich ein wenig wacklig anfühlten, tat die Bewegung gut.

»Versuch doch, noch eine Stunde zu schlafen, Des. Du siehst furchtbar aus.«

»Es geht schon.« Er drehte sich zu ihr um. »Bleibst du heute Abend hier? Ich habe Imogen versprochen …«

»Nein. Ich muss wieder zurück. Wir haben einen großen Fall und dein Vater …«

»Wie geht es Dad?«

»Er lässt dich grüßen und sagt, du sollst ihn anrufen. Aber Desmond … lass dich nicht von ihm zu irgendwelchen Dingen überreden. Die Therapie hat nicht funktioniert. Lass uns die Sache jetzt wieder auf unsere Weise regeln, egal, was dein Vater sagt, ja?«

»Ich weiß nicht, ob ich das noch lange durchhalte.« Seufzend gab er seiner Mutter einen Kuss auf die Wange. »Ich koche Kaffee, esse eine Kleinigkeit und mach mich dann auf den Weg zum Stadion.«

»Gut. Ich werde schauen, ob ich etwas wegen der Suspendierung unternehmen kann. Aber unter den gegebenen Umständen kann ich heute nicht wie geplant zum Spiel kommen.« Mit diesen Worten stand sie auf und verließ Desmonds Schlafzimmer.

Mit hängenden Schultern ging Desmond in die Küche und machte sich Kaffee. Ihm war klar, dass das eine Gewohnheit war, die nicht viele Amerikaner mit ihm teilten. Außer Imogen. Jeder andere holte seinen Kaffee im Coffeeshop. Aber er hatte auf Gabriel aufpassen müssen und war oft nicht in der Lage gewesen, nach draußen zu gehen. Außerdem war das Geld knapp gewesen. Also hatte er seinen Kaffee selbst gemacht. Und mit dieser Leidenschaft seinen Dad angesteckt. Mum hatte sich immer darüber lustig gemacht, dass sie keine normalen Amerikaner waren. Darauf hatte sein Dad gelacht, ihm übers Haar gestrichen und gesagt: »Dann sind wir eben nicht normal. Aber wir haben wenigstens verdammt guten Kaffee.«

Und Imogen teilte diese Vorliebe mit ihm. Allein dafür musste er sie lieben.

Seufzend schenkte sich Desmond eine Tasse ein. Er vermisste seinen Dad. Der Kontakt zu ihm war in den letzten Jahren immer seltener geworden.

Zuerst hatte Desmond ihm nicht verziehen, dass er Gabriel vor die Tür gesetzt hatte. Seinen eigenen Sohn. Danach war es immer wieder zum Streit gekommen, weil sein Dad ihm keinen rechtlichen Beistand mehr geben wollte, wenn er für eins von Gabriels Vergehen geradestand. Die Situation war immer verfahrener geworden und inzwischen war es über ein Jahr her, dass er mit seinem Vater gesprochen hatte. Vielleicht sollte er ihn bald mal anrufen.

21. Sponsoren-Gala

»Du siehst wunderschön aus, Genny!« Laurens ehrliche Begeisterung beruhigte Imogens flatternden Nerven. Wenigstens bei ihrer Freundin konnte sie sich sicher sein.

»Meinst du, es gefällt ihm?« Imogen warf einen kritischen Blick in dem großen Spiegel an ihrer Schranktür. Sanft fuhr ihre Hand über den weichen Stoff des langen schwarzen Kleides. Es war über den Brüsten gerafft und ein fingerbreiter goldener Gürtel brachte es auf Figur. Sie trug keinen Schmuck, aber ihre Boots unter dem Kleid.

»Es wird ihn aus den Socken hauen.« Lauren kniff die Augen zusammen. »Was ist los? Was hast du mir nicht erzählt?«

Das war der Nachteil, wenn man sich so lange kannte: Sie konnte ihre Gefühle nicht vor ihrer besten Freundin geheim halten. »Es ist nichts«, versuchte Imogen zu beschwichtigen. Ihr war allerdings klar, dass allein ihr Tonfall sie verriet. Also setzte sie sich auf ihr Bett und sprach weiter. »Es ist Desmond, er … Ich weiß auch nicht. Seit wir wieder in Seattle sind, ist er so distanziert.«

Kichernd sagte Lauren: »Die Geräusche aus deinem Zimmer klangen die ganze Woche nicht wirklich distanziert.«

Sofort glühten Imogens Wangen und sie lächelte verlegen. »Beim Sex ist er auch nicht distanziert. Aber sonst. Er weicht meinen Fragen nach seinem Privatleben aus. Er will nicht, dass wir uns bei ihm treffen und bleibt nicht mehr über Nacht bei mir.« Sie zuckte mit den Schultern. »Wenn du den Sex gestern gehört hast, dann sicher auch den Streit davor.«

»Das war doch kein Streit. Ihr habt ein wenig heftiger diskutiert.«

»Hast du mitbekommen, worum es ging?«

Lauren schüttelte den Kopf.

»Ich wollte ihn zu seinen Auswärtsspielen begleiten. Und ich dachte, er freut sich darüber. Schließlich wird er eine Woche unterwegs sein. Erst in Philadelphia und dann in New York.«

»Das ist doch fantastisch. Wo liegt das Problem?«

»Das Problem ist, dass er mich nicht dabeihaben will.« Tränen traten in Imogens Augen und sie ließ sich rücklings aufs Bett fallen. Die Worte laut auszusprechen, schmerzte noch mehr, als sie zu hören.

»Das hat er gesagt?«

»Nicht direkt. Er hat gesagt, das sei keine gute Idee. Er müsse sich auf die Spiele konzentrieren und ich sei eine Ablenkung. Nach der Suspendierung müsse er sich doppelt beweisen.« Eine einzelne Träne lief ihre Wange hinunter. »Was ist, wenn er eine andere hat?«

»Jetzt hör aber auf!« Lauren setzte sich neben sie und tätschelte ihren Oberschenkel. »Nur weil Brad, dieser Idiot, dich betrogen hat, heißt das nicht, dass alle Männer so sind!«

»So hat es bei Brad auch angefangen. Er bekam Anrufe, die ich nicht hören sollte, wollte nicht mehr, dass ich ihn besuche, weil ich ihn ablenke … Ach, ich weiß auch nicht.«

»Bei Brad warst du insgeheim froh, wenn du nicht zu ihm fahren musstest. Ich erinnere mich gut. Wahrscheinlich besser als du. Du warst jedes Mal erleichtert, wenn er abgesagt hat.«

»Das war doch nur, weil …« Hitze kroch Imogens Wangen hinauf. »Dann musste ich keinen Sex mit ihm haben.«

»Verdammt, Genny! Ich wusste ja, dass der Sex mit ihm nicht der Renner war. Aber was hat er mit dir gemacht?«

»Nichts, denke ich.« Imogen richtete sich wieder auf. »Es ging immer ziemlich schnell und war dann meist auch gar nicht so schlimm. Allerdings er hat nie … also ich mochte Brad. Vielleicht wären wir besser Freunde geblieben. Mit ihm habe ich nie das gefühlt, was ich bei Desmond fühle.«

»Das habe ich dir immer gesagt. Also, dass Brad nur als guter Kumpel was taugt. Aber auf mich hörst du ja nicht.« Theatralisch schlug sich Lauren auf die Brust. »Zurück zu Desmond. Er hat keine andere.«

»Vielleicht denkt er, ich würde ihn kontrollieren?«

»Hätte er denn Grund, das zu denken?«

Seufzend strich sich Imogen die Haare aus dem Gesicht. »Keine Ahnung. Ich weiß doch selbst nicht mehr, was ich glauben soll. Er wird ziemlich wütend, wenn ich seinen Alkoholkonsum anspreche.«

»Mmm.« Lauren schürzte die Lippen. »Meinst du, er trinkt wieder?«

»Nicht, wenn ich dabei bin. An den restlichen Tagen?« Imogen zuckte mit den Schultern. »Er sieht müde aus, ist unkonzentriert, mit den Gedanken weit weg. Ich versteh das nicht, Lauren. Er ist völlig anders als in Niagara Falls.«

»Da wart ihr im Urlaub. Menschen sind im Alltag anders als zur schönsten Zeit des Jahres.« Lauren stützte sich auf die Unterarme.

»Ist es normalerweise nicht umgekehrt?« Eine weitere Träne kullerte an Imogens Wange hinab. »Paare streiten sich doch eher im Urlaub, weil sie da zu viel Zeit miteinander verbringen, oder?«

»Ihr habt euch in einer Situation kennengelernt, in der ihr keine Verpflichtungen hattet. Die kommen jetzt zurück. Vielleicht müsst ihr euch erst mal daran gewöhnen? Ich meine, er hat eine 180-Grad-Wende hingelegt. Vom Partyhengst zum braven Freund. Das ist sicher nicht leicht für ihn.«

»Ja, aber warum will er seine Abende nicht mit mir verbringen? Warum hält er mich auf Abstand?« Imogen wischte sich mit beiden Händen die Tränen aus dem Gesicht.

»Genny, er war jeden Tag hier. Also immer, wenn er in der Stadt war. Ich versteh nicht ganz …«

»Das ist schwer zu erklären.« Stöhnend ließ sich Imogen wieder nach hinten fallen und vergrub das Gesicht im Kissen. »Vielleicht spinne ich auch. Vielleicht habe ich einfach Angst, dass er tatsächlich ein Alkoholproblem hat und ich die Augen davor verschließe. Interpretiere ich da zu viel rein?«

»Vielleicht. Versuch, diesen Abend mit ihm zu genießen. Du lernst seine Mannschaftskameraden kennen. Und du triffst Lydia wieder. Ich fand sie richtig nett.«

»Ich auch.« Imogen schniefte ein letztes Mal, richtete sich wieder auf und nahm Lauren in den Arm. »Ich weiß gar nicht, was ich ohne dich machen würde. Ich werde diesen Abend genießen und mich einfach amüsieren.«

»Das ist meine Genny. Lass es krachen.«

Heute hatte Desmond sie nicht mit seinem SUV abgeholt, sondern in einer Limousine mit Chauffeur. »Die zahlt der Verein. Keiner von uns soll schließlich mit Alkohol am Steuer erwischt werden.«

Imogen konnte sich gerade noch beherrschen, bevor sie ›Alle oder nur du?‹ fragte. Was war nur los mit ihr? Hatte Lauren recht und sie machte aus einer Mücke einen Elefanten? Also lächelte sie und sagte nichts weiter als: »Sehr weise.«

Desmond trug einen schwarzen Smoking, der seine breiten Schultern besonders betonte. Fast kam sich Imogen ein wenig underdressed vor in ihrem relativ einfachen Kleid. Doch als sie ihn darauf ansprach, lachte er nur. »Du wirst die schönste Frau des Abends sein. Und ich liebe deine Boots.«

Der Empfang fand in der Space Needle statt. Desmond brach in Gelächter aus, als er erfuhr, dass Imogen noch nie dort gewesen war. »Du wohnst seit fast fünf Jahren hier und warst nie auf *dem* Wahrzeichen von Seattle, um die Stadt von oben zu sehen?«

»Hat sich irgendwie nie ergeben.«

»Gut, dass du mich hast. Eine weitere Premiere.« Die Limousine hielt und sie stiegen aus. »Da sind Dave und Lydia.« Er deutete auf ein Paar, das wenige Meter vor ihnen ging und beschleunigte seine Schritte. »Hey, ihr beiden.«

Dave drehte sich um und sofort breitete sich ein Lächeln auf seinem Gesicht aus. »Des! Und das muss Imogen sein, von der ich schon so viel gehört habe.« Lächelnd reichte er ihr die Hand.

»Imogen Kelly, sehr erfreut, Mister Stone.«

»Oh je, Mister Stone ist mein Vater. Ich bin Stone oder Dave für meine Freunde. Du kannst mich Dave nennen.«

»Lass dich bloß nicht von ihm einwickeln, Sky.« Desmond legte einen Arm um sie. »Dave ist ein alter Charmeur, der reihenweise Frauenherzen bricht.«

In gespielter Unschuld hob Dave die Hände. »Hey, was kann ich dafür, dass die Ladys auf mich fliegen? Sie sollten doch wissen, dass ich schon mit der schönsten Frau der Welt verheiratet bin!«

Lydia lachte und knuffte ihn spielerisch in die Seite. »Alter Schmeichler.«

Dave legte nun ebenfalls den Arm um die Taille seiner Frau. »Die reine Wahrheit. Kommt, stürzen wir uns ins Getümmel.«

Vor dem Aufzug hatte sich eine kleine Menschentraube gebildet und es dauerte einen Moment, bis sie an der Reihe waren. »Wie viele Gäste sind denn hier?«, fragte Imogen ehrfürchtig. Allmählich wurde ihr bewusst, dass dies ihr erster offizieller Auftritt an Desmonds Seite war. Ihre Sorgen hatten sie davon abgelenkt.

Schulterzuckend antwortete Desmond: »Um die achtzig, denke ich. Sobald wir oben sind, wird es ein Pressefoto geben, aber dann haben wir den Rest des Abends Ruhe. Diese Feier ist hauptsächlich dazu da, unsere Sponsoren kennenzulernen.«

Imogen nickte unbehaglich. Fotos für die Presse. So unauffällig wie möglich versuchte sie, ihr Kleid glatt zu streichen und ihr Make-up in der Glasscheibe des Aufzugs zu checken. Dann fiel ihr Blick auf Lydia, die in ihrem eleganten Ballkleid mit der Hochsteckfrisur so unglaublich gut aussah. Desmond nahm ihre Hand und hauchte einen Kuss darauf. »Du siehst umwerfend aus, Sky.«

»Bist du sicher?«

»Ja. Ich kann es gar nicht erwarten, dich allen vorzustellen. Stimmt doch, Dave?« Er sah zu seinem Catcher.

»Oh ja. Er spricht über nichts anderes. Macht sich zum Gespött der Mannschaft.«

»Da hörst du es.« Desmonds Grinsen ließ die Schmetterlinge in Imogen erwachen. »Ich bin dir hoffnungslos verfallen und das darf die ganze Welt wissen.«

Trotz der aufsteigenden Röte senkte sie nicht den Blick, sondern suchte Desmonds. »Danke.«

Er beugte sich zu ihr hinunter und hauchte einen Kuss auf ihren Nacken. »Ich habe zu danken.«

Dann betraten sie die oberste Etage der Space Needle und ein überwältigendes Panorama breitete sich vor ihnen aus. Für einen Moment vergaß Imogen alles andere. Die Aussicht über die Stadt nahm sie völlig in ihren Bann. In der Dämmerung brannten bereits die ersten Lichter. Das klare und freundliche Wetter sorgte für freien Blick auf den schneebedeckten Mount Rainier.

Die Paarfotos waren schnell gemacht und weit weniger erschreckend als befürchtet. Alle Anwesenden schienen recht entspannt zu sein. Auch Desmond plauderte mit seinen Kollegen und den Sponsoren, stellte sie vor, war witzig, charmant und zuvorkommend.

Das einzige, was Imogen störte, war die Tatsache, dass sie ihn den ganzen Abend nicht ohne ein Glas in der Hand sah. Angefangen beim Champagner zum Empfang, dem Wein beim Essen und jetzt Scotch. Ihr war klar, dass die anderen auch tranken und Desmond in keiner Weise auffiel, aber es versetzte ihr einen Stich, ihn so zu sehen.

Sie hätte nicht sagen können, ob sich sein Wesen durch den Alkohol veränderte. Wenn überhaupt, hob sich seine Laune, was ihr eigentlich gefallen sollte. Sie selbst hatte nach dem Champagner nur noch Wasser getrunken und kam sich auf der immer ausgelassener werdenden Feier ein wenig fehl am Platz vor. Man hatte inzwischen die Tische zur Seite gestellt und eine Tanzfläche frei geräumt. Desmond stand mit ein paar Teamkollegen am anderen Ende des Raums und Imogen beobachtete ihn. Er hatte das Jackett ausgezogen, die Fliege hing ihm lose um den Hals und die Ärmel seines Hemdes waren hochgekrempelt. Das hatten fast alle Männer getan. Aber bei ihm sah es verwegen aus.

Warum beschäftigte es sie so sehr, dass er trank? Warum konnte sie sich nicht entspannen und ihn feiern lassen? Es machte ihr nichts aus, dass Dave und Lydia eindeutig einen Schwips hatten. Tatsächlich fand sie die beiden süß. Sie saßen kichernd wie zwei Teenager neben ihr und machten alberne Scherze über die Anwesenden.

»Warum schaust du so ernst, Imogen?« Lydia beugte sich zu ihr hinüber. »Das hier ist eine Party. Alle haben Spaß. Sogar Desmond.« Sie zeigte auf Des, der genau in dem Moment zu ihnen hinüberblickte und grüßend sein Glas hob.

»Ich wusste nicht, dass Desmond ein Kind von Traurigkeit ist«, sagte Imogen und wandte sich Lydia zu, ohne ihren Freund zurückzugrüßen.

»Pfft, man glaubt es nicht, aber Desmond kann eine ziemliche Spaßbremse sein«, klinkte sich Dave in das Gespräch ein. »Keine Ahnung, wie er sich seinen Ruf als Partyhengst verdient hat.«

»Die ganzen Berichte über ihn reichen nicht?« Imogen konnte nichts dagegen tun, dass ihre Stimme sarkastisch klang.

»Davon weiß ich natürlich. Genau wie von den Anzeigen und das macht mir Sorgen. Besonders, weil er all diese Dinge heimlich macht. Heute Abend sehe ich ihn zum ersten Mal so ausgelassen, wie er in den Presseberichten rüberkommt.«

»Aber ihr wart doch bestimmt früher schon zusammen feiern, oder?«

Dave lachte. »Zum übermäßigen Feiern haben wir während der Saison gar keine Zeit. Heute ist eine Ausnahme, weil wir erst Dienstag unser nächstes Spiel haben. Aber um deine Frage zu beantworten: Des hält sich meistens sehr zurück.«

Dave wollte noch etwas sagen, aber Lydia stand auf und strahlte ihren Mann an. »Dave, das ist unser Song. Ich fürchte, wir müssen tanzen. Sorry, Imogen.«

Imogen winkte ab und wandte den Blick wieder Desmond zu. Daves Beschreibung passte sehr zu dem Desmond, den sie kennengelernt hatte.

Er fing ihren Blick auf, lächelte und kam auf sie zu. Er war definitiv nicht mehr nüchtern. Nicht, dass er schwankte, aber sein Gang war federnder als sonst, seine ganze Haltung weicher. »Darf ich um diesen Tanz bitten, schöne Frau?« Er verbeugte sich und reichte ihr die Hand. »Wir haben noch nie getanzt, Sky.«

»Ich kann nicht tanzen«, erwiderte sie, ohne nachzudenken.

»Ich auch nicht. Aber die Arme umeinander legen und uns hin und her wiegen werden wir schon hinbekommen, oder? So wie Dave und Lydia.« Er deutete auf die beiden, die tatsächlich genau das taten. Dabei sahen sie sich tief in die Augen und schienen den Rest der Welt vergessen zu haben.

Imogen gab sich einen Ruck und nahm die dargebotene Hand. »Wir können es versuchen.«

Desmond führte sie zur Tanzfläche und umfasste ihre Hüften. Sie legte die Arme um seinen Nacken und gemeinsam begannen sie, sich zum Takt der Musik zu bewegen. Mit Desmonds Nähe traten ihre Zweifel in den Hintergrund. Er war bei ihr, hielt sie. Alles andere war unwichtig. Lächelnd sah sie zu ihm auf und er hauchte ihr einen Kuss auf die Lippen. Er roch nach dem Scotch, den er eben getrunken hatte, und das warme Gefühl in Imogen erstarb.

»Was ist los?« Sanft legte er seine Stirn an ihre.

Imogen nahm allen Mut zusammen und fragte: »Meinst du, es ist klug, hier zu trinken?«

Sofort versteifte er sich und hob den Kopf. »Schau dich um. Alle tun das.«

»Die anderen haben aber nicht dein …« Sie biss sich auf die Lippe.

»Mein was?« Seine Augen formten sich zu Schlitzen.

»Deinen Ruf«, entschied sie sich für eine diplomatische Antwort.

»Tue ich irgendetwas, was meinem Ruf schadet? Benehme ich mich daneben?«

»Nein. Es ist nur …«

»Gut, denn manchmal brauche ich einen Abend wie diesen. Seit ich zwölf bin, besteht mein Leben aus Disziplin und Verpflichtungen. Und wenn ich das mal hinter mir lassen kann, dann genieße ich es einfach. Okay? Und du solltest das auch.«

Sie nickte und er lächelte wieder.

»Gut.« Der Song endete und er führte sie an die Bar. »Dann lass uns Spaß haben. Einen Scotch für mich und Champagner für die Dame.« Die Getränke kamen und sie stießen an. »Auf einen Abend, an dem wir einfach mal alle Regeln vergessen.« Er leerte den Drink mit einem Zug. Dann bestelle er sich einen neuen und führte Imogen zu einem leeren Tisch.

Imogen biss sich auf die Zunge. War das der Teil von Desmond, den Lauren kennengelernt hatte? Der zügellose, unberechenbare Mann, von dem ihre Freundin sich angezogen gefühlt hatte? Inzwischen hatten sich zwei von Desmonds Teamkollegen samt Frauen zu ihnen an den Tisch gesetzt. Man diskutierte über Statistiken und die Spiele der kommenden Wochen. Imogen schwieg und beobachtete. Desmond hatte recht. Er benahm sich nicht wirklich auffällig und seine Kollegen waren mit Sicherheit betrunkener als er. Oder vertrug er nur mehr?

Eine halbe Stunde später wechselten die Männer von Scotch zu Bier. Die beiden Frauen hatten darauf bestanden. Sie hatten versucht, Imogen in die Unterhaltung mit einzubeziehen, aber sie fühlte sich mit jeder Minute unwohler. Als Desmond gerade verkündete, er würde die nächste Runde bestellen, entschied Imogen, nach Hause zu fahren. Sie hatte bereits vor Niagara Falls beschlossen, ihn nicht in seiner Sucht zu unterstützen, und würde das auch jetzt nicht.

Sie folgte Desmond an die Bar und legte eine Hand auf seinen Unterarm. »Des, ich glaube, ich gehe nach Hause.«

»Jetzt?« Das Lächeln verschwand aus seinem Gesicht und er runzelte die Stirn. »Aber ich wollte gerade die nächste Runde …«

»Du kannst ruhig hierbleiben. Aber ich werde gehen. Ich nehme mir einfach ein Taxi, okay?« Sie gab ihm einen schnellen Kuss und sagte dann: »Meld dich morgen, sobald du wieder nüchtern bist.«

Bevor er antworten konnte, drehte sie sich um und eilte auf den Aufzug zu. Es enttäuschte sie ein klein wenig, dass er nicht versuchte, sie aufzuhalten. Aber damit würde sie wohl leben müssen. Genauso wie mit der Tatsache, dass Desmond nicht immer der Mann war, den sie in Niagara Falls kennengelernt hatte. Sie drückte den Rufknopf für den Aufzug und blickte über das nächtliche Seattle. Ein wunderschöner Anblick, der so gar nicht zu ihrer momentanen Stimmung passte. Das Herz in ihrer Brust schmerzte und zog sich immer weiter zusammen. Sie wusste, dass es richtig war, zu gehen. Süchtigen konnte man nicht helfen. So hieß es doch immer? Jede Unterstützung führte nur dazu, dass alles noch schlimmer wurde.

Nach einer gefühlten Ewigkeit kam endlich der Aufzug und Imogen stieg ein. Sie stand mit dem Rücken zur Tür und beobachtete das Lichterspiel der Stadt, als ein *Pling* hinter ihr andeutete, dass noch jemand zustieg. Überrascht drehte sie sich um und sah Desmond eintreten. »Du wolltest wirklich ohne mich verschwinden, Sky?« Sein vorwurfsvoller Tonfall brach ihr das Herz.

»Ich dachte nicht, dass du …« Sie starrte auf den Boden und lehnte sich gegen das kühle Glas des Aufzugs.

»Du hast nicht mal gefragt!« Er stützte sich mit einer Hand an der Wand ab und auch sein Tonfall war deutlich schleppender als noch während ihres Tanzes. »Warum denkst du immer, du müsstest alleine nach Hause gehen?«

»Ich dachte, du wolltest feiern.«

Er stieß sich ab und kam leicht schwankend auf sie zu. »Ich habe dir gesagt, dass mein Mädchen nicht alleine nach Hause geht und das meine ich so.«

»Ich dachte, dass …«

»Du hast mir gar keine Zeit gelassen. Ich musste mich wenigstens verabschieden und mein Jackett holen.« Er strich ihr über die Wange und fragte: »Warum machst du das?«

»Weil du feierst und betrunken bist.«

»Das ist dein Problem? Habe ich das nicht beim Tanzen erklärt?« Er runzelte die Stirn und seine Hand landete schwer auf ihrer Schulter.

»Doch. Und genau deshalb bin ich gegangen. Wenn du feiern

willst, dann tu das. Aber ohne mich. Das ist ganz allein deine Sache.«

»Ich will aber nichts ohne dich machen.«

»Und warum darf ich dich dann nächste Woche nicht begleiten?«

Der verwirrte Ausdruck verschwand von seinem Gesicht und er ließ die Hand von Imogens Schulter gleiten. »Weil es nicht geht.«

»Okay. Das soll ich einfach so hinnehmen? Ist es, weil ich mich so anstelle, wenn du trinkst? Willst du das vor mir verstecken?«

»Ich bin doch nicht bescheuert. Ich trinke nicht, bevor ich ein wichtiges Spiel habe.«

»Ach nein? Und der Abend, an dem du suspendiert worden bist? Da hattest du auch ein wichtiges Spiel am nächsten Tag. Du hast mich allein gelassen, um Gott weiß was zu tun. Dann bekommst du eine Anzeige wegen Trunkenheit am Steuer. Und dann erzählst du mir, dass du den Tag in einer Entzugsklinik verbracht hast. Was soll ich denn deiner Meinung nach denken?« Sie verschränkte die Arme vor der Brust und streckte herausfordernd das Kinn in seine Richtung.

Der Aufzug war inzwischen unten angekommen und die Tür ging auf. Darauf bedacht, Desmond nicht zu berühren, verließ Imogen die Kabine und stürmte auf den Ausgang zu. Aus dem Augenwinkel sah sie, dass er ihr folgte.

Sobald sie draußen standen, sagte er: »Du bist wie alle andern, Imogen. Du glaubst nur, was du glauben willst.«

Dass er sie bei ihrem richtigen Namen nannte, schmerzte mehr als seine Worte. Die Arme immer noch vor der Brust verschränkt, blieb sie stehen und drehte sich zu ihm um. »Du gibst mir keinen Grund, etwas anderes zu glauben.«

»Ich dachte, ich hätte dir einige geben.« Vom einen zum anderen Moment verschwand die Anspannung aus seinem Körper. Er ließ den Kopf hängen und schwankte leicht. »Wenn das nicht reicht …« Sein glasiger Blick richtete sich auf sie. »Mehr kann ich dir im Moment nicht geben.«

Sie nickte. »Dann werde ich wohl damit leben müssen. Und du damit, dass ich nur noch bei dir sein will, wenn du nüchtern bist. Deshalb nehme ich jetzt ein Uber und du …«, sie deutete in Richtung Turm, »… gehst zurück feiern oder fährst nach Hause.« Ohne zurückzublicken, lief sie Richtung Straße. Diesmal folgte er ihr nicht. Tränen liefen über Imogens Wangen, als sie das Taxi bestellte. Es fiel ihr nicht leicht, aber sie wusste, dass es die richtige Entscheidung war. Denn so lange er diese Probleme hatte, würde sie nicht ihr Leben nach ihm ausrichten.

Ab morgen würde sie sich wieder auf ihre Doktorarbeit konzentrieren und Desmond als das sehen, was er war: Eine Ablenkung, die ihre freie Zeit zu einem unvergesslichen Erlebnis machte. Ein Sponsor für ihre Doktorarbeit, nicht mehr. Zumindest so lange nicht, bis er endlich zugab, dass er ein Problem hatte.

22. Wie schlimm kann es noch werden?

Als Desmond zu Hause eintraf, war seine Laune am Tiefpunkt angekommen. Der Abend war nicht so gelaufen, wie er sich das vorgestellt hatte. Und noch schlimmer: Imogen hatte recht. Er war betrunken. Dabei hasste er es eigentlich, die Kontrolle über seinen Körper zu verlieren. Er konnte nichts gegen das leichte Schwanken tun. Auch nicht dagegen, dass die Welt nur gedämpft zu ihm durchdrang. Er wollte nichts anderes als ins Bett. Hoffentlich konnte er die Sache mit Imogen morgen wieder geradebiegen.

Schwerfällig legte er seinen Daumen auf das Sensorschloss und die Haustür sprang auf. Bei dem Gedanken, dass er früher mühsam ein Schlüsselloch hätte finden müssen, musste er trotz seiner schlechten Laune kichern. Schwungvoll versetzte er der Tür einen Tritt und sie fiel knallend ins Schloss. Ein wenig lauter als beabsichtigt, aber wen störte es?

»Desmond, bist du das? Was war das für ein Knall?«

Natürlich, seine Mutter. »Ja, ich bin's.« Er hoffte, dass er nicht zu sehr lallte. Vorwürfe von seiner Mutter waren das Letzte, was er jetzt brauchte.

Doch da erschien sie schon im Türrahmen, gefolgt von seinem Bruder. »Desmond, was ist …« Sie unterbrach sich und musterte ihn von oben bis unten. »Du tauchst hier betrunken auf?«

»Das ist mein Haus. Ich tauche hier auf wie und wann ich will. Und dir auch einen schönen Abend, Mum« Er neigte den Kopf. »Hallo Gabe.« Desmond verbeugte sich in seine Richtung. Es störte ihn nicht, dass er dabei leicht schwankte. Jetzt war eh alles egal. »Heute bin ich mal der, der über die Stränge schlägt.«

»Es ist Jahre her, dass ich dich so gesehen habe, Des.« Gabriels

Blick ruhte auf ihm und Desmond musste zugeben, dass sein Bruder deutlich nüchterner war als er. Das brachte ihn wieder zum Kichern.

»Kann ich von dir nicht behaupten.« Bevor einer der beiden auf seine Worte eingehen konnte, wandte er sich der Treppe zu. »Wenn ihr mich entschuldigt, ich hau mich aufs Ohr.«

Er war gerade an den Stufen angekommen und überlegte, wie er unbeschadet hinaufkommen sollte, als seine Mutter ihn anfuhr: »Desmond Holden! Wir sind noch nicht fertig. Du kommst sofort ins Wohnzimmer!«

Sollte er sich widersetzen? Nein, zu anstrengend. Außerdem gab es im Wohnzimmer eine Couch. Das würde ihm die doofen Treppen ersparen. Also drehte er sich um und folgte mit unsicheren Schritten seiner Mutter und seinem Bruder. Da die beiden sich auf die Couch setzten, ließ er sich in einen der großzügigen Sessel fallen. In jedem Fall besser, als weiter zu stehen. Doch alles drehte sich um ihn. *Scheiße.* Er schloss die Augen.

Sofort begann seine Mutter, auf ihn einzureden: »Wie kannst du uns das nur antun, Desmond?«

War ja klar. Jetzt ging das wieder los.

»Dein Bruder kämpft hier gegen seine Sucht und du kommst völlig betrunken nach Hause! Warum hast du ihm nicht gleich eine Flasche Schnaps mitgebracht? Lass uns die Erfolge der letzten Wochen zerstören.«

Desmond lachte trocken. »Dazu muss ich ihm keine Flasche mitbringen. Ich bin sicher, Gabe bekommt das auch ohne meine Hilfe hin, oder?« Er grinste seinen Bruder an.

»Ich halte mich seit einer Woche an mein Programm, großer Bruder. Im Gegensatz zu dir bin ich fast nüchtern.«

»Wow«, Desmond klatschte mehrmals in die Hände. »Und dafür willst du jetzt Lob und Anerkennung? Weißt du was: Vergiss es!«

»Desmond, wie redest du denn mit deinem Bruder?«

»Was interessiert es dich, Mum? Dich interessiert doch nur, dass ich funktioniere, oder? Wenn er«, Desmond wedelte mit der

Rechten in Gabriels Richtung, »so nach Hause kommt, bekommt er alle Fürsorge der Welt. Und was bekomme ich? Was bekomme ich, Mum?«

»Das ist etwas völlig anderes. Dein Bruder ist krank, du solltest wissen, was du tust.«

»Ja, natürlich. Soll ich dir ein Geheimnis verraten? Ich habe keine Ahnung, was ich tue. Ich wollte einfach nur mal Spaß haben.«

»Den hattest du ja, wie es aussieht!« Der spitze Tonfall seiner Mutter drang selbst durch den Alkoholnebel zu ihm durch.

»Schön wär's.« Er schüttelte heftig den Kopf und ignorierte den Schwindel, den diese Bewegung auslöste. »Ich wollte die Nacht eigentlich mit meiner Freundin verbringen. Aber stattdessen bin ich hier.« Ein Schnauben begleitete seine Worte. »Und weiß jemand, warum? Nein? Keiner?« Er deutete mit dem Finger auf Gabriel. »Weil Sky denkt, ich hätte seine Probleme. Sie dreht völlig durch, weil sie mich für einen Alkoholiker hält. Von anderen Drogen fange ich gar nicht erst an. Und sie ist total angepisst, weil ich sie nächste Woche nicht mit zu den Auswärtsspielen nehme. Und warum kann ich das nicht?« Erneut ließ er den beiden keine Zeit zum Antworten. »Ich sag's euch: Weil ich Gabriel mitnehmen und mich um ihn kümmern muss. Damit er nüchtern bleibt. Oder zumindest so nüchtern, wie es ihm möglich ist. Und dann macht ihr mir einen Vorwurf, weil ich ausnahmsweise mal ein klein wenig betrunken bin?« Diesmal lachte er laut. »Ihr seid doch bescheuert.«

»Wie redest du denn mit uns, Desmond? Du entschuldigst dich jetzt sofort bei …«

»Mum, lass ihn in Ruhe«, lenkte Gabriel ein. »Des hat sich auch mal eine Auszeit verdient, oder?« Er trat neben Desmond und gab ihm einen Klaps auf die Schulter. »Komm, großer Bruder, ich bring dich ins Bett.«

Desmond winkte ab. »Ich bleib einfach hier sitzen und sterbe.«

»Du stirbst nicht. Und glaub mir, du möchtest morgen früh nicht hier aufwachen.« Er streckte Desmond beide Hände entgegen und zog ihn auf die Beine. Geschickt legte er ihm den Arm um die Hüfte und schob Desmonds Arm über seine Schulter.

Der grinste ihn an. »Die Technik hast du voll drauf.«

»Ich habe vom Besten gelernt.« Auch er grinste jetzt.

»Darüber macht ihr Witze?«

»Mum!« Der Ausruf der Brüder erfolgte völlig synchron und im gleichen genervten Tonfall. Sie sahen sich an und prusteten los.

»Okay. Ihr beiden scheint super alleine klar zu kommen.«

Unbeachtet von ihren Söhnen verließ sie das Zimmer. Desmond löste sich von Gabriel und fragte: »Was meinst du? Jetzt, wo sie weg ist, feiern wir noch ein wenig?«

Gabriel schüttelte den Kopf. »Erstaunlich, dass ich das sage, aber du gehörst ins Bett. Und ich auch. Wir haben beide genug für heute.«

Er setzte sich in Bewegung und Desmond hatte keine andere Wahl, als sich mitziehen zu lassen. »Du hast genug? Dass ich den Tag noch erleben darf.«

»Des, du bist ein Arsch. Ich gebe hier wirklich mein Bestes.«

»Weiß ich. Aber du hast mir den Abend versaut. Und jetzt willst du mich nicht mal feiern lassen.«

Inzwischen waren sie an der Treppe angekommen und Gabriel bugsierte seinen Bruder vorsichtig nach oben. »Wolltest du nicht sowieso schlafen?«

»Das war davor.« Desmond machte eine ausladende Geste mit der Hand, die sie beide heftig ins Schwanken brachte.

»Vor was?«

»Vor Mums Auftritt. Jetzt könnte ich einen Drink vertragen.« Sie hatten den oberen Treppenabsatz erreicht und Desmond versuchte, sich von Gabriel zu lösen.

»Wie wäre es mit einem Deal? Du legst dich hin und ich bringe dir deinen Drink.«

Kichernd ließ Desmond sich weiterführen. »Du weißt, dass das einer von meinen Tricks ist, um dich ins Bett zu bekommen, oder?«

»Klar, weiß ich das. Funktioniert es?«

Desmond runzelte die Stirn. »Jepp. Hat den Vorteil, dass ich die Treppe nicht noch mal hoch muss.« Sie hatten Desmonds Zimmer erreicht und Gabriel setze ihn auf dem Bett ab. Desmond ließ sich einfach nach hinten fallen und breitete die Arme aus. »Bekomme ich jetzt meinen Drink?«

»Wir ziehen dir wenigstens noch die Schuhe aus. Dann hol ich ihn dir.« Mit diesen Worten begann er, Desmonds Schnürsenkel zu öffnen.

Der lag mit geschlossenen Augen da und fragte: »Und, wie fühlt es sich an, zur Abwechslung mal auf der anderen Seite zu stehen?«

»Ich habe das schon gemacht, Des. Falls du dich erinnerst, haben wir uns in der High-School nicht viel genommen.«

»Nur hab ich irgendwann die Kurve gekriegt.« Die Worte waren nur noch ein leises Murmeln und Desmond schloss die Augen. Der Schwindel verschwand und er entspannte sich. Er spürte, dass Gabriel auch seinen zweiten Schuh gelöst hatte und seine Beine aufs Bett hob. Liegen war deutlich angenehmer. Eine bleierne Müdigkeit überfiel ihn. Er hörte Gabriel noch etwas sagen, konnte aber nicht verstehen, was es war und dämmerte in den Halbschlaf.

Nach wenigen Minuten vernahm er erneut die Stimme seines Bruders. »He, Des. Der versprochene Drink.«

»Will nicht mehr.«

»Doch, den willst du. Dann geht es dir morgen nur mies und nicht beschissen.«

Gabriel fasste seinen Kopf und flößte ihm Flüssigkeit ein. Das war kein Alkohol, sondern ein Elektrolytdrink. Nach ein paar Schlucken drehte Desmond den Kopf weg. »Ich kotze, wenn ich mehr davon trinken muss.«

»Vielleicht keine so schlechte Idee. Auch dann geht es dir morgen besser.«

»Halt's Maul und verschwinde. Ich bin immer noch sauer auf dich.«

»Ich weiß. Und du hast auch jedes Recht dazu. Schlaf gut, großer Bruder.«

Desmond gab ein Grunzen von sich und versank in einen traumlosen Schlaf.

Am nächsten Tag erwachte er mit dröhnenden Kopfschmerzen. Vorsichtig drehte er sich um und merkte dabei, dass er noch Hemd und Hose vom gestrigen Abend trug. Warum das so war, wollte ihm nicht einfallen. Mit geschlossenen Augen tastete er nach Imogen. Sie sollte da sein. Er hatte geplant, nach der Party mit ihr in einem Hotel zu übernachten.

Ganz langsam dämmerte ihm, dass er nicht in einem Hotel, sondern in seinem Zimmer war. Alleine. Mit einem riesigen Kater. Und dann fiel ihm wieder ein, warum. Er zog die Decke über den Kopf und versuchte, zurück ins selige Vergessen des Schlafes zu sinken. Aber es gelang ihm nicht. Also stand er vorsichtig auf und schleppte sich ins Bad. Eine Dusche würde vielleicht seine Lebensgeister wecken.

Nur wenig erholt, betrat er nach zehn Minuten wieder sein Schlafzimmer und Gabriels Stimme ließ ihn zusammenzucken. »He, Des.«

»Scheiße, Gabe! Du hast mich erschreckt. Und sprich verdammt noch mal leise.«

Lachend antwortete Gabriel: »Du hast es nicht anders verdient. Hier, trink das.«

»Was ist das?« Skeptisch musterte Desmond die gelbliche Flüssigkeit im Glas.

»Aspirin und Magnesium. Gute Kombi gegen Kater. Du erinnerst dich?«

»Vage. Ist zu lange her.« Er stürzte das Getränk mit einem Zug hinunter, schüttelte sich und griff nach seinen Sportklamotten. »Ich geh joggen. Kaffee krieg ich nicht runter.« Er zog sich an, hob zum Abschied die Hand und rannte bereits in großen Sätzen die Treppe herunter.

Zwanzig Minuten später betrat er das Haus wieder und ließ sich keuchend auf den Boden neben der Tür gleiten. Den Kopf zwischen die Beine gelegt, versuchte er, Luft zu bekommen. Jetzt wusste er wieder, warum er das mit dem Saufen aufgegeben hatte.

»Steh auf«. Gabriels Hand stupste ihn an der Schulter. »Geh noch mal duschen und komm dann in die Küche. Ich hab Frühstück gemacht. Omelett mit Krabben, Obst und schwarzen Kaffee, in dem der Löffel steht.«

Es war Desmond zu mühsam, den Kopf zu heben, also nickte er nur wortlos, bewegte sich aber nicht.

»Jetzt schwing deinen Arsch unter die Dusche. Du musst wieder zu Kräften kommen und dich dann bei deinem Mädchen entschuldigen.«

Bei diesen Worten zuckte Desmonds Kopf hoch. »Hat sie sich gemeldet?«

»Alter, ich check doch nicht dein Handy.« Gabriel zeigte seinem Bruder einen Vogel. »Hier hat sie sich nicht gemeldet. Aber nach dem, was du gestern Abend erzählt hast, ist sie wohl angepisst.«

Scheiße! Ihm fiel die Szene vor der Space Needle wieder ein. Er musste das wieder geradebiegen. Also nahm er die Hand seines Bruders, um sich hochzuziehen. »Wie spät ist es?«

»Kurz nach eins. Ich dachte schon, du stehst nie wieder auf.«

Desmond brummte nur etwas Unverständliches und duschte zum zweiten Mal an diesem Tag. Diesmal belebte das Wasser seine Sinne. Er ging den gestrigen Abend noch einmal durch und verfluchte sich selbst. Hätte er früh genug aufgehört, wäre er jetzt nicht verkatert und müsste sich nicht entschuldigen. Aber daran konnte er nichts mehr ändern. Er beschloss, erst einmal zu frühstücken und danach bei Imogen zu Kreuze zu kriechen.

Tatsächlich fühlte er sich nach dem Frühstück besser. Die Unterhaltung mit Gabriel war zum ersten Mal seit Langem locker und leicht. Fast so wie früher. Zumindest bis die Tür aufging und ihre Mutter das Haus betrat.

»Du solltest mit Mum reden, Des. Sie ist stinksauer auf dich. Ich habe versucht, sie zu beruhigen, aber …« Gabriel spreizte in einer hilflosen Geste die Arme und zuckte mit den Schultern. »Ich glaube nicht, dass ich der richtige Mann dafür bin.«

Desmond nickte und trank den letzten Rest Kaffee. »Verschwinde, ich rede selbst mit ihr.«

Er hörte, wie Gabriel und seine Mutter ein paar Worte vor der Treppe wechselten und stärkte sich innerlich für das kommende Gespräch.

Sie betrat die Küche und musterte ihn mit kritischem Blick. »Bist du wieder nüchtern?« Der Vorwurf in ihrer Stimme brachte die Lava in seinem Inneren zum Kochen. Er atmete mehrmals tief durch, bevor er sagte: »Ich war bereits joggen und habe gefrühstückt. Bin also halbwegs wiederhergestellt.«

Sie kam um die Küchentheke herum und baute sich ihm gegenüber auf. »Erklärst du mir, was das sollte?«

»Was soll ich sagen?« Er zuckte mit den Schultern.

»Ich dachte, dass gerade du weißt, wie wichtig Selbstkontrolle ist. Das sollten wir Gabriel vorleben und da ist es nicht …«

»Mum, bitte.« Müde fuhr er sich mit der Hand über die Augen. »Ich habe das Gefühl, gegen Windmühlen zu kämpfen. Egal, wie sehr ich mich bemühe, Gabe torpediert alles. Ich kann nicht mehr, Mum.« Jetzt, wo er die Worte ausgesprochen hatte, erkannte er, dass es die Wahrheit war. Er war am Ende seiner Kräfte.

»Oh, Des.« Sie fuhr ihm übers Haar und lächelte traurig. »Du bist stärker, als du glaubst. Ich verlasse mich auf dich.«

Ja, dachte er. *Sie verlässt sich auf mich.* Genau da lag das Problem. Sie verließ sich schon sein ganzes Leben auf ihn und übersah dabei seine Bedürfnisse. »Weiß ich, Mum.«

»Und warum enttäuschst du mich dann so sehr?«

»Hörst du mir überhaupt zu?« Er konnte nicht verhindern, dass seine Stimme lauter wurde.

»Natürlich, Desmond. Und du weißt so gut wie ich, dass das bei deinem Bruder nur eine Phase ist. Gabriel hatte schon vorher schwierigere Zeiten. Wir haben ihn immer unterstützt, bis es wieder besser wurde.« Sie nahm seine Hand und drückte sie. »Seit dein Vater ihn aufgegeben hat, sind wir beide Gabriels einziger Halt. Wir haben viel erreicht, oder? Das gibt uns recht. Dein Vater meint immer noch, dass es das Beste wäre, Gabriel in sein

Unglück rennen zu lassen. Aber das ist der falsche Weg. Wir sind eine Familie und wir halten zusammen.«

»Und was ist, wenn ein neues Familienmitglied dazu kommt?« Er schluckte, denn das, was er jetzt sagen wollte, fiel ihm nicht leicht. »Vielleicht sollte ich Imogen alles erzählen.«

Die Augen seiner Mutter weiteten sich und sie schüttelte vehement den Kopf. »Nein, Des! Nein! Sie würde das nicht verstehen.«

»Das kannst du gar nicht wissen!«

»Doch, das kann ich wissen. Denk an deinen Vater. Er ist kein Außenstehender und versteht es trotzdem nicht. Wie soll da eine Fremde Verständnis aufbringen? Und selbst wenn, was soll sie tun? Dir helfen, ihn zu überwachen? Du weißt, welche Verantwortung das bedeutet. Wird sie das auch wissen? Wird sie loyal sein? Oder alles verraten?«

Er wollte empört dazwischengehen, aber seine Mutter ließ ihn nicht zu Wort kommen.

»Das muss sie nicht einmal absichtlich tun. Ein falsches Wort zu ihren Freunden und alles bricht zusammen.«

»Ich kann sie nicht weiter belügen.« Desmond ließ den Kopf in die Hände fallen. »Das gestern ist nur passiert, weil sie die Wahrheit nicht kennt.«

»Meinst du? Wer sagt denn, dass sie danach bei dir bleibt? Du bezahlst sie, damit sie sich mit dir zeigt. Möglich, dass da etwas zwischen euch ist, aber zuallererst steht da das Geld und der Vertrag! Es läuft immer auf dasselbe hinaus, Desmond. Wenn sie davon weiß, wird sie es entweder verraten oder dich gleich verlassen, weil sie es nicht versteht. Wahrscheinlich beides. Du hast Gabriel deine Identität geliehen. Wenn das rauskommt, kann ich nicht mehr viel für dich tun. Du wirst Probleme mit dem Team bekommen, die Presse wird sich auf dich stürzen und Gabriel wird im Gefängnis landen. Das willst du nicht, oder? Wir drei sind eine Einheit und schaffen das zusammen, okay?«

Er wusste nicht, was er denken sollte. Wahrscheinlich hatte sie recht. So wie immer. Obwohl er es nur ungern zugab, beruhigten ihre Worte sein aufgewühltes Inneres. Solange Imogen nichts von alldem wusste, konnte sie seine Zuflucht sein. Der Mensch, mit dem er das Leben führen konnte, das er so gerne hätte. Unberührt von den Problemen seines Bruders und der Kontrolle seiner Mutter.

»Du hast wahrscheinlich recht.« Seufzend erhob er sich. »Dann versuche ich mal, den Schaden von gestern wieder gut zu machen.«

»Du hältst immer noch an diesem Mädchen fest?«

Die Enttäuschung in der Stimme seiner Mutter traf ihn mitten ins Herz. Aber Imogen würde er sich nicht wegnehmen lassen. Er brauchte sie in dem ganzen Chaos und das musste seine Mutter akzeptieren. »Sie ist etwas Besonderes. Wenn du dir irgendwann die Mühe machst, sie kennenzulernen, wirst du das verstehen.«

Desmond klopfte zweimal zum Abschied auf die Theke. »Ich bin oben.« Noch bevor er die Treppe erreicht hatte, schrieb er die erste Nachricht an Imogen.

23. Eine neue Chance?

Es war später Nachmittag, als mit einem *Pling!* eine Nachricht auf Imogens Handy einging. Sie widerstand dem Verlangen, sofort nachzuschauen, ob sie von Desmond war. Erst einmal würde sie die Literaturliste für ihre Doktorarbeit zusammenstellen.

Nach fünf Minuten meldete sich ihr Handy erneut und sie schaltete es auf stumm. In den letzten drei Wochen hatte sie oft genug ihr Ziel aus den Augen verloren.

Dreißig Minuten später schloss sie ihren Laptop und nahm das Telefon in die Hand. Sie entsperrte den Bildschirm und riss die Augen auf. Zehn Nachrichten und drei verpasste Anrufe. Alle von Desmond.

D: *Sky? Redest du noch mit mir?*

D: *Ich weiß, dass ich Mist gebaut habe*

D: *Es tut mir leid*

D: *Bitte rede mit mir*

D: *Ich bin ein Idiot und hätte auf dich hören sollen*

D: *Sky???????*

D: *Bitte*

D: *Können wir uns treffen?*

D: *Heute?*

D: *Lass es mich erklären*

Die drei Nachrichten auf ihrer Mailbox waren ähnlich. Er klang wirklich zerknirscht. Aber auch das war wohl ein typisches Verhalten für einen Süchtigen. Imogen hatte die halbe Nacht im Internet verbracht und sich schlaugemacht. Vor allem, weil sie wissen wollte, ob sie richtig reagiert hatte. Sicher war sie sich immer noch nicht, aber viele Berichte in Foren und auf einschlägigen Seiten gaben ihr Recht: Der richtige Weg war, ihn niemals zu unterstützen oder zu decken, wenn er trank oder Drogen nahm. Andererseits wiesen diese Berichte auch darauf hin, wie wichtig es war, dass sie für ihn da war und ihm half, wenn er um Hilfe bat.

Sie hatte beschlossen, die nächsten Tage und Wochen auf sich zukommen zu lassen und dann zu entscheiden, wie sie mit der Sache umgehen wollte. Denn in einem Punkt hatte er recht: Er hatte ihr genug Gründe gegeben, nicht an ihm und seiner Aufrichtigkeit zu zweifeln.

Also antwortete sie:

Sorry, war beschäftigt und hatte das Handy auf lautlos. Wir können uns gerne treffen.

Seine Antwort kam umgehend.

D: *Kannst du herkommen? Wir könnten ein wenig spazieren gehen.*

Warum ließ er sie nicht mehr in sein Haus?

I: *Können wir das nicht bei dir machen? Privates Gespräch und so.*

D: *Meine Mutter ist hier. Keine Spur von Privatsphäre.*

Das war noch so eine Sache. Desmond war sechsundzwanzig und total selbstständig. Warum ließ er sich von seiner Mutter bevormunden? Weil sie seine Managerin war? Aber hatte er nicht erzählt, dass seine Eltern sich nie groß für ihn interessiert hätten? Und was war mit seinem Vater? Wo war der?

Fragen über Fragen, auf die es galt, eine Antwort zu finden.

I: *Also gut. Ich bin in dreißig Minuten da.*

D: *Du kannst dein Auto auf dem Grundstück parken und dann gehen wir raus. Ich brauche dringend frische Luft.*

I: *Bis gleich.*

D: *Kann es kaum erwarten.*

Nachdenklich ließ Imogen das Handy sinken. Ihr Herz schrie danach, Desmond wiederzusehen. Es sehnte sich nach seinen Küssen und Umarmungen.

Ihr Verstand riet ihr, auf Abstand zu gehen, aber sie wollte ihr Herz nicht ignorieren. Nicht, nachdem es aus einem jahrelangen Tiefschlaf erwacht war und sie zusammen mit Desmond zum ersten Mal das Gefühl hatte, richtig zu leben.

Sie schlüpfte in Jeans und ein frisches Shirt, zog Sneakers an und verließ das Zimmer. Auf dem Weg ins Badezimmer stieß sie im Flur mit einem Mann zusammen, der gerade das Bad verließ. Wenn man mit Lauren zusammenwohnte, war es keine Überraschung, an einem Sonntag über einen fremden Mann zu stolpern. Dieser passte allerdings nicht ins übliche Bild. Laurens Beuteschema waren Männer wie Desmond. Groß, breit gebaut, sportlich und eher gechillt. Groß war dieser Mann auch, aber schmal und er trug einen Anzug. Imogen war sich nicht sicher, ob sie Lauren je in Begleitung eines Businesstypen gesehen hatte.

Er streckte ihr die Hand hin und sagte: »Du musst Imogen sein, oder? Ich bin Isaac.«

»Äh, ja, ich bin Imogen. Sehr erfreut, Isaac.« Auch das war neu. Laurens Lover stellten sich nie namentlich vor.

»Ja, ich geh dann mal zurück zu Lauren. Wir …« Er brach ab und lächelte.

Da wusste Imogen, was Lauren an ihm gefiel. Dieses Lächeln hatte genau die richtige Mischung aus Charme und Verwegenheit, die ihre Freundin magisch anzog. Der Typ schien doch mehr zu sein als ein braver Geschäftsmann. »Klar. Richte Lauren aus, dass ich gehe.«

Als sie wieder aus dem Bad kam, war der Kerl verschwunden und Imogen machte sich auf den Weg zu Desmond.

Schon als sie in Desmonds Straße einbog, sah Imogen sie vor seinem Grundstück lauern: Zwei Fotografen. *So ein Mist!* Weil sie keine Lust hatte, von ihnen aufgenommen zu werden, parkte sie ihren Wagen einige Meter entfernt und tippte eine Nachricht an Desmond:

Dein Haus wird belagert. Ich will nicht fotografiert werden. Was machen die hier?

D: *Die haben gestern Abend Fotos von unserem Streit gemacht. Jetzt wollen sie wissen, ob der Haussegen schief hängt.*

I: *Haussegen? Mir war nicht bewusst, dass wir zusammenleben.*

D: *Ihre Worte, nicht meine. Es gibt einen Hintereingang, den sie nicht kennen. Park so, dass sie dich nicht bemerken, und komm an die Hinterseite der Mauer. Ich hol dich ab.*

Imogen startete den Motor erneut und parkte eine Straße weiter. Dann machte sie sich auf die Suche nach besagtem Hintereingang. Sobald sie um die Ecke bog, entdeckte sie Desmond. Er lehnte an der efeuüberwucherten Mauer und stieß sich sofort ab, als er sie erkannte. Zuerst kam er langsam auf sie zu, schließlich begann er zu rennen, schloss sie in die Arme, drehte sie einmal im Kreis und küsste sie hungrig. »Es tut mir so leid, Sky«, murmelte er zwischen zwei Küssen und die Eisschicht, die sich in den letzten Stunden um ihr Herz gebildet hatte, schmolz. Sie erwiderte seinen Kuss, vergrub ihre Hände in seinem Haar und antwortete: »War auch meine Schuld.«

Er löste sich von ihr, ließ aber die Arme um ihre Schultern liegen und lächelte auf sie hinab. »Nicht wirklich. Ich hätte auf dich hören sollen. Ich hatte bereits genug, als wir getanzt haben, ganz wie du gesagt hast.« Er zuckte mit den Schultern. »Ich verspreche dir, so etwas kommt nie wieder vor.«

Diese Worte ließen einen Schauer über Imogens Rücken laufen. Das war ein Satz, den sie immer wieder gelesen hatte. Jeder Süchtige sagte ihn, um das Versprechen dann zu brechen. Aber Desmond war anders. Sie hatte es erlebt und daran wollte sie festhalten. »Okay. Was ich gestern gesagt habe, gilt allerdings noch. Wenn du in meiner Gegenwart trinkst oder Drogen nimmst, bin ich weg.«

»Ist angekommen.« Er küsste sie kurz und legte einen Arm um ihre Hüfte. »In den Park?«

»Okay.« Imogen lächelte ihn an. »Aber wollten wir nicht erst ein Foto machen lassen?«

»Ich dachte, diese ganze Aktion diente dazu, den Paparazzi zu entkommen?«

»Jetzt haben wir uns wieder vertragen. Und du bezahlst mich schließlich dafür, dass ich dir positive Presse liefere, oder?«

»Das würdest du für mich tun?« Desmond drückte sie an sich. »Das bedeutet mir sehr viel, Sky.«

»Wie machen wir es?«

»Am besten schleichen wir uns wieder rein und verlassen dann das Haus durch den Vordereingang, so, als hättest du die Nacht hier verbracht.« Er führte sie zu einer Stelle in der Efeuwand, in der man bei genauem Hinsehen eine Tür erkennen konnte. Die öffnete er und sie betraten den Garten.

»Sie wissen also gar nicht, dass du alleine nach Hause gefahren bist?«

»Es gibt nur ein Bild, das uns streitend vor der Space Needle zeigt. Diesmal waren meine Kollegen wohl interessanter als ich. Dave hat mir erzählt, dass Frankie direkt vor den Aufzug gekotzt hat. Das ist spannender als unser Streit und Bilder von mir in nicht mehr ganz nüchternem Zustand. Die gibt es zuhauf.«

Imogen entging der bittere Unterton in Desmonds Stimme ebenso wenig, wie der schnelle Blick, den er dem Haus zuwarf. Dort beobachtete sie ein Mann von einem der Fenster aus. »Wer ist das?«

»Gabriel.« Desmonds Tonfall machte deutlich, dass er nicht über seinen Bruder reden wollte.

Imogen frage dennoch: »Habt ihr euch gestritten?«

»Nicht wirklich. Tatsächlich haben wir uns gestern zum ersten Mal seit Jahren wieder halbwegs verstanden und gegen Mum verbündet.« Ein kurzes Lächeln erschien auf Desmonds Gesicht, verschwand aber sofort wieder. »Ich will nicht über Gabe reden, Sky. Erzähl mir von deinem Tag. Hast du an deiner Dissertation gearbeitet?«

»Ja, ich habe das Literaturverzeichnis erstellt. Morgen werde ich es meinem Prof präsentieren, danach kann ich den Antrag endlich einreichen.« Sie warf einen letzten Blick zum Fenster, aber Gabriel war verschwunden.

Inzwischen waren sie am Eingang angekommen. »Wir gehen Hand in Hand. Wenn sie uns ansprechen, lächeln wir und gehen weiter. Alles klar?«

Sie nickte und Desmond verschränkte seine Finger mit ihren. Gemeinsam betraten sie die Straße.

Blitzlicht blendete sie, sobald sie das Grundstück verließen. Desmond legte schützend einen Arm um Imogen und sie wendeten den Reportern den Rücken zu. Einer rief: »Dann stimmen die Gerüchte also nicht? Deine neue Flamme hat dich gestern nicht verlassen, Holden?«

Diese Frage befreite etwas in Imogen, von dem sie vorher nicht gewusst hatte, dass es überhaupt da war. Was bildeten sich diese Kerle eigentlich ein? Warum dachten sie, dass sie ein Recht hatten, in Desmonds Privatleben zu wühlen? Instinktiv trat sie näher an ihn heran, warf dem Fragesteller ein Lächeln zu und sagte: »Sieht das für Sie nach Trennung aus?« Und dann küsste sie ihn. Kein flüchtiger Kuss, sondern ein richtiger. Seine Lippen öffneten sich bereitwillig, er schloss sie fest in seine Arme. Selbst durch die geschlossenen Augen nahm Imogen das Blitzlicht wahr. Die Stimme des Mannes, der auch vorher schon gesprochen hatte, ließ sie den Kuss unterbrechen.

»Dann ist es also tatsächlich Liebe? Sie haben ihn gezähmt?«

»Würden Sie es mögen, wenn ich sage, Ihre Freundin habe Sie ›gezähmt‹? Desmond und ich sind einfach zwei Menschen, die sich gefunden haben und diese wahnsinnig schöne Zeit genießen. Und wir wären Ihnen sehr dankbar, wenn Sie uns für den Rest des Tages in Ruhe lassen würden.«

Lachend packte der Mann seine Kamera weg. »Ich denke, wir haben, was wir brauchen, oder Sam?« Der andere Mann nickte. »Wir wünschen einen schönen Tag, Miss Kelly. Holden.« Und dann verließen sie ihren Platz und stiegen in einen in der Nähe geparkten Wagen.

Desmond starrte Imogen mit offenem Mund an: »Besser hätte ich es auch nicht hinbekommen.«

»Danke. Zum Glück konnte man mit denen vernünftig reden.«

»Ich habe es nie mit reden versucht. Ich ignoriere sie meistens einfach.«

»Passiert das oft, dass hier Paparazzi vor der Tür ausharren?«

»Öfter als mir lieb ist. Aber nur, wenn es nichts anderes zu berichten gibt. Oder eben etwas Besonderes, wie nach gestern Abend. Meistens verstecken die sich hinter irgendwelchen Büschen oder fangen mich hundert Meter entfernt mit ihrem Teleobjektiv ein.« Er schüttelte den Kopf. »Lass uns gehen. Ich habe Lust auf Kirscheis.«

»Ich auch.«

Tatsächlich war es Imogen egal, dass sie gerade fotografiert worden war. Sollten sie die Fotos doch veröffentlichen. Das gehörte jetzt zu ihrem Leben und die Zeit mit Desmond war ein paar Bilder in der Presse wert.

24. Rückfall

Mit Imogen in seinem Arm fiel alle Anspannung von Desmond ab. Sie hatte ihm nicht nur verziehen, sondern auch die Angelegenheit mit der Presse besser geregelt, als er es gekonnt hätte.

Lächelnd dachte er an das Frühstück mit Gabriel. Schon fast ironisch, dass sich durch seinen Ausrutscher gestern das Verhältnis zu seinem Bruder ein wenig entspannt hatte.

Er zog Imogen fester an sich und sie schmiegte sich sofort an ihn. Die Sonnenstrahlen trafen nicht nur sein Gesicht, sondern auch sein Herz. Und plötzlich wurde ihm klar: Er liebte Imogen. Er hatte das nicht geplant oder gewollt. Aber es machte ihn unglaublich glücklich.

Desmond hauchte ihr einen Kuss auf die Wange.

»Wofür war der denn?« Sie drehte den Kopf so, dass sie ihm in die Augen sah.

»Dafür, dass du immer noch bei mir bist.« Er küsste sie noch einmal und ließ seinen Blick dann über den See gleiten. Inzwischen erstrahlte die Natur in satten Farben. Und wenn Gabriels Ansatz des kontrollierten Trinkens irgendwann funktionierte, würde es keine weiteren Eskapaden geben und er konnte Imogen eines Tages erzählen, was in den letzten Jahren passiert war. Oder nie. Auch das wäre ihm recht. Vielleicht würde er ein neues Leben anfangen und die Vergangenheit für immer hinter sich lassen. Diese Aussicht brachte ihn zum Lächeln.

Doch bereits vier Tage später zerbrach Desmonds heile Welt. Sie waren gerade in New York angekommen und das Training mit anschließender Besprechung hatte deutlich länger gedauert als erwartet. Danach war er mit der Mannschaft ins Hotel gefahren und hatte sich erst kurz vor Mitternacht wegschleichen können.

Gabriel wohnte in einem kleinen Appartement, zwei Blocks entfernt. Seine Mutter musste zu einem Prozess, also hatte sie Gabriel am Nachmittag in ein Flugzeug gesetzt und zu Desmond nach New York geschickt. Das war der Grund, warum er Imogen nicht hatte mitnehmen können. Gabriel sollte die zwei Tage im Appartement verbringen und Desmond konnte ein Auge auf ihn haben.

Schon beim Eintreten war klar, dass etwas nicht stimmte. Gabriel war wie Desmond eine Nachteule. Die Ruhe konnte nur bedeuten, dass er sich entweder besinnungslos gesoffen oder die Wohnung verlassen hatte.

Da in keinem der Räume Licht brannte, ahnte Desmond schon, dass Letzteres der Fall war. Ein schneller Blick ins Schlafzimmer und das Wohnzimmer bestätigten seine Befürchtungen. Er ließ sich auf die Couch fallen und vergrub das Gesicht in den Händen. Dann zückte er entschlossen sein Handy und fand drei verpasste Anrufe von Imogen. *Scheiße.* Er hatte versprochen, sich direkt nach dem Training bei ihr zu melden.

Schnell schrieb er eine Nachricht:

Hey, das Training und die Besprechung haben länger gedauert. Bin gerade erst auf dem Heimweg. Melde mich morgen bei dir. 1000 Küsse, Des

Wenn er Glück hatte, schlief sie schon und erhielt die Nachricht erst morgen früh.

Als nächstes schrieb er Gabriel:

Wo bist du?

Wider Erwarten bekam er sofort eine Antwort.

G: *Irgendeine Bar. Lustig hier.*

Desmond fluchte und schrieb:

Was soll das? Komm heim.

G: *Ich hab mir das verdient*

D: *Einen Scheiß hast du! Verdammt, sag mir, wo du bist.*

G: *Du verdirbst mir den Spaß. Bin in zwei Stunden zurück.*

Shit! Desmond pfefferte das Handy auf die Couch und legte den Kopf in den Nacken. *Was jetzt?* Aus Erfahrung wusste er, dass Gabriel auf seine Anrufe nicht reagieren würde. Er sollte wirklich in Erwägung ziehen, eine Tracking App auf das Handy seines Bruders zu schmuggeln. Das war zwar nicht nett und wahrscheinlich nicht mal legal, würde ihm aber eine Menge Ärger ersparen.

Blieb nur zu hoffen, dass Gabriel sich so weit im Griff hatte, dass nichts Peinliches geschah. Hier in New York war Desmond nicht so bekannt, dass jeder gleich ein Foto machen wollte. Mit etwas Glück würde niemand Gabriel mit dem Baseballspieler Holden aus Seattle in Verbindung bringen.

Desmond stellte den Fernseher an und fand auf einem Sportsender einen Zusammenschnitt der letzten Major-League-Saison. Gegen einige der gezeigten Spieler würde er noch antreten müssen. Also versuchte er, sich auf deren Technik und Besonderheiten zu konzentrieren. Das gelang ihm auch so gut, dass er die Geräusche im Treppenhaus nicht hörte. Erst, als das schrille Klingeln der Tür erklang, schreckte er aus seiner Analyse hoch.

Von draußen war lautes Kichern zu hören. Weibliches Kichern. Und Gabriel, der jetzt lautstark gegen die Tür hämmerte. *Scheiße!*

Desmond sprang auf und öffnete, so schnell er konnte. Davor stand sein schlimmster Albtraum. Zwei offensichtlich angetrunkene Frauen hielten seinen völlig zugedröhnten Bruder in der Mitte.

»Du musst Gabriel sein«, flötete die eine der beiden, eine hübsche Afroamerikanerin mit hunderten von Zöpfchen auf dem

Kopf. »Desmond hier hat uns alles über dich erzählt. Er meint, wir könnten zu viert unseren Spaß haben.«

Die andere, eine dralle Brünette nickte und fügte hinzu. »Ich fürchte, Des hat es ein wenig übertrieben, aber er meinte, als Profisportler kann er das locker wegstecken. Und er hat versprochen, uns das gleich zu beweisen.« Sie grinste lüstern und drückte Gabriel einen Kuss auf die Wange. Der lächelte sie daraufhin verschwommen an. Dann versuchte er, Desmond zu fixieren. »Bruder«, lallte er. »Ich habe uns Gesellschaft mitgebracht.« Er griff der Brünetten an den Hintern und sie quietschte vor Vergnügen.

Desmond atmete mehrmals tief durch, bevor er sagte: »Danke, kein Bedarf.«

Die mit den Zöpfen kniff die Augen zusammen und musterte Desmond. »Seid ihr sicher, dass ihr keine Zwillinge seid? Ihr seht euch total ähnlich.«

»Hab ich doch gesagt, Süße. Einen für jede von euch!« Beim Versuch, sie auf den Mund zu küssen, wäre Gabriel beinahe gestürzt.

Desmond ging dazwischen. »Der Abend ist zu Ende, Ladies. Es tut mir leid, aber mein Bruder hatte genug und ich habe eine Freundin.« Er befreite Gabriel von den beiden Frauen und stützte ihn.

»Die hat Holden auch.« Die Brünette lachte. »Aber was …«

Desmond schlug ihr die Tür vor der Nase zu und schaffte seinen Bruder ins Schlafzimmer. Sobald sie über die Schwelle getreten waren, ließ er ihn los und Gabriel geriet ins Straucheln. Im letzten Moment stützte er sich auf einer Kommode ab. »Keine Unze Spaß im Körper.« Er hob den Zeigefinger und deutete damit auf seinen Bruder. »Samstag hast du mir besser gefallen. Hätte mit dir feiern gehen sollen.«

»Ich bin dankbar, dass du es nicht getan hast.« Desmond wandte sich ab und blieb an der Zimmertür noch einmal stehen. »Mach, dass du ins Bett kommst. Das wirst du ja wohl noch allein schaffen.«

Mit diesen Worten knallte er die Tür zu und suchte auf der

Couch nach seinem Handy. Imogen hatte noch nicht geantwortet. Wahrscheinlich schlief sie schon. Hoffentlich blieb ihm das Glück hold und der Abend würde keine weiteren Konsequenzen haben. Er ließ das Handy wieder sinken und rieb sich mehrmals die Augen.

»Des!«

Das war Gabriel. Desmond überlegte, ob er ihn einfach ignorieren sollte, doch da folgte schon der nächste Ruf. »Des, Hilfe!«

Desmond betrat Gabriels Zimmer und fand ihn halb entkleidet auf dem Boden vor dem Bett. »Was?« Er konnte nicht verhindern, dass er gereizt klang.

»Hilfst du mir bitte? Ich hab dir auch geholfen.«

Seufzend zog er Gabriel Hose und Schuhe aus und legte ihn aufs Bett. »Es kommt der Tag, an dem ich dich einsperre, Gabe.«

»Würdest du nie tun. Du magst mich.«

»Das ist ja das Problem.«

»Dieses Mädchen hat dich noch langweiliger gemacht, Des. Früher hast du ...«

»Halt einfach die Fresse und schlaf. Ich habe morgen ein wichtiges Spiel und keine Zeit für deinen Scheiß.« Mit diesen Worten verließ er Gabes Zimmer. Er legte sich auf die Couch, doch der Schlaf wollte nicht kommen. Was, wenn von Gabriels Ausflug doch Fotos in der Presse landeten? Das konnte er sich nicht leisten. Und Gabriel wusste das auch. Zumindest, so lange er nüchtern genug war. Dieses kontrollierte Trinken schien ja nur bedingt zu funktionieren. Da musste dringend eine andere Lösung her.

Irgendwann musste er eingedöst sein, denn der Wecker riss ihn aus dem Schlaf. Desmond fühlte sich wie gerädert und es dauerte einen Moment, bis ihm wieder einfiel, warum. Er hatte keine drei Stunden geschlafen. Aber daran konnte er jetzt auch nichts mehr ändern. Also quälte er sich hoch, kochte Kaffee und warf einen Blick in Gabriels Zimmer. Der schlief tief und fest. Desmond nutzte den Weg zurück ins Hotel für seine morgendliche Joggingrunde. Mit ein bisschen Glück hatte niemand seine Abwesenheit bemerkt und alle dachten, er käme vom Joggen zurück. Bevor er das Appartement verließ, sah er noch nach, ob Imogen ihm geantwortet hatte. Zu seiner Verwunderung hatte sie das nicht. Seine Nachricht von letzter Nacht war als gelesen markiert, aber sie hatte nichts dazu gesagt. Also schrieb er ihr erneut:

Morgen, Sky. Ich hätte jetzt ein paar Minuten Zeit.

Keine Reaktion. Er würde einfach zum Hotel gehen und es später noch einmal versuchen.

Zum Glück begegnete er niemandem und ging nach einer ausgiebigen Dusche zum Mannschaftsbus. Er ließ sich neben Franky in den Sitz fallen. Der grinste und sagte: »Deine Eier möchte ich haben, Holden.«

Desmond ignorierte diesen merkwürdigen Kommentar und schloss die Augen. Während der zwanzig Minuten Fahrt zum Stadion wollte er sich noch ein wenig ausruhen.

Der Bus stoppte und sobald Desmond ausgestiegen war, hielt ihn Dave am Arm und ließ sich mit ihm ein wenig hinter die anderen zurückfallen. Das konnte nichts Gutes bedeuten. Dave kam auch direkt zur Sache: »Was soll das, Des? Ich dachte, deine Kleine bringt dich auf Kurs. Warum knutschst du mit einer billigen Tussi in einer Bar rum? Und das auch noch in der Nacht vor einem Spiel?«

Für einen Moment kippte die Welt. Alles verlangsamte sich, bis auf den Schmerz in Desmonds Brust. Der steigerte sich mit rasender Geschwindigkeit und nahm ihm den Atem. Wenn Dave davon wusste, dann vielleicht auch Imogen. War das der Grund, warum sie nicht antwortete? *Fuck! Fuck! Fuck!*

»Des? Alles okay bei dir?«

»Nein«, antwortete er wahrheitsgemäß. »Mir ist kotzübel. Ich glaube ich …« Es gelang ihm gerade noch, den Kopf zur Seite zu drehen, bevor ihm der Kaffee und bittere Galle hochkam.

»Scheiße, Desmond! Du weißt, dass dich das deinen Job kosten kann. Ich glaube, nicht mal ich könnte mir erlauben, hier in diesem Zustand aufzukreuzen.«

Ja, natürlich. Dave hielt das für die Nachwirkungen eines nächtlichen Gelages. Der Coach würde das genauso sehen. In diesem Moment bemerkte Desmond das Blitzlicht und stöhnte. Auch die Reporter würden ihm einen Strick daraus drehen. Und Imogen. *Fuck!* Er wandte sich Dave zu: »Ich muss telefonieren.« Dann verfiel er in Laufschritt, kramte sein Telefon heraus und hielt erst an, als er das Gebäude betreten hatte. Dort bog er in einen ruhigen Gang ab und schrieb:

Sky? Ist es wegen der Bilder? Die haben nichts zu bedeuten!!!!

Keine Antwort. Natürlich nicht. Er öffnete seinen Browser und suchte. *Scheiße!* Alle möglichen Plattformen waren voll mit Bildern von Gabriel, der wild mit den beiden Frauen knutschte. Und gerade tauchte das erste von seinem Kotzanfall auf dem Parkplatz auf.

Wie sollte er das Imogen erklären? Besonders, nachdem sie am Abend nicht telefoniert hatten? Sie würde ihm nie glauben. Er musste sie anrufen, jetzt sofort. Doch in seinem Kopf hörte er die Stimme seiner Mutter: *Und was willst du ihr erzählen? Dass du nicht mal in der Lage bist, auf deinen nichtsnutzigen Bruder aufzupassen? Wenn du ihr jetzt sagst, dass du das auf den Bildern nicht bist, dann musst du ihr alles erzählen.*

Und das wollte er auf keinen Fall. Die Gründe dafür hatten sich seit seiner Rückkehr aus Niagara Falls nicht geändert.

Zögernd ließ er das Handy sinken. Genau in dem Moment traf eine Nachricht ein. Sie war von Imogen:

Erzähl das der Frau, in deren Hals du deine Zunge gesteckt hast.

Desmonds Finger zitterten so sehr, dass er mehrere Versuche brauchte, um eine Antwort zu tippen:

Ich weiß nicht, was da passiert ist. Bitte, du musst mir glauben, dass ich das nie tun würde.

I: *Ich glaube dir gerne, dass du dich nicht erinnerst. Aber das macht es nicht besser.*

Desmonds Hand donnerte mit solcher Wucht gegen die Wand, dass Putz davon abbröckelte.

»Holden, schwing deinen Arsch in die Kabine. Keinem ist geholfen, wenn du deine Hand ruinierst.« *Scheiße, der Coach.* Desmond folgte ihm. In seinem Inneren tobte ein großes schwarzes Loch, bereit, alles zu verschlingen, was ihm wichtig war.

Sie erreichten die Umkleide und Coach Miller wandte sich den Männern im Raum zu: »Macht euch fertig und beginnt mit dem Aufwärmtraining. Holden zu mir!« Desmond stellte seine Tasche ab und trat zum Coach. Der zog ihn ein Stück zur Seite, sodass niemand sie hören konnte: »Was auch immer mit dir los ist, Holden, bekomm das in den Griff.« Er musterte Desmond von oben bis unten. »Ich habe keine Ahnung, was du hier für eine Show abziehst.«

Desmond hob fragend die Brauen.

»Egal, was auf den ganzen Bildern zu sehen ist: Du hast keinen Kater. Am Samstag, da hast du gesoffen, sonst warst du jedes Mal stocknüchtern, wenn du nach einer deiner Touren bei mir aufgeschlagen bist. Ich bin nicht blöd, weißt du.«

Schweigend starrte Desmond auf den Boden. Was sollte er dazu auch sagen?

»Holden, ich kann dir nicht helfen, wenn du nicht mit mir redest.«

Desmond schwieg weiter.

Seufzend schüttelte Coach Miller den Kopf. »Du spielst heute nicht, aber du bist nicht ganz raus. Sei froh, dass du uns in Philly zwei Siege geholt hast. Das konnte ich für dich in die Waagschale werfen. Aber«, er hob drohend einen Finger, »wenn du dich noch einmal aus dem Hotel schleichst, ist Schluss!«

Was? Desmonds Blick zuckte hoch. »Coach, bitte …«

»Nein! Dieser Punkt steht nicht zur Diskussion. Und jetzt mach dich fertig und wärm dich auf.«

»Ich dachte, ich spiele nicht.«

»Das müssen die Yankees nicht wissen! Also los!«

Für einen Moment stand Desmond wie versteinert da. Eines der wichtigsten Spiele der Saison und er durfte nicht mitmachen. Gerade heute hätte ihm das Spiel gutgetan. Es hätte ihn abgelenkt von dem Schmerz, der in seinem Inneren tobte und ihn fast zerriss. Also würde er sich wohl beim Aufwärmen auspowern müssen. Um Imogen musste er sich nach dem Spiel kümmern. Vielleicht konnte er heute Abend noch einen Flug nach Seattle arrangieren. Die Mannschaft würde erst morgen fliegen, aber nach dem Spiel gab es nichts mehr für ihn zu tun. Wenn das klappte, würde er spätestens morgen früh mit Imogen reden können.

Wenn er ihr von Angesicht zu Angesicht gegenüberstand, würde er die Sache irgendwie wieder hinbiegen.

25. Manche Dinge lassen sich nicht reparieren

Imogen hatte nicht mehr auf seine Nachrichten reagiert und war auch nicht ans Telefon gegangen. Doch es war Desmond gelungen, einen Flug am selben Abend zu bekommen, sodass er am nächsten Morgen bereits vor acht an ihrer Tür klingelte. Zu seiner Überraschung tönte eine männliche Stimme aus der Sprechanlage: »Ja, bitte?«

»Äh, hey, hier ist Des, ich wollte eigentlich mit Sky, äh, Imogen sprechen.«

»Die ist gerade im Bad, Moment.« Das Rauschen der Sprechanlage erstarb und es dauerte etwa eine Minute, bis die Stimme wieder erklang. »Des? Ich soll dir ausrichten, dass sie einen Termin mit deiner Mutter ausgemacht hat und ihr euch heute Nachmittag seht.«

»Was? Ich …«

»Tut mir leid, Mann.« Dann erstarb die Anlage und Desmond blieb mit offenem Mund davor stehen. Wer war der Kerl? Und wie kam er dazu, ihn abzuwimmeln? Und warum sprach Imogen nicht selbst mit ihm? Entschlossen, eine Antwort auf seine Fragen zu bekommen, klingelte er Sturm. Doch es blieb alles ruhig.

Glücklicherweise verließ in diesem Moment eine Frau das Haus und Desmond schlüpfte hinein. So schnell er konnte, erklomm er die Stufen und trommelte gegen Imogens und Laurens Tür. »Sky? Ich muss mit dir reden! Sky! Mach bitte auf! Sky!«

Die Tür öffnete sich und Imogen stand vor ihm. Schön wie immer, obwohl ihre Augen tödliche Funken in seine Richtung schossen. Er wollte sie an sich ziehen und alle Ängste, Sorgen und Probleme wegküssen. Doch ihr Blick hielt ihn davon ab.

»Du hast fünf Minuten.« Ihre kalte Stimme verursachte ihm Gänsehaut.

»Lässt du mich rein? Ich möchte nicht im Treppenhaus …«

Sie trat zur Seite und deutete auf ihre Zimmertür: »Vier Minuten Fünfundvierzig.«

Er ging an ihr vorbei und widerstand dem Drang, sie zu berühren. Als er gerade ihr Zimmer betreten wollte, streckte ein Mann den Kopf aus der Küche: »Brauchst du Hilfe, Genny?«

Völlig ohne Vorwarnung erwachte ein wütendes, dunkles Etwas in Desmond. Ein Biest, das an seinen Ketten zerrte und den Kerl am liebsten in Stücke gerissen hätte. Wer war das überhaupt? Warum kam er auf den Gedanken, dass Imogen Schutz vor ihm brauchte? Und warum sprach er so vertraut mit ihr?

»Alles gut, Isaac. Desmond ist in viereinhalb Minuten wieder weg.«

»Ruf mich, falls er Ärger macht.«

Desmond ballte mehrfach die Hände zu Fäusten und öffnete sie wieder. Der einzige Grund, warum er dem Typen nicht einfach einen Hieb verpasste, war die Gewissheit, dass Imogen ihn hochkant rausschmeißen würde. »Wer ist das?«

»Isaac.«

»Hast du mich so schnell ersetzt?« Desmond bereute seine Worte sofort. Imogens verletzter Gesichtsausdruck bohrte sich in die offene Wunde, die sein Herz war.

Sie sagte nichts dazu, sondern schob ihn in ihr Zimmer, schloss aber die Tür nicht.

Misstraute sie ihm so sehr? »Sorry, das war …« Er fuhr sich mit der Hand durchs Haar. »Bitte, Sky, lass mich erklären, was passiert ist.«

»Ich weiß, was passiert ist. Ich habe es gesehen, Desmond. Und ich glaube dir, dass du das nicht wolltest. Ich glaube dir sogar, dass du dich nicht erinnerst. Aber das ändert nichts an den Tatsachen: So lange du nicht zugibst, dass du ein Problem hast und dir Hilfe suchst, kann ich nicht mit dir zusammen sein.«

»Sky, es ist nicht so einfach.« Langsam hob er die Hand und wollte sie berühren, aber sie zuckte zurück.

»Doch, das ist es.«

»Ich kann nicht ...«

»Dann ist das Gespräch hier zu Ende.« Sie ging zur Tür und Desmond konnte nicht anders, als sie an sich zu ziehen. Er senkte seine Lippen auf ihre und versuchte, ihr damit alles zu sagen, was er mit Worten nicht konnte. Sie erwiderte den Kuss mit einer Intensität, die ihn im ersten Moment überraschte. Doch er fing sich schnell, vergrub seine Hand in ihrem Haar und drückte sie noch ein wenig enger an sich. Das musste etwas bedeuten! Sie musste diese Verbindung zwischen ihnen auch fühlen. Sie musste spüren, dass er sie liebte und sie niemals betrügen würde. Er wollte lediglich nicht, dass sie den gleichen Mist erleben musste wie er. Tag für Tag. Sie sollte ein unbeschwertes Leben haben. Ein Leben, dass sich nicht an einem Alkoholiker ausrichtete und in dem es weder Geheimnisse noch Lügen gab.

Imogen löste sich von ihm und zog sich bis zu ihrem Bett zurück. »Das ändert nichts, Desmond.« Tränen kullerten ihre Wangen hinab. »Bitte, geh.«

»Sky ...« Seine Stimme brach.

»Wir sehen uns heute Mittag. Ich habe einen Termin mit deiner Mutter ausgemacht, um das Vertragsverhältnis aufzulösen. Du bekommst die erste Rate zurück und bist zu nichts mehr verpflichtet.« Ihre Stimme zitterte und ihr Anblick zerriss ihm das Herz. Die Arme eng um sich geschlungen und mit Tränen in den Augen stand sie da und sah ihn nicht an.

»Ich will das Geld nicht zurück! Es gehört dir. Wir lösen den Vertrag nicht auf.«

»Doch, das werden wir. Und jetzt geh.«

»Sky, bitte!«

Sie schüttelte den Kopf und wiederholte noch einmal lauter. »Geh!«

Desmond rührte sich nicht. Er wollte so viel sagen, doch kein einziges Wort fand den Weg über seine Lippen. Da waren keine

Worte, die beschreiben konnten, was in ihm vorging. Die stark genug waren, ihr begreiflich zu machen, wie schlimm dieser Verlust für ihn war.

»Geh!« Jetzt schrie sie.

Im nächsten Moment stand der Kerl aus der Küche im Türrahmen. »Hast du nicht gehört, was sie gesagt hat?«

Desmond drehte sich um und blickte zu ihm auf. Es geschah nicht oft, dass ein Mann größer war als er. Unauffällig musterte er sein Gegenüber. Auch wenn es eine dumme Idee war, kribbelte es ihm in den Fingern, dem Typen eine reinzuhauen. Was bildete sich dieser Schlipsträger eigentlich ein? »Das hier geht dich nichts an!«

Der Kerl ignorierte ihn und blickte stattdessen zu Imogen. »Siehst du das auch so, Genny?«

»Bitte, Desmond.«

Alles in Desmond wehrte sich, Imogens Wohnung zu verlassen. »Du kommst heute Mittag zu mir?«

Sie nickte. »Aber das ändert nichts.«

»Aber du kommst«, beharrte er. Sobald sie nickte, klammerte er sich an diese letzte kleine Hoffnung. »Dann geh ich jetzt. Sobald dein Gorilla die Tür frei gibt.« Er sollte nicht provozieren, doch wenn er seiner Wut und Verzweiflung nicht irgendwie Luft verschaffte, würde es ihn zerreißen.

Tatsächlich trat der Kerl zur Seite. Ohne auf seine Umgebung zu achten, stürmte Desmond nach draußen und begann zu laufen. Weg, einfach weg, den Kopf frei kriegen und an nichts mehr denken.

Zwei Stunden später traf er wieder zu Hause ein und wurde von Gabriel begrüßt. »Du solltest ab und zu mal auf dein Handy schauen, Bruder. Dein Coach versucht, dich zu erreichen. Und Mum. Und Dad.« Er deutete auf einen Zettel an der Pinnwand im Eingangsbereich. »Geh ans Handy oder such dir eine Sekretärin.«

»Nicht mal den Job willst du übernehmen? Irgendwie könntest

du dich dafür erkenntlich zeigen, dass ich mein Leben für dich an die Wand fahre!«

»Ist ja nicht so, als ob das allein meine Schuld wäre, oder?« Gabriel drehte sich um und schlenderte ins Wohnzimmer, wo er sich einen Drink einschenkte.

»Scheiße, Gabe, es ist nicht mal Mittag!« Desmond war bewusst, dass er schrie, aber es war ihm egal.

»Na und? Wann ich mein Pensum trinke, ist doch allein meine Sache.«

»Inzwischen ist das verdammt noch mal auch meine Sache.«

»Ach, wirklich?«

Das konnte doch nicht sein Ernst sein! »Scheiße, Gabe, du weißt genau, was los ist. Nach deiner Aktion in New York sitzt mir der Coach im Nacken und Sky hat mich eben verlassen.«

Gabriel zuckte mit den Schultern. »Was habe ich denn Schlimmes in New York gemacht?«

Desmond wollte seinen Ohren nicht trauen. »Ernsthaft? Ich habe den ganzen Rückflug von nichts anderem geredet.«

Immerhin besaß Gabriel den Anstand, rot zu werden. »Genau, du hast geredet. Ich weiß nicht mal mehr, wie wir zum Flughafen gekommen sind. Hatte gedacht, ich sorge ein wenig vor. Der Flug dauert ein paar Stunden und du lässt mich im Flugzeug nichts trinken.«

»Was? Aber du hast auf mich nüchtern gewirkt.«

»Jahrelange Übung.« Er ließ sich auf die Couch fallen und nippte an seinem Drink.

Ungläubig folgte ihm Desmond. »Dann war es das mit dem kontrollierten Trinken? Aus und vorbei?«

»Ich mach mal ein paar Tage Pause.«

Desmond blieb für einen Moment der Mund offen stehen. »Sag mal, stinkt dir das nicht? Ich meine, dein Leben rauscht an dir vorbei, und du …« Hilflos hob er beide Hände in die Luft.

»So wird es erträglich und ich habe Spaß.«

»Ach, und das ist das Wichtigste? Dass du Spaß hast?«

»Was denn sonst?«

»Vielleicht, dass ich nicht auf der Strecke bleibe? Ich mach das nicht mehr mit, Gabriel. Du gibst dich für mich aus, knutschst mit irgendwelchen Frauen rum, fährst im Vollrausch mein Auto …«

»Ich dachte, das ist alles geklärt. Nimm dir einen Drink, setz dich zu mir und …«

»Scheiße, Gabriel, geht das nicht in deinen Kopf? Wenn du so weitermachst, verlieren wir beide alles. Wenn ich aus dem Team fliege, dann ist alles weg. Dann landen wir auf der Straße oder wieder bei Mum und Dad.«

»So dramatisch wird es schon nicht werden.«

»Doch, so dramatisch *ist* es.« Er spürte sein Handy in der Tasche vibrieren. In der Hoffnung, es könnte Imogen sein, ging er ran. Aber es war nur seine Mutter.

»Desmond, gut, dass ich dich erreiche. Deine Imogen besteht auf einer Vertragsauflösung. Was ist passiert?«

»Zweifellos hast du die Bilder aus New York gesehen.«

»Natürlich habe ich das. Und ich habe beschlossen, dass es an der Zeit ist, dass wir etwas unternehmen. Ich werde für die nächsten Monate bei euch einziehen.«

Na toll. Seine Mutter war genau das, was ihm noch zu seinem Glück fehlte. Andererseits könnte das die Rettung für seine Beziehung mit Imogen sein. »Das klingt nach einem Plan. Im Moment funktioniert nämlich gar nichts. Gabe sitzt auf der Couch und betrinkt sich, Imogen verlässt mich und der Coach wird mir gleich ein dämliches Ultimatum stellen. Hier geht alles den Bach runter. Ich muss es Imogen erzählen.«

»Auf gar keinen Fall!« Sie holte kurz Luft. »Ich lande in einer Stunde. Unser Treffen mit Imogen ist um zwei. Genug Zeit, um unser Vorgehen zu besprechen. Bitte, Des. Mach nichts Überstürztes. Wir finden eine Lösung.«

Ihm fehlte die Kraft für eine Auseinandersetzung. Wenn er ehrlich war, fehlte ihm die Kraft für alles. »Okay, Mum. Wir sehen uns dann.« Er legte auf und ließ den Kopf in den Nacken sinken. Alle Wut war verraucht. Er musste sich darauf konzentrieren, die Sache mit Gabriel ein für alle Mal in Ordnung zu bringen.

Gabriel brauchte eine Therapie. Eine richtige. Der Ansatz mit dem kontrollierten Trinken war offensichtlich ein Reinfall. Dieses Mal würde er sich vorher informieren und genau den richtigen Platz für Gabriel finden. Sobald er die Kraft dazu hatte …

26. Manchmal muss man loslassen

Imogens Knie zitterten so stark, dass sie aufs Bett sackte.

»Alles okay?« Issac trat mit besorgtem Blick in ihr Zimmer.

Sie nickte und versuchte ein Lächeln. »Es ist alles in Ordnung. Keine Ahnung, warum ich so ausgeflippt bin. Er hat nichts gemacht.«

»Mmh. Du hättest mich vorwarnen können, dass dein Des in Wirklichkeit Desmond Holden ist. Scheiße, ich habe einem Baseballstar gedroht.« Er lachte. »Keine Ahnung, was ich gemacht hätte, wenn der auf mich losgegangen wäre.«

»So ist Desmond nicht. Er würde nie ...« Sie runzelte die Stirn. Sie musste an den Bericht denken, in dem stand, er habe ein Hotelzimmer verwüstet. Und an das Telefon der beiden Jungs im Diner. In Niagara Falls war er immer ruhig und friedlich gewesen, aber auch nüchtern. Wie verhielt er sich, wenn er high war? Kannte sie den echten Desmond überhaupt? Darauf wusste sie keine Antwort.

Isaac hob abwehrend die Hände. »Stimmt schon. Er hat eigentlich einen ganz vernünftigen Eindruck gemacht.«

»Er ist auch vernünftig. Immer dann, wenn er mit mir zusammen ist. Aber wenn du weißt, wer er ist, dann kennst du auch die Stories. Mit so einem Mann kann ich nicht zusammenleben.«

Isaac nickte und warf einen Blick auf seine Uhr. »Sorry, ich bin spät dran. Richtest du Lauren meine Grüße aus? Sag ihr, ich bin heute Abend im *Dragonfly*.« Er zwinkerte Imogen zu und fügte dann ernster hinzu. »Wenn du jemanden zum Reden brauchst, der sich mit Süchtigen auskennt, bin ich jederzeit bereit. Das Leben mit meinem Vater war nicht immer einfach. Ich weiß aus Erfahrung, dass es hilft, darüber zu reden.«

»Danke, das ist lieb.« Dennoch musste sie zunächst mit der Trennung fertig werden. »Ich richte es ihr aus. Auch, wenn Lauren sagen wird, dass das der letzte Ort ist, an dem sie heute Abend auftaucht.«

»Sie wird kommen. Vielleicht begleitest du sie ja. Ein wenig Ablenkung könnte dir guttun, oder?«

»Mal sehen. Kommt drauf an, wie das Treffen heute Nachmittag läuft. Und danke für eben.«

»Nichts zu danken. Das mache ich doch gerne für die beste Freundin meiner Freundin.«

»Ist Lauren denn deine Freundin?«

»Nicht, wenn du sie fragst.« Er zwinkerte und verließ Imogens Zimmer. Kurz darauf hörte sie die Wohnungstür in Schloss fallen.

Wer hätte gedacht, dass Isaac der Mann sein würde, der Laurens flatterhaftes Herz eroberte. Imogen ganz sicher nicht. Und wenn man Lauren glaubte, auch sie nicht. Fakt war allerdings, dass er seit Samstag jede Nacht bei ihr verbracht hatte. Etwas Vergleichbares hatte Imogen in all den Jahren nicht erlebt.

»Genny? Was war das für ein Lärm?« Lauren erschien verschlafen und zerzaust im Türrahmen.

»Das waren Desmond und Isaac, die sich fast geprügelt hätten.« Sie wusste, dass Lauren darauf anspringen würde.

»*Ich* hätte vielleicht Grund, Desmond zu verprügeln, aber Isaac?« Noch im Sprechen hob sie abwehrend die Hände. »Sag nichts, ich hol mir einen Kaffee und dann erzählst du mir, was ich verpasst habe.«

Doch Imogen wartete nicht, sondern folgte Lauren in die Küche. »Was ist das zwischen dir und Isaac?«

»Was meinst du? Er ist einfach ein Kerl, mit dem ich Sex habe.« Betont lässig hantierte Lauren mit der Kaffeemaschine.

»Seit einer Woche jede Nacht.«

»Und? Er ist gut im Bett.«

»Mmh.« Imogen nickte, schenkte sich ebenfalls eine Tasse Kaffee ein und gab Isaacs Nachricht weiter.

»Im *Dragonfly*? Den Laden mag ich nicht. Lass uns in dein

Zimmer gehen. Auf deinem Bett ist es gemütlicher als hier.« Sie ging vor und ließ sich auf Imogens Bett fallen. »Erzählst du mir jetzt, warum Desmond und Isaac sich prügeln wollten?«

»Ich sagte nichts von wollen. Aber Holden wollte nicht gehen und da hat Isaac …«

»Wir nennen ihn jetzt wieder Holden? Du hast echt mit ihm Schluss gemacht?«

»Natürlich! Er hat eine andere geküsst und was weiß ich alles mit ihr gemacht.« Mit Nachdruck knallte Imogen ihre Kaffeetasse auf den Schreibtisch. »Ich lass mich nicht von ihm verarschen. Du hattest von Anfang an recht. Er hat ein heftiges Suchtproblem.«

»Das er phasenweise im Griff zu haben scheint.«

Imogen schnaubte. »Die Woche, in der er mit mir weg war, ja. Aber das reicht nicht, Lauren. Seit wir zurück sind, ist er so …« Sie seufzte. »Ich kann das nicht. Ich muss das beenden, bevor es zu sehr schmerzt.« Eine einzelne Träne fand den Weg ihre Wange hinunter.

Lauren richtete sich auf dem Bett auf, stellte den Kaffee auf den Boden und streckte Imogen die Arme entgegen. »Es tut mir so leid, dass ich dir das eingebrockt habe. Ohne mich hättest du ihn nie kennengelernt.«

Dankbar für das Mitgefühl setzte sich Imogen neben ihre Freundin und ließ sich in den Arm nehmen. »Aber dann hätte ich nie herausgefunden, dass Brad das Problem war, oder?« Während sie sprach, kamen immer mehr Tränen und Lauren streichelte ihr über den Rücken.

»Lass es raus, Süße. Dich hat es schwer erwischt, oder? Warum kämpfst du nicht um ihn?«

»Weil er sich nicht helfen lassen will«, schniefte Imogen. »Ich werde mein Leben nicht an einen Süchtigen verschwenden. Nicht, wenn er nicht bereit ist, dagegen anzukämpfen. Isaac sagt auch, dass man einem Menschen nicht helfen kann, wenn er keine Hilfe will.«

»Sein Vater, ja.« Lauren nickte versonnen. »Du scheinst dich ja gut mit Isaac zu verstehen.«

Imogen entging der eifersüchtige Tonfall ihrer Freundin nicht. Das brachte sie zum Lächeln. »Wir frühstücken seit einer Woche gemeinsam. Da unterhält man sich.« Und weil es besser war, sich auf Laurens Probleme zu konzentrieren, als auf ihre eigenen, fügte sie hinzu: »Und du willst ihn ja nicht für immer. Ich finde ihn nett. Man weiß schließlich nie …«

»Du lässt schön die Finger von Isaac Porter, meine Liebe!«

Mit gespieltem Ernst strich sich Imogen die Haare aus der Stirn. »Nun, eigentlich hatte ich sogar überlegt, ob ich nicht heute Abend ins *Dragonfly* gehen sollte. Er hat gefragt, ob ich komme, weißt du.«

»Oh mein Gott, ich habe ein Monster erschaffen!« Lauren knuffte Imogen in die Taille. »Du hast gewonnen, Botschaft angekommen. Vielleicht ist Isaac doch mehr als ein One-Night-Stand.«

»Six-Night-Stand, meinst du.«

»Was auch immer. Aber eigentlich reden wir nicht über mich und Isaac, sondern über dich und Desmond. Wie geht es jetzt weiter?«

Seufzend ließ sich Imogen rücklings aufs Bett fallen. »Um zwei habe ich einen Termin mit seiner Mutter. Wir werden den Vertrag auflösen. Und das war's.« Der Übermut von eben war verschwunden und ihr stiegen erneut die Tränen in die Augen.

Lauren legte eine Hand auf Imogens Arm. »Geht das denn so einfach? Ich meine, Sinn und Zweck der Sache war es, ihm gute Presse zu verschaffen. Haben die sich nicht abgesichert, wenn es vorzeitig scheitert?«

»Doch. Ich muss alles zurückzahlen. Und darf mit niemandem über Desmond reden. Keine Interviews, kein Wort über Social Media und so weiter. Und ich werde offiziell die Böse bei der Trennung sein. Was auch immer das heißen mag.«

Lauren musterte sie nachdenklich. »Und du glaubst wirklich, dass das die beste Lösung ist?«

»Ich kann nicht danebenstehen und zusehen, wie er sich selbst zugrunde richtet. Das schaffe ich nicht.«

»Aber …«

»Ende der Diskussion.« Imogen wischte sich die Tränen aus den Augen. »Das Leben geht weiter.« Doch eine innere Stimme sagte leise: *Aber wird es so schön sein, wie mit Desmond?*

Imogen kam um kurz vor zwei vor Desmonds Grundstück an. Sie beschloss, nicht hineinzufahren, sondern auf der Straße zu parken. Aus irgendeinem Grund gab ihr das Sicherheit. So war sie nicht darauf angewiesen, dass ihr jemand das Tor öffnete, wenn sie schnell verschwinden wollte. Desmond würde alles daransetzen, sie zum Bleiben zu überreden. Und der Kuss heute Morgen hatte gezeigt, dass ihm das gelingen würde. Das galt es zu verhindern.

Allerdings hatte sie nicht damit gerechnet, dass er ihr persönlich das Tor öffnete. »Du bist gekommen.« Das Lächeln auf seinem Gesicht traf sie mitten ins Herz. So voller Hoffnung, Freude und – war das Liebe? Liebte er sie? Er hatte es nie gesagt. Sie allerdings auch nicht. Eigentlich hatte sie ihm an dem Abend der Gala ihre Liebe gestehen wollen … Am nächsten Tag hatte sie geschwiegen, weil andere Dinge wichtiger waren und jetzt – jetzt konnte sie ihm ihre Liebe nur dadurch zeigen, dass sie ihn verließ. Aus diesem Grund versteckte sie ihre Gefühle und sagte kühl: »Ich bin hier, weil der Vertrag ordentlich gelöst werden muss.«

»Mir ist dieser blöde Vertrag scheißegal, Sky.« Er griff nach ihren Händen und streichelte mit dem Daumen über ihre Handrücken. »So etwas wie letzte Woche wird nicht mehr vorkommen. Ich kümmere mich darum, versprochen. Ich werde in deiner Gegenwart nie wieder einen Tropfen trinken. Bitte, vertrau mir. Ab heute wird alles besser.«

»In meiner Gegenwart? Und wenn ich nicht da bin? Du hast eine andere geküsst, Desmond. Ich will nicht noch einmal die betrogene Frau sein. Dämlich, dass ich die Anzeichen ignoriert habe.«

»Ich habe dich nicht betrogen, Sky. Niemals!«

Sie entzog ihm ihre Hände und ging auf das Haus zu. »Darüber haben wir bereits gesprochen. Ich glaube dir, dass du das nicht wolltest, aber ich kann das einfach nicht.«

Er griff erneut nach ihrem Arm, doch sie wehrte seinen Versuch ab.

»Desmond, lass mich in Ruhe. Ich will das hier einfach nur hinter mich bringen.«

»Sag mir, was ich tun soll und ich tu's.« Diesmal gelang es ihm, ihren Arm zu fassen.

Sein flehender, hilfloser Blick zerriss Imogen das Herz. Dennoch schob sie seine Hand weg und eilte weiter. »Lass mich gehen.«

»Ich habe kein Alkoholproblem und auch kein Drogenproblem, Sky.« Sofort holte er sie ein. »Du warst eine Woche mit mir weg. Sah es da für dich aus, als hätte ich ein Problem?«

»Nein. Und das macht dein Verhalten in der letzten Woche noch viel schlimmer. Ich wünschte, du hättest mir gleich dein wahres Ich gezeigt.«

»Ich habe dir mein wahres Ich gezeigt, verdammt! Was du in Niagara Falls gesehen hast, war der Mensch, der ich bin. Der Mensch abseits des Sports, des Medienrummels. Einfach nur Desmond. Bitte, vertrau mir.«

Jetzt blieb sie doch stehen und sah ihm in die Augen. »Wir hatten in den letzten Wochen etwas ganz Besonderes, Desmond.«

»Dann lass uns daran arbeiten, es zu behalten«, fiel er ihr ins Wort.

»Nein.« Sie war selbst über die Vehemenz in ihrer Stimme überrascht. »Ich ertrage das nicht. Ich verstehe, dass du nicht für deine Taten verantwortlich bist, wenn du dich abschießt. Aber genau das ist auch der Grund, warum ich das hier beenden muss: Ich kann nicht zusehen, wie du dich selbst zerstörst.«

»Ich bessere mich. Ich ändere …«

»Desmond«, jetzt zitterte ihre Stimme, »es hat keinen Sinn. Ich habe mich entschieden. Ich muss meinen Weg gehen und für dich ist da kein Platz. Ich arbeite bereits daran, Seattle zu verlassen.«

»Du willst weg?«

Sie konnte seine Panik fast körperlich spüren. Es war, als wollte sie von ihm auf sie überspringen. Doch das durfte sie nicht zulassen. Sie musste die Sache hier und jetzt beenden. »Ja.«

»Wohin?«

»Das ist ganz allein meine Sache. Wir haben keine gemeinsame Zukunft.«

In diesem Moment öffnete sich die Tür und seine Mutter erschien. Im Gegensatz zu ihrem verzweifelten Sohn gab sie weiterhin die kühle Geschäftsfrau. »Ah, Miss Kelly, da sind Sie. Kommen Sie ins Wohnzimmer. Ich habe alles vorbereitet. Desmond, du musst nicht dabei sein. Deine Unterschrift ist ja schon unter dem Vertrag.«

So war das also. Was hatte er dann mit seinem Auftritt eben bewirken wollen? Wieso bedrängte er sie, wenn er einer Auflösung längst zugestimmt hatte? Imogen versuchte, seinen Blick einzufangen, aber er wich ihr aus und nickte nur. »Ich bin im Stadion und rede mit Coach Miller.« Und dann war er verschwunden.

Es versetzte Imogen einen Stich, dass er so einfach aufgab. Sie würde ihn nie wieder sehen. Jetzt erreichte die Panik sie doch und unwillkürlich machte sie einen Schritt in Desmonds Richtung.

»Kommen Sie, bringen wir es hinter uns.« Mrs Whites Stimme holte Imogen wieder in die Gegenwart zurück.

Was sollten diese Anwandlungen? So war es das Beste. Jeder von ihnen ging seiner Wege. Warum tat es dann so weh, Desmonds Mutter zu folgen? Warum wollte sie eigentlich nur Desmond hinterherlaufen und ihm sagen, dass sie ihn liebte? Seufzend wandte sie sich ab. Niemals in ihrem Leben war ihr etwas so schwergefallen.

»Hier ist der Auflösungsvertrag.« Kaum, dass sie in der Wohnküche Platz genommen hatten, schob Desmonds Mutter zwei Blätter über den Tisch.

»So dünn?« Der ursprüngliche Vertrag hatte einen kompletten Ordner gefüllt.

»Hier steht nur drin, dass sie aus dem Vertragsverhältnis aussteigen, aber die Geheimhaltung wahren. Alle anderen Punkte lassen wir fallen.« Mrs White kniff die Lippen zusammen. »Im Gegenzug behalten Sie die bisher gezahlten Tilgungen und bekommen eine Abfindung von 25.000 Dollar.«

Für einen kurzen Moment blieb Imogen der Mund offen stehen. »Was? Ich will das Geld in jedem Fall zurückzahlen ...«

»Dieser Punkt ist nicht verhandelbar. Mein Sohn besteht darauf. Wenn es nach mir ginge ...« Sie schnaubte und schüttete den Kopf. »Nun, wenn Desmond sein Geld zum Fenster hinauswerfen will, kann ich rein gar nichts dagegen tun.« Der plötzliche Hass in ihren Augen ließ Imogen schaudern. Bisher hatte sie sich immer neutral verhalten. »Ich weiß nicht, was Sie mit ihm gemacht haben, aber ich an Ihrer Stelle würde das Geld nehmen und so schnell wie möglich verschwinden. Desmond hat genug Probleme. Er braucht keine Frau, die mit seinen Gefühlen spielt und sein Leben durcheinanderbringt.«

Für einen Moment verschlug es Imogen die Sprache. Aus Desmonds Erzählungen hatte sie bereits herausgehört, dass seine Mutter nicht unbedingt der liebevolle Typ war. Mit so einem Verhalten hatte sie allerdings nicht gerechnet. Sie griff nach dem Papier und las die wenigen Zeilen. Sie würde nicht diskutieren. Wenn Desmond wollte, dass sie einen Teil ihres Studiums finanziert bekam, dann würde sie das annehmen. So würde für immer ein Stück von ihm bei ihr bleiben. Also setzte sie ihre Unterschrift darunter.

Mrs White lächelte. »Sehr gut. Und jetzt dürfen Sie gehen.«

Wie so oft in den letzten Wochen platzte ein Knoten in Imogen und all die angestauten Emotionen der letzten Tage brachen aus ihr heraus. »Sie haben nicht die geringste Ahnung, was für ein großartiger Mensch Ihr Sohn ist. Kein Wunder, dass er sein Leben nicht in den Griff bekommt, wenn Sie die ganze Zeit darin herumpfuschen.« Mit diesen Worten drehte Imogen sich um und floh. Sie hielt erst wieder an, als sie in ihrem Wagen saß. Dort ließ sie den Tränen freien Lauf. Es erschien ihr wie eine halbe Ewigkeit, bis sich ihr Atem beruhigte und ihr Blickfeld soweit klar war, dass sie sich zutraute, nach Hause zu fahren.

27. Am Boden

Desmond betrat einen der vielen Konferenzräume des Stadions und stellte erleichtert fest, dass der Coach bereits anwesend war. Er wusste nicht, was er getan hätte, wenn man ihm Zeit für Überlegungen gelassen hätte. Die Fahrt ins Stadion über hatte er die Musik so laut gedreht, dass kein Raum für eigene Gedanken geblieben war. Trotzdem hallten Imogens Worte in ihm nach: *Ich kann nicht zusehen, wie du dich selbst zerstörst. Ich muss meinen Weg gehen und für dich ist da kein Platz.*

»Ah, Holden. Gut, dass du da bist.« Der Coach musterte ihn von oben bis unten. »Du siehst beschissen aus. Irgendetwas, das ich wissen sollte?«

Desmond schüttelte erst den Kopf und nickte dann. »Meine Freundin hat mich verlassen.« Verwundert darüber, wie ruhig seine Stimme klang, setzte er sich und nahm sich ein Wasser.

»Die Kleine, die den Vertrag mit dir hatte? Also lief da was zwischen euch?«

Desmond zuckte mit den Schultern. »Ist egal. Sie ist weg, mir geht es beschissen und was auch immer Sie zu sagen haben, wird es nicht besser machen. Also bringen wir es hinter uns.«

»Holden, mir ist klar, dass ich noch nicht lange dein Coach bin und ich weiß nicht, wie das all die Jahre vorher für dich gelaufen ist. Aber ich bin für meine Spieler da. Wenn es ein Problem gibt, helfe ich. Ich dachte, das hätte ich deutlich gemacht, als deine Mutter mit dieser Idee von der Fake-Freundin ankam.«

»Ich weiß. Aber es gibt im Moment nichts zu sagen.«

Coach Miller schüttelte den Kopf und setzte sich ebenfalls. »Holden, ich mache den Job schon ziemlich lange, ich war selbst

Spieler. Und deshalb weiß ich, dass du etwas Besonderes bist. Dein Talent ist unglaublich. Aber du machst dich kaputt.«

Wieder zuckte Desmond mit den Schultern, sagte aber nichts.

»Das Management setzt mir die Pistole an die Brust. Du darfst dir nicht mehr das Geringste erlauben, sonst bist du raus. Verstehst du das?«

Desmond nickte und wunderte sich, warum ihn das so kalt ließ. Seine Karriere war ihm immer das Wichtigste gewesen. Aber gerade im Moment hätte er sie hergegeben, um dafür noch einmal mit Imogen reden zu können.

»Vorerst gelten strenge Regeln für dich: Du bleibst bei der Mannschaft. Immer. Keine nächtlichen Ausflüge. Wenn es nach denen da oben geht, wischst du dir auf Auswärtsspielen nicht mal den Arsch alleine ab! Ein Foto von dir in der Presse, das auch nur den Verdacht aufkommen lässt, du könntest feiern und du bist raus. Eine Schlagzeile über Frauen und du bist raus. In den nächsten Wochen existiert Desmond Holden nur auf dem Feld, ist das klar?«

Das war es dann wohl mit Baseball. Gabriel würde sich niemals an diese Bedingungen halten. Er sollte sich wohl besser nach einem neuen Job umsehen.

»Du hast nichts dazu zu sagen?«

»Was soll ich sagen? Ich habe alles verstanden.«

»Und?« Der Coach fuhr sich mit der Hand durchs Haar. »Verdammt, Holden. Ich habe schon gesagt, dass ich dir die Alkoholnummer nicht abnehme. Ich kenne Spieler, die saufen. Die bringen nicht deine Leistung. Du bist so nüchtern wie ich. Wahrscheinlich gibt es keinen anderen Mariner, der so fit ist wie du. Also noch mal: Ich kann dir nur helfen, wenn du mit mir redest.«

Desmond schüttelte den Kopf. »Kann ich bis Mittwoch frei bekommen? Bei den nächsten Spielen braucht ihr mich nicht unbedingt und ich muss einige Dinge klären, wenn ich die Bedingungen erfüllen soll.«

»Und was soll ich der Presse und dem Management sagen, warum du schon wieder nicht spielst?«

»Ich habe mich verletzt?«

»Einverstanden«, seufzte der Coach, »Schulterverletzung und du bist zur Abklärung freigestellt. Donnerstag sehen wir uns in alter Frische. Und halte dich bedeckt. Ich will dich nicht verlieren, du bist ein guter Mann.«

Mit einem Zug trank Desmond sein Wasser aus und stand auf. »Ich weiß das zu schätzen. Danke.« Wenn er ehrlich war, hatte er keine Ahnung, wie er bis Donnerstag irgendetwas an seinem Leben ändern sollte. Doch heute wollte er nicht mehr darüber nachdenken. Er wollte nur noch vergessen.

Desmond erwachte, weil eine Katze ihre Krallen in seiner Brust vergrub. »Lord, lass das.« Er schob den Kater zur Seite und schrie leise auf, als eine Kralle dabei über seinen Brustkorb fuhr. »Fuck!« Mit einem Ruck richtete er sich auf und betrachtete die Wunde. Es war nur ein kleiner Kratzer.

Lord blickte ihn vorwurfsvoll an, als wäre dies allein Desmonds schuld.

»Ich sollte sauer auf dich sein, nicht du auf mich«, fuhr er den Kater an, doch der begann völlig unbeeindruckt, sich zu putzen.

Ein leichter Kopfschmerz erinnerte Desmond daran, dass er sich gestern seinem Bruder beim Trinken angeschlossen hatte. Sie hatten es nicht übertrieben, aber für Desmond war es doch zu viel gewesen. Allerdings hatte das Gespräch dazu geführt, dass Gabriel endlich den Ernst der Lage erkannte. Hoffte Desmond zumindest.

Gabriel sah scheinbar ein, dass der Versuch mit dem kontrollierten Trinken gescheitert war und er anderweitig Hilfe suchen musste. Nun blieben Desmond fünf Tage, um eine geeignete Klinik für seinen Bruder zu finden. Er hatte vier Kliniken außerhalb von Seattle herausgesucht und wollte gleich heute damit beginnen, sie zu kontaktieren. Alle setzten auf einhundertprozentigen Entzug und eine anschließende Langzeittherapie. Das war es, was Gabriel brauchte.

Wenn das erledigt war, würde er sich um seine Karriere kümmern und sich dann daran machen, Imogen zurückzuerobern.

Desmond hatte für den nächsten Nachmittag einen Termin in einer Klinik in Redmond ausgemacht. Nach seinen Recherchen zu urteilen, schien sie geeignet zu sein und hatte zudem geschultes medizinisches Personal, das den körperlichen Entzug überwachen würde. Desmond war sich darüber im Klaren, dass er alles ausbreiten musste, wenn Gabriel wirklich geholfen werden sollte. Zum ersten Mal würde er jemandem außerhalb der Familie die ganze Geschichte erzählen.

Die Dame, die ihn am Empfang begrüßte, stellte sich als Doktor Meyers vor. Sie war Mitte Fünfzig, schlank, und machte auf Desmond den Eindruck einer Frau, die wusste, was sie wollte. »Freut mich, dass Sie Ihren Weg in unser Haus gefunden haben, Mr Holden. Ich möchte Ihnen versichern, dass Diskretion hier groß geschrieben wird. Niemand wird etwas von ihrem Problem erfahren.«

Desmond lächelte. »Davon gehe ich aus. Nur sehr wenige Menschen wissen, dass ich einen Bruder habe und …«

»Wir verstehen das vollkommen. Es ist ein wichtiger Schritt bei der Überwindung der Sucht, sich Hilfe zu suchen. ›Gabriel‹«, sie formte mit Zeige- und Mittelfinger Gänsefüßchen, »wird es hier an nichts fehlen.«

Seufzend schüttelte Desmond den Kopf. »Doktor Meyers, ich suche wirklich einen Platz für meinen Bruder. Können wir irgendwo ungestört reden?«

Sie nickte und führte ihn in ein luftiges Büro mit vielen Grünpflanzen. »Bitte, setzen Sie sich.«

Er nahm Platz, schlug die Beine übereinander und seufzte erneut. »Doktor Meyers, ich kann verstehen, warum Sie annehmen, dass ich einen Platz für mich selbst suche. Aber ich versichere Ihnen, dass mit mir alles in Ordnung ist. Wenn ich ehrlich bin, ist Ihr Haus meine erste Wahl, weil Sie einen ganz hervorragenden Ruf genießen. Vor allem, wenn es um Diskretion geht.«

»Vielen Dank für Ihr Vertrauen, Mr Holden.« Sie schenkte ihm ein kleines, freundliches Lächeln.

»Aber da ich selbst nicht der Patient sein werde, muss ich mich absichern. Ihre ärztliche Schweigepflicht bezieht auch Angehörige mit ein?«

»Natürlich. Wir sind unseren Patienten in jeder Hinsicht verpflichtet. Das schließt auch die Angehörigen mit ein.«

Sie glaubte ihm immer noch nicht. Dann würde er eben aufs Ganze gehen. »Nur sehr wenigen Menschen ist bekannt, dass ich einen Bruder habe. Und diejenigen, die es wissen, vergessen es, weil sie nur allzu gerne den Geschichten über den kaputten Sportler Glauben schenken.«

Doktor Meyers runzelte kurz die Stirn, meinte dann aber: »Reden Sie weiter.«

Jetzt kam der schwierige Teil. In der letzten Klinik hatte es sich um einen Notfall gehandelt und somit waren die Vorgespräche weggefallen. »Diese Sache ist nicht einfach für mich, Doktor Meyers. Ich habe die letzten Jahre damit verbracht, meinen Bruder vor sich selbst zu schützen. Aber jetzt …« Er fuhr sich mit der Hand über die Augen, schöpfte einmal tief Atem und begann zu erzählen. »Alles fing an meinem sechzehnten Geburtstag an. Freunde hatten eine Party für mich organisiert und ich habe Gabriel mitgenommen. Wir haben getrunken und er hat mitgemacht, obwohl er nicht mal fünfzehn war. Danach ging es weiter. Ich war kein Kind von Traurigkeit, aber als ich ans College wechselte, habe ich mit dem Saufen aufgehört. Gabriel nicht.« Er lächelte verlegen und schloss für einen Moment die Augen. »Es ist nicht leicht für mich, darüber zu reden, wissen Sie. Niemand außer meine Familie weiß davon. Es ist … Gabriel und ich sehen uns zum Verwechseln ähnlich. Als ich einundzwanzig wurde, habe ich ihm erlaubt, meinen Ausweis zu benutzen. Er konnte in meinem Namen in Clubs. Er versprach, sich zusammenzureißen. Eine Zeit lang hat das auch funktioniert. Bis vor etwa acht Monaten waren es bloß Phasen, in denen er sich nicht unter Kontrolle hatte. Allerdings sammelte er einige Anzeigen. Nächtliche Ruhestörung, Vandalismus, Alkohol am Steuer. Solche Dinge.« Desmond seufzte. »Doch dann drohte ihm eine Gefängnisstrafe. Ich wollte ihn schützen und habe ihm meine Identität geliehen. Er schlug nur an den Wochenenden über die Stränge und wenn ich ihm sagte, dass es zu viel war, riss er sich wieder am Riemen. Aber mit unserem Umzug nach Seattle ist alles aus dem Ruder gelaufen. Oder es ist mir mehr aufgefallen? Keine Ahnung. Die Presse folgte ihm, machte Bilder, schrieb Berichte. Zuerst dachte ich, dass es gar nicht schaden kann, ein wenig in aller Munde zu sein. Aber dann trank er immer mehr, nahm ab und an Drogen.« Er hob den Blick und sah zu Doktor Meyers hinüber.

Sie nickte nur. »Dann sind diese ganzen Berichte über Sie nicht wahr? Das war alles Ihr Bruder?«

Desmond spürte, wie er rot anlief, und wäre vor Scham am liebsten im Boden versunken. Weil ihm die Worte fehlten, nickte er.

Doktor Meyers fuhr sich mit der Hand übers Kinn. »Was ist mit ihren Eltern?«

»Meine Mutter beschützt Gabriel. Mein Vater ist der Meinung, wir sollten ihm nicht mehr helfen. Keine Ahnung, wie das für die beiden funktioniert. Sie wohnt inzwischen bei mir und Gabriel.«

»Dann ist das Verhältnis zu Ihrer Mutter gut?«

Desmond schüttelte den Kopf. »Wie man es nimmt. Meine Mutter ist meine Managerin, seit ich im Profisport bin.«

»Das heißt, Sie hören auf ihren Rat?«, hakte Doktor Meyers nach.

»Wenn es um geschäftliche Entscheidungen geht, ja.«

»Und die Entscheidung, Gabriel alles unter Ihrem Namen durchgehen zu lassen? War das Ihre Idee oder die Ihrer Mutter?«

Desmond überlegte kurz. »Ursprünglich meine, denke ich. Ich decke ihn seit Jahren. Meine Eltern haben erst mitbekommen, was los war, als ich den Profivertrag erhalten habe. Damals haben sie mich beide gemanagt. Dann ist mein Bruder zurück nach Hause gezogen und es wurde richtig schlimm. Mein Vater hat sich zurückgezogen und meiner Mutter das Management überlassen. Er wollte, dass Gabriel für seine Taten geradesteht.«

»Ihre Mutter hat Ihnen also geraten, so weiter zu machen?«

Desmond zuckte mit den Schultern. »Sie ist Anwältin und

meinte, dass ich Probleme bekommen könnte, wenn rauskommt, dass ich Gabe meine Identität geliehen habe.«

»Ich verstehe.« Sie stand auf, ging zu einem Schrank und holte eine Broschüre heraus. Dann setzte sie sich wieder. »Zunächst eine Frage: Will Ihr Bruder diese Therapie?«

»Er weiß, dass sein Verhalten unsere Lebensweise gefährdet. Wenn er so weitermacht, bin ich meine Karriere los und er irgendwann seine Freiheit. Ich denke, das konnte ich ihm klar machen.«

»Also will er die Therapie Ihnen zuliebe machen oder war das seine Idee?«

»Meine. Aber ich bin sicher …«

»Mr Holden, was Sie mir eben beschrieben haben, erleben wir hier immer wieder.«

Desmond wusste nicht, wie sie das machte, aber Doktor Meyers strahlte eine Ruhe und Zuversicht aus, die sein aufgewühltes Gemüt beruhigten.

»Für Verwandte eines Betroffenen besteht oft ein genauso großer Leidensdruck wie für den Süchtigen selbst«, fuhr sie fort. »Sie werden in den Sog aus Lügen und Verschleierungen mit hineingezogen, ganz ähnlich, wie Sie das geschildert haben. Ist Ihnen der Begriff *Co-Abhängigkeit* schon einmal begegnet?«

Desmond schüttelte den Kopf.

»Das bedeutet, dass Angehörige ein Verhalten entwickeln, dass dem eines Süchtigen ähnelt. Sie tun alles, damit niemand in der Umgebung die Wahrheit erfährt. Das kann so weit gehen, dass Außenstehende nicht unterscheiden können, wer tatsächlich krank ist. Wie in Ihrem Fall. Ich nehme an, dass Ihr Bruder Sie bereits Freundschaften und soziale Kontakte gekostet hat?«

»Ja.« Ohne es zu wollen, traten Desmond Tränen in die Augen. »Deshalb bin ich hier. Ich schaffe das nicht mehr alleine.«

»Das war die richtige Entscheidung, Mr Holden. Ich kann Ihnen helfen. Ihrem Bruder allerdings …« Sie wiegte mehrmals den Kopf hin und her. »Ich fürchte, so wie sie es schildern, ist er nicht bereit für eine Therapie.«

»Aber Sie sagten doch eben, Sie helfen mir.«

»Ja, richtig. Ich kann Ihnen helfen, Ihr Leben wieder in den Griff zu bekommen.«

»Wie?« Desmond richtete sich in seinem Stuhl auf. Gab es wirklich einen Weg, wie er ohne Gabriels Mitarbeit aus der Sache rauskam?

»Das hier ist eine Broschüre mit Adressen. Das sind Treffen und Anlaufstellen für die Angehörigen von Süchtigen in Seattle.« Sie schob die Unterlagen zu ihm hinüber. »Normalerweise würde ich sagen: Überdenken Sie alles und suchen Sie sich Hilfe. Aber in Ihrem Fall …« Sie schürzte die Lippen. »Sie sagen, Ihnen droht der Rauswurf bei den Mariners?«

Desmond nickte.

»Verdammt!«, fluchte Doktor Meyers plötzlich, bevor sie sich wieder zusammenriss und eine gelassene, ruhige Haltung annahm. »Darf ich offen sein?«

Desmond lachte trocken. »Tun Sie sich keinen Zwang an. Ich habe Ihnen gerade mehr anvertraut als der Frau, die ich liebe. Reden Sie.«

»Dann ist das zwischen Ihnen und Imogen Kelly echt?« Sie errötete leicht, räusperte sich und fuhr dann fort: »Entschuldigen Sie, wie unprofessionell von mir. Das geht mich natürlich nichts an.« Sie hüstelte erneut. »Ich sollte das erklären: Ich bin Mariners Fan, seit ich laufen kann. Und als ich heute Morgen gelesen habe, mit wem ich diesen Termin haben sollte, dachte ich: Du bekommst die Chance, deinem Verein zu helfen und diesen begnadeten Pitcher wieder auf den rechten Weg zu bringen.« Mittlerweile brannten ihre Wangen. Desmond kannte diese Reaktion von seinen Fans und lächelte ihr aufmunternd zu. »Und das ist der Grund, warum ich Ihnen direkt helfen möchte. Ich biete an, mit Ihnen zu arbeiten. Es würde sicher nicht schaden, zusätzlich eine Selbsthilfegruppe zu besuchen. In den Sitzungen arbeiten wir daran, dass Sie Ihr Leben wieder in den Griff bekommen.«

Das war ja gut und schön, half ihm aber erst mal nicht weiter. »Ich muss meinen Bruder so schnell wie möglich in einer Klinik unterbringen. Wenn es noch einmal dazu kommt, dass Fotos von ihm veröffentlicht werden, dann habe ich die längste Zeit für die Mariners gespielt.«

Seufzend nickte Doktor Meyers. »Was ich Ihnen jetzt sage, würde ich unter anderen Umständen wahrscheinlich nicht tun. Aber verdammt, es geht um die Mariners.« Sie rieb sich die Nasenwurzel und sagte dann in festem Tonfall: »Zwei Dinge müssen Sie so schnell wie möglich erledigen: Geben Sie in aller Öffentlichkeit zu, dass auf den Bildern Ihr Bruder zu sehen ist. Geben Sie alles zu. Und dann entziehen Sie ihrem Bruder jegliche Unterstützung bei der Beschaffung von Suchtmitteln und der Vermeidung von Konsequenzen.«

»Das kann ich nicht! Wenn ich zugebe, dass Gabriel all diese Dinge getan hat, landet er im Knast. Ich danke Ihnen für Ihre Zeit, aber das hier ist Zeitverschwendung.« Desmond erhob sich, doch Doktor Meyers hielt ihn zurück.

»Ihrem Bruder wird nichts geschehen. Wenn sich alles so verhält, wie Sie es geschildert haben, dann ist er nicht schuldfähig. Ein ärztliches Gutachten wird das bestätigen und das Gericht wird ihn zu einem Aufenthalt in einer Klinik verurteilen.«

»Wenn dem so wäre, hätte meine Mutter das längst in Betracht gezogen«, wehrte er ab. »Sie mag keine gute Mutter sein, aber eine ganz hervorragende Anwältin.«

»Mister Holden, auch Ihre Mutter ist in dem Gebilde gefangen, das sie beide zum Schutz Ihres Bruders aufgebaut haben. Ich denke nicht, dass Sie objektiv sein kann.« Sie lächelte Desmond an. »Ich weiß, dass Sie für diese Einsicht Zeit brauchen. Aber Sie sagten, Sie hätten keine Zeit. Also überlegen Sie es sich. Lesen Sie die Broschüren, recherchieren Sie im Internet und rufen Sie mich an, wenn Sie sich entschieden haben.« Sie griff nach einer Visitenkarte und reichte sie Desmond. »Hier ist meine Nummer. Melden Sie sich Tag oder Nacht. Mein Angebot steht.«

Desmond drehte die Karte mehrfach hin und her. Auch wenn ihm die Idee, alles zuzugeben und Gabriel seine Unterstützung zu entziehen nicht gefiel, war es ein Ausweg. Also steckte er die Karte ein und verabschiedete sich von Doktor Meyers. »Ich danke Ihnen für Ihre Offenheit. Ich werde darüber nachdenken.«

»Tun Sie das. Und viel Glück für das Spiel morgen.«

»Ich werde morgen nicht spielen. Aber wenn alles gut läuft, am Wochenende wieder.«

»Dann möchte ich Ihnen anbieten, morgen noch einmal zu einem Gespräch zu kommen.«

Er stand auf und reichte ihr die Hand zum Abschied. »Ich melde mich bei Ihnen.«

»Das ist doch ein Anfang.« Sie ergriff seine Hand und drückte sie fest, so als wollte sie ihm Zuversicht geben.

28. Erste Schritte

Doktor Meyers Worte ließen Desmond nicht los. Er musste mit jemandem darüber reden. Gabe oder seine Mutter waren in diesem Fall nicht der richtige Ansprechpartner. Also würde er sich an seinen Vater wenden. Der hatte damals ähnlich geklungen, wie Doktor Meyers eben. Nur hatte Desmond ihm nicht zuhören wollen. Jetzt war er dazu bereit.

Die etwa einstündige Heimfahrt bot eine wunderbare Gelegenheit für ein Gespräch. Er tippte auf dem Display seines Bordcomputers und schaltete die Freisprechanlage ein. Bereits nach dem zweiten Klingeln hob sein Vater ab.

»Desmond, was für eine Überraschung.« Echte Freude klang in der Stimme seines Vaters mit.

»Du hast mir mindestens zehn Nachrichten hinterlassen, Dad. War zu erwarten, dass ich irgendwann zurückrufe, oder?«

»Na ja, ich war mir nicht sicher. Was hat deine Mutter erzählt?«

Desmond fuhr vom Parkplatz. »Nichts. Was soll sie denn erzählt haben?«

»Das ist wieder mal typisch.« Sein Vater schnaubte. »Dass wir eine Beziehungspause einlegen, zum Beispiel.«

»Was?« Warum hatte er geglaubt, ein Gespräch mit seinem Vater während der Autofahrt wäre eine gute Idee? »Moment, ich such mir einen Parkplatz, dann reden wir weiter.«

»Alles klar. Ich konnte ja nicht ahnen, dass sie euch gar nichts sagt.«

»Du kennst sie. Was ihr nicht gefällt, wird entweder kritisiert oder totgeschwiegen.« Er fand eine Parklücke und stellte den Motor ab. »So. Jetzt stehe ich. Ihr habt euch also getrennt?«

Es dauerte einen Moment, bis sein Vater antwortete. »Ja, auf Zeit.«

»Okay. Deshalb ist sie also bei mir eingezogen«, mutmaßte Desmond.

Ein trockenes Lachen folgte. »Was hat sie dir denn erzählt, warum?«

»Weil ich es nicht schaffe, mich anständig um Gabe zu kümmern, und sie das übernehmen will.«

Schweigen am anderen Ende der Leitung.

»Dad, bist du noch da?«

»Ja, bin ich. Ich weiß nur nicht … Also, Gabriel …«

»Ist der eigentliche Grund, warum ich anrufe.«

Wieder eine Pause, bevor sein Vater fragte: »Wirklich? Du kennst meine Meinung dazu, Des. Deine Mutter will das nicht akzeptieren. Das ist auch ein Grund für unsere Trennung.«

»Dachte ich mir fast.« Desmond holte einmal tief Luft und sagte dann: »Ich rufe an, weil ich gerade ein Gespräch mit einer Psychologin hatte. Ich suche einen Therapieplatz für Gabriel.«

»Sieht er endlich ein, dass er ein Problem hat?«

Desmond erschien sein eigenes Lachen hohl. »Nein. Und deshalb bekommt er wohl auch keinen Platz.«

»Ich habe euch gesagt, dass er es selbst wollen muss. Aber ihr wolltet das ja nicht einsehen.«

»Ich weiß, Dad. Ich bin …« Er zögerte kurz, sprach es dann aber doch aus: »Ich kann nicht mehr. Alles geht den Bach runter. Meine Karriere. Und Sky hat mich verlassen.«

»Wer ist Sky? Deine Freundin?«

»Hat Mum dir nichts erzählt?«

»Sie hat erzählt, dass sie dir eine Pseudofreundin für die Presse gesucht hat. Aber die hieß irgendwie anders. Irgendwas mit I?«

»Imogen. Sky ist ihr Spitzname.« Desmond musste schlucken, als er an den Moment im SkyWheel denken musste. Sie hatte ihm damals ihr Innerstes anvertraut und das hatte sie einander nähergebracht. Warum hatte er nicht dasselbe tun können?

»Okay. Und sie ist dir wichtig?«

»Ich liebe sie.« Das warme Gefühl, dass sich bei diesen Worten in Desmond ausbreitete, überraschte ihn. Es hatte etwas Befreiendes, das laut auszusprechen. Doch im nächsten Moment traf ihn die Realität mit voller Härte. Sie war weg, würde sogar Seattle verlassen.

»Aber sie dich nicht?«

»Doch. Ich war mit ihr in Niagara Falls. Und sie …« Er erzählte seinem Vater die ganze Geschichte. »Und gestern hat sie Schluss gemacht.« Die letzten Worte waren nur noch ein Flüstern.

»Warum sagst du ihr nicht, was wirklich los ist, Des?«

»Das kann ich nicht.« Der Kloß in seiner Kehle drohte ihn zu ersticken.

»Vertraust du ihr nicht?«

»Doch, natürlich vertraue ich ihr. Sie würde niemals etwas tun, was mir schaden würde.«

»Wo liegt dann das Problem?«

Desmond zuckte mit den Schultern. Dann fiel ihm ein, dass sein Vater ihn gar nicht sehen konnte und er sagte: »Sie ist mein sicherer Ort, Dad. Meine Zuflucht vor Gabes Sucht und ich will nicht, dass sie daran zerbricht.«

»Ach, und deshalb lässt du sie einfach gehen? Weil ihr Leben ohne dich besser ist?«

»Ja, verdammt!« Er schlug mit der Hand aufs Lenkrad. »Sie will Seattle verlassen. Vielleicht ist das sogar das Beste. Dann kann ich die Sache mit Gabe in Ordnung bringen. Wenn das geschafft ist, werde ich sie finden und wir können noch mal von vorne anfangen.«

»Desmond, das ist Schwachsinn.«

Selbst ohne ihn zu sehen, konnte Desmond sich den missbilligenden Blick seines Vaters gut vorstellen.

»Wenn sie einmal weg ist, ist sie weg. Jetzt hast du noch eine Chance, die Sache zu klären. Auch wenn du das nicht gerne hörst: Gabriel wird sich nicht ändern, so lange deine Mutter und du ihn wie Helikopter umkreisen. So lange er nicht die Konsequenzen für sein Handeln tragen muss, wird er sich nie ändern.«

Desmond hasste diesen Gedanken. Noch viel mehr, weil er befürchtete, dass sein Vater recht haben könnte. Hatte Doktor Meyers nicht etwas Ähnliches gesagt? »Dad?«

»Ja?«

»Hast du schon einmal etwas von Co-Abhängigkeit gehört?«

»Habe ich.« Desmond entging der leichte Sarkasmus nicht, der in den Worten seines Vaters mitklang. »Freut mich, dass dir der Begriff etwas sagt.«

»Ich weiß nicht, ob mir gefällt, was das bedeutet.«

»Es ist nicht leicht, einzusehen, dass man ein Problem hat, Desmond. Und viel schwerer ist es, einzusehen, dass man die Welt nicht allein retten kann. Oder den Bruder.« Er machte eine Pause und sagte dann leiser. »Oder den Sohn.«

»Deshalb hast du dich zurückgezogen, oder? Du hast gemerkt, was wir tun.«

»Ja. Weder du noch deine Mutter wolltet etwas davon hören. Und letztendlich verhält es sich mit euch genau wie mit Gabriel: Ihr könnt euch nur selbst helfen. Bist du dazu bereit?«

»Ich weiß es nicht.« Desmonds Kopf sank auf das Lenkrad. »Die Psychologin, von der ich vorhin gesprochen habe, hat mir angeboten, morgen noch einmal mit mir zu reden. Vielleicht sollte ich das Angebot annehmen.«

»Vielleicht. Vor allem, wenn du deine Sky zurückhaben willst.«

Vorsichtig hob er den Kopf wieder. Sein Dad hatte recht. »Danke, Dad.«

»Wofür denn? Ich hoffe, ich bekomme wenigstens einen Sohn zurück.« Seine Stimme klang verdächtig brüchig.

»Du hast mich nie verloren. Ich war nur abgelenkt.«

»Freut mich zu hören. Ruf mich jederzeit an, okay?«

»Okay. Bis dann, Dad.«

»Halt die Ohren steif, Desmond.«

Die nächsten zehn Minuten starrte Desmond aus dem Fenster seines SUVs, ohne irgendetwas wirklich zu sehen oder zu denken. Er nutzte diese Technik oft vor entscheidenden Einsätzen auf dem Feld: Die Gedanken einfach fließen lassen. Nicht bewerten oder ordnen, sondern einfach die Umgebung anschauen und das Gehirn leeren. Schließlich suchte er entschlossen in seiner Hosentasche nach der Visitenkarte von Doktor Meyers. Sie nahm beim ersten Klingeln ab.

»Ja?«

»Hallo, Doktor Meyers. Hier ist Desmond Holden. Wann soll ich morgen da sein?«

»Passt Ihnen vierzehn Uhr?«

»Sehr gerne. Und danke für das Angebot.«

»Keine Ursache. Es ist für das Team.«

»Danke, Ma'am.«

»Bitte setzen Sie sich doch.« Doktor Meyers zeigte auf einen bequem aussehenden Sessel und Desmond folgte ihrer Anweisung.

Er war sich nicht sicher, was er von der kommenden Stunde erwarten sollte. Warum hatte er sich bloß eine trainings- und spielfreie Zeit verordnet? Ein ordentliches Training hätte ihn sicher von seinen trüben Gedanken abgelenkt. Oder die ständig präsente Panik unterdrückt. Sie lauerte unter der Oberfläche und in der Nacht war er mehrfach schweißgebadet und mit wild schlagendem Herzen aufgewacht. Er konnte sich nur vage an die Träume erinnern, aber die Panik verfolgte ihn.

»Wie geht es Ihnen?« Doktor Meyers Frage holte ihn ins hier und jetzt zurück.

»Beschissen«, antwortete er wahrheitsgemäß und strich sich die Haare aus dem Gesicht. »Ich bin nicht sicher, ob hierher zu kommen die richtige Entscheidung war. Alles in mir sträubt sich und ich habe das Gefühl, keine Luft mehr zu bekommen.«

»Das ist eine völlig normale Reaktion. Sie versuchen, Ihr Leben zu ändern und ich will Ihnen nicht verschweigen, dass es sehr schwer werden wird. Sie werden Entscheidungen treffen müssen, die Ihnen viel abverlangen.« Seufzend schüttelte sie den Kopf. »Ich möchte Ihnen noch sagen: Das hier entspricht nicht der üblichen Therapie in solchen Fällen.«

Eine leichte Röte überzog ihre Wangen und Desmond fragte: »Inwiefern?«

»Wir haben keine Zeit. Ich weiß, dass Ihnen der Rauswurf droht und deshalb habe ich mich für eine harte Konfrontationstherapie entschieden. Wir werden Ihre Probleme direkt angehen.«

»Klingt gut für mich. Und das ist nicht der normale Weg?«

»Nein. Der wäre, so lange Gespräche mit Ihnen zu führen, bis sie von selbst auf die Lösung für ihre Probleme kommen. Aber wie schon gesagt, dafür haben wir keine Zeit.« Sie rückte ihre Brille zurecht. »Am besten erkläre ich Ihnen, welchen Ansatz ich ausprobieren möchte.«

Desmond nickte und sie fuhr fort: »Wir werden Ihre inneren Werte stärken. Sie zu mehr Selbstbestimmung in Ihrem Leben ermutigen. Das erreichen wir durch Gespräche, kleine Aufgaben und Ziele, die sie sich setzen. Am Ende wird die Einsicht stehen, dass Sie Ihrem Bruder nur helfen können, wenn sie folgende Punkte beachten: Erstens Probleme benennen, zweitens Konsequenzen nicht abfedern und drittens Hilfe anbieten.« Sie lächelte. »Aber lassen Sie uns am Anfang beginnen: Probleme benennen. Damit ist natürlich gemeint, dass sie Ihrem Bruder klarmachen, dass er ein Problem hat. Sagen Sie ihm klar, dass er Alkoholiker ist.«

»Das mache ich bereits.« Jetzt schenkte auch Desmond ihr ein kleines Lächeln. Zumindest in diesem Punkt schien er etwas richtig gemacht zu haben.

»Das habe ich in unserem letzten Gespräch herausgehört.« Sie faltete die Hände in ihrem Schoß zusammen. »Natürlich umfasst das noch viel mehr. Zuerst möchte ich die Dynamik verstehen, die in Ihrer Familie herrscht.«

Wieder beschleunigte sich Desmonds Herzschlag. Die Panik übermannte ihn, aber er nickte. »Dafür bin ich ja hier, oder?«

»Ja. Dann lassen Sie mich Fragen stellen und wir sehen, wie weit wir kommen.«

Da er seiner Stimme nicht traute, nickte Desmond ein weiteres Mal.

»Gut, dann fangen wir an. Wie waren Gabriel und Sie in ihrer Kindheit? Gab es Berührungspunkte? Waren sie eher Kumpels oder Konkurrenten?«

Die Frage war leicht zu beantworten. »Wir waren immer gute Kumpel. Meine Eltern waren oft nicht da. Ich habe mich um Gabe gekümmert und wir haben alles gemeinsam gemacht.«

»Seit wann haben Sie sich um ihn gekümmert?«

»So lange ich denken kann. Bis ich zwölf war, kam nachmittags immer eine Nachbarin. Sie hat uns Abendessen gekocht und die anfallenden Hausarbeiten erledigt.«

Doktor Meyers lehnte sich in ihrem Sessel zurück. »Und das hörte auf, als sie zwölf waren?«

»Sie starb.« Er zuckte mit den Schultern. »Mich hat das nicht allzu sehr mitgenommen, aber Gabe …« Desmond runzelte die Stirn. »Ihn hat es aus der Bahn geworfen. Er war immer ihr Liebling gewesen. Mir hat das nichts ausgemacht. Ich habe mich sogar für ihn gefreut. Normalerweise stand ich immer im Mittelpunkt. Außer bei Mrs Goldstein.«

»Was ist danach passiert? Sie haben sich alleine um Gabriel gekümmert?«

»Mehr oder weniger. Da sie nicht mehr da war, musste ich Gabe überallhin mitnehmen.« Er runzelte erneut die Stirn über seine Wortwahl und ergänzte: »Wollte ich ihn überallhin mitnehmen.«

»Sie empfanden es also nicht als Zwang?«

»Keine Ahnung. Es war halt so. Wie gesagt, Gabe war nie so beliebt wie ich.«

»Ich verstehe.« Sie nickte und notierte etwas. »Und er hat auch nie die Aufmerksamkeit bekommen, die Ihnen zuteilwurde, nehme ich an?«

»Unsere Eltern haben uns immer gleich behandelt. Aber in der Schule und im Freundeskreis, da könnten Sie recht haben.«

»Wie kam es dazu, dass er sich für Sie ausgegeben hat?«

Seufzend legte Desmond den Kopf in den Nacken. »Mit Fünfzehn wurde er auf dem Supermarktparkplatz von Mädchen angesprochen, die ein Autogramm des Starpitchers der High-School Mannschaft haben wollten. Irgendwann war er es leid, sie zu berichtigen und unterschrieb einfach oder lud die Mädchen zu einem Eis ein. Für mich war das okay. Die Aufmerksamkeit schien ihm gutzutun.«

»Sie sagten, Sie hätten ihn mit auf Partys genommen und sich dort gemeinsam betrunken. Was ist danach passiert?«, fragte Doktor Meyers weiter. »Was haben Ihre Eltern getan, als sie beide das erste Mal betrunken nach Hause kamen?«

Desmond schloss die Augen und versuchte, den Abend heraufzubeschwören. Er hatte sich in seiner Erinnerung mit den vielen anderen Abenden vermischt. »Ich habe Gabe ins Haus geschleppt. Ich war weiß Gott nicht nüchtern, aber er …« Desmond machte eine hilflose Geste mit der Hand. »Er war oft in einem erheblich schlimmeren Zustand als ich.« Seufzend fuhr er fort: »Meine Mutter ist völlig durchgedreht. Sie hat uns einen Vortrag gehalten, mich ins Bett geschickt und sich dann um Gabriel gekümmert.«

Doktor Meyers nickte. »Sie hat sich also um ihn gekümmert. Und ihr Dad?«

»Er kam immer noch einmal zu mir, hat den Kopf geschüttelt und gesagt, dass ich der Stärkere von uns beiden wäre und auf meinen Bruder aufpassen müsse.«

»Und Ihre Mutter? Hat sie auch mit Ihnen geredet?«

»Meistens ja. Am nächsten Tag hat sie mich daran erinnert, wie wichtig es ist, dass ich für meinen Bruder da bin. Auch sie sagte, ich sei der Stärkere und der Vernünftigere. Gabriel sei leicht zu beeinflussen und habe Probleme mit der Selbstkontrolle. Also müsse ich das für uns beide übernehmen.«

»Und wie haben Sie sich dabei gefühlt?«

»Das ist schwierig …« Wieder strich er das Haar aus dem Gesicht. »Ich war einerseits stolz, dass sie so viel Vertrauen in mich setzten. Und ich wollte Gabe beschützen. Andererseits hat mir das eine Scheißangst gemacht. Ich wusste ja selbst kaum, wie man ein vernünftiges Leben führt. Außerdem wusste Mum nichts davon, dass er sich manchmal in der Mall für mich ausgab und hätte das damals sicher auch nicht gutgeheißen.«

Überrascht hob Doktor Meyers die Brauen. »Sie sagen damals? Später schon?«

»Später, ja. Als ich meine Profikarriere begann, ist Gabe wieder zurück zu meinen Eltern. Die Zeit dort war für alle Beteiligten nicht leicht. Meine Eltern entzogen ihm sämtliche finanziellen Mittel, sperrten ihn ein …« Kopfschüttelnd lehnte er sich im Sessel zurück. »Aber das half alles nichts. Gabriel wurde aggressiv, trank noch mehr, bekam eine Anzeige nach der anderen. Besser wurde es nur, wenn ich da war. An einem dieser Abende habe ich Gabe meinen Ausweis geliehen, damit er im VIP-Bereich eines Clubs feiern konnte. Noch in der Nacht bekamen meine Eltern einen Anruf, dass ihr Sohn betrunken Auto gefahren sei. Sie holten ihn von der Wache ab, doch mein Name stand in der Anzeige, nicht Gabriels. Meine Mutter korrigierte den Fehler nicht, Gabe war schon auf Bewährung. Mein Vater distanzierte sich von da an immer mehr von uns.«

Doktor Meyers nickte. »Zusammenfassend kann man also sagen, dass Gabriel Aufmerksamkeit bekam, wenn er über die Stränge schlug oder sich für Sie ausgab.«

»Wenn Sie es so formulieren …« Desmond verzog das Gesicht. »Ich gebe es ungern zu, aber: Ja.«

»Außerdem waren Sie immer Gabriels Beschützer. Er verlässt sich zu einhundert Prozent auf Sie.«

»Stimmt.«

»Dann ist das meine erste Aufgabe für Sie: Machen Sie sich Gedanken darüber, wie Sie dieses Muster durchbrechen können. Denn Gabriel wird es nicht tun. Er wir immer weiter das tun, was ihm Anerkennung und Aufmerksamkeit bringt.«

»Ich soll mir Gedanken darüber machen, wie ich meinem Bruder das Einzige wegnehme, das ihm etwas bedeutet?« Jetzt machte sich wieder die Panik breit. Desmonds Hände begannen zu zittern, er atmete nur noch flach.

»Nein«, widersprach Doktor Meyers sanft, aber bestimmt. »Sie sollen überlegen, wie Sie wieder selbstständiger werden. Ein Individuum mit eigenen Bedürfnissen, Hoffnungen und Wünschen. Es geht dabei nicht um ihren Bruder, sondern ganz allein um Sie.«

Desmond nickte wenig überzeugt. »Ich werde es versuchen.«

»Mehr verlange ich auch gar nicht.« Sie stand auf und reichte ihm die Hand. »Dann sehen wir uns übermorgen?«

Desmond nickte und schlug ein. »Übermorgen.«

29. Entscheidungen

Die Woche sauste an Imogen vorbei. Ihre Tage waren vollgepackt mit Planungen. Sie hatte ihr Projekt verschiedenen Firmen im ganzen Land angeboten und tatsächlich hatten zwei Interesse gezeigt: eine in Los Angeles und eine in Washington DC. Im Moment stellte sie ein Paper zusammen, dass ihre Thesen sowie die erhofften Ergebnisse zusammenfasste. Wenn sie Glück hatte, würde sie in einem Monat die Stadt verlassen können.

Doch wie so oft in dieser Woche schweiften ihre Gedanken zu Desmond. Was er wohl gerade tat? Ob er sie auch vermisste? Eigentlich ging sie davon aus. Aber er meldete sich nicht. Kein einziges Wort.

Das ist doch genau, was du willst! Seufzend wandte sie sich wieder ihrer Arbeit zu. Ja, das war es, was sie wollte. Ein Klopfen an der Tür ließ sie von ihrem Laptop hochblicken.

Im nächsten Moment stürmte Lauren herein. »Bitte, bitte, sag mir, dass du Isaacs Nummer hast!«

»Ich habe Isaacs Nummer.«

Sofort entspannte sich Lauren und umarmte ihre Freundin. »Los, schreib ihm, dass ich heute Abend einen Tisch für zwei im *Chéz Piérre* reserviert habe.«

»Okay.« Imogen hob die Brauen. »Und das machst du nicht selbst, weil …«

»Ich seine Nummer nicht habe. Und er gestern nirgends zu finden war. Er war an keinem der Orte, an denen wir uns normalerweise treffen.« Die sonst immer fröhliche Lauren klang leicht panisch. »Und auch heute Nachmittag war er nicht in dem Café, in dem er hätte sein sollen. Also, schreib ihm!« Sie wedelte mit der Hand in die Richtung von Imogens Handy.

Daher wehte also der Wind. Imogen musste sich ein Lächeln verkneifen. Sie hatte Isaac geraten, sich rar zu machen. Allerdings hatte sie nicht damit gerechnet, dass Lauren so schnell reagieren würde. »Okay«, sagte sie und tippte. »Warum hast du seine Nummer nicht?«

Lauren senkte den Blick. »Das hätte es so endgültig gemacht. Ich dachte, wenn wir keine Nummern austauschen, bleibt es unverbindlich.«

»Und jetzt ist unverbindlich nicht mehr gut?«

»Doch! Nein! Ich weiß nicht. Nach der Sache mit Holden dachte ich, ich höre auf, mein Herz so einfach zu verschenken. Ich dachte, wenn alles nur unverbindlicher Sex ist, dann ...« Sie zuckte mit den Schultern. »Aber jetzt ist Isaac verschwunden. Warum ist er nicht mehr da, Genny?« Sie ließ sich aufs Bett fallen und breitete die Arme links und rechts neben sich aus.

»Vielleicht möchte er mehr als unverbindlichen Sex?«

»Meinst du?« Ein Lächeln tauchte auf Laurens Lippen auf und erstarb sofort wieder. »Aber er weiß doch, dass ich ihn nicht erreichen kann. Warum ist er dann nicht dort, wo er immer ist?«

Imogen rollte mit den Augen und im gleichen Moment zeigte ihr Handy den Eingang einer Nachricht an. Lauren richtete sich wieder auf und wollte danach greifen, aber Imogen zog es an sich. »Moment. Erst musst du mir zuhören.«

»Oh, Genny, spann mich nicht so auf die Folter! Was schreibt er?«

»Wir sind uns darüber einig, dass der Mann Potenzial hat, oder? Ich meine, er ist nett, hat einen guten Job, nimmt keine Drogen, säuft nicht und scheint auch sonst ein guter Kerl zu sein.«

»Ja zu allen Fragen.« Lauren versteckte ihr Gesicht hinter den Händen.

»Und du willst ihn trotzdem? Ich frage nur, weil Isaac echt nett ist. Ich möchte nicht, dass du ihm das Herz brichst. Noch mehr, als du es bereits getan hast. Das hat er nicht verdient.«

Es dauerte einen Moment, bis Lauren kleinlaut antwortete: »Nein, das hat er nicht.«

»Gut. Ich sag dir, was er schreibt und du versprichst mir, dass du das mit ihm klärst!«

Lauren nickte und deutete auf das Handy. Seufzend las Imogen die Nachricht vor:

Heute kann ich nicht. Bin Freitagnacht ab eins im Dragonfly. Sie kann kommen oder es lassen.

»Aber ...« Laurens Augen füllten sich mit Tränen. »Das klingt nicht, als ob er mich treffen will.«

»Lauren, der Mann ist verrückt nach dir. Aber er hat keine Lust mehr, sich von dir verarschen zu lassen.«

»Hat er das gesagt?«

»Nicht so direkt. Aber er meinte, dass zwei Wochen genug sind. Entweder entscheidest du dich dazu, ihm eine echte Chance zu geben, oder er ist weg.«

Lauren straffte die Schultern. »Dann gebe ich ihm wohl die Chance, oder?«

»Das solltest du.«

»Morgen dann.« Lächelnd blickte Lauren auf ihre Freundin. »Und bei dir? Hat Desmond sich gemeldet?«

»Nein. Und das ist auch gut so.«

Lauren nickte. »Wenigstens gab es diese Woche keine Berichte über ihn. Und er hat nicht gespielt. Es hieß, er sei verletzt.«

»Nichts Ernstes, hoffe ich?« Imogen konnte nicht verhindern, dass sie besorgt klang.

»Nein. Sonntag spielt er wieder. Meinst du, er war wirklich verletzt? Vielleicht hat er ja die Zeit genutzt, um seine Probleme in den Griff zu kriegen?«

»Da ist mir egal. Die paar Tage ändern gar nichts. Und nur, weil nichts über ihn in der Presse stand, heißt das nicht, dass er jetzt auf einmal clean ist. Dass er eine Weile ohne Alkohol und Drogen auskommt, wusste ich schon.«

»Du willst also immer noch weggehen?«

Imogen konnte an Laurens Stimme nicht erkennen, wie sie zu der Idee stand. »Ja. Ich denke, das ist das Beste. Und wenn du jetzt mit Isaac zusammenkommst, brauche ich mir auch keine Sorgen um dich zu machen.«

»Deshalb willst du mich verkuppeln.« Zwinkernd ging Lauren zur Tür. »Dir ist schon klar, dass du morgen mit ins *Dragonfly* musst, oder?«

»Ja, ist mir klar.«

»Gut. Ist auch für dich eine tolle Ablenkung.«

»Ja, sicher.«

Lauren hielt in der Bewegung inne und ging zu Imogen zurück. »Du kannst mit mir reden, Genny. Ich seh doch, dass es dir nicht gut geht.«

»Mir geht es ganz hervorragend. Ich hatte meinen Spaß, habe festgestellt, dass ich kein Problem mit Männern habe, und bin glücklich.«

»Bullshit! Du verkriechst dich wieder in deinem Zimmer und hast nichts anderes als dein Plastik im Kopf.«

»Mein Plastik ist wichtig.« Trotzig klappte Imogen ihren Laptop wieder auf. »Ich muss jetzt weitermachen.«

»Okay. Aber heute Abend schauen wir zusammen Netflix. Ich habe schließlich nichts vor.«

30. Ein klärendes Gespräch

Desmond lief unruhig den Flur des Trainingszentrums auf und ab. Er kam sich vor, als wäre er wieder an der High-School und hätte gleich ein Gespräch mit dem Direktor. Dabei war es nur der Coach. Aber von diesem Gespräch würde viel abhängen.

Er hatte sich in der letzten Woche so oft es ging mit Doktor Meyers getroffen und gestern den Entschluss gefasst, Coach Miller alles zu erzählen.

Die Tür ging auf und der Coach streckte Desmond die Hand entgegen. »Komm rein, Holden.« Er deutete auf eine Couch in der Ecke des Raums und ließ sich auf den Sessel gegenüber fallen. »Was gibt es?«

Seine freundliche Art und entspannte Haltung sorgten dafür, dass sich auch Desmond ein wenig beruhigte. »Sie haben gesagt, ich soll zu Ihnen kommen, wenn ich Probleme habe.«

»Ganz genau. Ich werde helfen, wo ich kann.«

Desmond nickte und versuchte ein Lächeln. »Ich glaube, ich habe echt Mist gebaut und …« Er fuhr sich mit der Hand über die Augen. »Ich habe das bisher nur meiner Therapeutin erzählt und es ist schwerer, als ich dachte.«

»Hilft es, wenn ich Fragen stelle?«

»Vielleicht«, antwortete Desmond schulterzuckend.

»Also gut. Fangen wir damit an, was in New York passiert ist. Warum gibt es Bilder von dir, auf denen du völlig zugedröhnt aussiehst, obwohl du am nächsten Morgen stocknüchtern warst?«

Desmonds Antwort kam leise, aber sofort: »Weil ich das auf den Bildern nicht bin.«

»Und wer dann?«

»Mein Bruder Gabriel.«

»Okay. Ihr seht euch ziemlich ähnlich.«

»Das ist der Grund, warum die ganze Sache funktioniert hat.« Wieder versuchte Desmond ein Lächeln, es misslang.

Coach Miller lehnte sich in seinem Sessel zurück und machte eine auffordernde Geste mit der Hand.

»Mein Bruder Gabriel ist krank.« Die nächsten Worte fielen Desmond unheimlich schwer: »Er ist Alkoholiker.«

»Okay. Weiter.«

Den Blick auf den Boden gerichtet, sagte Desmond: »Auf keinem der Fotos, die im letzten Jahr entstanden sind, bin ich zu sehen. Es ist immer er. Außer die Sache mit dem Handy in dem Diner vor ein paar Wochen. Das war ich.« Desmond lachte freudlos.

»Es gibt sicher einen Grund, warum du das nie klargestellt hast.«

Leise begann Desmond zu erzählen, doch mit jedem Satz gewann seine Stimme an Kraft. Er sprach von seinem schlechten Gewissen, weil er vor zehn Jahren Gabriel leichten Zugang zu Alkohol verschafft hatte. Er erzählte davon, wie er sich vom Partyleben verabschiedet und nicht gesehen hatte, was mit seinem Bruder los war. Wie er ihm erlaubt hatte, seine Identität zu nutzen. Zuerst nur, um in den VIP-Bereich verschiedener Clubs zu kommen und dann auch, um weiteren Anklagen zu entgehen.

Und er sprach von Imogen. Wie sehr sie sein Leben bereichert hatte und von ihrer Trennung, weil er sie nicht in die ganze Sache mit reinziehen wollte.

Der Coach hörte mit ruhiger Miene zu und stellte hier und da ein paar Fragen. Desmond blickte nicht einmal auf, während er sprach. Schließlich schloss er mit dem Satz: »Und jetzt sitze ich hier und versuche zu retten, was noch zu retten ist.«

Coach Miller schwieg für einen Moment und Desmond schielte schließlich mit gesenktem Kopf zu ihm hinüber. Gespannt wartete er auf eine Reaktion. Auch, wenn diese Anspannung sein Herz rasen ließ, war es nichts im Vergleich zu den Stunden vor diesem Gespräch. Ganz wie Doktor Meyers gesagt hatte, ging es ihm schon allein dadurch besser, dass er all seine Sorgen und Ängste ausgesprochen hatte.

Schließlich seufzte der Coach. »Erst einmal: Danke für dein Vertrauen. Ich gebe zu, dass ich mit einigem gerechnet habe, aber das …« Er schüttelte den Kopf. »Darf ich noch ein paar Fragen stellen? Nur damit ich alles richtig verstanden habe?«

Nickend antwortete Desmond: »Bitte.«

»Das, was du für deinen Bruder tust, ist also so ähnlich wie eine Sucht?«

»Nicht ganz. Aber ich habe ähnliche Strukturen und Muster entwickelt wie ein Süchtiger. Ich verheimliche, lüge und tue Dinge, die auf andere Menschen ziemlich irrational wirken. Alles, um ihn zu schützen. Genau wie meine Mum. Sie wird nicht mehr länger meine Managerin sein … Wenn Sie jemanden kennen, der den Job haben will … Ich bin offen für Vorschläge, Coach.«

»Ich werde gleich ein wenig rumtelefonieren und mich dann bei dir melden.« Er musterte Desmond aufmerksam. »Und jetzt tust du das nicht mehr? Also deinen Bruder schützen?«

Ein trockenes Lachen war die Antwort. »Mir bricht der kalte Schweiß aus bei dem Gedanken, was dieses Gespräch hier für Folgen haben könnte.« Er wischte sich die feuchten Finger an der Jeans ab.

Der Coach rieb sich nachdenklich das Kinn. »Ich weiß nicht, ob dir die Folgen gefallen werden.«

»Ich werde nicht öffentlich zugeben, wie es zu diesen Fotos gekommen ist.« Desmond konnte nichts gegen die Panik in seiner Stimme tun.

»Das musst du auch nicht. Vorerst.«

»Aber …«

»Lass mich ausreden. Ich muss das natürlich noch alles mit dem Vorstand abklären, aber hier mein Vorschlag: Für den Anfang tun wir so, als sei nichts passiert. Deine Schulter war nur ein wenig angeschlagen und du spielst ab übermorgen wieder ganz regulär.

Allerdings muss ich darauf bestehen, dass du dich in Zukunft bei den Auswärtsspielen nicht mehr rausschleichst.«

»Klar. Ich werde Gabe nicht mehr zu den Spielen mitnehmen.«

»Gut. Und jetzt zu dem, was dir sicherlich nicht gefallen wird: Beim nächsten Ausrutscher deines Bruders werden wir öffentlich zugeben, dass du das nicht warst. Du kannst nichts mehr auf deine Kappe nehmen.«

»Ich weiß.« Diese Worte ließen einen zittrigen Schauer durch Desmonds Körper laufen. Das Atmen fiel ihm schwer und er glaubte, ein Gummiband würde sein Herz zusammenziehen. Doch er schloss die Augen und begann mit den Atemübungen, die Doktor Meyers ihm gezeigt hatte. Der Coach wartete geduldig, bis die Panik langsam abebbte.

»Alles in Ordnung, Holden?«

»Alles gut. Ich muss mich nur … ich … aber …« Hilflos hob er die Hände.

»Jetzt, wo du mich eingeweiht hast, wird es einfacher. Wie gesagt, so lange nichts passiert, schweigen wir die Sache einfach tot.« Er machte eine Pause, in der er mit den Fingern auf sie Sessellehne trommelte. »Darf ich noch etwas fragen?«

Desmond nickte. »Klar.«

»Das Mädchen, diese Imogen. Du hast sie wirklich gern?«

»Ja.«

»Ich nehme mal an, sie weiß nichts von deinem Bruder? Sie denkt, du warst das in New York, oder?«

Desmond zuckte resigniert mit den Schultern. »Daran kann ich nichts ändern. Und bevor Sie weitersprechen: Ich werde ihr nichts erzählen. Ich will sie aus dem ganzen Mist raushalten.«

»Das kann ich verstehen. Aber was glaubst du, denkt sie, wenn sie die ganze Geschichte aus der Presse erfährt? Wäre es nicht besser, wenn du es ihr selbst erzählst?«

»Nein. Ich kann nicht.« Desmond schüttelte fast panisch den Kopf. »Noch nicht. Keine Ahnung. Im Moment muss ich mich auf mich selbst und meine Lage konzentrieren. Und meinen Platz im Team behalten. Ein Schritt nach dem anderen. Meine

Mum kümmert sich um Gabriel. Ich hoffe einfach, dass er einige Wochen nicht auffällt und dann …« Er seufzte. »Wer weiß, was dann passiert.«

»Okay. Es ist dein Privatleben und ich halte mich raus.« Der Coach hob abwehrend die Hände. »Aber wenn die Kleine dir wirklich etwas bedeutet, wärst du ein Vollidiot, sie einfach gehen zu lassen. Rede mit ihr, Holden.«

»Ich behalte das im Hinterkopf.«

»Gut. Dann geh dich umziehen. Ich erwarte dich in zehn Minuten auf dem Platz.«

»Danke, Coach.« Und das meinte Desmond ehrlich.

»Nichts zu danken, das ist mein Job.«

Als Desmond kurz darauf durch die Gänge zur Umkleidekabine lief, war ihm so leicht ums Herz wie lange nicht mehr. Seine Karriere war erst einmal gerettet. Und er hatte Gabriel nicht dafür geopfert, sondern einen Mittelweg gefunden. Jetzt hatte es sein Bruder selbst in der Hand. Wenn er sich nicht mehr danebenbenahm, drohte ihm keine Strafe. Wenn doch, würde er die Konsequenzen selbst tragen müssen.

Es lag nun an Desmond, das seinem kleinen Bruder klarzumachen und dann würde er sich um den nächsten Schritt kümmern.

31. Ein zufälliges Treffen

»Ich hab dir gesagt, dass die Schlange lang ist!« Lauren deutete auf die gut fünfzig Menschen, die vor dem *Dragonfly* in der Dunkelheit warteten.

Es war erst kurz nach zwölf und Lauren hatte darauf bestanden, früher zu kommen. Sie wollte Isaac auf keinen Fall verpassen.

Imogen hatte ihr verschwiegen, dass Isaac heute Nachmittag zwei Karten für die VIP-Lounge per Kurier geschickt hatte. Nicht zum ersten Mal fragte sich Imogen, was Isaac eigentlich beruflich machte. Auf ihre Frage diesbezüglich hatte er lediglich »Ich mach was mit Finanzen, todlangweilig, glaub mir« geantwortet.

Was auch immer das hieß, es schien genug Geld einzubringen, um mal kurz drei VIP-Lounge-Karten zu bezahlen. Sie zog die Karten aus ihrer Handtasche und zeigte sie Lauren. »Wir müssen nicht warten, wir haben die da.«

»Wo hast du die her?« Lauren klatschte in die Hände und setzte ihr spitzbübisches Lächeln auf. »Die sind von Isaac, oder?«

»Wer weiß.« Dank der Karten ließ man sie sofort hinein und einer der Türsteher begleitete sie die Treppen nach oben und öffnete die Tür. Der Mann nickte ihnen kurz zu und verschwand.

Es befanden sich etwa zwanzig Leute in der Lounge. Im Halbdunkel war nicht viel zu erkennen, aber Imogen glaubte, dass sie einige der Gesichter aus den Nachrichten kannte. Prominenz aus Politik, Wirtschaft und Sport. Die Lounge war ähnlich eingerichtet wie der Club. Viel Stahl, dunkle Ledersessel mit kleinen Tischen davor und eine beleuchtete Tanzfläche in der Mitte.

Sie ließ ihren Blick schweifen und erstarrte. An der großen Theke links im Raum stand Desmond. Vor ihm ein Glas mit bernsteinfarbener Flüssigkeit, neben ihm irgendein Model. Sein Arm lag auf ihrer Hüfte. Jetzt beugte er sich zu ihr hinüber und sagte etwas in ihr Ohr. Sie lachte. Sie küsste ihn!

Und er legte die Arme um sie und erwiderte den Kuss.

Imogens Magen drehte sich um. Sie klammerte sich an Lauren. »Lass uns gehen.«

»Was? Wieso?«

Mit zittrigen Fingern deutete Imogen in Desmonds Richtung.

Lauren kniff die Augen zusammen. »Oh nein! So einfach lassen wir ihn diesmal nicht davonkommen. Du bleibst genau hier und ich werde diesem Arsch so richtig die Meinung geigen!«

»Ich kann nicht, Lauren.« Mit diesen Worten drehte Imogen sich um und floh. Durch die Tür, die Treppe hinunter und den Gang entlang. Sie stieß gegen die anderen Gäste. Aber sie achtete nicht darauf, wollte nur weg. Vor ihrem inneren Auge spielt sich immer wieder die gleiche Szene ab. Desmond, wie er eine andere küsste. Die Fotos aus New York hatten sie verletzt. Aber es live zu sehen, riss ihr das Herz aus der Brust.

»Genny? Bist du das? Was …« Eine Hand griff nach ihrem Arm und hielt sie auf.

»Lass mich!«, schrie sie.

Stattdessen zog jemand sie in eine Umarmung. »Hey, ich bin's Isaac. Was ist los?«.

Zuerst wollte sie sich wehren, doch dann registrierte sie, wer er war und ließ sich an seine Brust sinken. »Er … Des, er …« Sie konnte nicht weitersprechen und klammerte sich an Isaac. All die Tränen, die sie in der letzten Woche zurückgehalten hatte, brachen aus ihr heraus. Er führte sie ein paar Schritte zur Seite und hielt sie einfach nur im Arm. Irgendwann sagte sie mit rauer Stimme: »Jetzt ist dein ganzes Hemd nass.«

»Das macht doch nichts. Sind nur Tränen.« Er streichelte sanft ihre Wange. »Magst du mir jetzt erzählen, was los ist?«

»Aber nicht hier.« Erneut verschwamm ihr Blick und sie schluchzte.

»Ähm, Lauren, sie …«

»Faltet diesen Riesenarsch zusammen.« Schniefend musste Imogen lachen. »Ich möchte nicht in seiner Haut stecken.«

»Desmond Holden ist hier?«

Imogen deutete in Richtung VIP-Lounge. »Sie kommt bestimmt gleich. Ich geh nach Hause und …«

»In diesem Zustand gehst du nirgendwo hin. Gegenüber gibt es eine Bar. Schreib Lauren, wo wir sind.«

Wie in Trance folgte Imogen seinen Anweisungen und ließ sich von ihm in die Bar führen. Dort bestellte er ihr einen Wodka und bugsierte Imogen in eine der Sitzecken. »Und jetzt erzählst du mir, was genau passiert ist.«

Imogen trank, hustete und holte tief Luft. »Man hat uns in den VIP-Bereich geführt und da stand Holden, diese Tussi im Arm und dann hat er sie geküsst.« Die Stimme versagte ihr und eine dicke Träne rollte ihre Wange hinab.

»Aber du hast ihn verlassen, oder?« Isaac hob fragend die Hände.

»Ach, und deshalb darf er jetzt rumknutschen, mit wem er will?« Ihre Stimme überschlug sich fast.

»Äh, genau genommen, ja. So lange ihr euch nicht wieder vertragt, ist das kein Betrügen. Rein technisch gesehen.«

»Nicht hilfreich, Isaac!«

»Ich meine ja nur.« Er lächelte entschuldigend. »Hat er dich gesehen?«

»Ich denke nicht. Er war zu beschäftigt damit, diese …« Sie fuchtelte mit der Hand in der Luft herum.

»Dann hat er es also nicht gemacht, um dir eins auszuwischen. Das ist gut.«

Imogen schnaubte. »Was ist denn daran gut?«

»Ich finde, es zeugt von schlechtem Charakter, wenn man einer Frau auf diese Weise zeigt, dass sie einen verletzt hat«, antwortete er schulterzuckend.

»Gut ist aber was anderes!« So langsam kochte Wut in Imogen hoch. »Ich weiß gar nicht, warum mich das so aufregt. Es hat mich nur unvorbereitet getroffen.«

Isaac nickte. »Möchtest du noch was trinken?«

»Eine Cola vielleicht?«

Er lächelte und bestellte eine Cola für sie und Bier für sich. Nachdem er einen Schluck getrunken hatte, sagte er: »Willst du ihn denn zurück?«

»Nein!« Die Antwort kam viel zu schnell. »Nicht, wenn er sich selbst kaputt macht. Und als ich das eben gesehen habe ...« Sie schüttelte den Kopf. »Ich denke nicht, dass meine Botschaft bei ihm angekommen ist. Er wird sich nicht ändern.« Im krampfhaften Versuch, nicht schon wieder loszuheulen, schloss sie die Augen. »Zumindest nicht für mich.«

»Dann solltest du deinen eigenen Rat befolgen und ihn vergessen.« Er lehnte sich zurück und verschränkte die Arme hinter dem Kopf.

»Meine Ratschläge sind scheiße.«

»Würde ich so nicht sagen. Lauren ist heute Abend da. Oder wäre es gewesen, wenn ihr Desmond nicht getroffen hättet.«

Imogen sprang sofort auf den Themenwechsel an. »Sie hat dich gesucht. Zwei Tage lang. Deine Chancen stehen gut.« Sie klopfte ihm auf die Schultern und warf einen Blick aus dem Fenster. »Wenn man vom Teufel spricht. Da kommt sie.«

Tatsächlich betrat Lauren in diesem Moment die Bar. Sie entdeckte Imogen und kam mit einem strahlenden Lächeln auf sie zu. »Es ist alles gut, Genny! Desmond ist unschuldig.« Dann wandte sie sich an Isaac, gab ihm einen stürmischen Kuss auf den Mund und sagte: »Ich liebe dich! Aber erst muss ich mit Genny reden.«

»Äh ...« Ein Grinsen zog über sein Gesicht. »Okay.« Er zog sie an sich, sodass sie halb auf seinen Schoß saß. »Tu dir keinen Zwang an. Ich will nur sichergehen, dass du nicht wieder wegläufst.«

Sie beachtete ihn gar nicht weiter, sondern nahm Imogens Hand in ihre. »Das war alles ein großes Missverständnis, Genny.«

Imogen schnaubte verständnislos.

»Das war nicht Desmond!«, erklärte Lauren.

»Verarschen kann ich mich selber. Ich habe doch eben gesehen ...«

Lauren schüttelte energisch den Kopf. »Du hast den Kerl gesehen, mit dem ich geilen Sex auf der Toilette hatte.«

»Du hattest was?« Isaac verschluckte sich an seinem Bier und hustete mehrmals.

»Das war, bevor ich dich kannte.« Sie küsste ihn und sagte dann zu Imogen: »Ich habe dir von Anfang an gesagt, dass er mir komisch vorkam. Das lag daran, dass es nicht derselbe Mann war. Der Typ eben im *Dragonfly*, auf den Fotos in New York und all den anderen ist Desmonds Bruder: Gabriel.«

»Diese Story glaubst du doch nicht, oder?«

»Oh doch. Wir gehen da jetzt wieder rein und du überzeugst dich selbst. Gabriel wartet auf dich.«

Unsicher, umklammerte Imogen ihre Cola. Konnte das stimmen? Es würde viel erklären. Aber nicht alles. »Warum sollte Desmond so tun, als hätte er all diese Dinge gemacht? Warum sollte er das vor mir geheim halten? Und warum sollte Gabriel das offen zugeben? Das ist doch Irrsinn.«

»Lass dir das von Gabriel erklären. Wir sollten jetzt wirklich gehen. Er ist in Trink- und Redelaune. Wer weiß, wie lange er noch nüchtern genug ist.«

»Gabriel hat das Suchtproblem? Nicht Desmond?« Das war einfach zu absurd, um wahr zu sein.

»Komm jetzt!« Lauren nahm die Hand ihrer Freundin und zog sie auf die Beine. »Wir müssen irgendwie dafür sorgen, dass Gabriel aus dem Club kommt, ohne dass die Presse auf ihn aufmerksam wird.«

»Und wie wollt ihr das machen?« Isaac kramte schnell ein paar Dollar aus seiner Tasche und warf sie auf den Tisch, während Imogen ratlos die Schultern hob.

»Issac, du bestellst ein Taxi und wartest vor dem Club auf uns. Imogen und ich holen Gabriel. Falls uns jemand sieht, denken alle, Desmond verlässt mit seiner Freundin den Club. Gabriel hat sich bereit erklärt, bei uns zu Hause mit Imogen zu reden. Eventuell habe ich erwähnt, dass es bei uns Freibier gibt … Und jetzt los.«

Die drei verließen die Bar und gingen wieder in den Club. Der

Türsteher von vorhin führte sie nach oben und zum zweiten Mal an diesem Abend betrat Imogen den VIP-Bereich. Diesmal wartete der Mann, der Desmond zum Verwechseln ähnlich sah, am Eingang.

»Du bist also Desmonds Sky. Ist mir ein Vergnügen.« Er breitete die Arme aus und strahlte Imogen an.

Sie wich einen Schritt vor ihm zurück. »Und du bist Gabriel?«

»In voller Lebensgröße!« Er drehte sich einmal im Kreis und verbeugte sich dann. »Deine Freundin hier«, er ließ den Blick zu Lauren schweifen, »hat gesagt, dass ihr Bier zu Hause habt. Im Austausch erzähle ich dir ein wenig aus Desmonds und meiner Vergangenheit. Ich denke, das bin ich Des schuldig.« Er lächelte den beiden Frauen zu.

Lauren hakte sich bei Gabriel ein. »Auf geht's. Mein Freund wartet mit einem Taxi auf uns.«

»Moment, du hast einen Freund?« Gabriel verzog die Miene in gespielter Trauer. »Ich dachte, du und ich könnten später unser Intermezzo von vor ein paar Wochen nachspielen. In deinem Bett?«

»Falsch gedacht! Nur Bier und Erklärungen für heute Nacht.«

»Hast du ein Glück, dass ich meinen Bruder mag und das mit ihr«, er deutete auf Imogen, »wieder in Ordnung bringen will.«

Imogen verfolgte das Geplänkel der beiden nur mit halbem Ohr. Gabriel verhielt sich völlig anders als Desmond. Er war, wie Lauren gesagt hatte: wilder und ungestümer. Sorgloser.

Im Taxi konnte sie ihn im Rückspiegel beobachten und dabei fielen ihr auch andere Unterschiede auf. Gabriels Gesicht war etwas schmaler und kantiger. Die Lippen dünner und das Kinn spitzer. Auf Fotos fiel es nicht auf, aber Mimik und Gestik waren völlig anders.

Er saß in der Mitte auf der Rückbank, die Arme links und rechts neben sich ausgebreitet und machte Small Talk mit Lauren und Isaac. Sie unterhielten sich über das milde Wetter. Isaac nahm das Chaos ziemlich locker. Genauso wie Laurens Liebeserklärung vorhin. So ganz hatte Imogen die Beziehung der beiden noch nicht verstanden.

Das Taxi hielt und Isaac ließ es sich nicht nehmen, zu bezahlen. »Das schulde ich dir, Genny.«

Imogen beobachtete Gabriel weiter, während sie die Treppe nach oben stiegen. Er war gerade noch nüchtern genug, dass sie ihm zuhören würde. Lauren schloss die Tür auf und sagte direkt: »Das Bier ist im Kühlschrank. Wir sind gleich nebenan, wenn irgendwas ist.« Damit rauschte sie auch schon in ihr Zimmer und zog Isaac hinter sich her. Er zwinkerte Imogen noch kurz zu und verschwand ebenfalls. Die beiden hatten wohl auch viel zu besprechen.

Imogen lächelte verlegen, unsicher, wie sie sich verhalten sollte. »Bier?«

Gabriel blickte sich nachdenklich in dem kleinen Flur um. »Eins kann nicht schaden. Genauso hat Des es mir beschrieben. Deine Wohnung hat tatsächlich Ähnlichkeit mit der, in der wir aufgewachsen sind.«

»Davon hat er erzählt?« Imogen spürte die Röte ihre Wangen hinaufsteigen.

»Ja. Und davon auch.« Er deutete auf ihr Gesicht. »Er sagt, du siehst bezaubernd aus, wenn du rot wirst. Und er hat recht.«

Weil sie nicht wusste, was sie darauf antworten sollte, zeigte sie auf die Küchentür. »Lass uns das Bier holen und in mein Zimmer gehen, hier auf dem Flur ist es unbequem.«

Er folgte ihr und ließ sich am Ende in ihrem Zimmer ungeniert aufs Bett fallen, eine Flasche Bier in der Hand. »Sieht wirklich fast wie ein Sternenhimmel aus. Des liebt es bestimmt, hier mit dir Sex zu haben. Hat ihm gutgetan. Eine Freundin, meine ich. Er ist immer so ernst und diszipliniert. Du hast ihn ein wenig aus seinem Schneckenhaus geholt.«

»Ich …« Sie hatte immer noch keinen blassen Schimmer, was sie zu dem Fremden mit Desmonds Gesicht sagen sollte. Geschweige denn, wie sie sich ihm gegenüber verhalten sollte.

»Ich weiß, dass du ihn verlassen hast, weil du denkst, er betrügt dich. Aber das tut er nicht. Das würde Desmond nie tun. In New York, das war ich. Nicht unbedingt eine meiner Glanztaten.« Er strich sich die Haare aus dem Gesicht.

»Aber die Sache mit dem Alkohol und den Drogen …«, stammelte Imogen, ihre Gedanken wirbelten noch immer wirr durcheinander. »Ich meine, auf der Sponsorengala hat er sich betrunken, da dachte ich …«

»Das war allerdings spektakulär. Ich glaube, so blau war er zuletzt am Abend, bevor er ans College ist. Und eins muss ich klarstellen: Desmond nimmt keine Drogen und er trinkt fast nie. Keine Ahnung, was an dem Abend mit ihm los war.«

»Er hat gesagt, er brauche das manchmal. Weil er immer so diszipliniert sein muss«, antwortete Imogen automatisch.

»Und ich dachte, ich war der Grund.« Gabriel setzte sich auf.

»Du?«

»Ja. Ich war nicht gerade der beste kleine Bruder«, Gabriel lachte hohl. »Hab nicht mal kapiert, dass er ernsthaft verliebt ist. Er hatte seit der Elften keine feste Freundin mehr. Nicht, dass er wie ein Mönch gelebt hätte, aber …«

»So genau will ich das gar nicht wissen.«

»Wie auch immer. Du bist die erste, bei der er es wirklich ernst meint. Sonst hätte er mich nicht allein gelassen, um mit dir nach Niagara Falls zu fahren.«

In dem Moment fielen einige der Puzzleteilchen an ihren Platz. »Das warst du am Telefon?«

»Ja. Desmond hatte mich am Wochenende vorher in so ein Therapiezentrum gesteckt, aber ich habe es dort nicht mehr ausgehalten und mich selbst entlassen.« Er hielt die leere Flasche hoch. »Ich glaube, jetzt könnte ich noch ein Bier vertragen.«

»Sicher?«, kam Imogens mechanische Frage. In ihrem Kopf herrschte das reinste Chaos. Sie versuchte, auch den Rest der Puzzlestücke zusammenzusetzen, nach und nach ergab sich ein völlig neues Bild.

»Ja, ich denke schon. Was dagegen, wenn ich mir noch eins hole?«

Geistesabwesend schüttelte Imogen den Kopf und Gabriel verließ das Zimmer. Die Tür ließ er offen. »Willst du auch eins?«, drang seine Stimme aus der Küche.

»Nein.« Sie musste einen klaren Kopf bewahren, begreifen, was wirklich passiert war.

Desmond hatte die Wahrheit gesagt. Immer wieder hatte er ihr versichert, dass er kein Suchtproblem habe. Dass er nicht auf den Bildern aus New York zu sehen sei. Aber warum hatte er nichts von Gabriel erzählt? Sie hob den Blick, da dieser gerade das Zimmer wieder betrat. In der Hand hielt er vier Flaschen Bier.

Er stellte drei auf den Schreibtisch, behielt die letzte in der Hand und setzte sich wieder aufs Bett.

Imogen biss sich auf die Unterlippe und fragte dann: »Aber warum macht er das? Ich dachte, er hatte einen Filmriss. Und all die anderen Sachen? Die Anklagen, die vielen Fotos, der Ärger mit seinem Verein, die Suspendierung. Warum hat er niemandem was gesagt?«

»Um mich zu schützen. Das hat er schon immer getan. Ich kann mich zu einhundert Prozent auf Des verlassen. Wenn ich Mist baue, holt er mich jedes Mal raus.« Er leerte die Flasche und griff nach der nächsten. »Auf Desmond.« Er prostete in die Luft und trank. »Meinen großen Bruder und Retter in der Not.«

So langsam ergab alles Sinn. Fast zumindest. Imogen verstand Desmonds Beweggründe immer noch nicht genau. Es musste mehr dahinterstecken als nur der Wunsch, seinen Bruder zu beschützen. »Gabriel?«

»Ja?«

»Warum erzählst du mir das alles?«

»Liegt doch auf der Hand. Des leidet wie ein Hund, seit du ihn verlassen hast. Er macht sogar irgend so eine Therapie. Und als deine Freundin mir eben all diese Dinge an den Kopf geworfen hat, ist mir klar geworden, dass ich jetzt die Chance habe, etwas für ihn zu tun.« Er trank einen Schluck und sagte dann: »Du gehst doch zu ihm zurück, oder? Des hat gesagt, dass der Urlaub mit dir in Niagara Falls das Schönste war, was er je erlebt hat. Und wer weiß, vielleicht beruhigt er sich dann auch wieder.« Gabriel stellte die leere Flasche zur Seite und griff nach der nächsten. »Im Moment ist er so ernst, versteht einfach nicht, dass ich anders ticke. Ich lebe halt anders. Vielleicht wird er wieder entspannter, wenn du sein Bett wärmst.«

Imogen verschluckte sich fast. »Was?«

»Versteh das nicht falsch, ich will, dass er glücklich wird und all das. Aber die paar Wochen, die er mit dir zusammen war, hat er mir mehr Freiheiten gelassen. Das fand ich gut. Wenn du wieder da bist, wird es sicher wieder so. Win-Win, also.«

Schwankend stand er auf und hielt sich am Schreibtisch fest. »Und jetzt gehe ich feiern. Für die gute Tat habe ich mir ein bisschen Spaß verdient.« Er nahm die letzte Flasche und trank schwankend.

Imogen überlegte fieberhaft, was sie tun sollte. Ihr war klar, dass Gabriel in diesem Zustand nicht die Wohnung verlassen durfte. »Den kannst du doch auch hier haben. Ich hole Isaac und Lauren und wir feiern ein wenig zu viert?«

»Euer Bier ist alle und ich brauch jetzt was Härteres.« Er stolperte und fiel zurück aufs Bett.

»Ich schau, was wir dahaben, okay?«

»Alles klar.«

Imogen rannte aus dem Zimmer und wollte gerade an Laurens Tür klopfen, als sie von drinnen eindeutige Geräusche hörte. *Scheiße!* Ausgerechnet jetzt mussten die beiden Versöhnungssex haben.

Fieberhaft überlegte Imogen, was sie tun sollte. Gabriel war ziemlich betrunken. Eventuell würde ihm der Kochsherry reichen? Sie eilte in die Küche, holte die Flasche und betrat ihr Zimmer wieder. Gabriel scheiterte gerade an dem Versuch, vom Bett aufzustehen. »Ich habe das hier gefunden!« Sie wedelte mit der Flasche in der Luft herum.

»Cool. Hilfst du mir? Habe ein wenig Probleme.«

Sie zog ihn in eine aufrechte Position und drückte ihm die Flasche in die Hand. Ganz wohl war ihr nicht bei der Sache.

Für einen kurzen Moment rang Imogen noch mit sich, doch dann zückte sie ihr Handy und schrieb:

Dein Bruder liegt besoffen in meinem Bett. Komm ihn abholen.

Es dauerte keine Minute, bis Desmond antwortete:

Will ich wissen, wie es dazu gekommen ist? Bin unterwegs.

Imogen antwortete nicht. Da Gabriel sie nicht weiter beachtete, ließ sie sich auf den Schreibtischstuhl fallen und schloss für einen Moment die Augen. Sie hatte Desmond unrecht getan. Allerdings vertraute er ihr nicht. Er hätte ihr nur sagen müssen, dass das auf den Bildern Gabriel war. Dann wäre sie nie gegangen.

»Hast du Musik?« Es dauerte einen Moment, bis sie die genuschelten Worte verstand.

»Ja, klar.« Sie klappte ihren Laptop auf und suchte eine Playlist heraus. »Ist das okay?«

»Hauptsache die Stille ist weg. Ich hasse Stille. Zu viele Gedanken in meinem Kopf.« Er kniff die Augen zusammen. »Wie heißt du noch mal?« Dann winkte er ab und trank noch einen Schluck. »Gib mir einen Moment, dann bin ich wieder voll da.«

Ihr Blick blieb an Gabriel hängen. Vielleicht hätte sie ihm nichts zu trinken geben sollen. Ob Desmond deswegen sauer auf sie sein würde? Wie hatte Desmond sich gefühlt, als sie ihm Vorwürfe gemacht hatte? Andererseits hätte er nur den Mund aufmachen müssen, um das Missverständnis zu vermeiden.

»Kann ich hier irgendwo pinkeln?« Gabriel hatte die Flasche aufs Bett gelegt und Sherry sickerte in Imogens Decke.

Sie sprang auf, aber es war bereits zu spät. Eine große Lache färbte die helle Bettwäsche braun.

Gabriel bekam von all dem nichts mit. Beim dritten Versuch war es ihm gelungen, sich zu erheben, und er fummelte jetzt an seinem Gürtel herum.

»He, die Toilette ist draußen.« Imogen legte einen Arm um seine Hüfte und versuchte, ihn aus dem Zimmer zu bugsieren.

Als sie es durch die Tür geschafft hatten, klingelte es. *Desmond, endlich!*

Vorsichtig löste sich Imogen von Gabriel. »Da hinten, die letzte Tür ist das Bad. Ich geh nur schnell aufmachen.«

Sie drückte auf den Türsummer und hörte hinter sich ein lautes Poltern, dann Fluchen gefolgt von Gelächter.

32. Wahrheiten

Desmond rannte, so schnell er konnte, die Treppen nach oben. Er hörte ein lautes Fluchen und Gelächter. Gabriel.

Fuck! Er erreichte die offenstehende Wohnungstür und der Anblick im Flur ließ ihn einen Moment innehalten. Sein Bruder lag auf dem Boden, fummelte an seiner Hose herum und Imogen versuchte, ihn zum Aufstehen zu bewegen. Sie zog an seinem Arm. »Gabriel, das Bad ist …«

In dem Moment erwachte Desmond aus seiner Starre. »Geh zur Seite, Sky. Ich mach das.« Ihr dankbarer Blick ließ sein Herz überlaufen. Die letzten zwanzig Minuten waren die Hölle gewesen. Er hatte sich alle möglichen Situationen ausgemalt. Auch wenn Imogen und Gabriel wahrscheinlich keinen Sex gehabt hatten, konnte er diesen Gedanken nicht ganz zur Seite schieben. Danach hatten sich in seinem Kopf Szenen wie diese abgespielt. Gabriel völlig betrunken und Imogen hilflos.

Er kniete sich zu Gabriel hinunter und schob einen Arm unter dessen Schulter. »He, Kleiner, reiß dich mal zusammen. Ich helfe dir hoch und dann verschwinden wir.«

Gabriel versuchte, seinen Blick zu fokussieren, und lächelte dann. »Des! Ich habe alles in Ordnung gebracht.«

»Danke. Aber jetzt müssen wir gehen.«

»Ich muss pinkeln.«

Seufzend schob Desmond seine Schulter unter Gabriels Achselhöhle und drückte ihn so nach oben. Imogen erschien auf der anderen Seite und stützte Gabriel ebenfalls.

»Du musst das nicht machen. Ich kann …«

»Ich weiß«, unterbrach sie ihn. »Lass mich helfen. Hätte

ich ihm kein Bier und Sherry gegeben, wäre er nicht in diesem Zustand.«

»Doch, wäre er, nur an irgendeinem anderen Ort. Also habe ich dir zu danken.«

»Das hatte ich befürchtet. Ich wollte nicht, dass neue Fotos in Umlauf geraten.«

Wut brodelte in Desmond hoch. Wut auf Gabriel, der sich so hatte gehen lassen. Der Imogen mit seinen Problemen belästigte. Sein schlimmster Albtraum war wahr geworden. Sie erlebte genau das, wovor er sie hatte schützen wollen. »Willkommen in meinem Leben«, sagte er patziger als beabsichtigt.

»Lass ihn uns ins Bad bringen.« Gemeinsam schafften sie es, Gabriel ins richtige Zimmer zu lotsen. »Vielleicht gehst du jetzt. Ich werde ihn ausziehen müssen …«

»Brauchst du Hilfe?« Die Sorge in ihrer Stimme ließ seine Wut bloß höher kochen.

»Nein, verdammt. Geh einfach!« Er sah sie nicht an, weil er wusste, dass ihr mitleidiger Gesichtsausdruck ihm das Herz brechen würde. Stattdessen konzentrierte er sich auf Gabriel.

»Des, ich muss kotzen.«

War ja klar.

»Schieb ihn in die Dusche«, erklang Imogens Stimme.

Er fuhr herum, Imogen verharrte im Türrahmen. Sie war nicht gegangen. Und sie sah auch nicht aus, als hätte sie Mitleid. Stattdessen schritt sie auf ihn zu, zog den Duschvorhang weg und half, Gabriel zu halten, der einen Schwall Flüssigkeit erbrach.

»Scheiße!« Desmond sprang zur Seite, aber ein Teil des Erbrochenen landete auf seiner Hose. Damit nicht genug, bildete sich jetzt auch noch ein dunkler Fleck in der Mitte von Gabriels Jeans und er erbrach sich erneut.

Während Desmond fluchte, sagte Imogen: »Okay. Zieh das aus und dusch ihn ab. Ich hol was zum Anziehen.« Mit diesen Worten war sie verschwunden.

Desmond brauchte seine ganze Konzentration, um Gabriel aus

den Klamotten zu bekommen. Danach zog er selbst Hose und Shirt aus und stellte die Dusche an.

»Hier.« Imogen betrat das Bad wieder und legte einen Stapel Klamotten aufs Waschbecken. »Passt wahrscheinlich nicht gut, aber besser als das.« Sie deutete auf den dreckigen Wäschestapel. »Ich wasch das schnell.«

»Du musst das nicht machen, Sky.«

»Weiß ich. Will ich aber.«

Kopfschüttelnd drehte er das Wasser ab, da Gabriel lautstark zu protestieren begann. Er wollte sich nach einem Handtuch umdrehen, doch Imogen reichte ihm bereits eins.

»Ich hol nur schnell meine Decke. Dann kann ich die mitwaschen. Da ist Sherry drauf.« Und schon war sie wieder verschwunden.

Als er erneut Geräusche hinter sich hörte, sagte er: »Danke, Sky.«

»Ich bin nicht Sky. Ich bin Isaac.«

Der Kerl von letzter Woche? Was machte der mitten in der Nacht hier? Desmond wagte einen kurzen Blick nach hinten. Das war er tatsächlich. Er war barfuß, trug nur seine Anzugshose und ein offenes Hemd darüber. Desmond ließ von Gabriel ab. Waren seine Ängste doch berechtigt gewesen? Hatte sie ihn so schnell ersetzt? Oder warum stand der Typ halb nackt in Imogens Bad? Im selben Moment, als Desmond das dachte, verpuffte seine Wut und machte Verzweiflung Platz. Gabriel und er trugen weit weniger als dieser Isaac. Außerdem war Imogen mit dem Kerl sicher besser dran.

Trotzdem kostete es Desmond unheimliche Mühe, ihn nicht einfach aus dem Bad zu schubsen. »Ich krieg das allein hin, Mann.«

»Wow, nicht so feindselig. Ich will dir nur helfen. Habe mich jahrelang um meinen Vater gekümmert. Dein Bruder hat sich ziemlich abgeschossen, was wohl auch zum Teil meine Schuld ist. Ich habe Genny alleine mit ihm reden lassen. Ich will helfen.«

Desmond nickte und kam sich mit einem Mal ziemlich dämlich vor. »Mit dir hat sie es gut getroffen, oder? Kannst du mir helfen, ihn in die Klamotten zu bekommen? Sind das deine?«

»Ein Teil davon. Die Shirts und eine der Hosen. Die andere Hose, keine Ahnung.«

Zusammen gelang es ihnen relativ schnell, Gabriel wieder anzuziehen.

»Zieh dich auch an, ich bringe ihn schon mal in Gennys Zimmer.«

Desmond nickte. Gabriel schien ziemlich weggetreten, aber es bestand wohl keine Gefahr mehr, dass er irgendwelche Körperflüssigkeiten in der Wohnung verteilte. Also stieg Desmond schnell unter die Dusche und zog sich danach wieder an. Währenddessen drehten sich seine Gedanken immer um dieselbe Sache. Was würde Imogen jetzt von ihm halten? Und wer war dieser Isaac? Warum stand er in Imogens Badezimmer und sah aus, als hätte er gerade Sex mit ihr gehabt?

Erst jetzt fielen ihm wieder die Eintrittskarten für das Spiel am Mittwoch ein. Doktor Meyers hatte seine Idee gefallen, sie Imogen in den Briefkasten zu stecken. Doch er hatte sich am Ende nicht getraut. *Shit.* Die Karten waren in der Hose, die Imogen waschen wollte.

Was würde sie tun, wenn sie sie fand? Sie hatte nun miterlebt, wie schlimm es sein konnte. Würde sie etwas sagen? Das würde er nur herausfinden, wenn er jetzt zu ihr ging.

Im Flur herrschte gähnende Leere und in der Küche lief rumpelnd die Waschmaschine. Desmond klopfte an Imogens Tür.

»Komm rein.« Allein schon ihre Stimme sorgte dafür, dass sich in seiner Magengegend ein warmes Gefühl ausbreitete. Er hatte sie vermisst. Mehr, als er in Worte fassen konnte.

Desmond betrat das Zimmer und sah seinen Bruder auf dem Bett liegen. Imogen stand am Fenster und blickte hinaus. Dunkel hob sich ihre Silhouette gegen das schwache Mondlicht ab. Lediglich die Sternenlichterkette spendete dem Raum ein mattes Licht.

»Ich verschwinde wohl besser mit Gabriel.« Er drehte sich zum Bett, hielt aber inne, als er ihre Stimme vernahm.

»Warum hast du es mir nicht gesagt?«

»Weil ich dich nicht mit hineinziehen wollte.« Er klang leise, schuldbewusst. »Ich wollte nicht, dass dieser Mist auch dein Leben bestimmt.«

»Dir ist aber schon klar, dass das meine Entscheidung gewesen wäre, oder?«

»Vielleicht.«

»Du hast mich in dem Glauben gelassen, du wärst derjenige mit den Problemen.« Er konnte ihre Stimmung nicht einschätzen, weil sie immer noch hinaus in die Dunkelheit schaute.

»Ich habe dir gesagt, dass ich kein Problem mit Alkohol oder Drogen habe.« Warum ging er jetzt in die Defensive? Desmond ärgerte sich, dass er nicht aussprach, was ihm durch den Kopf schwirrte.

»Ja, hast du.«

Als sie beharrlich schwieg, sah er sich um und entdeckte die Karten für das Spiel auf dem Schreibtisch. Er würde sie liegen lassen. »Du kannst mir die gewaschenen Sachen schicken. Ich schick dir Isaacs.«

Sie antwortete nicht. Also ging er zu Gabriel. »He, Gabe. Lass uns nach Hause fahren.«

»Jetzt?« Er öffnete die Augen und blickte Desmond orientierungslos an.

»Ja, jetzt. Schaffst du es?«

»Ja.« Und tatsächlich quälte er sich in eine sitzende Position.

»Gut. Leg deinen Arm um meine Schulter, ich helfe dir.«

»Des? Wo sind wir?«

»Nicht wichtig. Ich bringe dich nach Hause.«

Gabriel sagte nichts mehr. Den letzten Rest Energie brauchte er zum Aufstehen.

»Tut mir leid, dass du das sehen musstest.« Desmond war sich nicht sicher, ob er laut genug gesprochen hatte.

Als er die Tür schon fast erreicht hatte, hörte er sie noch fragen: »Sind die Karten für mich?«

»Wenn du sie haben möchtest.«

33. Wie geht es jetzt weiter?

Imogen stand immer noch am Fenster, als sie Laurens Stimme hinter sich hörte. »Alles in Ordnung mit dir?«

»Ja, ich denke schon.«

»Du hast ihn gehen lassen?« Lauren trat neben sie ans Fenster.

»Er muss Gabriel nach Hause bringen.«

»Habt ihr wenigstens geredet?«

»Hast du mit Issac geredet?« Die Worte klangen schärfer, als Imogen beabsichtigt hatte.

»Das habe ich tatsächlich. Zwischen uns ist alles geklärt. Ich glaube, ich habe jetzt einen festen Freund.«

Endlich löste Imogen den Blick vom Fenster und nahm Lauren in den Arm. »Das freut mich für dich, Lauren. Isaac ist ein Klassetyp.«

»Ich weiß. Aber wir reden hier nicht über mich. Was ist jetzt zwischen dir und Des?«

»Keine Ahnung.« Sie zuckte mit den Schultern. »Ich muss das alles erst mal verdauen. War ziemlich viel für einen Abend.«

»Versteh ich. Aber wie war es, als du ihn vorhin wiedergesehen hast? Das erste Gefühl?«

»Ich weiß nicht«, kam die schwache Antwort. »Ich dachte, dass ich ihn liebe. Und dann, dass ich ihn hasse. Warum vertraut er mir nicht?«

»Vielleicht solltest du das lesen.« Erst jetzt bemerkte Imogen die Broschüre, die Lauren in der Hand hielt.

»Was ist das?«

»Lag in der Küche auf dem Boden.«

Imogen nahm das Heftchen. »Das war in Desmonds Hosentasche. Es muss runtergefallen sein, als ich die Eintrittskarten vor der Waschmaschine gerettet habe.«

»Eintrittskarten?«

»Für das Spiel am Mittwoch. Sie liegen auf meinem Schreibtisch.« Sie senkte den Blick auf das Papier in ihrer Hand. *Bin ich Co-Abhängig? Ein Ratgeber mit Kontaktadressen.* Sie öffnete die erste Seite und überflog die Fragen. Jemand hatte mit einem Kugelschreiber sämtliche Fragen mit Ja beantwortet. Besonders die letzte Frage fiel Imogen ins Auge: *Fühlst Du dich für die Situation verantwortlich und suchst sämtliche Schuld bei Dir?*

War das Desmonds Problem? Er suchte die Schuld für Gabriels Sucht bei sich? Das würde zu ihm passen.

»Sieht aus, als hätte Desmond tatsächlich ein Problem«, meinte Lauren, als Imogen wieder aufblickte. »Auch wenn es anders ist, als du dachtest.«

Imogen schüttelte den Kopf und legte die Broschüre zu den Karten. »Das ist mir gerade alles zu viel. Ich geh das Bad sauber machen und dann ins Bett.«

»Dein Zimmer stinkt nach Sherry.«

»Ich werde lüften, so lange ich putze.« Mit mechanischen Handgriffen öffnete sie das Fenster und ließ die kalte Nachtluft hinein.

»Soll ich dir helfen?«

»Nein, lass. Das Chaos hier ist meine Schuld und ich brauche Zeit zum Nachdenken.«

Imogen ging in die Küche, um Putzmittel zu holen, und traf dort auf Isaac, der sich gerade ein Brot mit Erdnussbutter schmierte. »Sorry für das Chaos.«

Isaac winkte ab. »Halb so wild. Mach dir keinen Kopf. Viel wichtiger ist: Dein Desmond denkt scheinbar, ich sei dein Freund. Ich habe dazu nichts gesagt, aber du solltest das aufklären. Ich will nicht zwischen euch stehen.«

»Ich werde es ihm sagen, wenn ich Gelegenheit dazu habe. Im Moment weiß ich nicht mal, ob ich ihn wiedersehen werde.«

»Und seine Sachen?«

»Schon mal was von der Post gehört? Da packt man Sachen in ein Päckchen und beauftragt Fremde, sie abzuliefern. Genial, sag ich dir.« Sie zwinkerte ihm zu und er zwinkerte zurück.

»Sie sind ganz schön ausgefuchst, Miss Kelly.« Isaac biss in sein Sandwich. »Aber ich würde die Sachen persönlich vorbeibringen. Nur so als Tipp.«

»Ja, danke. Jetzt verschwinde. Damit ich ans Putzzeug komme.«

Imogens Gedanken hatten sich auch am nächsten Morgen nicht beruhigt. Zum Glück musste sie arbeiten, das lenkte zumindest ein wenig ab. Als sie um sechs Uhr abends das Diner verließ, war sie allerdings keinen Schritt weiter als am Morgen.

Sie lief die wenigen Meter zu ihrer Wohnung, als sie plötzlich eine Stimme hinter sich hörte: »Sie halten sich wohl für besonders schlau, was, Miss Kelly?«

Verdutzt blieb sie stehen und sah sich um. Die Frau in Jeans und mit Pferdeschwanz kam ihr vage bekannt vor. »Bitte?«

»Jetzt tun Sie nicht so. Sie sind schuld daran, dass Desmond sich so merkwürdig aufführt!«

Bei der Erwähnung von Desmonds Namen, machte es bei Imogen Klick. »Mrs White?«

»Wer denn sonst?« Desmonds Mutter baute sich vor Imogen auf. »Ist Ihnen eigentlich klar, was Sie getan haben?«

»Ich habe gar nichts …«

»Sie schrecken vor nichts zurück, oder? Erst verdrehen Sie meinem Sohn den Kopf und hetzen ihn gegen seinen Bruder auf und dann spielen Sie die Unschuldige. Sie stecken doch hinter dieser Therapie. Als ob mein Desmond eine Therapie nötig hätte! Für wen halten Sie sich eigentlich? Sie kennen ihn gerade mal ein paar Wochen und wollen schon wissen, was für ihn das Beste ist?«

Imogen hatte mehrmals zum Sprechen angesetzt, aber diese Frau ließ sie einfach nicht zu Wort kommen. »Ich habe keine Ahnung, was …«

»Genau! Sie haben überhaupt keine Ahnung! Und ich rate Ihnen eins: Lassen Sie die Finger von meinem Sohn, er kommt hervorragend ohne Sie zurecht. Der Vertrag ist aufgelöst, Sie kriegen keinen Cent mehr. Das war's, Ende der Geschichte. Auf Nimmerwiedersehen!« Mit diesen Worten rauschte sie davon.

Imogen starrte ihr fassungslos hinterher. Was war das denn gewesen? Warum glaubte Desmonds Mutter, sie hätte ihn gegen Gabriel aufgehetzt? Sie hatte doch gar nichts getan.

Sie schloss die Haustür auf und betrat die leere Wohnung. Lauren verbrachte das Wochenende bei Isaac. Eigentlich war ihr das ganz recht. So hatte sie Zeit zum Nachdenken.

Ihr Blick fiel aufs Bett und sie runzelte die Stirn. Eigentlich saß dort der Teddy, den sie von Desmond in Niagara Falls bekommen hatte. Aber er war nicht da. Hektisch suchte sie und fand ihn schließlich unter dem Bett. Er musste bei der Aktion mit Gabriel heruntergefallen sein.

Als sie ihn an sich drückte, traten ihr Tränen in die Augen. Das war nur ein verdammter Teddy! Warum war er ihr so wichtig? Langsam ließ sie sich aufs Bett sinken.

Sie musste herausfinden, was für eine Therapie Desmond machte. Aber wie sollte sie das anstellen? Sie kannte kaum jemanden aus Desmonds Bekanntenkreis. Gabriel und seine Mutter fielen aus offensichtlichen Gründen aus. Wer blieb dann noch? *Lydia,* schoss es ihr durch den Kopf. Die Frau des Catchers hatte ihr beim letzten Spiel eine Visitenkarte in die Hand gedrückt und dazu gesagt: »Melde dich, wenn ich dir irgendwie helfen kann. Das hier muss eine völlig neue Welt für dich sein.«

Bevor sie es sich anders überlegen konnte, suchte Imogen die Visitenkarte heraus und wählte die Nummer. Lydia meldete sich mit einem fragenden »Hallo?«.

»Hey, ich bin's, Imogen.«

»Imogen? Hey, das ist aber eine Überraschung.«

»Passt es dir gerade? Ich könnte auch später …«

»Nein, jetzt ist prima. Ich schaue der Mannschaft beim Training zu. Wir sind in Texas und ich bin diesmal mitgeflogen. Aber so lange sie trainieren, habe ich nichts zu tun. Was gibt es?«

»Also, es geht um Desmond. Ich …« Sie wusste nicht, was sie

sagen sollte. Ihr Herz klopfte wild gegen ihre Brust und sie musste sich mehrmals räuspern, bevor sie sprechen konnte. »Also, ich … er …«

»Möchtest du, dass ich mit ihm rede?«, kam Lydia ihr zur Hilfe.

»Nein! Nein, nein, nein! Ich wollte nur wissen, also … Ach, weißt du was, das war eine blöde Idee. Vergiss es einfach. Ciao.« Sie legte auf und warf das Handy aufs Bett. Wie hatte sie nur auf die Idee kommen können, mit Lydia zu telefonieren? Im Grund kannten sie sich ja kaum. Und wahrscheinlich waren Desmond und Dave nicht so gut befreundet, dass sie irgendetwas wusste.

Das Klingeln ihres Handys schreckte Imogen aus ihren Gedanken. Es war Lydia. Imogen zögerte kurz, nahm dann aber doch ab.

»Sorry, ich …« Sie stockte.

»Ich weiß nicht, was zwischen Des und dir los ist, aber ich helfe gerne, wenn ich kann.«

»Ich habe ihn verlassen«, murmelte Imogen.

»Das wusste ich nicht. Dave meinte, ihr hättet irgendwelche Probleme.«

»Stimmt ja auch. Ich habe ihn verlassen, weil ich dachte, er hätte ein Suchtproblem. Aber jetzt weiß ich, dass es nicht so ist.«

»Und warum redest du dann nicht einfach mit ihm?« Bei Lydia klang das so simpel.

»Weil ich nicht weiß, ob ich ihm vertrauen kann. Er hat mich die ganze Zeit belogen.« Sie konnte nicht länger still sitzen und ging in die Küche, um den Trockner von letzter Nacht auszuräumen.

»Und deshalb hast du ihn verlassen?«

»Nein! Ja! Das war, als ich noch dachte, er wäre süchtig. Aber er hat mir nie gesagt, was wirklich los war. Er vertraut mir nicht.« Imogen klemmte sich das Handy zwischen Schulter und Wange und brachte den Wäschekorb in ihr Zimmer.

»Okay. Weiß er denn, dass du jetzt Bescheid weißt?«

»Ja.«

»Und?«

»Er hat mir Karten für das Spiel am Mittwoch dagelassen. Und er hat gesagt, dass er mich schützen wollte. Aber er kann doch nicht einfach für mich entscheiden, wie viel ich vertragen kann!« Erst jetzt realisierte Imogen, wie sehr sie das verletzt hatte. Wütend holte sie die Bettwäsche aus dem Korb und strich sie glatt.

»Männer sind so. Sie versuchen immer alle zu beschützen, die sie lieben. Selbst wenn die gut auf sich selbst aufpassen können. Wahrscheinlich würde er sich für dich sogar vor einen heranrollenden Zug werfen. Du solltest dir eher beim Gegenteil Sorgen machen.«

»Mag sein. Trotzdem hat er ernste Probleme und will sich nicht helfen lassen. Damit komme ich einfach nicht klar. Sein Bruder hat zwar eine Therapie erwähnt, aber ich weiß nicht, ob da was dran ist. Und ich traue mich nicht, ihn zu fragen.«

»Imogen, ich habe keine Ahnung, um was es geht, aber wenn du willst, kann ich mich gerne ein wenig umhören.«

»Nein! Das fällt doch auf.«

»Ach, quatsch. Ich mach das ganz unauffällig, versprochen.« Imogen war nicht wohl bei der Sache, aber was hatte sie schon zu verlieren?

34. Es ist besser so

»Hallo, Desmond.« Doktor Meyers hielt ihm mit einem strahlenden Lächeln die Hand hin, kaum dass er ihr Büro betreten hatte. »Großartiger Sieg gestern!«

»Danke.« Er zwinkerte ihr zu. »Aber das war ich nicht alleine.«

»Darüber lässt sich streiten. Die Rangers haben bestimmt Albträume von Ihren Curve Balls.«

»Okay, das lasse ich gelten.«

Doktor Meyers zeigte auf den Sessel, in dem Desmond in der letzten Woche viel Zeit verbracht hatte, und er setzte sich ebenfalls.

»Gibt es irgendetwas, über das Sie reden möchten?«, eröffnete sie die Sitzung.

Das Lächeln verschwand aus Desmonds Gesicht. »Sie weiß alles.«

»Sky? Haben Sie mit ihr geredet?«

»Nein. Aber Gabriel.« Desmond konnte nicht verhindern, dass die Worte verbittert herauskamen.

»Ihrem Tonfall nach zu schließen, verlief dieses Treffen nicht optimal?«

Er lachte trocken. »Wenn Sie ein Bett voller Sherry und einen Gabriel, der sich einpisst und alles vollkotzt, während sie daneben steht, so bezeichnen wollen, dann ja.«

Desmond erzählte ihr von dem schicksalhaften Zusammentreffen mit Gabriel und Imogens Hilferuf.

Doktor Meyers nickte. »Und wie geht es Ihnen dabei?«

»Wie es mir geht?« Er fuhr sich mit der Hand übers Gesicht. »Ich habe die Konsequenzen gezogen, noch am Samstag den Mietvertrag für mein Haus gekündigt und einen Makler beauftragt, mir eine kleine Wohnung in der Stadt zu besorgen. Dann habe ich meine Mutter und Gabriel vor vollendete Tatsachen gestellt und ihnen gesagt, dass ich ihn nicht weiter decke.«

»Wie haben die beiden reagiert?«

»Ich glaube nicht, dass Gabriel nüchtern genug war, um zu verstehen, was ich gesagt habe.« Desmond seufzte. »Meine Mutter hat getobt. Sie hat noch nicht verkraftet, dass ich sie als Managerin gefeuert habe. Aber ich habe ihr klargemacht, dass ich ab jetzt mein eigenes Leben lebe.«

»Akzeptiert sie das?«

»Das wird sie müssen, verdammt! Ich habe ihnen zwei Wochen gegeben, um auszuziehen. Und wissen Sie was? Es fühlt sich gut an. Ich hätte nicht gedacht, dass es so viel Druck von mir nimmt. Ich kann mich endlich auf die Dinge konzentrieren, die mir wichtig sind: Baseball und Architektur.«

»Und wie passt Sky in das neue Bild?«

»Ich denke nicht, dass sie einen Platz in meinem neuen Leben will«, stieß Desmond zähneknirschend hervor.

Doktor Meyers Augenbrauen zuckten in die Höhe. »Hat sie das gesagt?«

»Nicht so direkt. Aber sie hat einen neuen Freund. Er scheint in Ordnung zu sein.« Seine Stimme klang weniger freundlich, als die Worte vermuten ließen.

»Einen neuen Freund?«

»Ich denke schon.« Er schloss für einen kurzen Moment die Augen und atmete zweimal tief durch, bevor er weitersprach. »Ich wollte sie letzte Woche zweimal besuchen. Bin extra in ihre Gegend gefahren, um zu joggen. Und jedes Mal kam dieser Kerl morgens aus ihrer Wohnung. Und Freitagnacht war er auch da.«

»Und er ist ganz sicher ihr Freund?«, fragte Doktor Meyers stirnrunzelnd. »Aus Ihren Erzählungen kam sie mir nicht wie jemand vor, der sich so schnell wieder auf jemanden einlässt.«

»Sicher weiß ich es nicht. Aber er beschützt sie und hat gedroht, mich rauszuschmeißen, wenn ich Ärger mache. Und der Teddy ist weg.«

»Welcher Teddy?«

»Der, den ich in Niagara Falls für sie aus dem Automaten gezogen habe. Er saß immer auf ihrem Bett. Aber am Freitag war er nicht mehr da.« Desmond ließ den Kopf in die Hände fallen. »Ich weiß, dass sie mit ihm besser dran ist, aber …« Er brach ab und versuchte die Tränen zurückzudrängen.

»Was genau ist am Freitag passiert?«

Mit brüchiger Stimme erzählte Desmond die Geschichte. »Am Ende habe ich die Karten auf ihrem Schreibtisch liegen lassen und bin mit Gabriel gegangen.«

»Glauben Sie, dass Sky am Mittwoch kommt?«

Er schüttelte den Kopf. »Warum sollte sie? Sie ist ohne mich besser dran.« Er seufzte. »Aber etwas Gutes hatte die Sache: Mir ist endlich klar geworden, dass ich Gabriel nicht helfen kann. Egal, wie sehr ich es versuche.«

»Das ist ein erster Schritt. Sollen wir für Mittwoch direkt nach dem Spiel einen Termin machen? Ich bin sowieso im Stadion.« Sie lächelte ihn an und er war dankbar für das Angebot.

»Dann glauben Sie auch nicht, dass sie da sein wird?« Desmond hasste die Verzweiflung in seiner Stimme.

»Ich glaube, dass Sie Gesprächsbedarf haben werden. Egal, ob sie da war oder nicht.«

Er nickte. »Okay.«

Sie rückte ihre Brille zurecht und sagte dann: »Was schlagen Sie als Treffpunkt vor?«

»Ich werde versuchen, einen der Räume im Stadion zu bekommen. Bei mir zu Hause herrscht im Moment nicht gerade die beste Stimmung. Ich vermeide es, dort zu sein, soweit es geht.«

»Sie brauchen einen Rückzugsort.«

»Ich weiß.« Er fuhr sich mit der Hand durchs Haar. »Nach unserem Termin habe ich eine Wohnungsbesichtigung. Und wenn alles klappt, kann ich dort schon Ende der Woche einziehen.«

»Das sind gute Neuigkeiten.« Sie nickte und schlug die Beine übereinander. »Wie geht es Ihnen mit der Entscheidung, Ihren Bruder sich selbst zu überlassen?«

»Keine Ahnung. Es tut weh. Er wird sich tierisch in die Scheiße reiten.« Unruhig erhob sich Desmond und begann im Raum auf und ab zu wandern. Der nächste Gedanke beschäftigte Desmond schon eine ganze Weile. »Vielleicht kann er sich nicht um sich selbst kümmern, weil wir ihn nie gelassen haben. Kann er das noch lernen?«

»Das werden Sie bald erfahren«, antwortete Doktor Meyers lächelnd. »Manchmal überraschen Menschen uns und sind stärker, als wir annehmen.«

»Ich kann nur hoffen, dass Sie recht haben«, antwortete Desmond mit einem tiefen Seufzer.

Vor dem Spiel am Mittwoch ließ Dave sich neben ihm auf der Spielerbank im Clubhouse nieder. »Hey, Des. Du wirkst aufgeregt, als wäre es dein erstes Spiel. Was ist los?«

Ist es so offensichtlich? »Erzähl keinen Scheiß, ich bin nie aufgeregt.«

»Eben. Also kann es nicht wegen des Spiels sein.«

Kopfschüttelnd stand Desmond auf. »Hat man hier kein Privatleben?«

Dave grinste. »Nein. Schon gar nicht, wenn meine Frau der Meinung ist, dass sie sich einmischen muss.«

»Bei was will Lydia sich denn einmischen?«

»Deine Imogen. Ich weiß nichts Genaues, aber die beiden haben in den letzten Tagen ständig miteinander telefoniert.« Er zuckte mit den Schultern. »Also, warum bist du so nervös?«

Desmond wusste, dass Dave nicht lockerlassen würde, und sagte: »Ich habe Imogen Karten für das Spiel gegeben.«

»Ah, und jetzt hoffst du, dass sie kommt?«

»Genau.«

»Na, dann lass uns rausgehen. Sie sollte direkt neben Lydia sitzen.«

Desmond seufzte und folgte seinem Teamkameraden. Mit jedem Schritt flatterten seine Nerven mehr. So hatte er sich nicht mehr gefühlt, seit er mit Sechzehn zum ersten Mal ein Mädchen zum Ball eingeladen hatte.

Als er das Stadion betrat, huschte sein Blick in den Bereich für die Familien direkt hinter dem Dugout und er sah Lydia. Die beiden Plätze neben ihr waren leer.

Wie eine dunkle Welle brach die Realität über ihm zusammen. Für einen kurzen Moment drohte die Welt in Dunkelheit zu versinken und ihn allein zurückzulassen. Sie war nicht gekommen. Wie von Weitem hörte er Daves Stimme: »Tut mir leid, Mann.« Dann spürte er eine Hand auf seiner Schulter, die kurz zudrückte.

Die Menge im Stadion tobte. Ihm war klar, dass ein Teil des Jubels ihm galt, aber er fühlte nichts. Keine Vorfreude, keine Spannung, keine Aufregung. Da war nichts. Nur der leere Sitz, der ihn daran erinnerte, dass er Imogen verloren hatte. Er wollte sich zurückziehen, wollte allein sein, nicht der Menge ausgesetzt. Im Moment war er nicht mal in der Lage zu werfen.

»Coach? Mir geht es nicht gut. Könnte ich im ersten Inning aussetzen?« Er registrierte den niedergeschlagenen Klang seiner Stimme, aber es war ihm egal. Alles war egal.

»Auf gar keinen Fall! Die bringen mich um, wenn ich dich schon wieder auf der Bank lasse. Du wirfst als Erster. Strapazier meine Geduld nicht, Holden!« Und dann war der Coach verschwunden.

Desmond schloss die Augen und holte mehrmals zitternd Luft. *Du hattest damit gerechnet. Reiß dich zusammen und mach deinen verdammten Job!*

Er erlaubte sich einen kurzen Moment der Trauer und begann dann mit seiner mentalen Vorbereitung. Alle Gedanken kommen lassen, anschauen und vorbeifliegen lassen. Es wirkte nicht so gut wie sonst, aber die Dunkelheit und die Taubheit verschwanden. Langsam kamen die Geräusche des Stadions wieder bei ihm an.

»Die Spieler betreten das Feld.« Die Stimme des Stadionsprechers drang an sein Ohr, er atmete ein letztes Mal tief durch und ging zum Mound. Er wollte sich gerade positionieren, als der Stadionsprecher erneut anhob. »Aber erst ist da eine junge

Dame, der es unser Pitching Ace angetan hat. Schick ihr einen Kuss, Holden.«

Zum zweiten Mal an diesem Tag blieb für Desmond die Welt stehen. Er verharrte mitten in der Bewegung. Konnte das sein? Das waren fast genau die Worte, die der Sprecher damals verwendet hatte. Daraufhin hatte er den Kopf gehoben und Imogen auf der Leinwand entdeckt. Peinlich berührt und mit diesem kitschigen Schild in den Händen.

Langsam, so, als würde die Welt in Zeitlupe ablaufen, drehte er sich zu dem großen Bildschirm um und hob den Kopf. Und da lächelte sie ihm entgegen. Wieder mit geröteten Wangen und diesem lächerlichen Schild mit den Worten *Desmond Holden, I love you!* in den Händen.

Sofort suchte Desmond die Menge ab. Er konnte sie nirgends entdecken. Aber sie war da. Und dann breitete sich ein Lächeln auf seinen Zügen aus. In dem Moment legte sie das Schild zur Seite und drückte sich einen Teddybären an die Brust. Dabei formten ihre Lippen die Worte: Ich liebe dich!

Am liebsten wäre er losgerannt, um sie zu umarmen. Doch das ging natürlich nicht. Also drehte er sich zur Leinwand und schickte Handküsse in ihre Richtung. Das Bild wechselte zu seinem Gesicht und er sagte langsam: »Ich liebe dich auch!«

Tosender Applaus setzte ein und der Bildschirm wurde schwarz. »Wollen wir mal hoffen, dass dieses kleine Zwischenspiel Holden beflügelt!«, sagte der Stadionsprecher und weiterer Beifall brandete durch die Reihen.

Noch einmal schloss Desmond die Augen und atmete tief durch. Diesmal wollte er sich gar nicht beruhigen. Er musste nur die unbändige Freude, die in ihm tobte, kanalisieren. Dieses Spiel würde ein Klacks werden.

35. Happy End

Sobald das Spiel vorbei war, flog Imogen die Treppen zum Bereich der Spielerfamilien hinunter. Dort begrüßte Lydia sie mit den Worten: »Ich glaube, es hat funktioniert. Dann bringen wir dich mal zum Clubhouse.«

Imogen runzelte die Stirn. »Wohin?«

»Und du willst mit einem Baseballspieler zusammen sein«, tadelte Lydia sie lachend. »Das Clubhouse ist die Umkleidekabine der Spieler.«

»Aha. Und warum heißt es dann nicht einfach Umkleidekabine?«

»Weil dieses Ding viel mehr ist. Fitnessraum, Physiotherapie, Aufenthaltsraum. Alles eben, was unsere Profis brauchen, um zu relaxen.«

»Werde ich mir merken.« Sie passierten die Absperrungen und gelangten vor eine Tür.

»Hier ist es. Ich denke, wir werden einen Moment warten müssen, bis er geduscht ist und …« In diesem Moment ging die Tür auf und Desmond trat heraus. Ungeduscht, noch in seiner Spielerkleidung und mit der Baseballkappe auf dem Kopf.

Ein Lächeln breitete sich auf seinem Gesicht aus. Wortlos zog er Imogen an sich und küsste sie. Dabei fuhr eine Hand durch ihr Haar und mit der anderen drückte er sie so fest an sich, dass ihr die Luft wegblieb. Oder lag das an dem Kuss? Egal. Sie schmiegte sich an ihn, strich seinen Nacken entlang, seinen Rücken und hätte ewig so weitermachen können, wenn nicht Gelächter, Pfiffe und Klatschen sie wieder in die Wirklichkeit zurückgeholt hätten. Er hatte die Tür offengelassen und seine Teamkameraden konnten genau sehen, was sich zwischen ihnen abspielte.

»Ignoriere sie einfach, Sky. Die sind nur neidisch«, sagte er leise gegen ihren Mund.

»Desmond, ich liebe dich und es tut ...«

»Du musst dich nicht entschuldigen. Ich geh schnell duschen und dann unterhalten wir uns, okay?« Er küsste sie noch einmal, betrat dann die Kabine und steckte den Kopf noch einmal hinaus: »Ich liebe dich auch!« Dann schloss er die Tür.

»Da wird er sich jetzt was anhören dürfen.« Lydia grinste breit.

»Wie ich Des kenne, kommt er damit bestens zurecht.« Imogen nahm Lydias Hände in ihre und sagte: »Danke für deine Hilfe.«

»Nichts zu danken. Ich habe Desmond vom ersten Moment an ins Herz geschlossen und bin froh, dass sich für ihn endlich alles zum Guten wendet.«

»Ich auch.«

Es dauerte keine zehn Minuten, bis Desmond wieder herauskam. Sofort zog er Imogen in seine Arme, gab ihr einen Kuss und sagte: »Ich muss dir was zeigen, komm mit.« Und an Lydia gewandt: »Was auch immer du mit dieser Sache zu tun hattest: Danke!«

»Gern geschehen!«

Imogen strahlte. Sie war hier mit Desmond und er schien kein bisschen enttäuscht oder sauer auf sie zu sein. Das war mehr, als sie erwartet hatte.

»Wir müssen noch ganz kurz etwas erledigen und dann zeige ich dir meine neue Wohnung.«

»Du hast die neue Wohnung schon?«

»Du weißt davon?«

»Na ja, Lydia ...«

»Ich kann's mir denken. Das erzählst du mir gleich in Ruhe.« Er führte sie zu einer Tür in der Nähe, vor der eine älteren Frau mit Brille wartete, die ein Mariners Shirt und eine Baseballkappe trug. »Sky, darf ich dir Doktor Meyers vorstellen? Doktor Meyers, das ist Sky – Imogen.«

Doktor Meyers lächelte und reichte Imogen die Hand.

»Sie ist meine Therapeutin und mein größter Fan.« Er zwinkerte Doktor Meyers zu.

»Bescheiden wie immer. Trotzdem Glückwunsch zum Sieg.« Sie deutete auf Imogen. »Wie es aussieht, fällt unsere Sitzung heute aus?«

»Ich fürchte, ja. Aber ich würde gerne morgen vorbeikommen, wenn das geht.«

»Alles klar. Ich kann aber erst nach 18:00 Uhr.«

»Gut. Dann bis morgen.« Er zog Imogen mit sich Richtung Spielerausgang und hielt dann inne. »Bist du mit dem Auto da?«

»Nein. Isaac hat mich gefahren.« Sie wusste, dass sie ihn mit dieser Bemerkung provozierte, fand aber, dass er das verdient hatte. Desmond erstarrte kurz, bevor er sich wieder entspannte.

»Wahrscheinlich mache ich mich jetzt völlig lächerlich, weil Isaac dein Bruder ist oder so, aber: Wer zur Hölle ist dieser Kerl?«

Bei der Vorstellung, Isaac könnte ihr Bruder sein, musste Imogen lachen. »Isaac ist Laurens Freund.«

»Oh«, sagte Desmond.

In dem Moment verließen sie das Stadion und das Blitzlichtgewitter ging los. Mikrofone wurden vor ihre Gesichter gehalten und die Fragen der Klatschreporter prasselten auf sie ein. »Dann stimmen die Gerüchte also nicht, dass sie sich getrennt haben?«

»Was ist dran an der Sache, dass Sie aus Madison Park wegziehen? Bedeutet das, sie ziehen gemeinsam in ein Liebesnest?«

Desmond lächelte Imogen entschuldigend an und bat mit einer Geste um Ruhe. »Miss Kelly und ich sind nach wie vor ein Paar. Ob sie zu mir zieht, haben wir noch nicht geklärt. Ich fand nur einfach, dass dieses Riesenhaus nicht zu mir passt. Und jetzt entschuldigen Sie uns bitte.« Er bahnte sich einen Weg durch die Reporter und schirmte Imogen dabei so gut wie möglich ab. Schließlich erreichten sie seinen Wagen und stiegen ein. »Tut mir leid. Aber daran wirst du dich gewöhnen müssen.«

»Kein Problem. Ich kann damit umgehen, du erinnerst dich?«

»Ja.« Er lenkte das Auto vom Parkplatz. »Von hier ist es nicht weit.« Ein jungenhaftes Lächeln legte sich über sein Gesicht. »Ich bin gespannt, wie es dir gefällt.« Tatsächlich fuhr er wenige Minuten später in die Tiefgarage eines Hochhauses.

»Du hast ein Apartment im Smith Tower?«

»Genau.« Er nickte zufrieden. »Es ist nicht das Penthouse und auch sonst nichts Besonderes. Vier Zimmer, Küche, Bad. Keine hundert Quadratmeter.«

»Du entschuldigst dich bei mir, dass du eine kleinere Wohnung hast? Du erinnerst dich aber schon an meine, oder?«

»Ja. Komm!« Lachend führte er sie sie zum Aufzug und drückte den Knopf für den siebzehnten Stock.

»Die Aussicht dürfte nicht schlecht sein.« Imogen kuschelte sich in seine Armbeuge und atmete tief seinen Geruch ein. »Ich habe dich vermisst, Desmond.«

»Und ich dich erst.« Er küsste sie sanft. »Seit Freitag wusste ich nicht mehr, was ich tun soll. Ich stand völlig neben mir.«

»Davon hat man bei den Spielen gegen die Rangers aber nichts gemerkt.«

»Du hast dir die Spiele angesehen?« Er klang ernsthaft überrascht.

»Ich habe mir alle Spiele angesehen, seit … also …«

»Seit ich ein Idiot war und meinen Mund nicht aufbekommen habe«, ergänzte er ihren Satz.

»Seit ich nicht bereit war, dir zu glauben.«

»Du hattest keinen Grund.« Stirnrunzelnd sah er auf sie hinab. »Was hat sich geändert?«

»Ich war Freitag ziemlich wütend auf dich. Und geschockt, nachdem ich Gabriel erlebt hatte. Aber dann habe ich mit Lydia geredet. Sie hat sich für mich umgehört.«

Er runzelte die Stirn. Der Aufzug hielt und sie stiegen aus. Vor ihnen erstreckte sich zu beiden Seiten ein Gang mit mehreren Türen.

»Das erzählst du mir gleich.« Er deutete den rechten Gang entlang. »Hier.« An der hintersten Tür hielt er an. »Bisher habe ich nur eine Matratze und ein wenig Kleidung hier. Auch der Kühlschrank gibt nicht viel her. Bier und Wasser. Kein Essen, fürchte ich.«

Er schloss auf und Imogen entfuhr ein kleiner Seufzer. Die Wohnung öffnete sich direkt zu einem großen Wohnraum mit offener Küche in der linken Ecke. Ein Panoramafenster nahm die gegenüberliegende Seite ein und gab den Blick über Seattle bis zum Meer frei. Heller Parkettfußboden und weiße Wände ließen alles ein wenig steril wirken, aber Imogen konnte sich den Raum sofort als gemütliches Wohn- und Esszimmer vorstellen. Desmond deutete nach links. »Dort sind ein kleines Zimmer und das Gäste-WC. Auf der anderen Seite mein Schlafzimmer und ein weiteres Zimmer. Dazwischen liegt das große Bad.« Er führte sie in das Schlafzimmer. Auch von hier hatte man einen herrlichen Ausblick aus einem der großen Fenster. Auf dem Boden lag eine Matratze und zwei Sporttaschen mit Kleidung. »Ich sag ja, ich habe noch nicht viel hier.« Er kratze sich am Nacken. »Möchtest du was trinken?«

»Des?«

»Mmmh?«

»Könnten wir einfach reden?«

»Ja, klar! Nimm du die Matratze, ich setze mich auf den Boden.«

»Das musst du nicht. Du kannst zu mir …«

Er hob abwehrend die Hand. »Wenn ich zu nah bei dir bin, werden wir nicht lange reden.«

»Dann solltest du erst recht herkommen.« Sie nahm im Schneidersitz auf der Matratze Platz und schlug mit der Hand neben sich.

Sein Blick ließ ihren nicht los, als er sich neben ihr niederließ. Er setzte sich auf seine Hände und aus Imogens Lächeln wurde ein Lachen. »Du darfst mich berühren, Des.«

»Ich weiß. Aber erst will ich so viel erklären und du weißt, wie gerne ich dich anfasse. Und was dann passiert.« Er zuckte mit den Schultern und fragte: »Lydia hat also für dich spioniert?«

»Ich habe sie nicht beauftragt, falls du das denkst.« Imogen spürte, wie sie rot wurde. Mal wieder.

Das entlockte Desmond ein Schmunzeln. »Und wenn, hätte ich nichts dagegen. Es hatte ja Erfolg. Du bist da.« Jetzt streckte er doch die Hand aus und fuhr ihr kurz übers Knie. »Was hat sie dir erzählt?«

»Dass du eine Therapie machst. Gabriel hatte das schon angedeutet. Sie sagt, du seist co-abhängig?«

»Das ist anscheinend nicht so geheim, wie ich dachte.« Seufzend schüttelte er den Kopf. »Ja. Ich lasse mir von Doktor Meyers helfen.« In wenigen Sätzen fasste er zusammen, wie er sie kennengelernt hatte und was seitdem passiert war. »Ist das der Grund, warum du wieder hier bist? Weil ich mir helfen lasse?«

»Auch«, murmelte sie und senkte den Blick.

»Das verstehe ich nicht ganz.« Er beugte sich so weit vor, dass er ihr in die Augen schauen konnte.

»Na ja, zuerst dachte ich, dass ich nicht genug sei. Dass du die Drogen oder den Alkohol oder was auch immer nicht für mich aufgeben würdest. Dann dachte ich, dass du mir nicht vertraust. Bis ich verstanden habe, dass das alles Mist ist. Du hast nur versucht, alles irgendwie am Laufen zu halten und mich dabei nicht zu belasten. Nicht, weil du mir nicht vertraust, sondern weil du mich liebst.«

Sie fühlte sanft seine Hand auf ihrer Wange und blickte ihn an. Die Wahrheit ihrer Worte spiegelte sich in seinen Augen. Er liebte sie und sie liebte ihn. So einfach war das. Zusammen könnten sie der ganzen Welt trotzen. Und dann lagen seine Lippen auf ihren und sie vergaß alles andere. Endlich fühlte sie sich wieder komplett. Es war, wie er gesagt hatte: Wenn sie sich so nah waren, würden sie nicht reden. Aber das mussten sie auch nicht. Nicht jetzt. Jetzt zählte nur seine Haut auf ihrer. Wann hatten sie die Kleider abgelegt? Egal. Seine Hand auf ihrer Haut entfachte das Feuer und sie wollte nur noch in ihm versinken. Da fuhren seine Finger in sie, ließen sie stöhnen.

»Sag, dass du mich willst«, drangen seine Worte durch den Nebel des Verlangens.

»Ja, ja!« Sie erkannte ihre Stimme kaum, aber dann war er in ihr und die Anspannung der letzten Tage fiel von ihr ab.

Imogen wusste nicht, wie viel Zeit vergangen war. Auch das war egal, denn Zeit war etwas, was sie von nun an im Überfluss hatten.

Desmond spielte gedankenverloren mit ihrem Haar und hauchte immer wieder Küsse darauf. Sie lagen eng aneinander gekuschelt auf der Matratze und schließlich flüsterte er: »Ich war so ein Idiot, Imogen. Ich habe Jahre damit zugebracht, eine Schuld zu bezahlen, die ich nie abgleichen kann.«

»Das mit Gabriel ist doch nicht deine Schuld.« Sie strich ihm eine verirrte Strähne aus dem Gesicht.

»Aber es fühlt sich so an. Und ich habe es jahrelang geglaubt. Jetzt habe ich eingesehen, dass ich nicht alles alleine schaffen kann. Ich hätte dir viel früher sagen sollen, was los ist.«

»Du hast Zeit gebraucht.«

Er schüttelte mehrfach den Kopf. »Ich hätte nie zulassen dürfen, dass meine Mutter und Gabriel so einen großen Raum in meinem Leben einnehmen.«

Das war ein Punkt, der Imogen auch schon beschäftigt hatte. Also fragte sie vorsichtig: »Und was ist jetzt mit deiner Mutter?«

»Auch zu ihr habe ich den Kontakt abgebrochen. Sie ist nicht mehr von Belang.«

»Doch, das ist sie. Wusstest du, dass sie mich angesprochen hat? Sie hat mich beschuldigt, dich ihr und Gabriel weggenommen zu haben. Ich muss verstehen, warum sie so etwas denkt.«

»Sie hat was?« Desmonds Blick verfinsterte sich. »Das hätte sie nicht tun dürfen.« Er ballte die Fäuste.

»Eigentlich ist ihr Auftritt schuld, dass ich jetzt hier bin.«

»Wie denn das?«

»Nach dem, was sie gesagt hat, habe ich Lydia angerufen und die hat alles in Rollen gebracht. Ich will nur verstehen, warum deine Mutter mich anfeindet.«

»Ich versuche, es zu erklären.« Desmond holte einmal tief Luft. »Meine Mutter hat im Prinzip dasselbe Problem wie ich. Auch sie handelt ausschließlich aus Schuldgefühlen heraus. Sie ist enttäuscht von Gabriel. Aber das darf sie nicht sein, weil er ja krank ist. Tief in ihrem Inneren gibt sie sich selbst die Schuld für sein

Versagen. Sie war nicht da, als er sie gebraucht hat. Dieses Gefühl kompensiert sie, indem sie andere verantwortlich macht. Das lindert ihre eigene Schuld.« Er lachte freudlos. »Fakt ist, dass ich durch mein Verhalten ihres unterstützt habe. Und ebenso umgekehrt. Sie hat mir Schuldgefühle eingeredet und ich habe ihr geglaubt. Da ich mich jetzt entzogen habe, sucht sie wohl jemand anderen.«

»Wie kam es überhaupt dazu, dass sie deine Managerin wurde?«

»Auch das hängt mit Gabriel zusammen. Als ich vor vier Jahren den Vertrag bei den Mariners bekommen habe, war klar, dass ich einen Manager brauchte. Meine Eltern hatten das bis dahin gemeinsam gemacht. Das bot sich an.« Er zog die Decke ein wenig fester um sie beide und streichelte Imogens Arm. »Aber schon damals war klar, wie es um Gabriel steht. Mein Vater hat das erkannt und mir klipp und klar gesagt, dass er mich nur managet, wenn ich Gabriel nicht weiter decke. Es sei schädlich für meine Karriere. Meine Mutter war da anderer Meinung.« Seufzend küsste er Imogen auf die Wange. »Es war einfacher, ihr zu glauben. Von da an war sie meine Managerin und ich habe mich auf sie verlassen.« Er lächelte ein wenig gequält. »Doktor Meyers meint, dass ich im Grunde froh über ihre Aufmerksamkeit war. Schließlich hat sie uns in unserer Jugend oft allein gelassen und jetzt stand ich im Mittelpunkt ihres Interesses. Ich war ihr Fels in der Brandung. Deshalb greift sie wohl auch dich an. Für sie sieht es so aus, als würdest du mich ihr wegnehmen.« Erneut küsste er Imogens Wange. »Mit meiner Mutter gibt es viel aufzuarbeiten. Ich weiß auch nicht, ob alles stimmt, was Doktor Meyers sagt. Damit muss ich mich noch auseinandersetzen.«

»Manchmal passieren Dinge wohl einfach und wir finden uns damit ab. Du bist da langsam reingerutscht und brauchtest einen Schubs in die richtige Richtung, um dich davon zu befreien.« Sie strich ihm durchs Haar. »Das ging mir ähnlich damals mit Brad und dann damit, dass ich dachte, Liebe und Körperkontakt sei nichts für mich.«

Sein warmes Lachen ließ jeden Zentimeter ihrer Haut kribbeln.

»Eigentlich muss ich Brad ja dankbar sein. Ohne ihn hätte dich mir bestimmt ein anderer weggeschnappt.«

»Dann musst du auch Lauren danken, weil sie mich damals zu dem Spiel geschleppt hat. Oder Isaac, weil er die VIP-Karten fürs *Dragonfly* besorgt hat und wir dort Gabriel getroffen haben.«

»Also Brad muss ich nicht kennenlernen. Aber Lauren und Isaac lade ich gerne zum Essen ein. Ich glaube, ich mag die beiden.« Er drehte sich so, dass er Imogen in die Augen schauen konnte: »Was hältst du davon, wenn wir als Nächstes den Wohn- und Essbereich einrichten?«

»Wir?« Imogens Herz pochte wild gegen ihre Brust.

»Natürlich wir. Ich hätte gerne, dass du hier mit mir einziehst. Falls dir das zu schnell geht, bekommst du einen Schlüssel und bist jederzeit eingeladen, deine Zeit hier zu verbringen.«

Sie fiel ihm um den Hals und küsste ihn lange. »Ich muss erst mit Lauren reden. Aber das sollte klar gehen. Sie ist in wenigen Wochen mit dem Studium fertig und hat schon ein Jobangebot.« Imogen spürte, wie er sich bei ihren Worten versteifte. »Desmond, was ist los?«

»Du hast gesagt, du würdest Seattle verlassen, um deinen Doktor machen zu können. Willst du …«

»Nein! Ich könnte … also, ich muss meinen Doktor nicht sofort machen. Ich suche mir einen besseren Job und warte, bis ich ein Unternehmen in Seattle …«

»Das kommt nicht in Frage. Ich kann dir unter die Arme greifen. Du bist meine Freundin, ich will mit dir zusammenleben und ich kann dir helfen.«

»Desmond, das ist …« Imogen war tatsächlich sprachlos.

»Lass uns das nicht jetzt entscheiden, Sky. Wir finden eine Lösung.«

»Okay. Aber eine Bedingung habe ich.«

»Was auch immer du willst.«

»Deine Katzen. Sie müssen mit uns hier leben.«

Sein Lachen ging ihr durch und durch und sie schmiegte sich wieder an ihn.

»Natürlich. Sobald meine Mutter und Gabe das Haus verlassen haben, hole ich sie her.« Er gab ihr einen Kuss auf die Nasenspitze.

Sie suchte seinen Blick: »Desmond Holden, ich liebe dich!«

»Ich liebe dich auch, Imogen Kelly.« Und dann senkten sich seine Lippen erneut auf ihre. Sie war sicher, dass die Zukunft noch einige Hürden für sie bereithielt, aber sie wusste auch, dass sie sie alle meistern würden.

ENDE

Danksagung

In der Danksagung geht es um die Menschen, die dazu beigetragen haben, dass dieses Buch überhaupt erscheint. Wo soll ich da anfangen? Denn gerade bei *Homerun for Love* lief nichts, wie es bei mir normalerweise läuft.

Deshalb gilt der erste Dank Piper Digital und Buchszene für den Wettbewerb *Write! Sport! Love!*. Denn ohne den würde es Desmond und Imogen nicht geben. Sie sind tatsächlich für diese Ausschreibung entstanden und haben sich sofort in mein Herz geschlichen. In dieser ersten Entstehungsphase war mir Eva Murges eine enge Begleiterin. Vielen Dank für die vielen Abende, an denen wir am Exposé und der Geschichte gefeilt haben.

Dann danke ich natürlich meinen treuen Testlesern: Brina Capriolo, C. K. Zille, Natalie Berz, Pia, Roti, Uta und Viktoria Markl. Eure Anmerkungen und Tipps haben dafür gesorgt, dass die Geschichte rund und stimmig wurde.

Besonders hervorheben möchte ich Barbara Pointner, meinen Kontakt bei Piper Digital. Du warst für all meine Fragen, Sorgen und Problemchen da und hast immer ein offenes Ohr gehabt und Soforthilfe geleistet.

Und jetzt kommt die wichtigste Person in meinem Leben, ohne den alles nicht möglich wäre: mein Mann. Danke, dass du mit mir plottest, alles liest, kommentierst und lektorierst. Dir mein Gejammer anhörst und mich immer wieder aufbaust. Ohne dich wären meine Bücher nicht das, was sie sind. Ich liebe dich.

Natürlich darf ich auch meine Söhne nicht vergessen, die häufiger auf ihre Mama verzichten müssen, weil sie an fremdem Orten mit fiktiven Menschen festhängt. Danke für euer Verständnis und die Freude, die ihr mit mir bei jedem neuen Buch teilt.

Der letzte Dank gilt meinen Lesern. Denn was wäre ein Autor, wenn niemand seine Geschichten lesen würde.

Nicole Knoblauch
Riedstadt, September 2019